Recherche un homme pour la nuit

LORI FOSTER

HEIDI BETTS

CHEYENNE McCRAY

LORA LEIGH

Recherche un homme pour la nuit

NOUVELLES

Traduit de l'américain par Agathe Nabet

J'AI LU

Titre original
REAL MEN LAST ALL NIGHT

Éditeur original
Saint Martin's Griffin, New York, 2009

Sommaire

HEIDI BETTS

L'homme de la situation

Cette histoire est dédiée à une de mes meilleures amies, Joanne Emrick, brusquement disparue juste avant que je commence à l'écrire. Elle adorait la romance et espérait que ses propres écrits seraient un jour publiés. Savoir que cela n'arrivera jamais me brise le cœur, et j'aimerais qu'il existe un moyen de la faire revenir afin qu'elle puisse faire aboutir ce projet.

Je pense à toi souvent, Joanne, tu me manques chaque jour de plus de mille façons. Ton rire et ton esprit me manquent, tes longs e-mails et nos conversations téléphoniques plus longues encore, nos séances de papotage/ragot/critique qui nous amenaient à faire la fermeture des restaurants ; je me tournais vers toi pour tout *et tu me manques à chaque instant.*

(Tous mes remerciements à Kalen Hugues et Candice Hern pour leur aide dans mes recherches !)

1

Claire Cassidy Scarborough pénétra dans les locaux de l'agence de police fédérale le cœur serré et les mains moites, chaque cellule de son corps lui intimant l'ordre de tourner les talons et de se sauver en courant.

Elle n'avait absolument pas envie de faire ça, mais elle le devait pour l'amour de sa fille.

Le cœur battant, elle traversa le carrelage uniformément gris du hall. Ses talons cliquetaient à chacun de ses pas, éveillant un écho qui résonnait à ses oreilles comme autant de coups de feu.

Elle s'arrêta pour demander à la première personne qui semblait travailler là où se trouvait le bureau de l'US Deputy Marshal Lincoln Rappaport, et on lui indiqua un ascenseur sur la droite. Pendant qu'elle s'élevait au troisième étage, elle s'efforça de juguler ses angoisses.

US Deputy Marshal. Elle n'en revenait toujours pas. Elle avait du mal à imaginer que le gentil mécanicien qu'elle avait connu tout petit ait fait carrière dans les forces de sécurité.

Et pas dans n'importe quelle branche des forces de sécurité. Lincoln n'était pas devenu le shérif d'une petite ville de province ou un simple soldat, mais US Deputy Marshal.

Elle s'était renseignée sur l'US Marshal Service, cette agence qui constitue le bras armé des cours de justice fédérale, et elle savait que sa mission allait de la protection des tribunaux à celle des témoins menacés lors d'une procédure fédérale, en passant par la recherche et l'arrestation des fugitifs. Lincoln était quelqu'un de haut placé.

Ce savoir la réconfortait et l'effrayait tout à la fois. Elle avait besoin de lui – de son expérience, de ses relations et de ses connaissances – mais elle aurait mille fois préféré pouvoir s'en passer.

Si n'importe qui d'autre avait pu l'aider, s'il y avait eu un autre moyen de résoudre ses problèmes, elle se serait ruée dessus.

Tout plutôt qu'être obligée de le revoir.

Non, ce n'était pas entièrement vrai. Une part d'elle-même avait toujours eu envie de le revoir – n'avait jamais eu envie de partir, pour commencer. Mais le fait de savoir comment il réagirait après tant d'années l'avait dissuadée d'essayer de reprendre contact avec lui.

Les portes de l'ascenseur s'écartèrent, et elle se retrouva sur un petit palier. Sur sa gauche, un grand bureau avec des rangées de bureaux métalliques surmontés d'écrans d'ordinateurs, de téléphones et de piles de dossiers, où régnait un brouhaha caractéristique – sonneries de téléphone, pianotage de claviers, voix étouffées.

Elle inspira à fond, avala sa salive, s'arma de tout le courage qu'elle put trouver alors que ses intestins se liquéfiaient, et s'apprêta à gagner ce qu'elle considérait littéralement comme la tanière du lion.

Elle observa un à un les visages des hommes et des femmes occupés à travailler, mais ne s'attarda sur aucun d'eux avant de trouver celui qu'elle cherchait.

Cela faisait dix ans qu'elle ne l'avait pas vu – dix longues années au cours desquelles ils avaient tous deux forcément changé – mais quand son regard se posa sur lui, elle n'eut pas une seconde d'hésitation. Si ses yeux n'avaient pas clairement transmis le message à son cerveau, les battements de son cœur l'auraient fait.

Son souffle se bloqua dans sa gorge l'espace d'un instant, et malgré l'envie fulgurante de se sauver en courant qui la submergea, elle fut incapable de faire le moindre mouvement.

Mais elle ne pouvait pas céder à la lâcheté. Pas aujourd'hui.

Elle s'élança vers son bureau et ne s'arrêta qu'une fois devant. Il était au téléphone, tourné de trois quarts par rapport à elle, mais il avait remarqué sa présence car il leva la main pour signifier qu'il s'occuperait d'elle dès qu'il aurait fini. Elle attendit patiemment… trop patiemment presque, car son instinct lui soufflait que ces quelques secondes n'étaient que le calme précédant la tempête.

Il raccrocha et fit pivoter son siège vers elle.

— Alors, que puis-je faire pour vous ? demanda-t-il avant d'avoir eu le temps d'identifier la personne qui se trouvait devant lui.

Dès que leurs regards se croisèrent, dès qu'il l'eut dévisagée, toute chaleur déserta son regard. Il pinça les lèvres et la contempla comme un vieux chewing-gum collé à la semelle de sa chaussure.

Un frisson parcourut Claire. De panique. De regret. De crainte que la haine qu'elle lui inspirait ne lui interdise de l'aider.

Mais aussi d'un désir instinctif que dix années de séparation n'avaient pas réussi à éteindre.

Il avait été très beau, à l'adolescence. Grand, svelte, avec des muscles fermes agréablement répartis. Des cheveux bruns ondulés et des yeux d'une couleur indéfinissable, quelque part entre miel et noisette ; elle avait toujours pensé à la couleur de ses yeux comme à celle du ciel avant l'orage, trouble et attirante.

Il était très populaire, c'était la star de l'équipe de foot et toutes les filles craquaient pour lui. Elles rêvaient toutes de sortir avec lui, flirtaient, lui couraient après, mais c'était Claire qui avait retenu son attention.

Pas parce qu'elle avait cherché à le séduire, mais parce qu'ils étaient voisins, qu'ils avaient grandi ensemble et que leurs innocents jeux d'enfants s'étaient mués en taquineries de plus en plus sensuelles au fil de la puberté.

Aussi beau qu'il ait pu être autrefois, ce n'était rien en comparaison de ce qu'il était devenu. Ses cheveux brun clair à la riche nuance chocolat étaient coupés très court – une coupe presque militaire. Son corps svelte et souple était devenu incroyablement musclé.

S'il y avait une seule once de graisse sur cette impressionnante carcasse, elle aurait été bien en peine de la déceler. Son T-shirt noir recouvrait son torse comme une seconde peau, révélant chacune des courbes de ses pectoraux et un ventre parfaitement plat. Ses biceps, si gros qu'elle doutait de parvenir à les encercler complètement des deux mains, jouaient sous sa peau au moindre de ses gestes, et faisaient onduler de façon singulièrement érotique le fil barbelé noir tatoué autour de son bras droit.

Elle réalisa subitement que le simple fait de poser les yeux sur lui faisait crépiter le sang dans ses veines et déclenchait une onde de chaleur au niveau de son entrejambe. Elle déglutit.

— Linc, dit-elle en forçant son nom à franchir sa gorge et ses lèvres desséchées.

Il y avait une chaise libre près de son bureau. Elle préféra s'y asseoir avant que ses jambes ne la trahissent.

— Qu'est-ce que tu fais là ? interrogea-t-il d'une voix si glaciale qu'elle eut l'impression de recevoir une bouffée de vent arctique.

Il serrait visiblement les dents, et un muscle tressauta au niveau de sa mâchoire.

Tourner autour du pot ne servirait à rien. Rien de ce qu'elle pourrait dire ne changerait l'opinion qu'il avait d'elle.

C'était aussi bien : elle n'avait pas de temps à perdre, de toute façon.

— J'ai besoin de ton aide.

Il laissa échapper un ricanement et fit reculer son siège en s'y adossant dans une posture arrogante qui fit grincer les ressorts.

— Et qu'est-ce qui te fait croire que ça m'intéresse ? répliqua-t-il d'un ton mordant.

N'ayant rien à répondre à cette question – rien qui eût apaisé Lincoln, en tout cas – elle choisit de l'ignorer. Elle sortit une liasse de documents de son élégant sac à main et les étala devant lui. Il ne leur accorda pas même un coup d'œil, mais Claire était décidée à parler.

— Je suis en plein divorce. Mon futur ex-mari vient d'un milieu extrêmement aisé, mais nous avons trouvé un arrangement à l'amiable. Sa famille craignait que je réclame la moitié de ses biens, mais j'avais signé un contrat de mariage avant notre union et je suis très heureuse de m'y tenir.

Elle soutint son regard, refusant de se laisser impressionner par son attitude froidement méprisante. Ce qu'elle avait à dire était trop important. Il fallait absolument qu'il l'écoute et qu'il comprenne.

— Ce qui fait litige entre nous, c'est ma fille. Il exige d'en avoir la garde, alors que ce n'est même pas sa fille biologique. Il l'a...

Elle s'interrompit pour reprendre son souffle et apaiser les battements de son cœur. Sa gorge se serra et les larmes lui montèrent aux yeux.

— Il l'a enlevée. Il est allé la chercher à la sortie de l'école vendredi dernier, et personne ne sait où ils sont allés.

Le visage de Linc demeura parfaitement impassible, aussi dépourvu de compassion que celui d'une statue. Rien de ce qu'elle venait de dire ne semblait l'avoir affecté. Ni l'émotion qui faisait trembler sa voix, ni les larmes qui mouillaient ses cils.

— Comme je viens de te le dire, déclara-t-il d'un ton cassant, qu'est-ce qui te fait croire que ça m'intéresse ?

Rien, songea Claire. Pas la moindre chose. Il n'avait aucune raison de s'intéresser à elle, à sa fille, à son divorce ou à n'importe quel autre aspect de sa vie. Les raisons qu'il avait de s'intéresser à elle étaient mortes depuis dix ans.

Claire prit une photographie dans son sac et la posa sur le bureau.

— Rien, répliqua-t-elle en écartant lentement les doigts pour révéler les longs cheveux bruns et le sourire de sa fille de neuf ans. Sauf que c'est aussi ta fille.

2

Quand il avait levé la tête et avait découvert Claire Cassidy devant son bureau, Lincoln avait cru recevoir un violent coup de poing à l'estomac. Mais lorsqu'elle lui annonça qu'il avait une fille, ce fut comme si elle plaçait ses testicules dans un étau et lui donnait un vigoureux tour de vis. L'air qu'il venait d'inspirer se retrouva bloqué dans son torse.

Leurs regards étaient restés rivés l'un à l'autre et Claire n'avait pas cillé, n'avait même pas cherché à détourner les yeux. Ses prunelles d'un bleu aussi pur que le cristal reflétaient seulement la tristesse, le regret, et une légère pointe de frayeur.

Lincoln était Deputy Marshal depuis assez longtemps pour savoir déterminer sans risque d'erreur si on lui mentait ou non. Claire était convaincue à cent pour cent de ce qu'elle disait.

Ce qui ne signifiait pas qu'il allait la croire sur parole. Il ne l'avait pas revue depuis dix ans. Depuis qu'elle l'avait abandonné en même temps que l'avenir qu'ils auraient pu partager. Il n'était vraiment pas disposé à la laisser ressurgir dans sa vie pour lui donner le tournis avec des histoires destinées à...

Destinées à quoi ?

L'inciter à la reprendre ? Le faire chanter ?

Si tel était le cas, elle serait le dindon de sa propre farce. Elle aurait pu revenir couverte de diamants que Lincoln n'aurait pas voulu d'elle, et il ne gagnait pas assez d'argent pour qu'on envisage de le faire chanter.

Quelle que soit l'idée qu'elle avait en tête, son plan ne marcherait que si elle parvenait à le persuader qu'il avait un enfant. Or, il n'en avait pas. C'était impossible. Pas avec elle, en tout cas.

Mais la curiosité l'emporta. Il lâcha son regard pour observer la photo qu'elle avait posée sur son bureau. Il la ramassa entre le pouce et l'index et étudia la petite fille qui y figurait.

Les longs cheveux bruns avec une frange coupée au ras des sourcils et un serre-tête en plastique rose qui les empêchait de retomber devant son visage. Le grand sourire qui révélait des dents se chevauchant légèrement, laissant présager le port d'un appareil dentaire à l'adolescence. Les petits diamants fantaisie aux lobes de ses oreilles et le pendentif en forme de fleur qui se détachait sur le rose de son pull, assorti à la grosse marguerite jaune et orange pâle brodée au centre.

Les yeux, et la structure du visage surtout, contractèrent son diaphragme. Regarder cette petite fille lui donnait l'impression de regarder une photo de sa mère quand elle était jeune, et il voyait certains de ses traits dans sa glace chaque matin.

Il releva la tête vers Claire. Elle l'observait toujours, attendant patiemment sa réaction... ou qu'il tombe dans le panneau.

Son siège roula en arrière lorsqu'il se leva et il la saisit par le bras. Tenant la photo d'une main et Claire de l'autre, il sortit du bureau.

— Keegan, je vais en salle d'interrogatoire, lança-t-il par-dessus son épaule. Remplace-moi, tu veux bien ?

Sans attendre de réponse, il s'élança dans le couloir, Claire chancelant sur ses talons tandis qu'elle s'efforçait de calquer ses pas sur ses longues enjambées rageuses. Il la poussa à l'intérieur d'une salle, referma la porte sur eux et tira une chaise.

— Assieds-toi ! aboya-t-il.

Elle lui obéit, mais pas avant d'avoir lissé sa jupe bleu ciel et tiré sur les manches de sa veste assortie.

Un muscle tressaillit sur la joue de Linc. Il voulait des réponses et il les voulait tout de suite, mais cela ne l'empêcha pas de remarquer à quel point Claire avait changé.

Son petit tailleur élégant devait valoir à lui tout seul plus d'un mois de son salaire. Quand ils étaient au lycée, Claire ignorait jusqu'à l'existence de ce genre de vêtements. Comme tous les autres gamins de Butler, elle s'habillait au centre commercial, et *bien s'habiller* voulait dire qu'on mettait un jean noir au lieu d'un bleu, et un T-shirt qui ne portait pas le nom d'un groupe de rock.

Elle était pourtant sacrément sexy en jean. Linc n'oublierait jamais la façon dont ses fesses remplissaient son Wrangler, ni la chaleur qui imprégnait ses mains à travers le denim quand il les glissait dans ses poches arrière pour l'embrasser longuement en la serrant contre lui.

Une décennie pouvait changer bien des choses, mais apparemment, cela ne suffisait pas à éradiquer l'attirance sexuelle. Pas d'après les palpitations de son sexe qui grossissait sous sa braguette, en tout cas.

Dégoûté de lui-même et des réactions incontrôlables de son corps, Linc se rembrunit. Il détourna son attention de la Claire d'autrefois et de ce qu'ils avaient fait ensemble sur la banquette arrière de la Trans Am rouge cerise qu'il avait entièrement remontée dans le garage de son père, et s'efforça de se concentrer sur son apparence actuelle.

Outre ces vêtements coûteux assortis d'accessoires de bon goût, sa coiffure était irréprochable : le parfait carré à la Louise Brooks. Rien à voir avec la crinière de boucles sauvages contre laquelle elle s'était bagarrée en grandissant. Il se souvenait qu'elle se plaignait sans arrêt de ses frisures, sans parler de l'impressionnante quantité de laque dont elle les aspergeait pour les empiler à des hauteurs vertigineuses au sommet de sa tête – mais lui, il avait toujours adoré entortiller machinalement une boucle de ses cheveux autour de son index lorsqu'elle renversait la tête en arrière sous ses baisers dévorants.

Quelques minutes en sa présence lui avaient suffi pour comprendre qu'elle n'était plus la jeune fille au tempérament explosif qu'il avait connue. Elle était devenue une femme à l'élégance très conventionnelle, qui ressemblait plus à l'épouse d'un politicien qu'à la fille d'un sidérurgiste.

Il fronça les sourcils, ne sachant trop quoi penser de la nouvelle Claire Cassidy, puis se rappela qu'il n'était pas censé penser quoi que ce soit. Il se fichait complètement d'elle. La seule chose qu'il voulait éclaircir, c'était ce qu'il y avait derrière cette photographie.

Il la plaqua sur la table métallique et fixa la jeune femme d'un regard dur, celui qu'il utilisait avec succès pour impressionner les suspects dans le cadre des interrogatoires.

— Je t'écoute, cracha-t-il entre ses dents.

Claire baissa les yeux sur la photo, puis les releva vers lui.

— Elle s'appelle Sara. C'est ta fille.

Sara. Le prénom de sa mère. Claire avait assisté à l'enterrement avec lui, quand sa mère avait trouvé la mort dans un accident de voiture. Il avait seize ans, à l'époque.

Linc était très fier du contrôle qu'il avait sur ses émotions, de cette faculté qu'il avait de ne jamais les laisser transparaître dans le cadre de son travail. Mais là, il avait beau se trouver dans une salle d'interrogatoire de l'agence fédérale en compagnie d'une femme qui n'était pas censée lui inspirer le moindre sentiment, il sentit ses genoux se dérober et son cœur cogner si fort qu'il n'aurait pas été surpris de le voir bondir hors de sa cage thoracique.

— Pourquoi Sara ? demanda-t-il, irrité de constater que sa voix n'était plus qu'une sorte de murmure fêlé.

Ses yeux bleus lancèrent des éclairs.

— Tu sais très bien pourquoi.

Oui, si l'enfant était de lui. Après la mort de sa mère, après qu'il se fut effondré dans les bras de Claire et qu'elle l'eut serré contre elle jusqu'à ce que le plus gros de son chagrin soit passé, elle lui avait dit que lorsqu'ils se marieraient et fonderaient un foyer, ils appelleraient leur première fille Sara en souvenir de sa mère.

Il fit le tour de la table pour attraper une autre chaise et la fit traîner sur le sol, dans l'espoir que le bruit couvrirait le fait qu'il était obligé de cligner des yeux pour y voir clair.

— Il va falloir m'en raconter un peu plus que ça, déclara-t-il en prenant place sur l'assise froide de la chaise et en appuyant son avant-bras sur la table.

Claire s'accorda une longue inspiration, battit des cils, poussa son sac et se lança dans le récit abrégé de ce qui s'était passé au cours des dix dernières années.

— J'étais enceinte quand je suis partie, mais je ne le savais pas à l'époque. J'ai épousé Jonathan Scarborough alors que j'étais enceinte de trois mois, parce qu'il avait promis de prendre soin de moi et de l'enfant. J'avais terriblement besoin de me sentir protégée.

Ses joues rosirent légèrement, mais sa réaction n'affecta pas Linc. Si elle était enceinte de lui comme elle le prétendait, pourquoi n'était-elle pas rentrée à Butler pour le lui dire ? Il aurait pris soin d'elle. D'elles deux.

— Et alors ? l'incita-t-il à poursuivre.

— Il a été gentil avec moi. Avec nous deux, et il a toujours traité Sara comme sa propre fille.

Un élan de haine pour l'homme qui avait élevé sa fille à sa place, alors qu'il ignorait jusqu'à son existence, le transperça. Il replia les doigts contre ses paumes pour éviter de frapper quelque chose.

— Mais maintenant, il exige d'en avoir la garde totale. Il n'en a pas le droit, que ce soit du point de vue légal ou du point de vue biologique, mais sa famille est très influente dans la région de San Francisco, ils sont plus riches que Dieu lui-même, et il a décidé que ça ne l'arrêterait pas.

— Un simple test ADN suffirait à mettre les choses au point, fit-il remarquer en fronçant si furieusement les sourcils qu'ils se rejoignirent.

Il ne manquerait pas d'en faire un lui-même le plus tôt possible, histoire de s'assurer que Claire disait vrai en prétendant que Sara était sa fille.

— Justement, répliqua-t-elle d'un ton désespéré en posant la main sur son bras. Je pense que c'est ce que Jonathan a l'intention de faire : un faux test ADN, qui prouvera que Sara est bel et bien sa fille.

— Tu n'as pas l'impression d'exagérer un peu ? demanda-t-il, sceptique.

— Pas quand on connaît la fortune et l'influence dont il dispose, insista-t-elle d'une voix de plus en plus angoissée. Il suffit qu'il paye un laboratoire privé pour fabriquer de faux résultats, et qu'il aille trouver un juge qui est sous la coupe de son père pour qu'ils réussissent à me la prendre !

Une véritable panique fit briller ses yeux tandis que ses ongles s'enfonçaient dans la chair de son bras. Pour la première fois, Linc se mit à croire à son histoire et se dit qu'elle avait peut-être de bonnes raisons de se faire du souci.

— C'est pour ça que tu penses qu'il a enlevé Sara et qu'il a… disparu.

— Oui. J'ai peur que si on ne la retrouve pas très vite, il ait le temps de fabriquer de fausses preuves. Je risque de perdre ma fille *à tout jamais*. Notre fille.

Elle se rapprocha de lui et posa son autre main sur la sienne. Ses yeux étaient embués de larmes.

— Je t'en supplie, Linc, aide-moi. Si tu me refuses ton aide, je n'aurai plus aucun recours.

Il prit le temps de laisser ce qu'elle venait de dire pénétrer son esprit avant de répondre. Si elle était venue le trouver pour réclamer son aide pour elle-même, il aurait refusé sans hésiter et sans état d'âme. Ils ne se seraient même pas trouvés là, parce qu'il l'aurait virée au bout de deux minutes.

Mais il ne s'agissait pas seulement d'elle, il s'agissait d'une petite fille de neuf ans qui pouvait très bien être sa fille. Et si un homme parvenait à la faire disparaître avant que Linc ait pu en avoir le cœur net, avant qu'il ait pu faire un test ADN de son côté et fait connaissance avec sa fille…

Si cette petite fille était vraiment sa…

Bon sang.

Linc se leva, ramassa la photo et tendit son sac à Claire, sans se soucier de ses mains qui n'avaient pas relâché son poignet.

— Suis-moi.

— Où va-t-on ? demanda-t-elle quand il ouvrit la porte de la salle d'interrogatoire pour s'engager dans le couloir.

— Chercher notre fille.

3

Maintenant la bretelle de son sac sur son épaule et tirant sa petite valise à roulettes derrière elle, Claire s'empressa de franchir les portes de l'aéroport de Pittsburgh où elle devait retrouver Linc pour prendre l'avion de neuf heures qui la ramènerait à San Francisco.

Dire qu'elle était nerveuse à l'idée de retrouver la ville qu'elle considérait comme la sienne depuis dix ans, reviendrait à dire que le Golden Gate est un pont *assez* long. Pas parce qu'elle craignait d'affronter Jonathan et sa famille, ni ce qui l'attendait tant qu'elle n'aurait pas retrouvé Sara. Non, ce qui la rendait nerveuse, c'était l'homme en compagnie duquel elle allait voyager.

Se retrouver près de Lincoln Rappaport était aussi perturbant que de sentir la foudre tomber à quelques centimètres de soi. Chaque fois qu'elle se retrouvait à son côté, elle avait la chair de poule, son sang se mettait à bouillonner, et si elle s'était regardée dans un miroir, elle n'aurait pas été surprise de voir ses cheveux se dresser sur sa tête.

Elle ne se souvenait pas de cela. Elle se souvenait qu'elle avait été folle amoureuse de lui à l'époque où elle posait sur lui ce regard chaviré caractéristique des gamines de seize ans, mais elle ne se souvenait pas d'avoir jamais eu cette réaction viscérale quand elle était près de lui.

Était-ce entièrement nouveau, ou bien avait-elle oublié ?

Elle se demandait si on pouvait vraiment oublier quelque chose d'aussi intense, d'aussi fascinant, quelque chose qui lui coupait littéralement le souffle. Mais peut-être avait-elle inconsciemment enterré ce souvenir pour se préserver. Parce que c'était tout simplement trop douloureux d'y repenser.

Elle s'était arrangée pour ne jamais penser à ce garçon qui avait le pouvoir de la rendre folle, alors qu'elle en avait épousé un autre et qu'elle lui avait caché qu'ils avaient fait un enfant.

Une pointe de culpabilité lui serra le cœur. Elle avait commis tant d'erreurs. Des choses qu'elle n'imaginait pas pouvoir réparer, même si Linc lui permettait d'essayer. Et d'après le comportement qu'il avait adopté vis-à-vis d'elle, elle doutait fortement de l'existence de cette possibilité.

Il était toujours en colère contre elle, il était même clair qu'il la haïssait. Et elle ne pouvait l'en blâmer.

Elle était venue lui demander son aide parce qu'elle ne savait vraiment pas quoi faire d'autre. Elle avait cherché Sara, elle avait tenté de récupérer sa fille par tous les moyens possibles.

Elle était allée trouver l'avocat de Jonathan, d'abord pour exiger, puis pour supplier qu'on lui dise où était sa fille. Il avait prétendu qu'il ne comprenait pas de quoi elle parlait, lui conseillant d'un ton méprisant de s'adresser à son propre avocat à l'avenir.

Elle s'était alors tournée vers la police locale, qui lui avait dit que tant que le divorce ne serait pas prononcé ou qu'elle ne serait pas en mesure de prouver que quelque chose de très grave était en train de se produire, Jonathan avait autant le droit qu'elle d'aller chercher sa fille à l'école, et qu'ils ne pouvaient rien faire. Claire avait eu la nette impression qu'ils redoutaient de déplaire au clan Scarborough.

En désespoir de cause, elle avait sollicité les services d'un détective privé, mais elle avait eu l'impression que cela prendrait trop de temps et qu'elle dépenserait son argent en pure perte. Avant d'entamer la procédure de divorce, elle aurait pu s'offrir les services d'une armée de détectives, mais puisqu'elle avait décidé de respecter les termes du contrat de mariage, elle s'était dit qu'elle pouvait faire meilleur usage du peu d'argent qu'elle possédait.

Malgré sa hâte de retrouver sa fille, elle n'avait pas tout de suite pensé à Linc. Sa famille – qui connaissait son histoire, savait que Sara était la fille de Linc et ne lui avait jamais caché qu'elle désapprouvait son choix d'en épouser un autre et de ne rien dire à Linc de sa paternité – l'avait tenue informée des éléments marquants ponctuant la vie de son ancien fiancé au fil des ans. Sa mère lui donnait des nouvelles de lui au cours de leur coup de fil hebdomadaire et lui envoyait des coupures de presse le concernant.

Claire avait ainsi appris qu'il s'était engagé dans les marines juste après le lycée – juste après qu'elle eut quitté Butler pour la Californie – au lieu de travailler avec son père au garage familial. Et quand il était revenu, il était allé à Pittsburgh pour intégrer l'agence fédérale des US Marshals.

Mais elle n'avait pas pensé qu'il puisse lui venir en aide jusqu'à ce qu'elle ait sa mère au téléphone – en larmes, parce qu'elle n'en pouvait plus et avait peur de ne plus jamais revoir sa fille – et que celle-ci lui dise que les US Marshals avaient pour mission de traquer les fugitifs, ajoutant mine de rien que c'était vraiment dommage qu'elle n'ait personne vers qui se tourner.

Claire avait parfaitement compris le message. Elle aurait aimé passer à côté, mais au point où elle en était, elle n'avait plus le choix. Si elle voulait récupérer Sara, il fallait qu'elle la retrouve avant que Jonathan ait eu le temps de prouver sa prétendue paternité. Pour y parvenir, il lui fallait retourner en Pennsylvanie et affronter la seule personne au monde qui n'avait aucune raison de l'aider, aucune raison de rester dans la même pièce qu'elle plus de trois secondes...

Ce que cette personne ignorait, c'était qu'elle avait une bonne raison de l'aider. Linc n'en avait rien su jusqu'à ce qu'elle fasse glisser vers lui la photo la plus récente qu'elle possédait de Sara. *Surprise ! Tu es papa !*

Sa poitrine se serra à ce souvenir, et elle ralentit le pas tandis qu'elle approchait du terminal d'embarquement. Le regard méprisant dont il l'avait enveloppée l'avait transpercée jusqu'à l'âme.

Elle savait qu'elle méritait sa colère, sa dérision, sa punition. Quand il l'avait prise par le bras après cette révélation monumentale, elle avait cru qu'il allait l'étrangler ou au moins la secouer de toutes ses forces jusqu'à ce que ses dents s'entrechoquent.

Même s'il en avait eu envie, il ne l'avait pas étranglée et ne lui avait pas crié dessus jusqu'à devenir sourd. Non, après lui avoir fait quitter la salle d'interrogatoire, il lui avait demandé de s'asseoir à son bureau et s'était mis en devoir d'établir un plan d'action visant à retrouver la piste de Sara et Jonathan.

Il lui avait à peine parlé. Il avait fait le tour du grand bureau, sollicitant l'aide de ses collègues, et Claire avait été étonnée et soulagée de la vitesse à laquelle ceux-ci laissaient tomber ce qu'ils étaient en train de faire pour consulter les plans, les dossiers, les statistiques, tout ce qui pouvait être utile à Linc.

Il ne s'était adressé à elle que pour obtenir des informations précises, se comportant le reste du temps comme si elle n'existait pas. Claire n'en avait pas été fâchée, loin de là. Tant qu'il savait ce qu'il faisait et qu'il l'aidait à retrouver sa fille, peu importait la façon dont il la traitait...

Elle s'arrêta devant la porte du terminal, écarta sa valise du chemin des autres voyageurs et balaya du regard les passagers qui attendaient. Il n'était pas difficile à repérer. Lorsqu'on mesure un mètre quatre-vingt-huit et qu'on pèse pas loin de cent kilos de muscles, on a tendance à sortir du lot. D'un autre côté, à en juger par le lent tangage qu'adoptait son estomac chaque fois qu'elle le voyait, il aurait aussi bien pu se trouver entouré de géants que son attention se serait irrésistiblement focalisée sur lui.

Il lui tournait le dos, face à la baie vitrée surplombant le tarmac, et elle en profita pour le détailler du regard. Il portait un blouson de cuir noir et un jean qui lui allaient à la perfection, les mains dans les poches, le regard apparemment perdu dans le vague.

Elle se demanda fugitivement à quoi il pouvait penser, avant de décider que cela ne la regardait pas.

Elle se rapprocha, déposa son sac à main à côté du petit sac de voyage noir qui se trouvait à ses pieds et se redressa. Elle n'avait pas besoin de prononcer un mot, il savait qu'elle était là. La soudaine tension de son corps et le muscle qui tressaillit au niveau de sa mâchoire le lui indiquèrent.

S'il continuait comme ça, il allait finir par se casser une dent, songea-t-elle. Elle songea aussi que le trajet jusqu'à San Francisco risquait de lui paraître très long.

— Tu es en retard, dit-il au bout de quelques secondes.

— Je suis désolée. J'ai dû retourner chez mes parents hier soir pour boucler ma valise, et la circulation était épouvantable au retour. L'embarquement n'a pas encore commencé, je crois ?

Elle avait vérifié les panneaux d'embarquement dès son entrée dans l'aéroport et savait pertinemment qu'il n'avait pas commencé, mais elle avait dit cela par politesse, histoire de le faire sortir de son mutisme. Ce fut peine perdue. Linc ne répondit pas et ne lui jeta même pas un coup d'œil. Claire comprit alors qu'elle ne parviendrait pas à entamer le mur de ressentiment qu'il avait érigé entre eux.

À moins d'y être obligé, Linc ne lui adressa pas la parole jusqu'à ce qu'ils atteignent l'aéroport de San Francisco. Au comptoir de la société de location de voitures, alors qu'ils attendaient que l'employée ait fini de remplir son contrat, Linc se tourna subitement vers elle.

— Tu as un appartement à toi à San Francisco, ou tu vivais encore avec Scarborough ?

Il avait observé le silence si longtemps que Claire ne comprit pas immédiatement qu'il lui parlait. Son regard gris était toujours aussi froid et distant.

Elle secoua la tête.

— Non. Je suis partie après avoir demandé le divorce et dans un premier temps, des amis nous ont hébergées. Mais depuis qu'elle a disparu, je vis à l'hôtel.

Il acquiesça brièvement et reporta son attention sur l'employée, qui lui remit un trousseau de clés et le double du contrat.

— C'est ce qu'on fera aussi, tant qu'on sera là.

Il se dirigea vers le parking de la société de location sans plus se soucier d'elle. En chemin, il ouvrit son portable, enfonça la touche d'un numéro mémorisé.

— Keegan ? Linc. On est arrivés à San Francisco et on va prendre une chambre d'hôtel.

Il déverrouilla les portières d'un imposant SUV qui ressemblait à ceux qu'elle avait remarqués devant les locaux de l'agence fédérale de Pittsburgh, et déposa son sac sur le siège arrière. Comme il était toujours au téléphone et ne lui prêtait aucune attention,

Claire en fit autant, puis s'assit à l'avant, sur le siège du passager.

Il se glissa au volant, mit le moteur en marche et tripota les commandes du tableau de bord pour régler la climatisation, tout en poursuivant sa conversation téléphonique qui se résumait à de laconiques « OK... », « Hin-hin... », « Je vois ».

Une minute plus tard, il referma son portable et passa la première. Claire attendit, persuadée qu'il allait lui faire part de ce que Noah Keegan – qu'elle avait croisé dans les locaux de Pittsburgh – lui avait appris.

Elle savait pour les avoir vus passer à l'action la veille que Noah et d'autres marshals étaient censés enquêter sur le passé de Jonathan, chercher des indices permettant de localiser Sara, et prévenir le bureau des US Marshals de San Francisco que Linc serait en ville sur une affaire personnelle et qu'il les contacterait peut-être en cas de besoin. Mais s'il y avait eu du nouveau, Linc ne parut pas désireux de lui en faire part.

Finalement, alors qu'ils émergeaient enfin du labyrinthe des routes de l'aéroport et s'inséraient sur la 101, Claire n'y tint plus.

— Alors ? demanda-t-elle.

— Alors quoi ?

Plutôt que de la regarder, il jeta un coup à son rétroviseur extérieur et s'engagea dans la file de gauche.

Il fallut moins d'une seconde à Claire pour desserrer les dents et discipliner son souffle. Elle avait appris à se montrer extrêmement patiente et tolérante. En devenant mère, mais surtout à force de tenir le rôle d'épouse modèle de Jonathan Scarborough pendant dix ans.

Elle était prête à supporter bien des choses pour retrouver sa fille. Marcher pieds nus sur des charbons ardents, endurer le supplice de la goutte d'eau et même, *même,* retourner à Pittsburgh la queue entre les jambes pour implorer l'homme qui la haïssait de lui venir en aide.

Le problème, c'est qu'en présence de Linc, les limites de sa belle patience se déplaçaient sans qu'elle saisisse pourquoi. Son attitude vis-à-vis d'elle était compréhensible, et peut-être même justifiée. Elle avait su que les choses se passeraient de cette façon. Elle était même soulagée que ce ne soit pas pire.

Ce qu'elle ne méritait pas, en revanche, c'était ce silence de mort en ce qui concernait ses projets pour retrouver sa fille. Il pouvait la traiter comme un chien si ça lui chantait, mais elle avait le droit d'être informée des progrès de l'enquête et de la stratégie qu'il comptait adopter.

— Qu'a dit ton ami ? questionna-t-elle d'une voix tranquille, ses mains reposant sagement sur ses genoux.

Il mit si longtemps à lui répondre que son diaphragme se contracta et que les ongles de ses doigts qui s'étaient recourbés à son insu creusèrent des empreintes en forme de demi-lunes dans ses paumes.

— Il a prévenu l'antenne locale qu'on était là et il a localisé toutes les propriétés des Scarborough.

Sa voix était basse et tendue, et il transmettait les informations succinctement, comme s'il voulait consacrer le moins de temps possible à lui parler.

Claire soupira. Ce n'était pas grand-chose, mais c'était déjà mille fois mieux que ce qu'elle avait obtenu avant d'aller trouver Linc.

— Et c'est tout ? insista-t-elle cependant, remarquant à peine qu'il allumait son clignotant pour se garer sur le parking d'un motel miteux.

Elle regarda ses mains se crisper sur le volant, les jointures de ses doigts devenir aussi blanches que les siennes.

— Qu'est-ce que tu espérais d'autre ? riposta-t-il sèchement en coupant le moteur. On n'est pas dans une série télé, ma belle. Les indices ne surgissent pas à chaque instant pour nous conduire sur la piste des méchants, et tout ne finit pas par des chansons au bout d'une heure.

Avant qu'elle ait pu répliquer, il avait ouvert la portière et quitté le véhicule.

Claire resta où elle était, la tête bourdonnante, le cœur battant.

Puis, d'un seul coup, elle se détendit, expulsa l'air de ses poumons comme un ballon qui se dégonfle, et la tension qui nouait la base de l'estomac se défit, la libérant du stress qu'elle avait accumulé depuis son réveil. Comme si son subconscient avait subitement décidé qu'il n'y avait pas moyen de franchir le rempart que Linc lui opposait. À quoi bon se faire un ulcère, sous prétexte que quelque chose – ou quelqu'un – vous résiste ?

Elle ouvrit sa portière, descendit, et attendit près de la voiture que Linc s'occupe des formalités à la réception du petit motel délabré.

Son mariage avec Jonathan l'avait habituée à des établissements bien plus luxueux que celui-ci. Elle avait fréquenté les plus prestigieux cinq étoiles des plus grandes villes du monde.

Mais elle était née et avait grandi à Butler County, Pennsylvanie, où les gens faisaient leurs courses au Wal-Mart et où une expédition au centre commercial de Pittsburgh faisait figure d'événement. Il lui était arrivé de dormir dans les bois, à même le sol ou sur la banquette arrière de la Trans Am de Linc. Peu importait que ce motel fût délabré, elle s'en contenterait jusqu'à ce que Sara soit retrouvée.

Linc émergea de la réception quelques minutes plus tard et la rejoignit d'une démarche assurée. Il tenait une clé à la main – une de ces antiquités munies d'une énorme étiquette numérotée – et il l'ignora complètement, se contentant de récupérer son sac sur la banquette arrière. Il claqua la portière et s'éloigna sans un mot, sans doute en direction de leurs chambres.

Ou plutôt de *leur chambre,* se dit-elle en réalisant qu'il ne tenait qu'une seule clé à la main. Elle choisit de ne pas prêter attention à la crampe qui saisit son ventre, récupéra sa valise et le suivit.

Il avait effectivement ouvert la porte d'un seul bungalow et posé son sac sur l'unique table de la pièce, située près de la fenêtre.

Heureusement, il y avait deux lits, constata-t-elle.

— Alors on va partager la même chambre ? demanda-t-elle pour s'assurer qu'elle avait bien compris.

— Ça pose un problème à madame la duchesse ? railla-t-il en sortant ses affaires de son sac, toujours sans la regarder.

— Pas du tout, murmura-t-elle, depuis longtemps passée maîtresse dans l'art d'éviter les conflits.

— J'imagine que tu es habituée à des endroits plus chic. Le genre d'hôtel où on est accueilli avec un peignoir et une corbeille de fruits.

S'il disait ça pour la blesser, il avait raté sa cible. Elle avait effectivement vécu sur un grand pied pendant dix ans, mais elle ne s'était jamais prise pour une duchesse. Sur ce point, il avait tout faux.

Elle referma la porte derrière elle, déposa sa valise sur le lit le plus proche de la salle de bains, puis se tourna vers lui. Il lui offrait la vision de son dos spectaculairement large, moulé d'un T-shirt noir. Elle l'observa, souhaitant à demi qu'il se retourne pour voir ses yeux et à demi qu'il n'en fasse rien.

— Tu oublies que j'ai eu la même enfance que toi, Linc, dit-elle en croisant les bras. Dans une famille de la classe moyenne d'une petite ville de province, pas dans le luxe. J'ai dormi dans des draps de soie et de satin ces dernières années, mais si dormir sur une planche à clous pouvait me permettre de retrouver ma fille, je n'hésiterais pas une seconde.

À la mention de Sara, Linc s'immobilisa. Ses biceps se contractèrent lorsqu'il serra les poings, puis il se retourna d'un bloc, le corps vibrant de ressentiment, les yeux lançant des éclairs.

— *Notre* fille, Claire.

4

Linc aurait vraiment aimé que Claire soit un homme pour pouvoir la frapper, et il dut faire appel à toute sa volonté pour ne pas franchir les six pas qui les séparaient, l'attraper par le cou et la secouer jusqu'à ce que mort s'ensuive.

La colère qui le submergeait avec la force d'un raz-de-marée troublait sa vision et atténuait ses sens.

Dix ans auparavant, il avait été éperdument amoureux de Claire Cassidy. Il aurait tout fait pour elle et il était persuadé qu'ils passeraient leur vie ensemble – ils se marieraient après le lycée, auraient des enfants et, cinquante ans plus tard, ils se balanceraient encore sur le porche de leur maison en se tenant par la main comme des adolescents.

Mais elle l'avait quitté. Elle avait abandonné les espoirs et les rêves qu'il avait cru partager avec elle, et elle n'était jamais revenue. Il savait que l'avenir étriqué dont il rêvait lui faisait un peu peur, qu'elle avait d'autres ambitions que de devenir la femme d'un garagiste qui tire le diable par la queue pour boucler ses fins de mois.

Il le savait, mais comme c'était son rêve, il n'avait pas prêté attention à ses craintes. Il s'était dit qu'une fois qu'ils seraient mariés, elle serait heureuse d'être sa femme et la mère de leurs enfants. Aussi heureuse que lui.

Mais elle était partie, et son rêve avait volé en éclats.

Il avait mis du temps à se relever de cette trahison.

Son départ n'était pas autre chose qu'une trahison. Car elle ne s'était pas contentée de partir pour suivre ses rêves sans se soucier de briser ceux de Linc. Non, elle s'était sauvée sans crier gare, en pleine nuit, ne laissant derrière elle qu'un bref message pour expliquer sa désertion.

Il s'en souvenait mot pour mot. *Je suis désolée. Je ne peux pas rester. S'il te plaît, comprends-moi.* Un message qu'elle avait eu l'audace de signer: *Je t'aime, Claire.*

Ben voyons. Comme si elle avait su ce qu'aimer voulait dire! Quand on aime quelqu'un, on ne se sauve pas sans prévenir à l'autre bout du pays. Quand on aime quelqu'un, on ne lui raconte pas une chose pour faire exactement le contraire. Quand on aime quelqu'un, on ne cache pas ses sentiments et on n'a pas de secrets pour lui.

Linc avait mis longtemps à oublier Claire. À ramasser les morceaux de lui-même qu'elle avait laissés derrière elle et à se remettre en route. À cesser de rêver d'aller en Californie pour la retrouver. Pour la ramener de force à Butler ou bien pour rester là-bas avec elle, si elle lui avait dit qu'elle l'aimait toujours.

L'idée qu'il ait pu se montrer aussi faible, aussi pathétique, aussi lâche, lui donnait envie de vomir lorsqu'il y repensait. Dieu merci, il s'était engagé dans les marines et avait évacué toutes ces gamineries.

Mais la colère et le sentiment de trahison étaient toujours là. Accrus désormais par les secrets et les mensonges qu'elle avait continué de lui faire pendant dix ans. Elle avait trouvé le moyen de le trahir une seconde fois.

Il avait une fille, et Claire le lui avait dissimulé pendant dix ans. Si cela ne constituait pas un solide motif d'homicide, il ignorait ce qui en constituait un !

Avant de la tuer, cependant, il devait retrouver sa fille et il avait besoin de l'aide de Claire pour y parvenir. S'il n'avait pas eu besoin d'elle, tout l'or du monde n'aurait pas réussi à le convaincre de prendre l'avion avec elle, de monter en voiture avec elle, et surtout de partager avec elle une chambre de motel.

— Tu as raison, dit-elle, brisant le lourd silence qui s'était abattu sur eux.

Le son de sa voix, pourtant douce et basse, l'irrita autant que des ongles éraflant un tableau noir.

Il avait pourtant essayé, Dieu lui en était témoin, il avait essayé de refréner ses émotions, d'étouffer sa colère, son ressentiment, et l'irrépressible attrait sexuel qu'elle lui inspirait toujours. De se concentrer. De faire son travail. D'ignorer que l'essence subtile de son parfum le maintenait dans un état de semi-érection permanent depuis trente-six heures.

— J'ai l'habitude de penser à elle comme à *ma* fille, poursuivit-elle de sa voix douce, mais tu as parfaitement raison. Sara est aussi ta fille. Je tâcherai de faire attention à ma façon de formuler les choses, à l'avenir.

Linc eut un rictus méprisant. Elle parlait comme une conseillère conjugale. Comment s'y était-elle prise pour devenir aussi snob qu'une débutante du gratin mondain ?

— Espérons qu'il ne s'agit pas d'un mensonge de plus, cracha-t-il.

Ses yeux s'agrandirent une seconde, et une expression de surprise blessée passa sur ses traits, à laquelle succéda une calme résignation.

— Pourquoi te mentirais-je à ce sujet ?

Il ricana et pivota vers son sac pour finir de sortir le matériel et les quelques vêtements qu'il avait apportés.

— Pourquoi pas ? répliqua-t-il. Tu m'as bien menti sur tout le reste.

Il l'entendit remuer derrière lui. Peut-être défaisait-elle sa valise. À moins qu'elle n'ait éprouvé le besoin de s'agiter nerveusement. Dans un cas comme dans l'autre, cela ne le regardait pas et il ne lui jeta même pas un coup d'œil.

Il venait de poser son ordinateur portable et s'apprêtait à sortir un dossier, lorsque quelque chose le frappa durement entre les omoplates. Il se retourna en plaçant son bras gauche devant lui pour parer une nouvelle attaque, sa main droite se portant automatiquement au niveau de son holster. Comme il n'avait pas pris l'avion pour raisons professionnelles, il avait été obligé de laisser son arme dans ses bagages. Une chance, parce que si cela n'avait pas été le cas, Claire se serait retrouvée avec son Glock pointé sur le front.

Il n'eut pas le temps de lui demander quelle mouche l'avait piquée qu'elle le frappa à nouveau, au milieu du torse cette fois.

— En quoi je t'ai menti ? lança-t-elle d'une voix qui grimpa dans les aigus.

Elle le frappa encore, et Linc dut se retenir pour éviter de chanceler sous l'impact.

Claire n'était pas particulièrement forte. Il aurait pu la maîtriser facilement. Il aurait même pu la soulever et la transporter à l'autre bout de la pièce d'une seule main. Mais le choc de la voir se lâcher ainsi, aussi bien verbalement que physiquement, le cloua sur place.

Et puis… il avait envie de voir jusqu'où l'entraînerait sa colère. Sa frustration lui donnerait-elle le courage de lui faire une scène ?

— Je suis venue te trouver pour que tu m'aides ! s'emporta-t-elle. Je t'ai parlé de Sara. Je t'ai dit tout ce que je sais sur Jonathan et sa famille, j'ai répondu à toutes les questions que tu m'as posées du mieux que j'ai pu. Alors, tu veux bien m'expliquer en quoi je t'ai menti ?

Elle ponctua cette question d'un nouveau coup. Pas aussi fort que les premiers, mais assez pour venir à bout de la réserve qu'il avait observée jusque-là.

Il saisit son poignet et lui tordit le bras derrière le dos, sa main l'emprisonnant dans un étau d'acier. Elle se pencha en avant pour s'écarter de lui, et les premiers signes de la frayeur firent briller ses yeux d'un bleu de cristal.

Il se pencha à son tour pour se retrouver nez à nez avec elle.

— Tu m'as menti quand tu m'as dit que tu m'aimais. Tu m'as menti quand tu as dit que tu voulais te marier avec moi. Et tu m'as encore menti en me cachant l'existence de ma fille et en la faisant passer pour celle d'un autre, conclut-il d'un ton haineux.

L'ombre d'une souffrance joua sur ses traits... sur sa peau pâle et lisse, ses pommettes saillantes, sur le bout de son nez et ses lèvres en forme de cœur qui l'avaient enflammé à l'adolescence. Linc savoura cette souffrance, s'en reput, la laissa réchauffer la part sombre de lui-même qui rêvait de lui faire payer tout le mal qu'elle lui avait causé.

Cette jubilation ne dura que quelques secondes. Pas assez longtemps pour satisfaire son puissant besoin de vengeance, et elle fut remplacée par des souvenirs de leur passé commun et des sentiments enfouis qui leur étaient attachés.

La première fois qu'il avait réalisé qu'il avait envie de l'embrasser, qu'elle n'était plus à ses yeux une des gamines du quartier avec qui il grimpait aux arbres, lançait des cailloux et attrapait des crapauds et des serpents pour les glisser dans le lit de sa sœur.

La première fois qu'il l'avait embrassée, derrière un arbre, au cours d'un pique-nique. Il lui avait fallu des mois pour trouver le courage de le faire.

Toutes les fois qu'ils étaient sortis ensemble, où ils avaient partagé un hamburger, où ils étaient allés voir un film au drive-in Lookout Point.

La première fois qu'ils avaient fait l'amour, et toutes les autres fois après ça.

Son diaphragme se contracta, l'empêchant de respirer, et son sexe durcit davantage, faisant passer l'état de semi-érection qu'il endurait depuis que Claire s'était assise à son bureau, à une érection parfaitement aboutie.

Il bloqua ses pensées – il ne voulait plus penser –, plongea en avant et s'empara de sa bouche. Il l'embrassa comme un affamé se rue sur un banquet. Il l'embrassa comme il rêvait de le faire depuis dix ans, au cours de ces longues nuits solitaires où la colère s'estompait, laissant place au regret et au désir.

Il l'embrassa comme il le faisait lorsqu'elle était toute sa vie.

L'espace d'un instant, elle chercha à se débattre en se raidissant. Mais Linc affermit sa prise et s'empara de son autre poignet.

Il fit passer ses deux bras derrière son dos, plaqua son corps contre elle. La pointe de sa langue s'immisça entre ses lèvres et une fois qu'il l'eut introduite dans sa bouche, leurs langues engagèrent un duel sensuel qui fit remonter un grognement depuis son plexus solaire.

Il l'attira plus près de lui, pressa son sexe au creux de ses cuisses, et réunit ses poignets dans une seule de ses mains pour caresser son sein à travers la douce étoffe de son sweater rose pâle.

Du pouce, il chercha son mamelon, mais son soutien-gorge devait être rembourré car il ne sentit rien d'autre qu'une courbe lisse. Il laissa échapper un grondement, glissa la main sous le sweater et fit remonter ses doigts sur la peau nue de son ventre et de ses côtes, jusqu'à ce qu'une étoffe satinée arrête leur progression.

Il ne perdit pas de temps à dégrafer le soutien-gorge. Il le fit remonter sur ses seins et sentit la pointe rigide de son mamelon mordre la paume de sa main.

Constater son excitation, savoir qu'elle avait autant envie de lui qu'il avait envie d'elle, lui tira un grognement sourd. Il mordilla ses lèvres tel un loup embrassant sa louve – mordant, réclamant, la marquant comme sienne.

L'amertume de milliers de nuits sans sommeil collait toujours à son âme.

Il interrompit leur baiser et son torse se souleva quand ses poumons refirent le plein d'oxygène. Plaquée contre lui, il sentit Claire en faire autant.

Il avait libéré sa bouche, mais il n'avait pas libéré son corps. Du bout des doigts, il jouait avec la pointe durcie de son mamelon, caressant le galbe du sein de la paume de sa main.

— Il te faisait ça aussi, ton mari ? demanda-t-il d'une voix grinçante.

Il répugnait à prononcer le nom de cet homme. L'imaginer au-dessus de Claire en train de l'embrasser, de la caresser et de la faire crier de plaisir était bien assez désagréable.

— Il te caressait les seins comme ça ? Tes seins devenaient tout durs à l'idée de le sentir en toi ?

Claire, qui s'était détendue sous ses baisers, se raidit à nouveau. Ses cils palpitèrent et son regard devint méfiant.

— Ne fais pas ça, Linc. Je t'en prie.

Il ignora son ton suppliant et, du dos de la main, effleura son ventre jusqu'à la ceinture du pantalon. Il défit prestement le bouton de la braguette, fit descendre la fermeture et plongea la main dans l'ouverture.

Sans prendre la peine de caresser la dentelle de la culotte, il glissa directement la main sur les lèvres moites et enflées de son sexe. La paume de sa main la recouvrit, son majeur effleura son clitoris et encercla l'ouverture.

— Tu mouillais comme ça pour lui aussi ?

Il sentit le spasme involontaire de ses muscles internes, et son sexe se tordit aussitôt en réponse.

— Il te faisait jouir quand il te caressait ?

Elle ouvrit la bouche pour répondre – ou pour le supplier d'arrêter ce cruel interrogatoire, à en juger par les larmes qui perlaient au coin de ses yeux – mais il coupa court à ses paroles en enfonçant profondément son doigt dans son sexe, tout en caressant son clitoris du pouce. Ce geste eut exactement l'effet escompté, quoique plus facilement qu'il ne l'aurait cru. Son sexe palpita autour de son doigt, pulsa sous sa main, et la jouissance lui tira un cri étranglé.

La voir jouir, sentir les secousses du plaisir parcourir son corps le bouleversa. Il en ressentit lui-même une telle décharge de plaisir qu'il faillit jouir sans même qu'elle l'ait touché et alors que son sexe était toujours prisonnier de son jean.

Il n'avait plus envie que d'ouvrir sa braguette pour enfouir son sexe en elle. Ou bien se branler pour se soulager. Dans un cas comme dans l'autre, il aurait mis moins d'une nanoseconde à éjaculer.

Il serra les dents, redressa les épaules et inspira à fond en s'efforçant de chasser les images qui l'assaillaient – la caresser, la lécher, la faire gémir et se tordre de plaisir tandis qu'il la possédait bestialement. Les yeux clos, le souffle rapide, de minuscules frissons de plaisir parcouraient le corps alangui de Claire entre ses bras.

— Il te faisait jouir comme ça, ton mari ? assena-t-il d'une voix aussi râpeuse que du papier de verre.

5

Non. Jonathan ne l'avait jamais fait jouir comme ça. Loin de là. Très loin de là.

Elle n'était pas certaine d'avoir jamais ressenti un plaisir aussi fulgurant, aussi intense. Pas même à l'époque où ils étaient tous les deux assoiffés de sexe et pleins de sève comme le sont les adolescents, et où ils profitaient de la moindre occasion pour s'accoupler. C'était comme si la haine qu'elle lui inspirait et le traitement brutal qu'il venait de lui infliger avaient accru l'érotisme de la situation.

Sa culpabilité et le fait qu'elle n'avait pas eu de relation sexuelle depuis longtemps y étaient peut-être aussi pour quelque chose.

Mais elle se serait fait hacher menu plutôt que de répondre aux questions malsaines et insultantes de Linc. Les relations intimes qu'elle avait eues avec Jonathan ne le regardaient pas, pour commencer. D'autre part, il était hors de question qu'elle entre dans son petit jeu d'homme des cavernes où les dialogues se limitaient à « Moi Tarzan, toi Jane ».

Elle avait depuis longtemps dépassé le stade où elle estimait que ses erreurs passées donneraient le droit à Linc de la traiter comme un paillasson, de lui infliger punition sur punition et de l'insulter. S'il voulait continuer à lui en vouloir, libre à lui. Mais s'il pensait que glisser sa main dans sa culotte et la caresser jusqu'au plaisir la punirait de ce qu'elle lui avait fait autrefois...

Franchement ! Depuis quand un orgasme qui vous donne l'impression de voir le visage de Dieu est-il considéré comme une punition ?

Il avait maintenu ses bras en arrière si longtemps qu'elle avait mal aux épaules, et elle avait un nœud dans le dos à force d'être restée cambrée, mais lorsque Linc écarta lentement la main de son entrejambe, ces menus désagréments s'évanouirent. Il libéra ses poignets et recula.

Ne t'avise pas de jouer à ça avec moi, pensa-t-elle.

Il n'allait pas s'amuser à la déshabiller – au figuré sinon littéralement – pour se détourner d'elle ensuite comme s'il ne s'était rien passé, s'étant assuré de faire le plein de munitions qu'il ne manquerait pas d'utiliser contre elle. Il était hors de question qu'elle lui laisse prendre l'avantage sur le terrain des rapports sexuels, alors qu'il l'avait déjà sur tous les autres.

Elle fit rouler ses épaules et plia les bras pour faire circuler le sang dans ses membres engourdis. Puis, d'un seul coup, tendit la main vers lui avant qu'il ait eu le temps de s'éloigner et le retint par la ceinture de son jean.

La chaleur de sa chair sous son T-shirt lui brûla les doigts, et Linc se figea sur place. Ses abdominaux étaient aussi durs que le marbre. Il baissa la tête et braqua les yeux sur sa main.

— Ça t'intéresse vraiment ? s'enquit-elle d'un ton tranquille. Ça t'intéresse vraiment de savoir ce qu'un autre homme m'a fait ou pas alors que tu es avec moi ? Alors que tu viens de me faire jouir comme jamais rien qu'avec ta main ? Ça m'étonne de toi, Lincoln Rappaport. Je pensais que tu avais le sens des priorités.

La provocation eut l'effet désiré. Un grognement remonta dans sa gorge, il posa la main au creux de sa nuque et attira sa bouche vers la sienne.

Son baiser faillit la faire fondre de la tête aux pieds et faire d'elle une tache supplémentaire sur la moquette décatie de la chambre. Elle dut rassembler toutes ses forces et toute sa lucidité pour amener ses doigts à déboutonner le bouton de sa braguette.

Son sexe en érection pressait si fort contre la braguette qu'elle craignit de lui faire mal en le libérant. Elle immisça habilement l'autre main dans son jean avant de descendre la fermeture Éclair... avec une lenteur délibérée, tout en pressant doucement son sexe dans sa main. Il était très, très rigide.

Il gémit contre ses lèvres, tout en faisant glisser ses mains le long de son dos, et saisit ses fesses fermement sous son pantalon déjà ouvert. Il les pétrit amoureusement et la souleva presque au point de décoller ses pieds du sol pour la serrer contre lui.

Leurs bouches unies se dévorant l'une l'autre, ils se déshabillèrent mutuellement. Elle fit glisser le pantalon de Linc sur ses hanches et le baissa autant qu'elle put, puis remonta le T-shirt, découvrant son torse.

Dans le même temps, Linc retira ses bottes et enjamba son jean avant d'écarter ses lèvres des siennes, le temps de faire passer son T-shirt par-dessus sa tête. Puis il reposa aussitôt les mains sur elle pour la déshabiller.

Il agrippa les pans de son sweater et les écarta d'un coup sec, faisant voler les boutons à travers la chambre. Elle voulut retirer ses chaussures, mais il la fit basculer sur le lit et s'en occupa lui-même.

Une seconde plus tard, il était allongé sur elle. Claire ne portait plus que sa culotte et son soutien-gorge relevé au-dessus de ses seins.

Elle avait oublié cette sensation... le corps d'un homme sur elle, ses seins aplatis sous son torse, la chaleur brûlante de son sexe en érection palpitant sur son mont de Vénus.

Il est vrai qu'elle ne s'était encore jamais retrouvée sous le corps d'un homme tel que lui. Linc était bien plus mince quand ils étaient au lycée. Déjà athlétique, mais nettement moins musclé qu'aujourd'hui.

Quant à Jonathan… il n'avait jamais été en mesure de soutenir la comparaison avec Linc, de toute façon. Ni physiquement ni autrement. Mais elle n'avait vraiment pas envie de penser à Jonathan.

La bouche de Linc se referma sur sa gorge, et elle sentit le duvet qui recouvrait son torse frotter contre ses pointes de seins sensibles. Elle renversa la tête en arrière pour l'inciter à lécher et mordre comme elle adorait qu'il le fît, dix ans plus tôt. Son corps n'avait pas oublié les caresses de Linc.

À elle seule, sa bouche menaçait de l'emporter dans un vertigineux tourbillon de sensations, mais elle refusa de profiter passivement de ses attentions. Elle voulait le rendre fou, elle aussi. Cela faisait dix ans que les fantasmes qu'elle avait enterrés au plus profond d'elle-même griffaient furieusement ses entrailles afin d'être libérés.

Elle effleura ses épaules de la pulpe de ses doigts, ses biceps ronds et fermes, ses avant-bras tout aussi durs, puis remonta. Elle s'attarda sur le tatouage et sa langue darda instinctivement entre ses lèvres, brûlant d'envie de lécher cette séduisante ligne de fil barbelé.

Quand il vit jaillir ce petit bout de langue rose, Linc émit une sorte de grognement animal et s'empara de sa bouche avec une férocité qui la fit vibrer de la tête aux pieds.

Son sang pulsait, lourd et chaud dans ses veines. Son cœur battait comme une timbale d'orchestre, et ce point au creux de ses cuisses bourdonnait d'une impatience qu'elle ne se souvenait pas d'avoir jamais ressentie, lui rappelant qu'elle était une femme et qu'elle avait besoin d'un homme capable de satisfaire les exigences de son corps.

Les mains de Linc pétrissaient ses seins, descendaient sur son ventre et ses hanches, encerclaient le haut de ses cuisses, ses pouces pressant de part et d'autre, effleurant le triangle de sa toison, l'incitant à s'ouvrir pour lui.

— Je n'en peux plus, haleta-t-il en se plaçant entre ses jambes. J'ai trop envie de toi.

Claire avait tout autant envie de lui. Sa chair était brûlante et ses membres tremblaient irrépressiblement.

Mais elle avait encore la lucidité de penser aux choses essentielles.

— Préservatif, chuchota-t-elle. Tu as un préservatif ?

Linc laissa aller son front contre le sien en réprimant un juron et ferma les yeux un instant, puis se redressa et descendit du lit, les muscles de ses bras jouant divinement sous sa peau.

Claire eut envie de s'agripper à lui en disant que c'était sans importance, qu'elle voulait qu'il la prenne, là, maintenant. Mais avant qu'elle ait eu le temps de formuler complètement cette idée dans sa tête, il s'était emparé de sa trousse de toilette, l'avait ouverte et en sortait un chapelet de petits sachets en plastique.

Il en préleva un, laissa les autres tomber par terre, revint vers elle en déchirant l'emballage avec ses dents et enfila soigneusement le préservatif sur la généreuse longueur de son sexe en érection.

Incapable de détacher les yeux de cette partie de son anatomie, Claire eut une impression étrange, comme s'il s'agissait de quelque chose de délectable qu'elle avait envie d'avaler et de savourer tout à la fois.

Cette partie de son corps avait aussi grandi, et pas seulement parce qu'il était excité. Elle ne se souvenait pas que son sexe ait eu ces proportions, ni cette… autorité, et elle eut envie de le toucher, de le caresser avec sa main et avec sa bouche.

Elle comprit cependant à son regard qu'il n'en était pas question. Pas encore.

Étendue sur le lit, Claire sentit son regard brûler sa peau et eut l'impression d'être un petit animal sans défense pris au piège par un félin aussi colossal que dangereux.

Elle frissonna quand il se rapprocha, et lorsqu'il attrapa ses chevilles pour lui faire écarter les jambes, elle n'opposa aucune résistance. Il pesait deux fois plus lourd qu'elle, il était deux fois plus fort et il la haïssait, mais il ne lui ferait aucun mal. Pas ce soir.

— Ça ne prendra pas longtemps, déclara-t-il en grimpant sur le lit et en soulevant ses jambes pour les appuyer verticalement contre son torse. Pas la première fois. Je me ferai pardonner plus tard.

Elle ne doutait pas qu'il tiendrait parole, mais elle savait aussi qu'il n'aurait rien à se faire pardonner. Ses chevilles reposaient sur ses épaules quand il plaça son sexe entre ses cuisses. Il la pénétra d'une poussée ferme. Des étincelles jaillirent sous ses paupières closes.

Cela faisait une éternité qu'elle n'avait pas couché avec un homme, et elle était plus que prête à le recevoir. Non seulement parce qu'il venait de la faire jouir comme jamais, mais aussi à l'idée de refaire l'amour avec Linc. Son premier amour, son premier amant, l'homme avec qui elle avait cru qu'elle vivrait jusqu'à la fin de ses jours.

La taille de son sexe ne l'avait pas empêché de la pénétrer entièrement, et il atteignit immédiatement son point G. Elle cambra le dos, son clitoris frotta contre son bas-ventre et elle faillit jouir instantanément.

Il n'avait pas bougé, ne l'avait pas caressée, ne lui avait pas donné ce qu'elle savait qu'il lui réservait, mais elle était déjà au bord d'un orgasme qui promettait d'être encore plus fulgurant que le précédent.

Il se pencha en avant pour mordiller ses lèvres, et les jambes de Claire glissèrent pour se caler au creux de ses bras. Il agaçait sa bouche de ses lèvres, de sa langue, de ses dents, mais c'était ce qu'il faisait plus bas qui lui coupait le souffle.

Elle aurait aimé imputer la sensation de vertige qui l'avait saisie et les picotements qui parcouraient ses bras et ses jambes au manque d'oxygène de son cerveau, mais elle savait que c'était uniquement le fait de sentir son sexe palpiter en elle qui la mettait dans cet état.

Linc attrapa ses hanches et l'immobilisa dans la position qu'il voulait lui voir adopter. Il se retira alors lentement, puis l'empala de nouveau. Encore et encore.

Il ferma les yeux en accélérant le rythme de ses poussées. Claire haletait, les mains agrippées au dessus-de-lit, le regard rivé sur son visage. Elle n'arrivait pas à détacher ses yeux de lui, pas quand elle avait attendu si longtemps avant de le retrouver. Pas quand cet instant risquait de devenir le seul souvenir qu'elle aurait de lui jusqu'à la fin de ses jours.

Linc rouvrit les yeux. Leurs regards se rencontrèrent et restèrent rivés l'un à l'autre.

— Dis-moi ce que tu veux, fit-il d'une voix rocailleuse qui enflamma ses sens.

Claire n'avait jamais eu pour habitude de prononcer des mots crus dans l'intimité, mais l'espace d'un instant, elle eut envie de dire ce qu'elle savait qu'il avait envie d'entendre. De lui demander de la baiser. *Baise-moi, Linc. Baise-moi à fond. Baise-moi comme si ta vie en dépendait.*

Cette pensée suffit à l'amener au bord de l'orgasme et ses muscles internes enserrèrent spasmodiquement son sexe, comme les cercles concentriques qui se forment à la surface de l'eau effleurée par le ricochet d'une pierre.

Mais ce n'était pas ça qu'elle voulait, pas vraiment. Elle se passa la langue sur les lèvres.

— Toi, murmura-t-elle. C'est toi que je veux, Linc.

Pendant une fraction de seconde, ce fut comme si la terre cessait de tourner. Linc ne respirait plus, et une lueur stupéfaite passa dans ses yeux aussi gris qu'un ciel d'orage. Un gémissement franchit alors ses lèvres – un son d'une telle sincérité et d'une telle puissance qu'il lui transperça l'âme – et il fondit sur elle pour l'embrasser, jusqu'à ce qu'elle ait l'impression qu'elle allait entièrement se consumer pour se réduire à un petit tas de cendres.

Elle répondit ardemment à son baiser et passa les bras autour de son cou, ses jambes encerclant ses hanches. Linc la serrait dans ses bras lui aussi, la soulevant légèrement de façon à la pénétrer au maximum. Les caresses de son sexe se firent plus profondes, plus intenses.

Le va-et-vient de ses hanches s'accéléra entre ses cuisses, et Claire concentra toute son attention sur les incroyables sensations qui s'emparaient d'elle.

Linc n'avait pas cessé de l'embrasser un seul instant. Il inséra une main entre leurs corps, si près l'un de l'autre qu'ils paraissaient soudés, et glissa deux doigts sur son clitoris.

Au premier contact, Claire bascula dans l'extase. Des points colorés miroitèrent sous ses paupières closes et, l'une après l'autre, les vagues d'un plaisir vertigineux balayèrent son corps. Elle creusa les reins, planta ses ongles dans les épaules de Linc, ouvrit la bouche et poussa un cri qu'il s'empressa d'étouffer d'un baiser.

Ses coups de reins étaient à la fois plus courts et plus vigoureux, et la sensation du plaisir qui submergeait Claire, les délicieuses contractions qu'il déclenchait autour de son sexe, le firent basculer à son tour.

— Oui, souffla-t-il au creux de son cou. Oui, oui… *oh oui*.

Il se répandit alors en elle avec un puissant rugissement qui se répercuta longuement dans la petite chambre. Les murs du bungalow étaient si minces que tous les autres résidents du motel l'entendirent certainement.

Mais Claire ne s'en souciait absolument pas. Elle flottait sur un nuage d'extase et était si heureuse qu'elle ne se souciait plus de rien.

Le poids de Linc enfonçait son corps dans le matelas, et elle avait du mal à respirer. Mais au lieu de chercher à s'écarter ou de lui demander de se retirer, elle savoura l'instant. La chaleur de son corps viril lui permettait de se sentir à nouveau belle et désirable. Dans ses bras, elle était redevenue une vraie femme.

Il finit par rouler sur le côté, mais avant qu'elle ait eu le temps d'émettre un soupir de déception, il avait passé un bras autour de sa taille et l'entraînait avec lui. Il posa la tête sur les oreillers et l'étendit sur lui. Le couvre-lit froissé leur picotait la peau.

Claire commençait à dériver vers le sommeil, comblée – une sensation dont elle avait oublié jusqu'à l'existence car cela faisait très, *très* longtemps qu'elle n'avait pas ressenti une telle extase – quand il cala le menton au sommet de sa tête.

— Ne t'endors surtout pas, murmura-t-il. Je suis loin d'en avoir fini avec toi.

6

Un masochiste, voilà ce qu'il était, se dit Linc tandis qu'il reposait, Claire le couvrant du poids de son corps.

Après la séance qu'il venait de lui infliger, il aurait dû être lessivé. Dieu lui était témoin qu'il y avait longtemps qu'il n'avait pas joui de la sorte, sinon jamais. Ses orteils le picotaient encore de l'orgasme qu'il venait de puiser dans son corps tiède et accueillant.

Il aurait dû être satisfait, repu. Mais il découvrait avec stupeur que son corps vibrait encore de désir. Niché en elle, son sexe retrouva une vigueur nouvelle.

Du jamais vu. Avec n'importe quelle autre femme, il aurait roulé sur le côté et se serait endormi. Ou bien se serait rhabillé en vitesse pour filer, avant qu'elle ne cherche à tisser des liens qui n'existeraient jamais.

Il n'avait pas fait vœu de chasteté après le départ de Claire qui l'avait laissé pantelant, égaré, vexé, et qui lui avait brisé le cœur. Mais il n'avait jamais trouvé de partenaire susceptible de lui remuer l'âme comme elle l'avait fait.

C'était sans doute ce qui l'avait amené à collectionner les aventures d'une seule nuit. Lorsqu'il ressentait le besoin de la compagnie d'une femme et que sa main droite ne parvenait pas à le soulager, il sortait de chez lui et en trouvait une qui s'en chargeait à sa place. Pas de liens, pas de mots tendres, pas de promesses.

Elle l'avait envoûté et refusait de le laisser partir, exactement comme la première fois qu'il l'avait embrassée, qu'il avait caressé sa peau et s'était perdu dans la douceur de son corps.

Il eut envie de maudire le Ciel, de trouer le mur de son poing et de lancer ces lampes de chevet hideuses à travers cette chambre de motel plus hideuse encore. Baisser sa garde en présence de Claire Cassidy Scarborough était bien la dernière des choses dont il avait besoin.

Il devait affermir sa résolution, passer en revue la liste de tout ce qu'il avait enduré à cause d'elle et construire un rempart solide qui lui permettrait de la tenir à distance.

Mais il restait là, allongé avec elle sur le lit de ce motel pouilleux, tellement vieux et usé qu'il formait une cuvette au milieu du matelas où leurs corps s'étaient naturellement enfoncés. La tête de Claire nichée au creux de son épaule, son sexe gainé de latex enfoui dans les replis soyeux de sa chair.

Il fallait qu'il se fasse soigner. Qu'il trouve un antidote efficace contre le virus qu'elle lui avait inoculé. Qu'il saute dans un avion pour se sauver le plus vite et le plus loin possible.

Allait-il se décider à bouger ? À la repousser et à s'habiller ?

Le diable aurait pu le tirer par les orteils qu'il n'aurait pas bougé.

Il savait qu'il le regretterait mais, pour l'instant, Claire était dans ses bras, dans son lit, et il n'avait absolument pas envie que ça change. Pas avant que l'obsession maladive qu'elle lui inspirait ait cessé, en tout cas. Si cela se produisait, il arriverait peut-être à la chasser de son esprit pour aller de l'avant.

Il refusa de penser à la petite fille dont Claire prétendait qu'il était le père et au fait que, si elle disait vrai, cette petite fille le lierait à Claire jusqu'à la fin de ses jours.

Il y réfléchirait plus tard. Il ne pouvait pas faire deux choses à la fois et la seule chose dont il avait envie de s'occuper pour le moment, c'était du corps chaud de la jeune femme.

Elle s'étira sur lui, accentuant la pression qui palpitait au niveau de son entrejambe. L'idée de reprendre immédiatement leurs ébats lui passa par la tête, mais il savait que c'était tenter le diable que d'utiliser deux fois le même préservatif. S'il n'avait pas déjà été d'une extrême prudence, la toute récente révélation de sa paternité aurait suffi à le convaincre.

— Penche-toi au bord du lit et attrape les préservatifs qui restent, dit-il en lui appliquant une petite tape sur les fesses.

Elle se redressa légèrement, une lueur d'hésitation au fond de ses yeux bleus.

— Tu es sûr que c'est une bonne idée ?

— Je crois que c'est une idée géniale.

Fabuleuse, même. Encore plus grandiose que l'invention de l'électricité ou du téléphone.

Claire tourna la tête vers les lourds rideaux de la chambre.

— Il fait encore jour, murmura-t-elle. Tu ne crois pas qu'on devrait plutôt… travailler ? ajouta-t-elle en plissant le nez.

Linc porta son pouce à ses lèvres, le lécha et en caressa la pointe de son sein, que ce contact humide durcit aussitôt.

— Tant que Noah ne m'aura pas communiqué d'autres informations sur ton ex, on ne peut pas faire grand-chose, répondit-il sans détacher les yeux de sa poitrine. Il m'appellera dès qu'il aura du nouveau.

Claire hésitait encore, dubitative, mais Linc n'avait pas l'intention de la laisser y réfléchir à deux fois. Pas lorsqu'elle était toute nue et à sa merci.

Plus tard, peut-être. Plus tard, ils regretteraient leurs actes et jureraient de ne plus jamais recommencer. Plus tard, ils pourraient se permettre d'avoir des remords ou plaider la folie passagère.

Mais d'ici là, Linc voulait faire comme si rien ne les séparait. Aucune trahison, aucun ressentiment, pas même dix ans de secrets et de mensonges. Rien que ce désir sauvage qui le dépouillait de toute volonté.

L'idée de la posséder fit brutalement durcir son sexe, ce qui eut le mérite de détourner l'attention de Claire de ses doutes. Elle se laissa aller contre lui en gémissant.

— Je croyais qu'un homme mettait plus longtemps que ça à récupérer.

— Tout dépend de la femme qui est avec lui, j'imagine, répliqua-t-il en soulevant légèrement les hanches pour étayer sa théorie.

D'un seul coup, Claire disparut. Elle s'était écartée de lui, avait quitté le lit, et l'érection gainée de latex de Linc palpitait contre son ventre d'une façon qui manquait cruellement de dignité. Il se redressa, prêt à la suivre, mais il n'eut pas le temps de faire pivoter ses jambes vers le rebord du lit qu'elle était déjà de retour. Le matelas s'affaissa sous son poids et elle rampa vers lui, à quatre pattes, tenant le chapelet de préservatifs à la main.

— Je me souviens que tu étais déjà très porté sur la chose à l'adolescence, dit-elle en s'asseyant à califourchon sur ses genoux.

— Comment ça, « porté sur la chose » ? répondit-il, surpris par l'expression qu'elle avait employée.

Elle haussa les épaules, et Linc nota que ce mouvement faisait agréablement remuer ses seins.

— Excité, insatiable, si tu préfères. On avait à peine le temps de finir que tu voulais déjà recommencer.

Linc s'en souvenait. Il n'était jamais rassasié d'elle.

— Je ne me souviens pas de t'avoir entendue t'en plaindre.

Elle secoua la tête, et ses cheveux bruns voletèrent autour de ses joues roses. Le carré impeccable qu'elle arborait le matin n'était plus qu'un souvenir et ses boucles folles avaient repris leurs droits. Il l'aimait beaucoup plus avec les cheveux bouclés.

— Non, je ne m'en suis jamais plainte, murmura-t-elle, traçant une ligne du bout des doigts sur son torse. Je t'aimais. J'aimais faire l'amour avec toi, être avec toi chaque fois que je pouvais, n'importe où. Si j'avais pu me glisser sous ta peau, j'y serais restée toute ma vie et je serais morte heureuse.

Ces paroles, plus encore que la caresse aussi légère qu'une plume de ses doigts, s'insinuèrent en lui et déclenchèrent une sensation troublante dans son ventre qui remonta tout près de son cœur.

Oh, non, il ne s'engagerait pas dans cette direction. Il ne la laisserait pas s'approcher de son cœur. Quelques mots tendres et de vagues souvenirs ne feraient pas voler ses défenses en éclats, sinon il serait à nouveau aussi nu et vulnérable devant elle qu'il l'avait été. Et il savait où cela conduisait.

Tout ce qu'il voulait, c'était coucher avec elle. Il était venu à San Francisco pour retrouver une petite fille dont il était peut-être le père, mais s'il était sur ce lit, c'était uniquement pour s'envoyer en l'air.

Il se redressa pour l'embrasser ou la faire rouler sur le dos, mais surtout pour l'obliger à se taire.

Au lieu de quoi, il sentit ses poumons se vider d'un seul coup. Elle avait enroulé ses doigts à la base de son sexe et le pressait doucement. Il se laissa retomber sur les oreillers et sentit tous les muscles de son corps – à l'exception de celui qu'elle tenait dans sa main – devenir complètement mous sous l'effet du choc et du plaisir conjugués.

Avec deux doigts, elle fit lentement rouler le préservatif usagé jusqu'au bout de son sexe, puis tendit le bras et le laissa tomber dans la corbeille à papier.

— Je me souviens d'autre chose, aussi, chuchota-t-elle.

Linc eut l'impression que ses cordes vocales étaient coincées dans sa gorge, et ne fut pas certain d'être en mesure de parler jusqu'à ce qu'il ait ouvert la bouche.

— Ah oui ? De quoi donc ? demanda-t-il d'une voix rauque.

— Je me souviens que tu aimais beaucoup sentir ma bouche sur toi.

Elle se pencha en avant et fit courir la langue le long de son sexe. Cette caresse humide déclencha un éclair de plaisir qui remonta sa colonne vertébrale et se répercuta à toutes les extrémités de son corps.

Il fut surpris que cela n'ait pas suffi à déclencher une éruption, mais fut heureux d'avoir miraculeusement résisté quand elle encercla son gland de la pointe de sa langue, le prit en bouche et se mit en devoir de le sucer… doucement d'abord, puis avec plus de vigueur quand elle eut trouvé le rythme qui lui convenait. Linc sentit ses yeux se révulser.

Ses poings agrippèrent le couvre-lit, puis il enfouit les doigts dans ses cheveux pour accompagner ses mouvements.

Non qu'elle eût besoin d'être guidée. Ce qu'elle lui faisait était tellement divin qu'il était disposé à se mettre à genoux pour la supplier de continuer. Prêt à tout dire, tout faire, tout promettre.

Il s'était engagé sur une pente dangereuse et s'il ouvrait la bouche, il risquait de proférer une grosse, une très grosse bêtise.

— Claire, dit-il en faisant attention de ne pas lui faire mal en lui tirant les cheveux. Claire, je t'en supplie, arrête ou je vais jouir...

Elle leva les yeux vers lui, laissant ses lèvres tout près de son sexe pour l'effleurer doucement d'un mouvement latéral visant à maintenir son excitation.

— C'est fait pour ça, rétorqua-t-elle avec un sourire angélique que démentaient le voisinage de sa bouche et de son gland et les formes voluptueuses de son corps nu.

Sa posture n'avait vraiment rien d'angélique, à moins de se référer à l'ange déchu du paradis.

Elle donna de petits coups de langue à un point particulièrement sensible situé à la base de son sexe, et ses doigts glissèrent un peu plus bas pour jouer avec ses testicules.

Linc étouffa un juron. Ses hanches se soulevèrent et il comprit qu'il ne lui restait plus que quelques secondes avant que les protestations qu'il aurait pu émettre ne se convertissent en gémissements pathétiques et désespérés.

— C'est toi qui m'as appris ça, tu te souviens ? murmura-t-elle.

Avant qu'il ait eu le temps de répondre, avant que son cerveau engourdi ait seulement eu le temps de formuler une quelconque réponse, elle l'avait repris en bouche et l'avalait entièrement.

Tenter de retenir son orgasme eût été aussi efficace que de construire un brise-lames avec des bâtons d'esquimaux. Il se lâcha d'un seul coup et sentit son esprit partir en vrille, jusqu'à ce que la puissance du soulagement le fasse trembler de tous ses membres.

Claire faisait aller et venir sa bouche au rythme du mouvement de ses hanches et reçut tout ce qu'il avait à lui donner jusqu'à la dernière goutte. Linc se sentit vidé, lessivé. Peut-être même au bord du coma.

Jamais encore un orgasme ne l'avait fait loucher de plaisir de cette façon. Aucune femme ne lui avait donné cette impression étrange de se retourner sur lui-même, comme un gant.

Il choisit de ne pas s'attarder sur cette dernière considération. Pas quand ses os étaient liquides et que Claire s'allongeait près de lui comme si c'était sa place.

C'était peut-être bel et bien sa place, en fait.

Peut-être bien.

7

— Parle-moi de Sara, souffla Linc à l'oreille de Claire.

Ils s'étaient entortillés dans les draps gris et rugueux, et elle était blottie si près de lui que l'air n'aurait pu passer entre leurs corps. À moins que ce ne soit lui qui se fût pelotonné contre elle, son torse plaqué sur son dos lisse, le creux de l'aine calé contre la rondeur adorable de ses petites fesses.

Il espérait qu'elle avait raison de penser que leur fille n'était pas en danger auprès de son ex-mari. D'autre part, le fait qu'on soit en fin de semaine jouerait contre Scarborough s'il avait l'intention de faire établir un faux rapport d'ADN. Ce qu'il avait dit à Claire était vrai : il attendait que Keegan ait réuni plus d'informations concernant les propriétés du clan Scarborough, mais cela n'empêchait pas Linc de travailler sur d'autres pistes pendant ce temps-là.

Au lieu d'arpenter les rues ou de travailler sur son ordinateur comme le marshal aguerri qu'il était, il se terrait dans la chambre d'un motel délabré et s'adonnait à des pratiques sexuelles plus créatives que celles d'une star du X. Il ne semblait pas pouvoir se rassasier de Claire.

Un peu plus tôt, entre une séance de galipettes sur le lit et une expérience érotique sur une chaise, Linc était allé chercher des hamburgers et des boissons dans un fast-food. En partie parce qu'ils n'avaient pas mangé grand-chose dans l'avion, et en partie pour reprendre des forces en vue de ce qu'ils feraient encore avant le lever du jour.

Pour l'instant, cependant, il était parfaitement repu – du moins temporairement – et son esprit avait retrouvé son calme et ses facultés logiques au lieu de dériver et d'élire domicile entre ses jambes. Il était ici dans un seul et unique but : localiser Jonathan Scarborough et récupérer la fille dont Claire prétendait qu'il était le père. Le sexe était une diversion extrêmement agréable, mais pas nécessairement productive.

Et même si son cœur se serrait à l'idée de ce que Claire risquait de lui révéler, il avait vraiment besoin d'en savoir plus au sujet de cette petite fille.

Il l'avait sentie se raidir contre lui quand il avait soufflé cette demande à son oreille, craignant probablement que leur conversation se convertisse en dispute, et elle ne s'était pas détendue dans les secondes qui s'étaient silencieusement écoulées depuis.

— Qu'est-ce que tu veux savoir ? s'enquit-elle finalement d'une voix aussi calme que la sienne.

Tout ! hurla-t-il intérieurement. Si Sara était réellement sa fille, il avait tout raté depuis sa naissance. Ce manque lui nouait les entrailles et lui donnait envie de frapper quelque chose. Mais étant donné que la violence – aussi justifiée soit-elle – ne lui rapporterait rien, il disciplina son souffle et se prépara à collecter le maximum d'informations.

Ce que Claire s'apprêtait à lui révéler dans l'obscurité de la chambre l'aiderait peut-être à retrouver Sara, ou bien comblerait les vides et l'aiderait à se réconcilier avec dix ans de vie perdue.

— Raconte-moi comment tu as rencontré Scarborough, répondit-il en s'efforçant sans y parvenir tout à fait d'étouffer le mépris que lui inspirait cet homme. Et ce que tu as ressenti lorsque tu as découvert que tu étais enceinte.

Claire prit une profonde inspiration.

— J'étais à Los Angeles depuis à peu près un mois quand les nausées du matin sont apparues. Au début, j'ai cru que j'avais la grippe, mais comme ça durait, j'ai compris que j'avais un problème. Je n'avais pas les moyens de consulter un médecin et j'avais trop honte pour aller dans un dispensaire, alors j'ai acheté le moins cher des tests de grossesse dans une pharmacie. Il s'est révélé positif.

Elle s'était détendue en parlant. Sa tête reposait sur son biceps et de fines mèches de cheveux bruns effleuraient la peau de Linc, sa joue, son menton.

— J'ai piqué une crise de nerfs. Je ne savais pas quoi faire. J'ai eu envie de rentrer à la maison en courant – vers toi, mes parents, le monde qui m'était familier et qui m'accepterait…

Elle s'interrompit un instant et laissa échapper un long soupir.

— Mais je savais qu'en faisant ça, j'aurais le genre de vie auquel j'avais voulu échapper en venant à Los Angeles.

— C'était cauchemardesque à ce point-là pour toi ? murmura-t-il dans l'obscurité.

Apprendre de sa bouche qu'elle avait préféré partir à l'autre bout du pays, épouser un autre homme et dissimuler la naissance de sa fille plutôt que de revenir vivre avec lui en Pennsylvanie, lui faisait effroyablement mal.

— C'est ce que je croyais à ce moment-là, répliqua-t-elle. J'avais tellement envie de devenir quelqu'un. À Butler, je n'aurais jamais pu avoir la vie dont je rêvais. Je sais que ce que je dis doit te paraître épouvantable, et je réalise rétrospectivement que c'était une erreur monumentale. C'était très égoïste de ma part, de toute façon, et profondément injuste vis-à-vis de toi. Mais j'étais jeune et j'étais terrorisée, je ne savais absolument pas quoi faire.

Linc fit consciemment l'effort de desserrer les dents et reposa sa première question.

— Comment as-tu rencontré Scarborough ?

— C'était un habitué du coffee-shop où je travaillais sur Sunset Boulevard. Je l'avais déjà vu plusieurs fois, et on échangeait quelques phrases quand je le servais. Le lendemain du jour où j'ai découvert que j'étais enceinte, je n'arrêtais pas de pleurer. Je devais avoir une mine épouvantable, et les clients que j'ai servis ce jour-là ont dû me prendre pour une folle. Les autres filles qui travaillaient là m'ont conseillé de rentrer chez moi, mais je ne voulais pas me retrouver toute seule à pleurer sur mon sort dans le trou à rats infâme où je vivais. Et je savais que je devais mettre le plus d'argent possible de côté pour élever mon enfant.

Elle remonta le drap sur ses épaules nues.

— Jonathan était assis à une des tables dont je m'occupais ce jour-là, et il m'a demandé ce qui m'arrivait. Au début, je n'ai rien voulu lui dire, mais il a insisté et je... je crois que j'avais terriblement besoin de parler à quelqu'un. D'ôter ce poids qui pesait sur ma poitrine. Alors je me suis assise à sa table et j'ai vidé mon sac. Il est venu tous les jours après ça. Il me demandait si je tenais le coup et m'invitait à m'asseoir à sa table pour bavarder avec lui. Et puis un jour, pendant que je profitais d'une pause pour discuter avec lui, il m'a proposé de l'épouser.

Un bruit étrange, à mi-chemin entre le ricanement et le gloussement, jaillit de son diaphragme.

— Je n'avais jamais rien entendu d'aussi absurde. Mais il était on ne peut plus sérieux et s'est lancé dans un long discours, il m'a expliqué que sa famille était très riche, qu'elle insistait pour qu'il fonde un foyer et que m'épouser résoudrait tous mes problèmes et un certain nombre des siens. Il m'a promis de prendre soin de moi et de l'enfant, et m'a dit qu'il ne s'agirait pas obligatoirement d'un vrai mariage, qu'il faisait ça pour me tirer du pétrin. Qu'on verrait comment les choses se passeraient pendant un an ou deux, et que si à ce moment-là je décidais d'arrêter, chacun partirait de son côté.

Elle s'éclaircit la gorge et Linc la sentit se raidir entre ses bras. Il se raidit aussi, pressentant que ce qui allait suivre ne lui plairait pas.

— Ce qu'il me proposait m'a paru merveilleux, dans l'état de désespoir où j'étais. Il m'a surprise dans un moment de faiblesse, j'imagine, et j'ai cru y voir une solution à tous mes problèmes. Peut-être pas la solution parfaite, mais de très loin préférable à ce que j'envisageais. Alors j'ai accepté, et il m'a emmenée à San Francisco pour me présenter à ses parents et préparer le mariage.

Linc se dit que c'était une bonne chose qu'elle lui tourne le dos. Les sentiments qui l'avaient assailli étaient si puissants qu'il ne serait pas parvenu à les dissimuler. Colère, chagrin, frustration... et quelque chose d'autre qu'il n'arrivait pas à définir.

— On a d'abord entretenu des relations de bon voisinage et petit à petit, ce qui n'était au départ qu'un mariage de raison s'est converti en vrai mariage. Sara était née, Jonathan était adorable avec elle. Je ne l'aimais pas comme je t'avais aimé, mais j'avais de l'affection pour lui.

— Tu veux dire que tu couchais avec lui, ne put-il s'empêcher de cracher.

— Oui, admit-elle après avoir observé un moment de silence. C'était mon mari et un bon père pour Sara. Les choses se sont faites naturellement, et devenir vraiment sa femme était la moindre des choses que je pouvais faire après tout ce qu'il avait fait pour moi. Si ça peut t'aider, précisa-t-elle, ce n'était pas aussi bien qu'avec toi.

— C'est censé être un compliment ?

Elle laissa échapper un petit rire, comme si elle ne pouvait s'empêcher de trouver ça drôle malgré le profond sérieux de leur conversation.

— Absolument. Jonathan était un homme charmant, mais il faisait l'amour comme il faisait tout le reste : avec distance et sérieux. Il était aussi passionné qu'une salade fanée.

Pour la première fois depuis qu'elle parlait de son ex-mari, un sourire passa sur les lèvres de Linc.

— J'imagine que dans la foulée, tu as abandonné ton rêve de devenir une star de cinéma.

— Oui, soupira-t-elle. C'était un rêve de gamine, de toute façon. Je pense que je m'étais fabriqué cet objectif pour trouver le courage de quitter Butler County. Il aura fallu que je devienne une femme trophée, terne et inutile, pour réaliser que vivre dans une petite ville où tout le monde se connaît et où la solidarité n'est pas un vain mot, n'est peut-être pas aussi cauchemardesque que je me l'étais imaginé.

— Une femme trophée, hmm ? releva-t-il en resserrant son bras autour de sa taille.

— Oh oui ! La vie que m'offrait Jonathan était stable et confortable, mais elle avait un prix. Pour en bénéficier, je devais le laisser – ou plutôt laisser sa mère – me modeler à sa guise, faire de moi une épouse parfaite et socialement acceptable. Cours de maintien, leçons de tennis, danse de salon, énuméra-t-elle en comptant sur ses doigts. On m'a appris à m'habiller, à m'asseoir correctement, quel couvert utiliser et comment l'utiliser, et j'ai dû apprendre par cœur la liste des sujets qu'il est de bon ton d'aborder au cours d'une réception. Je fréquentais les femmes du country-club que Jonathan et sa mère jugeaient acceptables, et personne d'autre.

— Tu as subi ça pendant dix ans sans broncher, remarqua-t-il.

— Est-ce que tu te représentes ce que ça fait d'être complètement transformé ? De modifier ta personnalité pour qu'elle corresponde aux désirs de quelqu'un d'autre ? Je ne m'en suis pratiquement pas rendu compte au début. J'étais tellement reconnaissante aux Scarborough de ce qu'ils faisaient pour moi. Mais au bout d'un moment, je me suis fait l'effet d'être une poupée Barbie.

Elle secoua la tête, et Linc sentit ses cheveux soyeux balayer son bras.

— Aucune dispute mémorable, aucune infidélité, aucun événement particulier n'a précédé mon divorce. Je me suis simplement réveillée un jour et j'ai compris que je ne pouvais plus vivre de cette façon.

— Comment a réagi Scarborough quand tu lui as demandé le divorce ?

— Il était d'accord, répondit-elle prudemment. Je crois que ça ne l'a pas vraiment surpris. Je crois que ce mariage ne le satisfaisait pas plus que moi. Il a même proposé de laisser ses avocats s'en charger. Notre contrat de mariage facilitait grandement l'aspect financier, de toute façon. Mais ensuite…

Elle dut s'interrompre pour avaler sa salive.

— Ensuite, il m'a dit que j'étais libre de partir, mais que Sara resterait avec lui. À partir de là, la situation s'est envenimée. Il était hors de question que je parte sans ma fille, mais je savais qu'il avait l'argent et le pouvoir de me la prendre s'il le décidait.

— Ça n'est pas près de se produire, décréta Linc fermement.

Peu lui importait que ce type soit le plus riche du monde, il était hors de question qu'il obtienne la garde de *sa* fille. Pas tant qu'il serait en vie et que son Glock serait chargé.

— Tu n'en sais rien, protesta-t-elle d'une voix tremblante.

Un frémissement de peur et de douleur la traversa, et Linc la serra dans ses bras pour la réconforter. Il crut que cela suffirait, jusqu'à ce qu'il sente quelque chose d'humide sur son bras. Une larme.

— Là, dit-il en déposant un baiser sur sa tempe. Ne pleure pas. Tout va bien se passer.

— Tu n'en sais rien, répéta-t-elle.

— Si, répliqua-t-il avec conviction. On va retrouver Scarborough et récupérer Sara. Je te le promets.

— Tu me le promets ?

— Je te le jure. Dors, maintenant, lui ordonna-t-il tendrement. On va avoir du pain sur la planche pour ramener ta fille à la maison.

Il se blottit étroitement contre elle, ferma les yeux et laissa ses pensées dériver. Il chercha à se raccrocher à sa colère, à son amertume, à la haine qui l'habitait depuis dix ans. Mais pour la première fois depuis très longtemps, il ne parvint pas à formuler une seule mauvaise pensée concernant Claire ou ce qu'elle lui avait fait.

Il se dit que la gangue glacée qui enserrait son cœur avait commencé à fondre et en fut presque... heureux. Maintenant que Claire était revenue dans sa vie, il ferait peut-être bien de ne plus jamais la laisser repartir.

8

Linc savait qu'il aurait fort à faire le lendemain matin pour retrouver la piste de sa fille, mais il prit la décision de laisser ça de côté pour profiter de sa nuit avec Claire. C'était peut-être la dernière nuit qu'ils passeraient ensemble.

Ils firent l'amour encore et encore, ne sommeillant que brièvement avant de se réveiller et de recommencer. S'ils continuaient comme ça, ils risquaient de se retrouver à court de préservatifs. Mais l'idée d'abandonner Claire ne serait-ce qu'un instant déplaisait à Linc. Il craignait de faire éclater la bulle dont ils avaient réussi à s'entourer, aussi temporaire soit-elle.

Cette bulle finirait bien par éclater, songea-t-il avec un soupir en jetant un coup d'œil au réveil sur la table de chevet. Les chiffres rouges et lumineux annonçaient qu'il était presque six heures, et le rai de lumière qui filtrait entre les lourds rideaux vert et marron confirmait qu'ils devraient bientôt se lever.

Ils avaient quand même encore quelques minutes devant eux, se dit-il en calant son sexe entre les fesses de Claire. Sa main remonta sur son ventre, recouvrit son sein et pinça doucement le mamelon jusqu'à ce que Claire se tortille dans ses bras avec un séduisant gémissement. Il déposa un baiser au creux de son cou, fit courir la pointe de sa langue jusqu'à son oreille et en mordilla le lobe.

— Réveille-toi, petite marmotte, murmura-t-il en faisant glisser sa main libre dans le creux tiède et accueillant de son entrejambe. J'ai une petite surprise du matin pour toi.

Elle gémit à nouveau, et écarta les cuisses pour faciliter l'accès à sa main.

— Est-ce que tes surprises du matin ressemblent à tes surprises de l'après-midi ? demanda-t-elle.

Sa voix était enrouée, pas seulement de sommeil, mais de tous les cris de jouissance qu'il avait tirés d'elle.

— Elles sont encore plus délicieuses, assura-t-il en caressant les replis sensibles de sa chair.

Claire sourit pour elle-même quand il agaça son clitoris, et sourit plus largement encore lorsqu'il immisça deux doigts en elle.

— Pourquoi ? s'enquit-elle.

— Parce que comme on est le matin, on n'a pas besoin d'attendre.

Le petit rire étranglé de Claire se répercuta au niveau de son plexus solaire, et il se dit qu'il ne pouvait pas faire autrement que de la prendre tout de suite. Il la prendrait par-derrière et poserait les deux mains sur ses seins... mais il lui fallait un préservatif. *Vite*. Sinon, il risquait de la pénétrer sans protection, ce qui aurait été très bête. Il aurait volontiers donné la prunelle de ses yeux pour connaître le plaisir de la posséder sans qu'aucune barrière ne s'interpose entre eux, mais le risque était bien trop grand. D'autant plus grand qu'ils avaient apparemment prouvé qu'ils étaient tous deux fertiles, la dernière fois.

Il roula donc sur le côté en la maintenant serrée contre lui d'un bras, et tendit l'autre vers le dernier préservatif qu'il avait aperçu près du réveil. Il déchira l'emballage avec les dents et l'enfila prestement sur son membre.

Il s'apprêtait à la pénétrer, le sexe déjà niché contre son ouverture, quand la sonnerie de son portable retentit. Le temps d'un battement de cœur, il envisagea sérieusement de l'ignorer. Rien n'était plus important que de sentir le corps chaud et humide de Claire l'envelopper.

Finalement, son instinct d'US Marshal remporta la victoire sur sa libido. À moins que ce ne soit le fait d'imaginer sa fille entre les mains d'un individu déterminé à se l'approprier.

Avec un grognement de dépit, il appliqua une légère tape sur les fesses de Claire pour qu'elle lui permette de se lever, et attrapa son portable sur la table près de la fenêtre.

— Rappaport, aboya-t-il, fronçant les sourcils lorsqu'il vit que Claire cherchait à s'éloigner.

Il saisit son poignet et l'attira dans ses bras pour lui faire adopter la position qu'ils avaient au lit un instant plus tôt. Tout en écoutant Keegan lui rapporter ce qu'il avait dégoté sur le clan Scarborough, il effleura du bout du nez la tempe de Claire. Elle fit vaguement mine de se débattre, mais s'immobilisa quand les dents de Linc se refermèrent sur le tendon de sa gorge, les deux doigts qu'il avait introduits en elle un peu plus tôt jouant avec les boucles de sa toison.

Ses lèvres s'écartèrent sur un halètement silencieux, et elle cambra le dos pour l'inciter à caler son sexe entre ses fesses.

Hmm, se dit Linc. Si Keegan ne se dépêchait pas de boucler son rapport, il risquait d'entendre des choses qu'il n'était pas censé entendre.

— OK, c'est bon, bougonna-t-il en s'efforçant du mieux qu'il put de ne pas donner l'impression à son collègue qu'il s'apprêtait à pénétrer la femme la plus désirable de la planète. Transmets-moi tout ça par mail. Merci, vieux. Je te revaudrai ça.

Il referma son portable, le posa sur la table et tendit les doigts quelques centimètres de plus pour connecter son ordinateur. Ceci fait, il incita Claire à avancer de quelques pas.

— Penche-toi en avant, lui ordonna-t-il. Accroche-toi aux accoudoirs de la chaise.

Elle obéit sans poser de question et un sursaut de puissance, de désir et de besoin rugit en lui. Il flatta sa colonne vertébrale du plat de la main, se positionna et la pénétra d'une longue et vigoureuse poussée.

Le gémissement de Claire contracta ses testicules. Linc serra les dents et lutta pour garder le contrôle lorsqu'il se mit à aller et venir très lentement en elle.

Chacun de ses assauts était aussi brûlant que le frottement d'une allumette sur son sexe. Il la sentait palpiter spontanément autour de lui et la moiteur de son sexe le bouleversa.

— Bonté divine, grommela-t-il, incertain de parvenir à se retenir.

Claire tendait les fesses vers lui, la tête penchée en avant, ses cheveux dissimulant son visage à la façon d'un rideau.

— Plus fort, Linc. Prends-moi plus fort.

Elle glissa un bras entre ses cuisses pour caresser son clitoris, et Linc recouvrit aussitôt sa main de la sienne.

Il l'amena tout au bord du plaisir et attendit de la sentir trembler comme une feuille pour être certain de la faire jouir au plus léger contact. Alors seulement, il se mit en devoir de la posséder sauvagement. Si brutalement que la chaise glissait sur la moquette à chacune de ses poussées.

La fin se révéla aussi fulgurante qu'une explosion atomique. Claire hurla. Linc rugit. Et si la chaise n'avait pas retenu leurs corps inertes, ils se seraient écroulés d'un seul mouvement.

Linc se retira et installa Claire sur la chaise, où elle se laissa tomber avec un ronronnement d'épuisement ravi. Il sourit, pas loin de ronronner lui aussi.

Il passa dans la salle de bains pour prendre une douche rapide et se raser. Quand il revint dans la chambre, une serviette trop petite ceignant ses hanches, Claire était toujours à la même place. Elle avait écarté les cheveux de son visage, mais en dehors de cela, elle n'avait pas fait un geste.

Il sourit à nouveau. Constater qu'il l'avait vidée de son énergie au point de ne plus pouvoir bouger pendant vingt minutes, l'emplit de fierté masculine. Mais il fut également émerveillé de la voir là, dans cette chambre, avec lui.

Dix ans. Pendant dix longues années, il était passé par toute la gamme des émotions. Il l'avait aimée, désirée, elle lui avait manqué et il s'était inquiété pour elle, il s'était senti trahi et abandonné, il l'avait haïe, et puis finalement, il avait cru qu'il l'avait oubliée. Et voilà qu'ils se retrouvaient réunis, comme si la main d'un géant invisible avait joué avec eux et s'était amusée à les éloigner et à les rapprocher, tels les pions d'un échiquier.

Linc se secoua mentalement. Il était à présent certain d'avoir une piste solide pour retrouver Sara et Scarborough, et c'était cela qui figurait en tête sur la liste de ses priorités.

Le reste…

Il traversa la chambre, souleva Claire dans ses bras et l'emporta dans la salle de bains.

Le reste, il s'en occuperait plus tard.

9

Quand elle sortit de la douche, Claire se sécha à la va-vite et s'empressa d'aller retrouver Linc dans la chambre. Il s'était habillé et était assis à la table devant son ordinateur. Toutes sortes de papiers et de plans étaient étalés autour de lui, et il paraissait profondément absorbé par ce qu'il faisait.

La serviette maintenue au-dessus de sa poitrine, elle prit le temps de l'observer. Il était tellement beau rasé de frais. Ses cheveux bruns étaient encore humides, et la façon dont il s'était contenté d'y passer les doigts pour les discipliner leur donnait un mouvement naturel extrêmement séduisant.

Sexy. C'était le seul mot qui convenait pour le définir. Et Claire se surprit à penser, à se demander, à espérer…

Y avait-il une chance ? Pourrait-il jamais lui pardonner, laisser le passé derrière eux et envisager de construire un avenir avec elle ?

Elle ignorait s'il lui accorderait cette chance, mais elle ne pouvait s'empêcher de le souhaiter.

Le plus silencieusement possible, elle ramassa ses vêtements et sortit sa trousse de toilette de sa valise. Elle ne se donnerait pas la peine de se coiffer. Pour la première fois depuis qu'elle était devenue Mme Scarborough, elle laisserait ses cheveux sécher naturellement et survivrait avec ses frisettes. Cela faisait un moment qu'elle avait envie de changer de coiffure, de toute façon, elle n'en pouvait plus de ce petit carré strict.

Elle était tout aussi fatiguée de sa garde-robe, songea-t-elle en fouillant dans sa valise, contemplant d'un œil neuf le choix restreint dont elle disposait. Tous ses vêtements portaient l'étiquette d'un grand couturier, et chacun d'entre eux coûtait plus cher que tout le mobilier de cette chambre de motel, mais quel que soit celui qu'elle enfilerait, elle savait qu'elle ressemblerait à un mannequin de prêt-à-porter pour un catalogue de vente par correspondance.

Elle enfila un pantalon ocre et une tunique lavande, leur adjoignit des créoles en or et un petit collier en maille dorée, et mit ses escarpins marron.

Elle repassa dans la salle de bains munie de sa trousse de toilette, se brossa les dents, se maquilla légèrement, puis retourna dans la chambre et s'assit près de Linc.

— Où en est-on ? s'enquit-elle.

La tendresse qu'elle lut dans son regard la bouleversa.

— On s'intéresse de près à un chalet qui appartient aux parents de Scarborough situé à Auburn. Noah a demandé aux marshals de l'agence de San Francisco de surveiller discrètement leurs propriétés les plus proches et les plus connues, mais cela n'a rien donné. Il a également passé des coups de fil au domicile et au bureau de Jonathan en se faisant passer pour une de ses relations d'affaires, et une secrétaire a laissé échapper qu'il était à la montagne. Il est donc fort probable qu'il se cache là-bas avec Sara.

— C'est la première fois que j'entends parler de ce chalet, déclara-t-elle en se penchant au-dessus de son épaule pour étudier le plan qu'il avait désigné.

— C'est peut-être là qu'il emmenait ses maîtresses en week-end, répondit-il du tac au tac.

L'espace d'un instant, Claire fut choquée par sa remarque et crut qu'il avait dit cela pour se moquer du choix qu'elle avait fait, de son mariage et de la femme qu'elle était devenue. Puis elle réalisa que son ton n'avait rien eu de venimeux. Et dans la foulée, elle réalisa également que ce genre de remarque ne l'atteignait plus. La seule chose qui comptait désormais, c'était sa fille… et l'homme qui était assis près d'elle dans cette chambre de motel crasseuse.

— Sans doute, répliqua-t-elle en gloussant. Je m'intéressais si peu à ce qu'il faisait qu'il peut très bien m'avoir trompée depuis le jour de notre mariage.

Linc se contenta de pincer les lèvres.

— Pendant que tu étais sous la douche, j'ai appelé l'agence de San Francisco et j'ai bavardé avec un ancien collègue de Noah. Deux marshals en congé nous accompagneront à Auburn pour une opération de repérage.

Les yeux de Linc se voilèrent à demi, et Claire sentit sa main se poser sur la sienne.

— Si tu me demandes de le faire, je peux obtenir que deux autres marshals en service nous accompagnent. Eux seuls seront habilités à procéder à l'arrestation de Scarborough, s'il s'avère qu'il se trouve effectivement là-bas avec Sara. Je ne peux pas m'en charger pour deux raisons: San Francisco se trouve en dehors de ma juridiction, et je suis personnellement impliqué dans cette affaire. C'est à toi de décider si tu veux que Scarborough soit officiellement arrêté.

Claire soutint son regard tandis qu'elle réfléchissait. Une part d'elle-même avait envie de punir Jonathan. Mais au fond, la seule chose qu'elle désirait vraiment, c'était retrouver sa fille et tourner définitivement la page.

— Mon seul souci, c'est de récupérer Sara. Si on peut l'éloigner de Jonathan et prouver que tu es son père avant qu'il ait eu le temps de fabriquer de fausses preuves, je m'estimerai quitte vis-à-vis de lui.

Linc hocha la tête.

— Dans ce cas, tout est prêt, dit-il en se levant et en commençant à ranger ses affaires. Auburn est à deux heures de route et on a rendez-vous avec les deux marshals en congé à mi-chemin. Boucle ta valise. On prendra le petit déjeuner en chemin.

Quelques heures plus tard, alors que le SUV avançait en cahotant sur une route boueuse et inégale jalonnée de bois épais, Claire sentit son ventre se nouer. Ses mains moites, qu'elle fermait et rouvrait sans arrêt, tremblaient irrépressiblement.

Tandis qu'ils mangeaient le petit déjeuner qu'ils avaient acheté dans un fast-food, Linc lui avait donné un peu plus de détails sur la façon dont il comptait opérer. Et lorsque les deux marshals de San Francisco les avaient rejoints à bord de la voiture pour s'entretenir avec lui avant de regagner leur propre véhicule, elle en avait encore appris un peu plus long.

Il ne s'agissait pas d'opérer une descente en force ni d'assiéger le chalet, avait-il assuré. Si ses collègues et lui étaient armés et avaient adopté ce qui ressemblait fort à une tenue de combat, c'était uniquement à titre de précaution.

Claire souhaitait qu'il dise vrai. Si les choses tournaient mal… si Jonathan était assez fou pour s'imaginer qu'il pourrait lui ravir Sara ou survivre à une confrontation avec les US Marshals et que quelqu'un était blessé…

— Tout va bien ? lui demanda Linc.

Le son de sa voix la fit sursauter. Elle prit une profonde inspiration.

— Je veux seulement récupérer Sara et que toute cette histoire soit terminée.

Linc tendit la main droite vers la sienne et mêla ses doigts aux siens. Ce simple geste la réconforta. Ils étaient désormais ensemble.

— S'ils sont effectivement au chalet, il n'y en a plus pour longtemps maintenant. Mais une fois qu'on sera là-bas, souviens-toi de rester en arrière. Dans la voiture ou à côté de la voiture, jusqu'à ce qu'on sache qui se trouve à l'intérieur et quelle tournure les événements vont prendre. On a fait ça des milliers de fois, précisa-t-il. Tu n'as aucun souci à te faire.

Claire hocha la tête malgré sa gorge serrée. Leurs regards se croisèrent et le lien de complicité qu'elle sentit passer entre eux la rasséréna.

— J'ai confiance en toi, murmura-t-elle.

— Tant mieux. Ça nous fera gagner du temps.

Elle s'apprêtait à lui demander ce qu'il voulait dire par là, quand elle aperçut un petit chalet sur le côté droit de la route. Son cœur se mit à battre plus vite alors que Linc ralentissait.

10

— C'est une des voitures de Jonathan, annonça-t-elle.

Linc lâcha sa main comme ils se rapprochaient du chalet, mais Claire referma les doigts sur son avant-bras. De sa main libre, Linc ouvrit son portable, grommela un juron et le referma.

— Pas de réseau.

Au lieu de s'engager sur le chemin qui menait au chalet, il s'arrêta au bord de la route et coupa le moteur, en vérifiant dans son rétroviseur que le véhicule qui les suivait en faisait autant. Il ouvrit sa portière, descendit et la referma silencieusement. Claire sortit de son côté et le rejoignit ainsi que les deux marshals à l'arrière du véhicule.

— Je vais aller frapper à la porte, histoire de tâter le terrain. Vous, vous contournez le chalet pour jeter un coup d'œil aux fenêtres, dit Linc aux agents Warren et Quintaro. Envoyez-moi un signal si vous repérez quelque chose que je dois savoir avant d'entrer.

Les deux agents acquiescèrent.

— Toi, ajouta Linc en se tournant vers elle, *tu restes là*. Ne bouge pas tant que je ne t'aurai pas donné le feu vert, d'accord ?

Elle hocha la tête.

Warren et Quintaro s'avancèrent de part et d'autre du chalet. Au passage, ils inspectèrent la voiture de Jonathan, mais n'y décelèrent sans doute rien qui fût susceptible de les intéresser, car ils reprirent leur progression.

Bientôt, Warren pivota vers eux en levant deux doigts. Deux personnes se trouvaient à l'intérieur du chalet.

Claire retint son souffle alors que Linc s'engageait dans l'allée, puis ses lèvres se mirent à remuer silencieusement quand elle se mit à prier. Pour Sara, pour Linc, pour tous ceux qui étaient là.

Linc grimpa les marches du perron et frappa à la porte.

Une minute plus tard, la porte s'entrouvrit de quelques centimètres. Linc exhiba son badge et entama la conversation. Il était trop loin pour que Claire perçût ses paroles, mais elle remarqua qu'il s'était rapproché de Jonathan dont elle distinguait à présent la silhouette, et qu'il avait calé son pied dans l'encadrement de la porte pour l'empêcher de la refermer.

Warren et Quintaro s'étaient placés de part et d'autre du perron, hors de vue de Jonathan, prêts à passer à l'action en cas de besoin.

Jonathan n'appréciait visiblement pas ce que lui disait Linc. Claire vit son visage tourner progressivement au rouge brique et l'entendit hausser le ton. Stoïque, Linc lui répondit calmement, le dominant de toute sa stature, puis posa la main sur le battant de la porte et s'avança, obligeant Jonathan à reculer à l'intérieur. Warren et Quintaro s'engouffrèrent immédiatement derrière lui.

Les poumons de Claire, figés dans son torse depuis un moment, menacèrent d'exploser et sa tension s'éleva à des hauteurs vertigineuses.

Soudain, Linc apparut sur le seuil du chalet, tenant sa fille dans ses bras, et Claire sentit le monde se repositionner dans l'axe qu'il avait quitté depuis qu'on lui avait pris sa fille.

— Sara !

Linc et la petite fille qu'il tenait sur sa hanche tournèrent la tête vers elle. Claire s'élança vers eux, et Sara gigota jusqu'à ce que Linc se décide à la poser par terre.

Il sentit un nœud se former dans sa gorge en les regardant courir l'une vers l'autre.

La petite sauta dans les bras de sa mère.

— Mon amour, fit Claire en couvrant sa fille de baisers. Tu m'as tellement manqué.

— Toi aussi, tu m'as manqué. Papa disait que tu allais nous rejoindre, mais tu ne venais pas. Je voulais rentrer à la maison, mais il a dit qu'on devait rester là, répondit Sara en prenant le visage de sa mère entre ses petites mains. Il n'y a rien dans ce chalet. Il n'y a pas de télé, ni d'ordinateur, ni de jeux vidéo, et j'étais obligée de lire ou de jouer aux cartes. On s'est ennuyés à mourir avec papa. Dis, on peut rentrer à la maison maintenant ?

Linc serra les dents en entendant Sara appeler Jonathan « papa », mais s'efforça de garder son sang-froid. C'était normal, après tout. Scarborough l'avait élevée et jusque très récemment, la petite fille ignorait qu'il n'était pas son père. Claire ne lui avait révélé la vérité qu'au moment où elle avait expliqué à sa fille qu'elle allait divorcer.

— Oui, mon trésor, on va rentrer à la maison, acquiesça Claire en riant. Mais tu te souviens que je t'ai dit que papa et maman allaient divorcer, alors on ne va pas retourner dans la grande maison. On va aller voir papy et mamie Cassidy, en Pennsylvanie. Ils ont la télé, un ordinateur et plein de jeux vidéo, ne t'inquiète pas.

Sara sourit de toutes ses dents, passa les bras autour de son cou et se blottit contre elle.

Par-dessus la tête de sa fille, Claire croisa le regard de Linc.

— Merci, articula-t-elle silencieusement.

Bouleversé par ce regard éperdu de reconnaissance, Linc se rapprocha d'elles.

— Pourquoi n'irais-tu pas t'installer tranquillement dans la voiture avec Sara ? lui conseilla-t-il. Je vous ramènerai en ville une fois que j'aurai expliqué une ou deux choses à Jonathan, conclut-il avec un clin d'œil.

— Entendu, répondit-elle à voix basse.

Linc les regarda s'éloigner, puis retourna vers le chalet où ses collègues retenaient Jonathan Scarborough. Après ce que Sara venait de traverser, il avait préféré lui éviter d'assister à une confrontation entre Claire et Jonathan, mais il tenait à mettre personnellement en garde Scarborough. Il n'en aurait pas pour longtemps.

Ne t'approche plus jamais de ma famille, songea-t-il en grimpant les marches du perron. Claire et Sara sont ce que j'ai de plus sacré au monde…

Il ne lui dirait pas cela uniquement pour lui faire peur, mais parce qu'il en était désormais intimement convaincu.

Épilogue

L'écho de voix sonores, de rires et de cris d'enfants emplissait le jardin des parents de Claire. La famille de Linc et la sienne s'étaient réunies pour partager un pique-nique à l'occasion de la fête nationale, et quelques amis et voisins participaient aux réjouissances. Plus tard, une fois que le soleil serait couché, on tirerait un feu d'artifice.

Sara surgit devant Claire, poursuivie par deux de ses petits cousins, hurlant à pleins poumons. Elle les regarda s'éloigner en souriant.

Sara avait toujours été une petite fille pleine de vie, mais depuis qu'elles étaient revenues en Pennsylvanie, elle était plus délurée que jamais et avait découvert le plaisir de grandir au sein d'une famille unie. Il lui arrivait encore de faire un caprice ou de piquer une crise de colère parce qu'elle n'avait pas le jouet dernier cri, mais ceci mis à part, le passage de la vie de grand luxe à la vie ordinaire que Claire avait désormais à lui offrir s'était opéré en douceur.

Le plus important de tout, aux yeux de Claire, était que Sara avait très rapidement accepté Linc comme son père.

Quand il les avait ramenées à San Francisco après s'être brièvement mais fermement entretenu avec Jonathan, Linc avait pris deux chambres dans un hôtel nettement plus confortable que le motel où Claire et lui avaient passé la nuit précédente, avant qu'ils ne prennent l'avion pour Pittsburgh. Un motel dont Claire garderait pourtant un souvenir ébloui.

Claire avait demandé à Linc de les rejoindre dans la chambre qu'elle partageait avec Sara, et avait expliqué la situation à sa fille devant lui. Linc était son vrai père, le seul qui existerait dans sa vie à dater de ce jour.

À ce moment-là, Claire n'était pas encore certaine de la place que Linc occuperait dans leur vie. Mais Sara n'avait pas hésité une seconde à sauter sur les genoux de son père – et Claire se souviendrait toujours de l'expression à la fois stupéfaite et émerveillée de Linc à ce moment-là. La petite fille s'était mise en devoir de lui poser un millier de questions, depuis la façon dont Claire et lui s'étaient connus jusqu'à sa couleur préférée…

— On s'éclipsera discrètement avant le feu d'artifice ? murmura Linc à son oreille de sa merveilleuse voix grave, en glissant les mains dans les poches arrière de son jean.

Claire renversa la tête et croisa son regard brûlant de désir.

— Je me demande à quel feu d'artifice tu fais allusion, répliqua-t-elle avec un sourire malicieux.

— Aux deux, répondit-il en lui rendant son sourire.

— Si tu me promets d'être sage jusqu'à la fin du pique-nique, je te promets d'être *très sage* quand on rentrera chez toi.

Au début, Claire et Sara avaient vécu chez ses parents à Butler, rendant régulièrement visite à Linc à Pittsburgh, lorsqu'il ne venait pas les voir de son côté. Mais depuis le début des vacances scolaires, il avait été décidé qu'elles passeraient l'été chez Linc.

— Justement, dit-il en lui caressant le cou du bout du nez, j'ai beaucoup réfléchi à ça.

— À quoi ?

— À cette histoire de « chez moi ». J'aimerais que ce soit *chez nous,* désormais – quitte à chercher quelque chose de plus grand... pourquoi pas une vraie maison, pour nous trois.

Claire battit des cils.

— Tu voudrais qu'on vive ensemble tous les trois ? Officiellement ?

— Oui, répondit-il en souriant de ce mot. Mais ce n'est pas la maison que j'ai envie d'officialiser.

Il sortit les mains des poches du jean de Claire, en plongea une dans la sienne et en extirpa un écrin. Claire retint son souffle. Linc l'ouvrit devant elle, révélant un somptueux diamant princesse qui scintilla sous le soleil.

— Veux-tu m'épouser, Claire ?

Elle leva les yeux vers son beau visage, constata qu'il était sérieux et qu'il appréhendait terriblement un éventuel refus de sa part.

— Je t'aime, ajouta-t-il d'un ton lourd d'émotion. Même quand je t'ai haïe, je t'aimais tellement que ça me bouffait de l'intérieur. Il est temps de faire ce qu'on aurait dû faire il y a dix ans. Je veux que tu sois ma femme et qu'on forme une vraie famille pour Sara. Qui sait, peut-être même lui donner un petit frère ou une petite sœur, un de ces jours... conclut-il en remuant les sourcils d'une façon qui la fit rire.

— Je t'aime aussi, Linc, répliqua-t-elle d'une voix étranglée. J'aimerais tellement ne jamais être partie et t'avoir épousé après le lycée. Nos vies auraient été bien différentes, et je sais aujourd'hui qu'on aurait été bien plus heureux.

— Sans doute, admit-il, mais c'est de l'histoire ancienne et moi, c'est d'avenir que je parle. M'autorises-tu enfin à faire de toi une honnête femme, oui ou non ?

— Oui ! répondit-elle en se jetant à son cou. Essaye seulement de te débarrasser de moi, et tu verras !

— Je ne risque pas d'essayer, rétorqua-t-il en s'écartant légèrement pour passer la bague de fiançailles à son doigt. Maintenant que je t'ai enfin attrapée, je ne te laisserai plus jamais repartir.

LORI FOSTER

Un amour tenace

À Kay Johnson, une amie qui m'inspire beaucoup de respect, doublée d'une merveilleuse maman et d'une femme drôle et généreuse… et qui par-dessus le marché est une de mes lectrices !

Merci, Kay !

1

Lourd et moite, l'air étouffant plaqua ses cheveux en arrière et souffla sur sa peau quand il dépassa les cent vingt kilomètres heure. Sachant que la caresse de l'air chaud et le spectacle du bleu du ciel ne seraient pas de trop pour contrer sa mauvaise humeur, Bram avait rabattu le toit de sa Mustang décapotable.

Le soleil formait une boule brûlante et blanche qui se reflétait sur la carrosserie et les pare-brise des véhicules qu'il croisait. L'absence de nuages au-dessus du ruban infini de l'Interstate 75 promettait une chaleur tropicale. Une chaleur qui n'était rien en comparaison du feu qui bouillait en lui. Colère. Urgence. *Désir*.

Bram Giles serra les dents, et les jointures de ses doigts blanchirent quand il s'agrippa au volant. Il pensa à la façon dont cette journée allait se terminer – il ferait en sorte qu'elle se termine ainsi – et le tourbillon d'images érotiques qui envahit son esprit déclencha un élan fulgurant de désir sexuel qui se répandit dans tout son corps. Elle ne pourrait pas lui échapper. Il n'avait été que trop patient, et pour le récompenser de sa patience Lucy s'était mis en tête de vivre une aventure. *Avec un autre que lui.*

Les pneus de la Mustang crissèrent lorsqu'il prit la sortie d'autoroute en direction du lac et de la femme qui le rendait fou depuis des années. Quand il avait compris ce qu'elle avait en tête, quand il avait enfin compris ce que signifiaient la lueur charnelle qui animait son regard et la souplesse animale de ses mouvements, elle avait déjà deux heures d'avance sur lui. Bram avait encore perdu une heure de frustration pure à réunir quelques affaires et à réorganiser son emploi du temps avant de pouvoir se mettre en route.

Une heure qui avait duré plus longtemps que sa vie entière.

Était-elle déjà en train de flirter avec le premier estivant croisé sur sa route ? Avait-elle rencontré quelqu'un en ville avant de se diriger vers le lac ? Qui sait, elle l'avait peut-être même emmené avec elle, histoire d'être certaine d'avoir ce qu'elle voulait.

Quel que soit le type sur lequel elle aurait jeté son dévolu, il ne ferait pas long feu.

Bram appuya sur l'accélérateur et fila comme une flèche jusqu'à la petite route gravillonnée qui conduisait à la maison du lac. Lucy n'avait pas remis les pieds dans sa résidence secondaire depuis quatre ans. Depuis le jour où elle y avait surpris David, son mari, dans les bras d'une autre femme. Bram sentit son estomac se contracter douloureusement.

David était un imbécile. Un imbécile qui était mort, désormais.

Un imbécile qui lui manquait toujours autant. David avait été son meilleur ami. Presque un frère.

Mais ce que Bram désirait aujourd'hui plus que tout au monde, c'était la veuve de David, Lucy. Il la désirait depuis toujours. Il avait appris à vivre avec ce besoin douloureux et à enfouir sa convoitise au plus profond de son âme, de façon que personne, jamais, ne se doute de rien. Mais désormais Lucy était libre, et elle avait visiblement surmonté son chagrin. Plus rien ne s'opposait à ce qu'il lui avoue la vérité.

Ce soir, elle serait à lui.

Les lacets de la vieille route de campagne l'obligèrent à ralentir, mais ses pensées continuaient à défiler à vive allure. La sueur ruisselait sur son torse et plaquait ses cheveux sur sa nuque. Décochait-elle des œillades langoureuses à un homme, à cet instant précis ? Faisait-elle des projets pour la soirée ? Dévorait-elle un quelconque godelureau d'un regard concupiscent ?

Bram essuya la sueur de son front et grommela un juron. Une fois qu'il serait arrivé, il piquerait une tête dans l'eau du lac pour se rafraîchir – mais *pas avant* d'avoir expliqué à Lucy comment les choses se passeraient dorénavant entre eux.

Elle n'allait pas apprécier.

Mais il ne lui laisserait pas le choix.

Lorsque Bram s'engagea dans l'allée qui grimpait la colline située derrière la maison, il avait presque retrouvé son empire sur lui-même. Le sommet de la colline était le point le plus élevé de la propriété. Le terrain s'étendait en contrebas jusqu'au lac, la maison se situant à mi-parcours. La grande terrasse à laquelle on accédait depuis la maison par d'immenses baies vitrées était orientée face au lac, tandis que l'arrière, directement adossé à la colline, était entouré d'arbres. Quand il atteignit le sommet, son point de vue avantageux lui permit de l'apercevoir immédiatement.

Sa colère et son désir irrépressible ressurgirent aussitôt.

Le désir affleurait toujours lorsqu'il était près de Lucy. Bram détailla sa silhouette et jura dans sa barbe. À trente-neuf ans, Lucy était encore très séduisante et son corps tout en courbes était celui d'une vraie femme. Jamais encore Bram ne l'avait vue habillée de cette façon, et sa tenue mettait glorieusement ses charmes en valeur.

Elle cherchait visiblement à séduire. *Un autre homme.*

Il prit une profonde inspiration et se concentra pour ne pas se comporter comme une brute épaisse. S'il déboulait droit sur elle sous le coup de la colère, il risquait de la terroriser. Terroriser le type qui la reluquait sans vergogne, en revanche, ne l'aurait absolument pas dérangé.

Le petit short dont elle était affublée n'avait rien à voir avec les bermudas confortables qu'elle portait d'habitude. Il lui moulait les fesses comme les mains d'un amant, et révélait entièrement le léger hâle de ses longues cuisses souples. La brise faisait voleter ses cheveux bruns et soyeux qu'elle avait lâchés sur ses épaules, et les orteils de ses pieds nus se recroquevillaient dans l'herbe tendre.

Mais le pire de tout – ou le meilleur – c'était ce bustier couleur crème qui dégageait son dos, et qui excitait visiblement la convoitise du jeune type en salopette de travail avec qui elle parlait. Il lorgnait carrément ses seins, et un doute affreux s'empara de Bram. Ses pointes de seins étaient-elles visibles à travers le bustier ?

Un voile rouge troubla sa vision et il claqua violemment la portière de sa voiture pour les informer de sa présence. Lucy et le type, qui ne l'avaient pas entendu arriver, se retournèrent et levèrent les yeux vers lui. Lucy plaça la main en visière au-dessus de ses yeux, mais l'homme fit deux pas en arrière. Les verres réfléchissants de ses lunettes de soleil ne parvenaient sans doute pas à dissimuler sa fureur.

Tant mieux.

Si ce type avait été malin, il se dirigerait déjà vers sa camionnette en abandonnant sa tondeuse au milieu de la pelouse.

Lucy entreprit de le rejoindre, un pli soucieux barrant son front. Bram vit que ses pointes de seins étaient nettement apparentes et qu'elles tendaient le tissu du bustier. Tous les muscles de son corps se contractèrent.

— Bram ? Qu'est-ce qui se passe ? Il est arrivé quelque chose aux enfants ? ajouta-t-elle avec une pointe de panique.

Son anxiété l'atteignit de plein fouet. Bon sang, il n'avait jamais eu l'intention de l'inquiéter. Lucy était avant tout et par-dessus tout une mère – ce qui la rendait d'autant plus désirable.

— Les enfants vont très bien, Lucy, assura-t-il en descendant vers elle. Ils sont chez Marcy.

Elle l'inspecta du regard, depuis son T-shirt trempé de sueur jusqu'à ses jambes nues plantées dans des baskets sous son short fripé, puis remonta vers son visage.

— Mais je croyais que tu devais les emmener camper ?

Bram l'avait cru, lui aussi. En tant qu'oncle honoraire des enfants de David et Lucy, il s'appliquait du mieux qu'il pouvait à combler l'absence du père des deux adolescents. Karyn et Kent l'aimaient autant qu'il les aimait, comme s'ils avaient vraiment été à lui. Quand il leur avait dit qu'un imprévu d'une importance vitale avait surgi, ils n'avaient pas fait d'histoires pour passer la semaine chez Marcy. À quatorze et seize ans, ils n'avaient plus besoin de baby-sitter, mais Lucy tenait à ce qu'un adulte les encadre en cas d'urgence.

Bram prenait très au sérieux ses responsabilités vis-à-vis des enfants, et il les avait déposés chez Marcy avant de se mettre en route.

Il ne leur avait pas expliqué pourquoi ils devaient renoncer à leur expédition, mais il avait lu dans le regard de Marcy que celle-ci comprenait. C'était la meilleure amie de Lucy, la seule à ne pas avoir dégoisé sur son compte quand elle était en instance de divorce et que David se livrait à des scènes épouvantables devant sa porte. Oui, Marcy savait ce que Bram ressentait pour Lucy, elle n'était pas née de la dernière pluie.

Bram ne s'en souciait pas. Bientôt, tous leurs voisins sauraient que Lucy lui appartenait, et il se moquait de ce qu'ils trouveraient à y redire.

Lucy jeta un coup d'œil nerveux à l'homme avec qui elle bavardait un instant plus tôt. Elle était sans doute gênée et devait regretter que son tête-à-tête ait été interrompu. Elle n'avait pas perdu de temps, la coquine.

Bram aurait volontiers pris le type à part, mais il ne pouvait pas vraiment lui en vouloir de s'être intéressé à Lucy. Il devait avoir une vingtaine d'années et à cet âge-là, on résiste difficilement aux avances d'une belle femme. Bram n'allait pas se mettre à casser la figure de tous les hommes qui la regardaient quand elle les provoquait. Ce qu'il pouvait faire, en revanche, c'était fournir une nouvelle cible à la curiosité érotique de Lucy. *Lui-même.*

Il se planta à quelques centimètres d'elle. Ses longs cils noirs ombraient ses joues auxquelles le soleil avait donné une jolie teinte pain d'épice, et ses lèvres pleines étaient légèrement entrouvertes. Ses yeux, d'un bleu si intense et lumineux qu'ils faisaient honte au ciel, le scrutaient attentivement.

Bram perçut le parfum légèrement acidulé de sa peau et de ses cheveux. Un fin voile de transpiration recouvrait le haut de son buste et la naissance de ses seins. Ses épaules bronzées et ses cuisses souples luisaient, elles aussi.

Bram sentit la sueur perler sur son propre corps, réaction plus liée à la proximité de la femme qu'il désirait qu'au soleil impitoyable.

— Bram ? Qu'est-ce que tu fais ici ? Qu'est-ce qui se passe ?

Sa voix avait retenti dans un souffle hésitant et vaguement effrayé.

Il révéla ses dents dans un grand sourire qu'il s'efforça de rendre chaleureux.

— Je suis venu parce que tu me manquais, évidemment, répondit-il en saisissant son bras au-dessus du coude pour l'attirer contre lui et l'embrasser comme il rêvait de le faire depuis si longtemps.

Ses lèvres entrouvertes facilitèrent la manœuvre, et il introduisit profondément sa langue dans sa bouche pour en goûter la saveur et caresser tendrement celle de Lucy. Le désir bouillonna aussitôt en lui, sauvage. Si un simple baiser le mettait dans cet état, que se passerait-il lorsque...

Bram ne pouvait qu'imaginer la sensation intense qui s'emparerait de lui quand ce serait son sexe qui glisserait en elle, quand les cuisses de la jeune femme enserreraient sa taille et que ses mains pétriraient le galbe de ses seins, la rondeur de ses fesses. À cette idée, il faillit laisser échapper un gémissement. Il imagina son corps moite et brûlant, l'étroitesse de sa fente après quatre ans d'abstinence... Ses testicules se contractèrent et cette fois, il gémit bel et bien.

Ce soudain assaut laissait apparemment Lucy stupéfaite, mais le jeune type avec qui il l'avait surprise reçut le message cinq sur cinq – exactement comme l'avait escompté Bram.

Lucy retint son souffle, stupéfaite et embarrassée. Elle se sentait prise dans une tornade et ne comprenait absolument pas ce qui lui arrivait.

Bram était un ami, il faisait pratiquement partie de la famille. Il n'avait jamais eu le moindre geste déplacé vis-à-vis d'elle, mais là... c'était plus qu'un simple geste !

Impossible d'ignorer ce baiser. Ce n'était pas la première fois que Bram l'embrassait, mais ses baisers précédents n'avaient été que des bisous fraternels mêlés d'éclats de rire. Jamais rien d'aussi… charnel.

Ce baiser-là reflétait la possessivité et la passion. Lucy n'avait jamais rien ressenti d'aussi puissant, pas même en quinze ans de mariage, et elle sentit son cœur bondir deux fois dans sa poitrine avant qu'il ne se mette à battre d'excitation, de panique, mais aussi – et ce fut ce qui la surprit le plus – de désir partagé.

Lucy, qui avait posé les mains sur le torse de Bram pour le repousser, se servit de cet appui afin de rétablir son équilibre. Le coton humide de son T-shirt ne bloquait rien de sa chaleur virile. Sous la paume de sa main, il était brûlant et merveilleusement solide. Derrière ses muscles d'acier, elle sentit que le rythme de ses battements de cœur était identique au sien.

Le jeune jardinier qu'elle avait embauché sous prétexte de tondre la pelouse toussota. Bram l'ignora, contraignant Lucy à en faire autant.

Trop consciente du goût délicieux de la bouche de Bram, Lucy chercha à protester. Mais elle ne parvint qu'à émettre un son à peine audible, un gémissement ténu qui pouvait donner lieu à toutes sortes d'interprétations.

Brusquement, Bram relâcha son étreinte. Les lèvres de Lucy étaient enflées. Son corps à la fois contracté et merveilleusement détendu ne lui obéissait plus, et elle aurait roulé jusqu'au lac si Bram n'avait passé son bras autour de ses épaules. Pressée contre lui, Lucy se sentit toute petite et sans défense. Étrangement, cette sensation en éveilla d'autres. Des émotions qu'elle n'avait plus ressenties depuis une éternité. Celles qu'une femme ressent en présence d'un homme, la douceur féminine confrontée à la fermeté masculine.

Si l'idée de flirter avec un inconnu avait aiguisé ses sens, le baiser de Bram les avait positivement enflammés.

Lucy secoua la tête pour se ressaisir et tâcher de comprendre ce qui venait de se passer. Pourquoi Bram l'avait-il embrassée ? Cherchait-il à faire fuir le jardinier en feignant d'entretenir avec elle une relation qu'ils n'avaient pas ? Pour protéger sa vertu ?

Ah. Mais ce que Bram ne pouvait savoir, c'est qu'elle *voulait* vivre cette aventure. Elle avait besoin d'éprouver à nouveau ce qu'une vraie femme avec une vraie vie sexuelle ressent quand elle fait l'amour. Après cela, elle vendrait la maison du lac, reprendrait sa vie d'avant et enterrerait définitivement tous les mauvais souvenirs.

Le jardinier lui jeta un coup d'œil inquiet, comme s'il attendait des instructions de sa part. Il y avait autant de différence entre lui et Bram qu'entre un chêne vénérable et un jeune arbuste. Là où le jardinier était grand et élancé, sans une once de graisse, souple et tonique, Bram était robuste, solide sans être massif, tout en muscles, et offrait l'image d'un homme dans la force de l'âge. Sa virilité et sa volonté de fer exsudaient littéralement de lui.

Encore sous le choc de cet incroyable baiser, Lucy éprouva le besoin de s'éventer. Elle s'était parfois demandé ce qu'elle ressentirait si un homme à la réputation aussi sulfureuse que Bram Giles l'embrassait. Peu après son mariage, alors que David avait déjà perdu tout intérêt pour les jeux de séduction, les câlins et les préliminaires, elle avait pensé à la façon dont les femmes chantaient ses louanges et au vœu qu'il avait fait – en paroles et en actes – de consacrer sa vie aux femmes et au sexe. Elle s'était toujours dit que coucher avec Bram devait être insupportablement délicieux.

Maintenant qu'elle connaissait l'envoûtante sensation que procuraient ses baisers, elle doutait de pouvoir jamais dormir paisiblement. La décharge sexuelle de ce seul baiser était plus intense que tout ce qu'elle avait connu au cours des cinq dernières années.

Mais que signifiait ce baiser ?

Les verres réfléchissants de ses lunettes de soleil l'empêchaient de sonder son regard. Un peu gênée, elle souhaita qu'il n'ait pas perçu sa réaction, qu'il n'ait pas réalisé que son manège visant à la protéger l'avait bel et bien excitée. Bram était tellement libre et décontracté vis-à-vis de la sexualité. Pour lui, c'était quelque chose de sain et de parfaitement naturel. Après plus de quinze ans de mariage, il était sans doute persuadé qu'elle voyait les choses comme lui.

Ce en quoi il se trompait totalement.

Lucy retint son souffle jusqu'à ce que Bram détourne le regard. Il plongea sa main libre dans sa poche, en sortit deux billets de vingt dollars et les tendit au jeune étalon qu'elle avait embauché pour... tondre la pelouse – et qui s'était attendu à percevoir un petit supplément en nature.

— Décampe, lui ordonna-t-il d'une voix rauque.

Le garçon rafla prestement les billets et s'empressa de filer sans demander son reste.

— Bram, protesta-t-elle en promenant son regard sur la pelouse à moitié tondue. Il n'avait pas fini.

— Il n'avait plus rien à faire ici.

Lucy éclata soudain. Bon, d'accord, il l'avait bouleversée avec ce baiser, mais elle avait retrouvé ses esprits maintenant. Et il venait de chasser un garçon qu'elle trouvait très prometteur.

Si Bram avait l'intention de se comporter en macho et de veiller sur elle pour qu'elle reste *pure,* elle allait devoir lui mettre les points sur les i. Cette semaine, pour une fois dans sa vie, elle n'avait absolument pas l'intention de rester pure. Elle voulait – elle avait *besoin* de retrouver enfin la satisfaction brûlante du plaisir sexuel.

— Tu es devenu fou ? demanda-t-elle d'un ton courroucé. Mais enfin, qu'est-ce qui te prend, Bram ?

Bram contemplait la surface miroitante du lac. Les rayons du soleil le faisaient scintiller de mille feux et les vaguelettes qu'y formaient de temps à autre les poissons en affleurant à la surface projetaient des reflets aveuglants. Il n'y avait heureusement que fort peu de touristes en milieu de semaine, et les propriétaires des maisons situées autour du lac jouissaient enfin du calme après avoir subi les nuisances sonores des bateaux à moteur et des jet-skis pendant tout le week-end.

À partir de maintenant, se dit Bram en regardant la camionnette du jardinier s'éloigner dans un nuage de poussière, il avait Lucy pour lui tout seul. Elle pourrait crier et s'agiter autant qu'elle voudrait, personne ne l'entendrait.

Sans se donner la peine de lui expliquer ses intentions, il la souleva dans ses bras et se dirigea vers la maison. Son corps accueillit avec reconnaissance le contact de Lucy. Elle était aussi légère qu'une plume et c'était un vrai bonheur de la tenir dans ses bras, de la sentir enfin à la place qu'elle aurait dû occuper depuis longtemps.

Lucy déglutit si précipitamment qu'elle s'étrangla. Lorsqu'elle retrouva enfin l'usage de la parole, Bram avait atteint les marches de l'escalier menant à la terrasse.

— Non mais, qu'est-ce qui te prend ?

Il l'embrassa encore. Il l'aurait volontiers embrassée partout, s'attardant sur chaque portion de son petit corps délectable, mais il savait qu'ils dégringoleraient au pied de la colline s'il ne regardait pas où il mettait les pieds.

— J'ai quelque chose à t'expliquer et il vaut mieux faire ça en privé, sinon tu vas effrayer les pêcheurs avec tes hurlements.

— Et pourquoi hurlerais-je ? gronda-t-elle.

— Tu hurles déjà, lui fit-il remarquer d'un ton qu'il jugea extrêmement raisonnable.

Elle se mit à le bourrer de coups de poing, et Bram la serra plus étroitement dans ses bras. Lucy n'était pas une femme violente, mais il était vrai qu'il ne lui avait jamais fourni l'occasion de réagir violemment.

— Arrête un peu, dit-il. Je ne pourrai rien t'expliquer si tu me frappes.

— Tu vas t'expliquer de toute façon et tu vas le faire tout de suite !

La chair de ses cuisses nues sur son avant-bras éveillait une véritable torture chez Bram. Cette sensation laissait présager la caresse soyeuse de l'intérieur de ses cuisses sur son menton, sur sa bouche et sur ses hanches quand il la posséderait.

Ses seins à demi découverts, fermes et pleins contre son torse, lui donnaient envie de presser son visage dans son décolleté, de goûter ces mamelons durcis à travers l'étoffe du bustier jusqu'à ce qu'elle se torde de plaisir.

Et cette bouche – mon Dieu, cette bouche ! Il avait du mal à se concentrer sur ce qu'il faisait lorsqu'il regardait ces belles lèvres incurvées de colère, cette petite moue outragée.

Dès qu'il eut traversé la terrasse et franchi la porte-fenêtre teintée, Lucy se dégagea de son étreinte. Bram la laissa faire, mais ne lui permit pas de s'éloigner. Ses pieds eurent à peine le temps d'effleurer le plancher qu'elle se retrouva de nouveau serrée contre lui.

— J'ai envie de toi, déclara-t-il sans préambule.

Lucy s'écarta de lui en écarquillant ses beaux yeux bleus, les lèvres entrouvertes. Elle devint extrêmement pâle, puis rougit.

Une irrépressible envie de l'embrasser à nouveau le fit atrocement souffrir.

Bram caressa sa joue pour rétablir un contact physique avec elle, mais elle écarta sa main.

— J'ai envie de toi, Lucy, répéta-t-il un peu plus fort pour s'assurer qu'elle avait bien compris et qu'il n'y avait aucun malentendu. J'ai envie de toi depuis si longtemps.

Elle secoua la tête – soit pour refuser, soit parce qu'elle n'en croyait pas ses oreilles.

En ce qui concernait Bram, peu importait que ce fût pour l'une ou l'autre de ces raisons, car une réponse négative n'était tout simplement pas acceptable. Les choses se passeraient comme il l'avait décidé.

— Si, déclara-t-il. Et ne compte pas sur moi pour te laisser avoir une aventure torride sans réagir.

Sous le choc, toute expression déserta subitement le visage de Lucy, qui devint aussitôt après brûlant de honte.

— Quoi ? éructa-t-elle. Mais qu'est-ce que tu racontes ?

Bram se redressa. Du haut de son mètre quatre-vingt-treize, il dominait la jeune femme d'une trentaine de centimètres. Pourtant, elle ne parut nullement intimidée.

— Inutile de nier, Lucy, dit-il en fronçant les sourcils. Tu es venue ici pour t'envoyer un mec, je le sais.

Un éclair de culpabilité passa sur ses traits avant qu'elle ne riposte.

— Tu racontes n'importe quoi ! cracha-t-elle.

Bram se pencha vers elle de façon à la regarder droit dans les yeux.

— Non, ma belle. D'une manière générale, je connais trop bien les femmes pour qu'elles me mènent en bateau, et il se trouve que je te connais aussi bien que je me connais. Il a suffi que tu me dises que tu allais à la maison du lac pour que je devine ce que tu avais en tête.

Elle ne voulait pas le croire.

— Tu ne peux pas avoir…

— Si, l'interrompit-il. C'est ici que David t'a trompée, et c'est ici que tu as l'intention de te venger.

Lucy serra les bras autour de ses épaules et lui tourna le dos.

— David est mort. Je ne peux plus me venger.

— Dans ta tête, tu peux, répondit-il en se rapprochant pour placer ses bras au-dessus des siens.

Il avait envie de la réconforter, de la consoler. Il voulait sentir les ongles de Lucy s'enfoncer dans son dos lorsqu'il la ferait jouir. Avec ses mains, sa bouche ou son sexe, peu importait. Ce qu'il voulait, c'était la faire jouir.

— Il a détruit votre mariage en venant faire l'imbécile ici, dans votre maison de vacances. Dans la maison où tu venais avec les enfants et que tu adorais.

— Je l'adore toujours, dit-elle dans un filet de voix.

— Tu n'es pas revenue ici depuis quatre ans. Et pourtant aujourd'hui, tu arrives en tenue hyper sexy…

— Quoi ?

Elle voulut se retourner pour le regarder, mais il l'en empêcha.

— … et tu dévores des yeux un gamin qui doit avoir à peu près le même âge que la fille avec laquelle David était au lit quand tu les as surpris. Moi, j'appelle ça se venger.

Elle laissa échapper un petit rire.

— Moi, j'appelle ça se comporter comme une femme en chaleur.

Tremblant à l'idée qu'elle puisse dire vrai, Bram relâcha son étreinte pour caresser tendrement ses bras et pressa le creux de son aine contre ses petites fesses rondes.

Il se doutait de la réponse qu'elle allait lui faire, mais il préféra en avoir le cœur net.

— Ça fait combien de temps, Lucy ?

Elle se raidit, mais Bram referma ses bras sur elle pour l'empêcher de se sauver.

— Ne sois pas gênée, Lucy. On se connaît depuis trop longtemps pour ça. On est amis.

Il ne voulait plus être son ami. Il voulait être son amant. Il voulait être les deux. Il voulait tout ce qu'elle était en mesure de lui offrir.

— Si tu veux savoir depuis combien de temps je n'ai pas couché avec un homme, répliqua-t-elle sèchement, j'estime que ça ne te regarde pas.

Bram la berça doucement dans ses bras.

— Je parie que ça fait plus de quatre ans. Ça ne marchait plus très fort entre David et toi avant qu'il ne fiche tout en l'air.

Il pressa la bouche contre sa tempe pour la rassurer d'un baiser.

— Je me trompe ? ajouta-t-il.

Il la sentit trembler et inspirer en hoquetant entre ses bras.

— Ne fais pas ça, Bram…

Il choisit d'ignorer le ton suppliant sur lequel elle avait dit cela. C'était sa satanée sympathie, sa compréhension déplacée qui avaient amené Lucy à chercher un autre que lui.

— Quatre ans sans te laisser approcher par un homme. C'est long, Lucy.

Elle s'échappa de l'étau de ses bras et pivota d'un bloc.

— Qu'est-ce que j'étais censée faire, Bram ? Draguer un mec à l'épicerie du coin ou à la sortie de l'école ? Tu n'as pas l'impression qu'être mère de deux enfants, présidente de l'association des parents d'élèves et objet de scandale, complique un tout petit peu les choses quand on a envie d'avoir une aventure ?

Une fois de plus, Bram regretta de ne pas avoir flanqué à David la correction qu'il méritait, à l'époque.

— Personne ne t'a jamais blâmée, Lucy.

— À d'autres !

— David était responsable de ses actes. Il est responsable de sa mort, conclut-il après avoir chassé la vague de tristesse qui menaçait de le submerger.

— Tu dis ça parce que tu n'as jamais entendu ce que murmurent mes voisins. Ils disent que je suis sans cœur, et qu'il ne serait pas mort si je l'avais laissé revenir à la maison quand il venait faire du scandale devant ma porte.

Bram secoua la tête.

— David a toujours été un fêtard. Il a plus d'une fois frôlé la mort au volant bien avant votre séparation.

Petit à petit, David avait cherché à se dérober aux obligations du mariage. Au début, il s'était contenté de flirter, histoire de se donner un avant-goût de la chose. Et puis, à force de jouer les séducteurs, il avait fini par trouver son bonheur. Son malheur, plutôt, rectifia Bram en pensant à tout ce que David avait perdu.

— Je sais, murmura Lucy. Et partout où on allait, il n'arrêtait pas de lorgner les femmes. Il t'enviait beaucoup, précisa-t-elle en le regardant à travers ses cils.

Bram la secoua doucement. Il ne la laisserait pas l'incriminer de ce qui s'était passé. Elle n'avait pas idée de ce qu'un homme est obligé de faire lorsque la femme qu'il aime est mariée à un autre.

— Un homme qui trompe sa femme est un tricheur, lui dit-il, déterminé à effacer la culpabilité ridicule qu'elle ressentait encore. S'il la trompe une fois, rien ne garantit qu'il ne recommencera pas. Tu ne peux pas te reprocher de ne pas avoir voulu courir ce risque.

Un homme capable de tromper Lucy ne méritait pas de seconde chance, ajouta-t-il pour lui-même. David était son meilleur ami, mais Bram avait toujours deviné qu'il ne saurait pas rendre Lucy heureuse, et David lui avait confié plusieurs fois que les contraintes du mariage lui pesaient.

— Je l'ai chassé de la maison, déclara Lucy d'une voix lasse d'avoir trop souvent raconté cette histoire. Il s'est mis à boire, il n'a pas dessoûlé une seule fois en deux ans, et c'est à cause de ça qu'il est mort dans un accident de voiture. C'était *de ma faute.*

Bram eut envie de la secouer très fort, cette fois.

— Lucy, gronda-t-il. Tu es trop intelligente pour penser ce que tu dis. Et trop réaliste pour imaginer que tu aurais pu contrôler David. Il a pris un mauvais chemin et il l'a regretté. Mais personne ne l'a forcé à te tromper, personne ne l'a forcé à ignorer sa femme et ses enfants. Et personne ne l'a forcé à boire et à conduire trop vite. Je sais que ces dernières années n'ont pas été faciles... murmura-t-il en pressant ses épaules.

— Tu les as rendues un peu plus supportables, admit-elle en levant ses yeux bleus vers lui. Tu m'as beaucoup aidée avec les enfants. Pour tout, en fait.

— Tu sais qu'ils comptent énormément pour moi, répondit-il en haussant les épaules. J'adore passer du temps avec eux.

— Eux aussi.

Bram aimait s'occuper d'eux, même s'il déplorait que ce ne soient pas les siens. Il secoua la tête.

— Il est temps que tu recommences à vivre, Lucy.

Elle souleva ses cheveux et lorsqu'elle les laissa retomber, ils étaient légèrement emmêlés. Bram la trouva plus désirable que jamais. D'un geste de la main, elle désigna la maison qu'elle venait de nettoyer et d'aérer.

— C'est ce que j'avais l'intention de faire, déclara-t-elle.

Bram songea que le moment était mal choisi pour avoir une érection, mais il savait depuis longtemps qu'il n'arrivait pas à se contrôler en présence de Lucy Vaughn. Maintenant qu'il sentait que posséder Lucy n'était plus qu'une question de temps, son corps se rebellait carrément.

— Tant mieux, répliqua-t-il en soutenant son regard. Il ne te reste plus qu'à m'inclure dans tes projets.

2

Les portes ouvertes déclenchèrent la climatisation. Bram n'avait pas senti la chaleur se répandre dans la maison. Il faut dire que la température de son corps était nettement plus élevée que celle de l'air ambiant. Lucy fit la grimace et sortit sur la terrasse.

Bram s'accorda deux longues inspirations et s'efforça de détendre ses muscles avant de la rejoindre.

Elle se tenait devant la balustrade qu'elle enserrait de ses mains, le regard tourné vers le lac. Le soleil faisait naître des reflets presque bleus dans ses cheveux sombres qui collaient à sa peau sur ses tempes. Le bord effrangé de son short lui arrivait juste en dessous des fesses, et les doigts de Bram le démangeaient de se poser dessus. Il avait toujours pensé que Lucy avait de très belles fesses.

Contrairement à bien des femmes de sa connaissance qui présentaient un postérieur maigrichon ou inexistant, Lucy avait des fesses fermes et rebondies, qu'il aurait pu caresser et embrasser pendant des heures.

Au fil des ans et après deux grossesses, elle avait pris un peu de poids au niveau des jambes et des fesses. Il l'avait entendue s'en plaindre en riant, et lui avait assuré qu'elle n'avait aucun souci à se faire. Elle n'avait pas deviné alors à quel point il était sérieux.

Il la trouvait tellement sexy que le simple fait de la regarder était douloureux.

Bram comprenait qu'elle ait de bonnes raisons de se sentir désorientée, mais il ne voyait pas comment il pourrait éclaircir les choses autrement qu'en manifestant une franchise brutale.

Il referma la porte coulissante derrière lui.

— Tu étais son ami, dit-elle sans le regarder. Son meilleur ami.

— Je l'aimais comme un frère, répondit-il calmement. Mais j'ai toujours considéré qu'il avait mal agi vis-à-vis de toi.

— Il m'a dit un jour…

Sa voix se brisa. Elle hésita un instant, puis s'éclaircit la gorge.

— Il m'a dit un jour que tu le plaignais.

Bram s'approcha et s'adossa à la balustrade. Il s'abstint volontairement de la regarder. David avait dû lui présenter les choses comme si Bram la tenait pour responsable de ses malheurs.

— Il ne t'a pas menti, admit-il cependant.

Elle sursauta, puis laissa échapper un petit rire sans joie.

— Tu n'étais pas le seul, figure-toi. Tout le monde le plaignait. Et moi, alors ? C'est moi qui l'ai surpris au lit avec cette fille ! Tu imagines ce que ça m'a fait ?

— Oui.

Bram savait précisément ce qu'elle avait ressenti. Il l'avait observée très attentivement chaque fois qu'il l'avait vue ensuite. La tension, la honte et la douleur qu'il avait décelées sur ses traits délicats lui avaient furieusement donné envie de la venger. Mais il ne l'avait pas fait. Il s'était fait violence et n'avait pris parti pour personne, au cas où le couple aurait survécu. Il les aimait trop l'un et l'autre pour s'interposer dans leur querelle.

Mais le couple avait sombré et, le temps que David réalise son erreur, Bram ne pouvait plus rien pour lui. Il avait éprouvé un chagrin immense et s'était senti affreusement coupable en apprenant sa mort. Alors il avait aidé Lucy et les enfants autant que possible.

À présent, il pouvait enfin lui dire la vérité.

— Tu t'es sentie trahie. David t'avait menti et trompée, et cela t'a fait très mal. Tu n'as plus cru en ton couple, et tu as chassé David. Il faut du courage pour faire ça, Lucy. Et je me suis senti très fier de toi.

Elle le dévisagea, ne comprenant visiblement pas ce qu'il venait de dire.

— J'ai plaint David parce que cet idiot a laissé tomber la meilleure chose que la vie lui avait offerte, pour tirer un coup avec une fille qui ne t'arrivait pas à la cheville.

Lucy frémit et le regarda droit dans les yeux.

— Tu la connaissais ?

— Il me suffit de savoir que ce n'était pas toi, murmura-t-il en soutenant son regard.

Elle lui tourna le dos, traversa la terrasse et s'arrêta à bonne distance de lui. Bram sourit. Elle ne pouvait pas aller bien loin dans cette maison.

— Qu'est-ce que tu es venu faire ici, Bram ?

Il observa la chair souple que révélait son bustier et sentit son cœur battre plus fort. Ses muscles se contractèrent d'impatience et son sexe enfla tellement qu'il se dit qu'il allait exploser.

— Je suis venu parce que tu voulais coucher avec un homme, répliqua-t-il tranquillement, et que je suis le seul en mesure de te donner ce que tu désires.

Il la vit raidir légèrement les épaules, et son dos s'élargit lorsqu'elle prit une inspiration.

— Pourquoi ? demanda-t-elle sans se retourner.

— Pourquoi quoi ?

— Pourquoi voudrais-tu…

Elle fit un geste de la main, mais n'acheva pas sa phrase.

— Pourquoi voudrais-je faire l'amour avec toi ?

Il se dirigea vers elle, lentement, pour lui permettre de sentir son approche, afin que la conscience qu'elle avait de sa présence s'aiguise. La chaleur le faisait transpirer et des filets de sueur coulaient sur ses tempes. Son cœur battait sourdement à ses oreilles.

Il s'approcha plus près pour que la chaleur de son corps l'enveloppe autant que la chaleur du soleil, et qu'elle perçoive son odeur.

— Tu veux vraiment savoir pourquoi je veux te voir nue en dessous de moi ? gronda-t-il. Pourquoi je tiens tellement à être celui qui te donnera ce dont tu t'es passée pendant quatre longues années ?

— Oui.

Elle serra les poings, de plus en plus fort, puis pivota brusquement vers lui.

— Oui, et oui !

L'expression de son visage était intense. Affamée.

— Lucy…

Il ne pouvait pas encore lui dire ce qu'il éprouvait pour elle. Il devait attendre qu'elle surmonte émotionnellement le tabou de coucher avec un homme qui avait été le meilleur ami de son mari. Il connaissait Lucy. Il savait que cette perspective la hérissait. Elle trouvait cela trop intime, trop compliqué. Elle aurait préféré une aventure avec un parfait inconnu, plutôt que de risquer des complications en faisant l'amour avec un homme qu'elle connaissait depuis longtemps.

— Pourquoi, Bram ? Tu peux coucher avec toutes les femmes que tu veux. Tu *couches* avec toutes les femmes que tu veux.

— Je n'ai jamais couché avec toi, donc ce que tu viens de dire est faux.

Il vit sa poitrine se soulever, mais elle ignora son interruption.

— Des filles jeunes, sexy, avec le ventre plat, des seins énormes et des jambes qui n'en finissent pas. Pas des mères divorcées de trente-neuf ans...

— Officiellement, tu n'es pas divorcée, fit-il observer pour couper court à sa tirade. David est mort avant la fin de la procédure.

Les voix portaient loin autour du lac, et même s'il ne semblait y avoir personne à portée d'oreilles, Bram ne voulait pas que Lucy se retrouve dans une situation gênante par la suite.

— Veuve, si tu préfères. Ce que je veux dire, c'est qu'elles ne sont pas comme moi.

— Dieu merci ! s'exclama-t-il, profondément sincère.

C'était justement parce qu'elles ne ressemblaient pas à Lucy qu'il fréquentait ce genre de femmes.

— Les filles autour desquelles tu gravites ont au maximum vingt-deux ans, elles sont à tes pieds, elles font l'amour avec toi des nuits entières...

Bram éclata de rire. Ce fut plus fort que lui. Il avait soudain eu l'impression que Lucy était jalouse de ces filles, et cette idée lui plaisait. Mais quand elle avait eu cette expression horrifiée à l'idée qu'on puisse faire l'amour des nuits entières, son cœur s'était empli de tendresse.

Il lui montrerait que c'était possible. Avant la fin de la semaine, elle aimerait autant faire l'amour que lui.

— J'ai quarante et un ans, Lucy. Il y a longtemps que je ne fais plus l'amour toute la nuit. L'idéal, selon moi, serait de te faire l'amour une fois pendant la nuit et de remettre le couvert une ou deux fois le lendemain, précisa-t-il avec un grand sourire.

Visiblement, il n'aurait pas dû sourire ainsi.

De grosses larmes embuèrent ses yeux et elle s'éloigna de lui d'un pas rageur. Navré, Bram retira ses lunettes et la suivit. Il faillit rester coincé dans la porte-fenêtre quand elle se retourna pour la faire coulisser avec l'intention – il n'en douta pas une seconde – de le garder dehors.

Mais cela faisait trop d'années qu'il était dehors.

— Tu vas jouer longtemps à ce petit jeu ? Entrer et sortir comme ça ? demanda-t-il dans l'espoir de chasser sa mauvaise humeur.

Il n'avait jamais pensé qu'ils se disputeraient. Il s'était imaginé qu'il la séduirait tendrement, comme elle le méritait. Dans un premier temps, en tout cas. Si par la suite les choses se terminaient par une chevauchée sauvage, il ne s'en plaindrait certainement pas.

Lucy gagna le couloir qui menait à la chambre.

— Je vais aller au bord du lac. Et toi, tu vas partir.

Il la suivit dans la chambre.

— N'y compte pas, Lucy. Pas tant que tu auras l'intention de…

— Sors, Bram.

Sa voix tremblait, et elle n'était visiblement pas certaine de savoir ce qu'elle voulait. Elle pointa l'index vers la porte pour renforcer ses paroles. Bram croisa les bras sur son torse et laissa aller son épaule contre le mur.

— Pourquoi ? Pour que tu demandes au jardinier de revenir ?

— Pourquoi pas ? riposta-t-elle en redressant fièrement le menton.

Un violent élan de jalousie le transperça, mais il y résista. Elle était vulnérable et risquait de faire des choses qu'elle n'avait encore jamais osé faire. Le cap de la quarantaine est toujours délicat pour les femmes, et Bram se doutait que l'approche de son quarantième anniversaire devait la perturber. D'ici la fin de la semaine, Lucy saurait avec certitude qu'elle était merveilleusement sexy et désirable. Il le lui aurait prouvé d'au moins cent façons.

— C'est ton genre d'homme ? Un gamin dépourvu d'expérience qui ne sait même pas comment faire jouir une femme ?

Sa rudesse parut brièvement la choquer.

— Il me surprendrait peut-être.

Le sourire qu'elle plaqua sur ses lèvres lui fit mal.

— Je ne pense pas. Où l'as-tu déniché, au fait ? s'enquit-il d'un ton faussement détaché.

— Ça ne te regarde pas, mais puisque tu me le demandes, je l'ai rencontré en faisant les courses à l'épicerie. Il a dit qu'il était d'accord pour s'occuper de ma... pelouse.

— Je ne doute pas un instant qu'il aurait fait ça très bien. Mais tu sais aussi bien que moi quel genre de gazon il avait en tête en venant ici.

— Tu crois ? rétorqua-t-elle, si visiblement ravie à cette idée que Bram faillit sourire.

— N'importe quel mâle normalement constitué et jouissant d'une vision normale a envie de coucher avec toi, Lucy. Tu es une vraie bombe.

— C'est une réplique facile pour un homme qui jouit de ta réputation, Bram, répondit-elle en fronçant les sourcils.

— Toujours dire la vérité, telle est ma devise, déclara-t-il en la détaillant de la tête aux pieds d'un regard insistant, avant de laisser échapper un sifflement d'admiration. Je m'étonne que tu ne saches pas encore combien tu fais tourner les têtes.

Surtout la mienne, se retint-il de préciser.

— Ce qui ne m'étonne pas, en revanche, ajouta-t-il en voyant qu'elle appréciait beaucoup les compliments qu'elle aurait dû recevoir depuis des années, c'est que le premier type à qui tu as souri ait aussitôt saisi sa chance. À cet âge-là, un homme déborde de testostérone et une belle femme est une tentation irrésistible.

Lucy parut à la fois ravie et ennuyée par cette remarque.

— Mais il ne te connaît pas comme je te connais, Lucy, enchaîna-t-il en baissant le ton et en scrutant son regard. Il ne sait pas ce que tu as subi, ce que tu cherches et ce que tu mérites. Il te sauterait dessus avant que tu aies le temps de dire ouf, t'arracherait ton short en un clin d'œil et repartirait deux minutes après, trop pressé d'aller raconter à ses copains qu'il vient de tirer un coup d'enfer sur la colline.

— Tais-toi, Bram.

— C'est ça que tu veux ? Te tailler une réputation de femme facile auprès de tous les types qui ont envie de tirer un coup ?

Lucy s'était rembrunie, mais elle se contenta de hausser les épaules.

— Qu'est-ce que ça changerait ? Je vais vendre, de toute façon.

Cette annonce le surprit et il se demanda s'il s'agissait d'une décision financière ou émotionnelle. Quelles qu'en soient les motivations, cela ne lui plaisait pas.

— Tu sais bien qu'une réputation te suit partout.

Elle croisa les bras.

— Apparemment, la réputation qui te suit partout ne te dérange pas, toi.

— Tu crois ça ? Alors à ton avis, pourquoi est-ce que tu te chamailles avec moi comme ça ? Pourquoi on n'est pas tout nus ? Pourquoi tu ne me laisses pas t'aider à profiter de cette semaine de vacances comme tu en avais l'intention ?

Le regard de Lucy parcourut machinalement le corps de Bram et s'attarda involontairement sur son entrejambe. Elle releva aussitôt les yeux. Ses joues s'étaient colorées et ses yeux s'étaient assombris, *mais elle ne semblait pas gênée.*

— Je ne sais vraiment pas ce qui t'arrive, Bram, répondit-elle d'une voix légèrement haletante. Tu as décidé de me choquer, c'est ça ?

— Non, j'essaye simplement d'être franc, dit-il d'un ton sérieux. Si tu veux renouer avec ta sexualité, ma belle, tant mieux. Mais ce sera avec moi, et avec personne d'autre.

Elle s'humecta les lèvres et son regard fouilla le sien.

— J'ai passé l'âge de jouer à ce genre de jeux, Bram.

— Je t'en apprendrai d'autres.

Il contempla sa bouche, fasciné par la façon dont elle se mordillait la lèvre inférieure.

— Des jeux qui se jouent tout nus, précisa-t-il en souriant.

Elle redressa le menton.

— J'ai aussi passé l'âge de gober que tu me cours après pour coucher avec moi, alors que des tas de filles n'attendent qu'un coup de fil de ta part pour sauter dans leur voiture. Qu'est-ce que tu veux, au juste ?

Elle ne le croyait pas ? Bram haussa les épaules, croisa son regard et le soutint.

— Je ne veux aucune autre femme. C'est toi que je veux. Toute nue. Sous moi, sur moi, ou dans toute autre position qui te conviendra. Mais je veux que tu sois à moi, te serrer dans mes bras et t'entendre jouir. Voilà ce que je veux.

Lucy chancela, sa bouche s'arrondit de surprise l'espace d'un instant. Mais elle se ressaisit. Le cran dont elle faisait preuve en chaque circonstance était un des aspects les plus séduisants de sa personnalité. La vie ne l'avait pas épargnée, mais elle s'était toujours relevée et avait réussi à élever deux merveilleux enfants.

Elle se tenait devant lui comme si elle se préparait au combat, cuisses contractées, pieds légèrement écartés.

— Depuis quand, Bram ? s'enquit-elle, suspicieuse. Laisse-moi deviner… C'était quand déjà que tu as raccompagné Dede Machinchose après lui avoir fait visiter ton gymnase ? Pas plus de quelques semaines, si je ne m'abuse. Kent est rentré à la maison avec des yeux comme ça et nous a raconté en détail les prouesses de tonton Bram. Il a fallu que j'endure la description détaillée du corps de la demoiselle moulé dans un justaucorps. Il paraît que tu lui as personnellement montré le fonctionnement de tous les appareils du gymnase.

Bram haussa un sourcil. Alors comme ça, Kent avait mouchardé, hmm ? Il frotterait les oreilles de ce petit sacripant, la prochaine fois qu'il le verrait. Mais une autre pensée l'assaillit, et Bram se demanda si la soudaine décision de Lucy de renouer avec sa vie sexuelle n'était pas liée à ce que son fils lui avait rapporté, en déformant certainement les choses. Il l'avait peut-être inspirée, involontairement.

— C'était sans importance.

— Dire que je croyais bêtement qu'en tant que propriétaire du gymnase, tu déléguais ce genre de corvées à tes employés, insista-t-elle d'un ton dédaigneux.

— Je n'ai pas couché avec Dede.

— C'est cela, oui. Et moi, je ne me teins pas les cheveux.

Bram réprima un sourire. Les premiers cheveux blancs avaient fait leur apparition dans la chevelure de Lucy quand elle avait tout juste trente-cinq ans. Elle en avait aujourd'hui trente-neuf et n'en avait plus un seul.

— Attention, Lucy, répliqua-t-il gravement. Il ne faut pas me confondre avec David. Je ne t'ai jamais menti et je ne te mentirai jamais.

Cette déclaration la désarçonna un instant, mais elle se remit aussitôt en selle.

— Tu cherches à me faire croire que tu es subitement devenu moine ?

— Loin de là, rétorqua-t-il. J'imagine qu'en quinze ans de mariage, David a quelquefois cédé à la tentation de te parler de moi, non ?

Il attendit sa réponse. Il voulait savoir ce qu'elle connaissait de lui, et surtout, il voulait savoir si sa curiosité le concernant avait été aussi poussée que la sienne. Il espérait qu'elle avait posé des questions sur lui. Voire même qu'elle avait fantasmé sur lui une fois ou deux.

— Oui, et alors ? répondit-elle avec un haussement d'épaules.

Une douce satisfaction l'envahit.

— Alors, tu sais déjà que je n'ai rien d'un moine. J'aime les femmes. J'aime le sexe. Et, enchaîna-t-il en se penchant vers elle, je n'ai pas couché avec Dede.

— Kent aurait inventé cette histoire ?

— Bien sûr que non. Kent n'est pas un menteur. Il t'a raconté ce qu'il a vu, et ce qu'il a vu n'était qu'un petit jeu de séduction. Si tu veux savoir toute la vérité, j'ai effectivement eu envie de coucher avec elle. Ça t'intéresse de savoir pourquoi ?

— Laisse-moi deviner… À cause de la taille de son soutien-gorge ?

Bram nota avec amusement qu'elle sortait ses griffes comme une femme jalouse. C'était la première fois qu'ils se disputaient. Ils se fréquentaient depuis l'époque de ses premiers rendez-vous avec David. Lucy l'avait aussitôt traité comme un frère, et Bram n'avait pas eu d'autre solution que de dissimuler ses mauvaises pensées. Il aimait sincèrement David, et il était donc logique qu'il aime aussi sa petite amie.

Mais il s'était toujours senti coupable du désir qu'elle lui inspirait. Une culpabilité avec laquelle il avait décidé d'en finir. Il n'était jamais intervenu dans leurs problèmes de couple et n'avait jamais avoué à quiconque à quel point Lucy l'obsédait. Elle n'avait rien à se reprocher, et lui non plus.

Il s'écarta du mur, se rapprocha d'elle, leva la main et caressa ses longs cheveux soyeux. Ils étaient aussi fins que ceux d'un bébé, raides comme des baguettes. Il les adorait.

— J'ai eu envie de coucher avec elle parce qu'elle a les cheveux presque aussi lisses que les tiens.

Lucy retint son souffle, muette.

— Et parce que ses yeux…

Il lui souleva le menton pour l'obliger à croiser son regard.

— … parce que ses yeux bleus me rappelaient un peu les tiens, si je faisais un petit effort d'imagination.

L'intensité de son regard la fit frissonner.

— Alors ce n'était pas à cause de la taille de ses seins ? murmura-t-elle.

Bram recula d'un pas. S'il était resté près d'elle, il l'aurait embrassée, et avec le lit qui était juste derrière elle, la situation aurait pu lui échapper. Lucy ne savait plus très bien où elle en était : ce n'était pas le moment de précipiter les événements.

— Que les choses soient claires, Lucy. Quand je me retrouve tout seul dans mon lit, le soir, ce n'est pas au corps de Dede que je pense, déclara-t-il en remarquant que ses pupilles se dilataient. C'est à toi que je pense, Lucy.

Elle demeura un instant pétrifiée, puis explosa.

— Mon Dieu ! J'espère que tu ne veux pas dire que tu…

— Si, et alors ?

Bram estimait qu'il avait passé l'âge d'avoir honte des besoins de son corps et de la façon dont il y remédiait.

— Nous sommes d'accord sur le fait que je n'ai rien d'un moine. Il se trouve qu'en ce moment, aucune femme ne m'attire. C'est toi que je veux, Lucy. J'avais déjà envie de toi avant la mort de David.

Il n'était pas obligé de lui dire qu'il avait toujours eu envie d'elle. Ça risquait de faire un peu trop.

Pour la première fois depuis son arrivée, Lucy parut s'adoucir, et Bram se demanda si elle avait pitié de lui parce qu'il venait d'avouer ses pratiques solitaires. Cette idée en amena une autre qui accéléra les battements de son cœur.

— Et toi ? s'enquit-il doucement.

La méfiance ressurgit immédiatement.

— Quoi, moi ?

— Ça fait un moment que tu as déposé ta demande de divorce, et tu n'es pas sortie une seule fois avec un homme ensuite.

Bram était révolté à l'idée qu'une belle femme comme Lucy, si vivante et pleine d'amour, se retrouve toute seule dans son lit.

— Tu ne t'es jamais sentie seule ? Tu n'as jamais éprouvé le besoin d'être caressée par un homme ? De trouver le soulagement dans ses bras ? D'atteindre le septième ciel ?

— C'est pour cette raison que je suis ici, rétorqua-t-elle du même ton suggestif que le sien.

Elle détourna brièvement le regard avant de poursuivre.

— Quand on fait ce dont tu viens de parler, ce n'est pas la même chose que lorsqu'on est avec quelqu'un.

Bram sentit son cœur s'emballer.

— Non, ce n'est pas pareil. C'est un dérivatif.

— Tu sais… ça ne marchait déjà pas très fort entre David et moi avant qu'il me trompe. Mais, même à l'époque où je savais que j'étais en train de le perdre, j'aimais sentir la chaleur de son corps contre moi au lit.

Elle déglutit, sans doute parce qu'elle n'avait jamais confié cela à personne.

— C'est rassurant de savoir qu'on n'est pas tout seul. D'entendre quelqu'un respirer près de soi.

Les poumons de Bram se contractèrent douloureusement. Pendant toutes les années de son mariage, savoir que David était autorisé à lui faire l'amour alors que lui ne pourrait jamais le faire, avait constitué un véritable enfer. La possibilité de changer la donne s'offrait désormais à lui, et il ne laisserait passer sa chance sous aucun prétexte.

Il cala doucement son poing fermé sous le menton de Lucy pour le soulever.

— Je veux être celui qui te serrera dans ses bras, Lucy.

Elle secoua la tête.

— Je ne supporte pas la comparaison avec les jolies filles que tu fréquentes, Bram.

Pourquoi doutait-elle de son pouvoir de séduction à ce point-là ? David s'était-il montré avec elle encore plus grossier qu'il ne l'avait suspecté ?

— Tu n'as pas à te comparer à elles, Lucy ! Elles ne t'arrivent pas à la cheville. Tu es incomparable.

— Parce que j'ai dépassé la limite d'âge ? fit-elle mine de plaisanter.

Mais Bram avait vu une lueur d'incertitude passer dans son regard. Lucy ne savait vraiment pas à quel point elle était désirable. Il enfouit les doigts dans ses cheveux et l'attira contre lui.

— Ce n'est pas seulement ton corps, c'est toi que je veux, Lucy. Tout entière. J'apprécie ton intelligence et ta loyauté. J'adore aussi ton sens de l'humour et des responsabilités.

— Bram.

Ils s'étaient étreints bien des fois par le passé, et Lucy le serrait contre lui de cette façon fraternelle qui ne lui convenait plus.

— Quand une femme est toute nue, ce n'est pas à son sens de l'humour qu'un homme s'intéresse, se moqua-t-elle.

— Te voir toute nue, murmura-t-il d'une voix rauque en réprimant difficilement un frisson, suffirait sans doute à me faire jouir.

Elle éclata de rire.

— Bram !

Il lui prit la main, la posa sur le renflement de sa braguette, et sa respiration devint sifflante lorsqu'il sentit la paume de sa main presser contre lui.

— Je suis dans cet état-là depuis que j'ai compris ce que tu avais l'intention de faire. L'idée que tu puisses avoir envie d'un autre que moi me rend fou de rage, mais ça ne m'empêche pas de bander. Ça me donne envie de hurler, mais *ça ne m'empêche pas de bander.* Coucher avec une autre que toi n'est qu'un pis-aller, et je préfère encore me toucher en pensant à toi parce que c'est toi que je veux, Lucy.

— Comment…

Elle n'avait pas écarté sa main, et ses doigts se refermaient même timidement autour de lui. Bram se dit que l'idée d'accepter sa proposition commençait à faire son chemin dans sa tête.

— Comment as-tu su ce que j'avais l'intention de faire ?

Bram hésita. Partager avec elle une telle intimité n'avait jamais été autre chose qu'un rêve pour lui. La réalité était bien plus douce et intense que tout ce qu'il avait imaginé, et il ne voulait surtout pas risquer de briser un tel enchantement. Mais il avait également promis qu'il ne lui mentirait pas, et il décida de tenir parole.

— À moins que tu veuilles que je te prenne tout de suite – et mon petit doigt me souffle que tu n'es pas encore tout à fait prête pour ça, dit-il après avoir déposé un baiser au sommet de sa tête, je crois qu'il vaut mieux arrêter ce qu'on est en train de faire.

— Non, répondit-elle. Je veux dire, non, je ne suis pas encore prête.

Elle leva les yeux vers lui. Ses doigts l'enserraient toujours à travers le tissu du short, et il les sentit se contracter très légèrement.

— Tu es…

Elle s'interrompit et prit deux longues inspirations.

— Il est vraiment gros, souffla-t-elle.

Les femmes émettaient des commentaires flatteurs sur la taille de son sexe depuis qu'il avait dix-huit ans, et Bram avait toujours apprécié ces compliments. Mais que cela vienne de Lucy était plus gratifiant que toutes les louanges qu'il avait reçues, et si cela parvenait à éveiller son intérêt, Bram serait doublement reconnaissant à la nature du présent qu'elle lui avait fait.

— Je ne te ferai pas mal, Lucy, dit-il en lui caressant les épaules.

Sa respiration était devenue légèrement haletante. Elle haletait d'*excitation,* songea-t-il.

— Je ne sais pas. Je veux dire que je ne me souviens plus très bien. Tu as raison : c'est long, quatre ans.

Elle fit lentement glisser la paume de sa main sur toute la longueur de son sexe, comme si elle cherchait à en prendre la mesure exacte, et Bram serra les dents sous l'effet du plaisir que déclenchait cette caresse.

— Je ferai très attention, Lucy, grogna-t-il d'une voix rauque de désir. J'irai tout doucement et je te préparerai tellement bien à me recevoir que ça ira tout seul, je te le promets.

Lucy frémit, et sa main le régala d'une ultime caresse qui faillit avoir raison de lui. Ses grands yeux reflétaient une confiance relative. Il comprit qu'elle voulait bien essayer, mais qu'elle n'était pas encore prête.

Bram se concentra un moment sur sa respiration pour éviter de perdre le contrôle. Il ne pouvait pas espérer la conquérir s'il jouissait dans son short sous l'effet d'une simple caresse !

Quand il eut retrouvé son empire sur lui-même, il la prit par la main et l'entraîna hors de la chambre.

— Voilà ce que je te propose, déclara-t-il d'une voix grave, râpeuse et légèrement tremblante. Pour commencer, on va aller se baigner, parce que j'ai cruellement besoin de me rafraîchir. Après ça, on fera un tour en bateau, histoire de se changer les idées. J'en profiterai pour t'expliquer un certain nombre de choses.

Il l'avait entraînée sur la terrasse. La chaleur et le soleil les frappèrent de plein fouet, attisant le désir brûlant qui s'était fait jour entre eux.

— Tu veux peut-être mettre des chaussures ? parvint-il cependant à lui demander d'une voix que le désir rendait chevrotante.

En dépit de la chaleur étouffante, Lucy tremblait, elle aussi.

— Non.

Elle leva vers lui un regard langoureux, et Bram dut faire un violent effort pour résister à la tentation de retourner à l'intérieur avec elle.

— J'ai envie de me sentir libre, cette semaine. Plus de chaussures, plus de soutien-gorge… Plus de lessives, plus de téléphone, plus de voisins bruyants et plus de ragots.

Cette déclaration eut l'effet d'une promesse sensuelle sur ses terminaisons nerveuses. Mais il était dans un tel état d'excitation que n'importe quelles paroles tombées de sa bouche auraient eu sans doute le même effet sur lui.

Ils quittèrent la terrasse pour longer le chemin de pierre qui descendait jusqu'au lac. Des abeilles bourdonnaient à leurs pieds, voletant d'une fleur de trèfle à une autre. Quelque part au loin, le chant d'une cigale s'éleva et un grand oiseau noir prit son envol.

— Tu as les clés ?

— Elles sont dans le bateau. Les gilets de sauvetage sont dans le hangar.

— Tu as déjà fait un tour avec ?

— Non, mais je l'ai fait démarrer pour m'assurer que tout était en état de marche.

Bram s'engagea sur le ponton de bois auquel le bateau était attaché. Lucy l'avait sorti du hangar et avait retiré les bâches de protection.

L'eau du lac venait lécher le muret de pierre bordant la rive avec un doux clapotis. Le soleil faisait miroiter la surface du lac, et Bram remit ses lunettes de soleil. Le ciel était d'un bleu si vif qu'il en devenait presque aveuglant.

L'air embaumait l'herbe fraîchement coupée par le jardinier. Les rayons ardents du soleil intensifiaient ce parfum, déjà lourd de promesses. Bram embrassa doucement Lucy sur les lèvres.

— Au retour, je finirai de tondre la pelouse. Tu as acheté de quoi faire des grillades ?

— J'ai décidé de me contenter de sandwichs.

Bram se dit qu'il ferait un saut à la seule et unique épicerie située en bordure du lac. Il allait parler avec Lucy, il lui ferait une bonne grillade, et il lui donnerait un avant-goût des plaisirs physiques qu'il était disposé à partager avec elle. Avant qu'il en ait terminé, elle désirerait ardemment que cet avant-goût cède la place à quelque chose de plus concret.

Elle lui dirait alors qu'elle avait envie de lui.

— Je m'en occuperai. Je ne suis pas mauvais en cuisine.

Elle laissa fuser un léger rire en passant devant lui pour grimper à bord du bateau.

— Tu excelles dans tout ce que tu entreprends, et tu le sais aussi bien que moi, Bram.

Il la regarda s'asseoir sur une des banquettes de cuir blanc, puis détourna les yeux, courut jusqu'au bout du ponton et plongea dans l'eau froide tout habillé pour éviter la catastrophe qu'il sentait venir. Son T-shirt flotta à la surface, découvrant son abdomen, et il sentit ses baskets alourdir ses pieds. L'eau se referma au-dessus de sa tête et rafraîchit sa peau brûlante, mais ne parvint pas à calmer ses ardeurs.

Un massage au glaçon n'aurait sans doute pas eu plus d'effet. Il était trop près d'obtenir ce qu'il désirait depuis toujours.

Quand il refit surface, il découvrit que Lucy avait changé de place pour le regarder. Il plaqua ses cheveux en arrière avec un grand sourire, puis projeta de l'eau vers elle. Lucy laissa échapper un cri et s'accroupit au fond du bateau.

Bram nagea jusqu'à l'échelle du hangar à bateau et réquisitionna deux gilets de sauvetage. Il faisait plus frais à l'intérieur du hangar, et les toiles d'araignées qui pendaient un peu partout témoignaient que le bateau n'avait pas été sorti depuis longtemps. Il ressortit par la porte qui donnait sur le ponton et le longea jusqu'à l'embarcation aux lignes pures. Ses chaussures faisaient un bruit spongieux à chacun de ses pas et son T-shirt était plaqué sur son torse. Lucy ne regardait pas dans sa direction. Il déposa les gilets à l'arrière avant de la rejoindre à l'avant. Elle s'était assise sur le siège du passager, et il en conclut qu'elle préférait lui laisser la barre.

David avait fait l'acquisition de cette petite merveille peu de temps avant que Lucy le surprenne en flagrant délit d'adultère. Pour autant qu'il sache, c'était la première fois qu'elle y remettait les pieds.

Il prit place à la barre en laissant volontairement des gouttes d'eau tomber sur elle. Elle avait chaussé des lunettes noires et s'était coiffée d'un chapeau blanc à bords flottants qui la protégeait du soleil – et dissimulait ses traits. Ses longues jambes étaient étendues devant elle, les pieds en appui sur le tableau de bord.

Refusant de se laisser ignorer davantage, Bram fit courir le bout de son doigt humide depuis sa cheville jusqu'en haut de sa cuisse. Lucy frissonna, et un petit sourire chatouilla le coin de ses lèvres.

Ce soir, se dit-il en admirant son corps et en l'imaginant nue, elle ferait bien plus que sourire. Ce soir, elle crierait son nom.

3

Lucy regardait Bram à travers ses lunettes noires et les mèches de cheveux que le vent rabattait sur son visage. Le bateau allait si vite qu'elle était obligée de tenir son chapeau d'une main, mais le souffle de l'air et le bruit du sillage à l'arrière du bateau étaient extrêmement agréables. Peu de plaisanciers étaient de sortie, et l'embarcation filait aisément à la surface du lac.

Comme d'habitude, elle avait une conscience aiguë de la présence de Bram à son côté, mais jamais encore elle ne s'était trouvée dans cette situation. Elle l'avait toujours perçu comme quelqu'un de très sexuel, comme un homme qui attire les femmes par ses regards, son évidente masculinité, son sourire et son charme. La différence, c'était qu'elle connaissait à présent le pouvoir dévastateur que sa bouche avait sur elle, et qu'elle savait avec quel naturel désarmant il parlait de sa sexualité. Sans honte, sans tabou.

Elle sentait que Bram ne devait jamais éprouver la moindre timidité au lit. Qu'il se souciait seulement du plaisir qu'il donnait et qu'il recevait.

Son corps se contracta à cette idée, ses pointes de seins durcirent et son estomac fit un soubresaut. Mon Dieu, elle n'avait jamais réalisé à quel point cet homme était extraordinaire…

Comme il était propriétaire d'un club de gym, il était dans une excellente forme physique. Il s'entraînait tous les jours et le résultat de ses efforts était visible. Il n'avait pas une once de graisse, et les lignes de son corps révélaient une force hors du commun.

Mais Bram avait toujours été dans une forme éblouissante, même avant d'acheter son club de gym. Quand elle avait rencontré David, son attention avait été attirée par la silhouette exceptionnelle de Bram.

Un seul mot convenait pour le décrire : *parfait*. Et le plus troublant de tout, c'est qu'il avait trouvé le moyen d'embellir au fil des ans.

À quarante et un ans, son torse aux muscles nettement définis avait de quoi séduire toutes les femmes, quel que soit leur âge. Ses cheveux blonds toujours un peu ébouriffés étaient plus clairs que les poils de son corps. À travers le T-shirt mouillé qui moulait son torse, elle pouvait voir ses muscles jouer quand il tournait la barre. Elle apercevait aussi par transparence la légère toison qui couvrait son torse et qui descendait jusqu'à son abdomen où elle ne formait plus qu'une fine ligne. Réalisant qu'elle était en train de le déshabiller du regard, Lucy tâcha d'orienter ses pensées dans une autre direction.

David aussi avait le torse velu, mais il ne ressemblait pas du tout à Bram.

Un sentiment de culpabilité l'assaillit et elle détourna les yeux, bien décidée à penser à autre chose qu'au corps de Bram.

Pourtant, comme s'il avait pu lire dans ses pensées, Bram ralentit le bateau et fit passer son T-shirt par-dessus sa tête. La vision de son torse nu la bouleversa. Il était plus bronzé qu'elle, avec des épaules deux fois plus larges que les siennes et des hanches étroites qui retenaient son short en jean, dont la coupe taille basse révélait l'élastique d'un caleçon noir.

Son corps éveillait en elle un tel appétit qu'elle avait du mal à respirer.

Elle le regarda passer paresseusement la main sur ses abdominaux en tablette de chocolat, son autre main reposant sur la barre, et sentit sa langue se plaquer contre son palais.

Elle aurait voulu pouvoir poser la main sur ce ventre, elle aussi. Elle aurait voulu qu'il lui dise, de cette voix râpeuse qui la rendait folle, qu'il avait envie d'elle. Elle aurait voulu agacer son nombril de la pointe de sa langue, lui faire des choses qu'elle n'avait jamais osé faire à aucun homme – pas même à son mari.

Lucy ferma les yeux pour chasser ces pensées. Imaginer de se laisser aller dans les bras d'un inconnu n'était pas du tout la même chose qu'imaginer de se presser entre les bras de Bram et lui révéler son côté sauvage. Elle savait qu'il la percevait comme une femme respectable. Jamais elle n'oserait lui révéler ses secrets les plus intimes, ses fantasmes les plus torrides.

— Alors, demanda-t-il d'une voix qui couvrit le ronronnement du moteur, tu es prête à entendre mes explications ?

Elle était plutôt prête à sauter par-dessus bord.

L'eau froide lui ferait peut-être du bien. Quoique, à en juger d'après le renflement de sa braguette, il semblait que celle-ci n'ait pas réussi à calmer les ardeurs de Bram. La chose longue et dure qui déformait l'avant de son short ne laissait aucun doute à ce sujet.

C'était tout à la fois troublant et gênant. Elle n'arrivait toujours pas à croire qu'il ait envie d'elle, mais lorsqu'elle posait les yeux sur lui, elle ne parvenait pas à penser à autre chose. Les histoires qu'on lui avait racontées sur son compte étaient vraies ; il avait été très bien pourvu par la nature, et elle avait entendu dire qu'il savait en faire bon usage. La lente explosion de chaleur qui se répandit dans son corps faillit lui couper le souffle.

Elle n'était pas certaine d'être à la hauteur avec un partenaire tel que lui, mais elle avait très envie de prendre le risque.

— Des explications ? répéta-t-elle bêtement, l'esprit embrouillé.

Bram jeta un coup d'œil vers elle, tendit la main et rabattit une mèche de cheveux derrière son oreille.

— Je perçois l'excitation dans ta voix, Lucy, déclara-t-il en effleurant du bout des doigts sa joue et sa lèvre supérieure. Maintenant, mais avant ton départ aussi, je l'ai perçue.

En ce qui concernait le présent, Lucy ne pouvait pas nier. Elle n'eut pas même envie de le faire. Bram était là, près d'elle, et même si elle ne se sentait pas aussi libre avec lui qu'avec un inconnu, elle était incapable de lui résister.

Pourtant, avant son départ, quand elle lui avait donné la permission d'emmener les enfants camper après avoir annoncé qu'elle s'absentait une semaine, elle avait eu l'impression d'être très discrète. Elle n'avait soufflé mot du véritable motif de son expédition à personne. Elle prenait son rôle de mère très au sérieux, et n'aurait jamais dit ou fait quoi que ce soit qui risquât de faire honte à ses enfants.

Indubitablement, savoir que leur mère projetait d'avoir une aventure sans lendemain avec un parfait inconnu aurait fait honte à ses enfants…

Mais elle se sentait tellement seule. Elle n'en pouvait plus de se coucher chaque soir avec ce besoin dévorant d'être caressée par des mains d'homme. Elle s'était dit qu'une aventure lui ferait du bien. Elle était un être humain, après tout. N'avait-elle pas le droit de s'accorder une petite gratification sexuelle ?

Bram ralentit le bateau et approcha habilement du rivage en évitant les rochers à fleur d'eau qui risquaient d'endommager la coque. Les branches de grands saules pleureurs plongeaient dans l'eau, abritant serpents, grenouilles et tortues. Des lys tigrés orangés et des asters jaune vif poussaient dans un enchevêtrement sauvage où voletaient des colibris.

Un peu plus loin sur le lac, une perche bondit au-dessus de la surface, attirée par la chaleur du soleil.

De nouveau, Bram effleura son visage du bout du doigt. Lucy frissonna. Il la caressait nonchalamment, comme s'il avait décidé qu'il avait le droit de la caresser et que personne ne pouvait l'en empêcher.

— J'ai compris tes intentions à l'intonation de ta voix et à ta façon de bouger. Tes muscles trahissaient l'impatience, et tu avais les yeux brillants.

Lucy fit la grimace.

— Ce que tu dis est très poétique, Bram, mais c'est absurde. Si les intentions sexuelles étaient aussi faciles à déceler que tu le prétends, j'aurais deviné que David allait me tromper.

Bram recula et marqua un moment de silence.

— Peut-être que je te connais mieux que tu ne connaissais David, dit-il finalement. Et je suis peut-être particulièrement observateur quand il s'agit de toi.

Lucy perçut cette remarque comme une insulte et se raidit. David lui avait souvent reproché de le négliger. Elle eut l'impression que Bram venait de dire la même chose.

— Comment cela ?

— Je t'ai observée le jour de ton mariage.

Il parlait si bas qu'elle l'entendait à peine. Ses cheveux blonds étaient encore mouillés et dégageaient entièrement son front. Le soleil faisait miroiter les verres de ses lunettes. Il avait dû oublier de se raser, car une barbe naissante bleuissait son menton.

Il avait la bouche la plus sexy que Lucy ait jamais vue. De superbes dents blanches, le menton volontaire et des pommettes hautes. Mais c'était avant tout la sensualité de son regard et du moindre de ses gestes qui attirait sur lui l'attention des femmes.

L'expression qu'elle lut sur son visage incita son estomac à se contracter sous l'effet d'une émotion qu'elle eût été incapable de définir.

— Je savais ce que tu ressentais, ce jour-là. Pendant la cérémonie et après. J'ai toujours lu en toi comme dans un livre ouvert, ajouta-t-il avec un petit sourire qui la fit fondre. Quand tu étais enceinte, je trouvais que tu étais la plus belle femme du monde.

Lucy se souvint effectivement que son état avait semblé le fasciner. Il n'arrêtait pas de lui poser toutes sortes de questions, et son visage avait reflété un pur émerveillement lorsqu'elle l'avait convaincu de poser la main sur son ventre pour sentir le bébé bouger. Mais elle se souvint aussi qu'il l'évitait autant que possible et que ses visites s'étaient raréfiées pendant ses deux grossesses. Après son deuxième accouchement, quand il avait réalisé que David avait du mal à cumuler son travail au bureau et l'aide supplémentaire dont Lucy avait besoin à la maison, il avait opéré une réapparition des plus opportunes. Il avait tondu la pelouse, aidé à sortir et à rentrer le linge. Il venait lorsque David rentrait du travail et partageait avec lui les corvées qu'elle n'avait pas trouvé le temps de faire. Elle réalisa subitement qu'elle ne l'avait jamais vu qu'en présence de David et cela la perturba, mais elle préféra chasser cette pensée de son esprit.

— Quand j'étais enceinte, répondit-elle pour le taquiner, j'étais surtout très grosse.

Un sourire passa sur ses lèvres.

— Voluptueuse.

— Quoi ?

— Tu n'étais pas grosse, Lucy. Tu étais voluptueuse.

Le bateau se rapprochait du quai où les vacanciers pouvaient trouver des appâts et toutes sortes de denrées.

— Je me souviens que plus ta grossesse avançait, plus je te trouvais sexy. Tes seins avaient pris des proportions incroyables et tu avais un regard magnifique. Après la naissance de Kent, quand tu lui donnais le sein, j'étais très ému.

Lucy se tourna vers lui, stupéfaite par cette révélation.

— Non ?

— Je te jure que si.

Il avait dit cela d'un ton si sincère que son cœur se serra. Machinalement, elle posa la main sur lui. Sa cuisse était ferme et chaude, ses poils rugueux. Elle sentit ses muscles se contracter sous sa paume.

— Pourquoi, Bram ?

Il accosta le long du quai où un ouvrier attrapa l'amarre et l'enroula autour d'une borne. Bram restait assis, le regard perdu dans le vide.

Il tardait tant à lui répondre que Lucy se demanda s'il avait entendu sa question.

Soudain, sa main recouvrit celle que Lucy avait posée sur sa cuisse et il retira ses lunettes. Ses yeux brillaient d'émotion. *Et de désir.*

Il porta sa main à ses lèvres et déposa des baisers sur sa paume et sur les phalanges de ses doigts.

— J'étais très ému, expliqua-t-il contre la peau sensible de son poignet, parce que je savais que je ne vivrais jamais ce que tu vivais. Et que je trouvais cela extraordinaire.

Lucy battit vivement des cils. Elle appréciait Bram depuis qu'elle le connaissait, et elle comprenait à présent pourquoi. En plus d'être beau comme le péché, Bram était un homme sensible et prévenant qui adorait les enfants. Et pour la première fois, Lucy réalisa à quel point il avait dû se faire l'effet d'un intrus au sein de leur famille.

Elle lui sourit et passa sa main libre dans sa chevelure. Ses cheveux étaient doux, épais et tout ébouriffés par le vent.

— Tu pourrais connaître ça si tu arrêtais de courir les filles pour ne plus t'intéresser qu'à une seule femme.

Elle avait eu l'intention de dire cela d'un ton badin, mais ses paroles retentirent comme un conseil bourru. Le toucher, même de façon anodine, la perturbait énormément maintenant qu'il lui avait fait part de son désir.

Bram hésita, les lèvres pressées sur son poignet, puis secoua la tête.

— Je ne cherche aucune femme en ce moment, Lucy. La seule que je veux, c'est toi. Je te montrerai à quel point j'ai envie de toi, ce soir.

Cette promesse sensuelle manqua la faire gémir d'impatience. Ses genoux se mirent à trembler et elle serra les jambes. Elle le regarda sauter souplement sur le pont, puis tendre la main vers elle. Aurait-elle le courage de le toucher après ce qu'il venait de dire ? Elle commençait à comprendre que Bram ne plaisantait pas. Il ne la taquinait pas pour lui faire oublier son projet d'aventure. Il ne flirtait pas avec elle pour l'aider à franchir le cap de la quarantaine en douceur. Il ne cherchait pas une histoire sans lendemain.

Bram avait vraiment envie d'elle. Bram Giles, l'amant de rêve que se disputaient toutes les filles, avait jeté son dévolu sur *elle* ! Pas pour ajouter un nom à la liste infinie de ses conquêtes, pas parce qu'elle était disponible et désespérée. Non, il la voulait, elle, en tant que personne. Parce qu'elle l'attirait sexuellement.

— Prends ma main, Lucy.

Elle lut dans ses yeux une exigence implacable, doublée d'une imparable promesse érotique. Elle se sentit sans défense, incapable de résister, et tendit machinalement la main vers lui.

Elle allait avoir une aventure avec Bram Giles.

Autant dire qu'on lui offrait le nirvana sur un plateau d'argent !

Ils n'avaient pas fait cinq pas sur le quai que deux filles vêtues de bikinis minimalistes sortirent de la boutique et avancèrent dans leur direction. Elles avaient l'une et l'autre une vingtaine d'années, une silhouette de rêve, un bronzage irréprochable et des cheveux aussi longs, blonds et raides que ceux d'une poupée Barbie. L'une d'elles portait un pack de bières, l'autre un sac de papier brun rempli de sachets de chips.

Elles aperçurent Bram et interrompirent aussitôt leur conversation. Leur démarche tranquille se fit subitement fluide et lascive. Elles ne marchaient plus, elles ondulaient.

Lucy lâcha la main de Bram. Elle savait ce qui allait se passer, ce qui se passait chaque fois que des femmes le remarquaient. Elles allaient flirter, minauder, s'arranger pour engager la conversation, et Lucy n'avait vraiment pas envie de lui tenir la main lorsque cela se produirait. Son âge pesait lourdement sur ses épaules et elle ne tenait pas à se retrouver à côté de ces filles qui ressemblaient à des top models.

Malheureusement, quand elle lâcha sa main, Bram la retint. Et il ignora les filles, se contentant de hocher vaguement la tête sans les regarder. Il traînait Lucy derrière lui, et elle fut incapable de réprimer un petit rire lorsque les filles la dévisagèrent en fronçant les sourcils.

— Les pauvres ! chuchota-t-elle quelques secondes plus tard. Tu les as complètement déboussolées !

Bram haussa les sourcils.

— Pardon ?

Abasourdie, Lucy réalisa qu'il ne les avait même pas remarquées. Elle les désigna d'un hochement de tête.

— On vient de croiser tes nouvelles groupies.

Bram jeta un coup d'œil aux filles par-dessus son épaule et sourit.

— Désolé, j'avais l'esprit ailleurs.

— Ah oui ? Où donc ?

Elle n'en revenait pas qu'il n'ait pas vu la façon dont ces filles l'avaient ouvertement dévisagé. Bram la gratifia d'un sourire malicieux.

— Je pensais à ce soir, au fait que j'attends ce moment depuis une éternité et que je sais d'avance que ça va être grandiose !

Lucy eut à peine le temps de déglutir avant qu'ils n'entrent dans l'épicerie, où les accueillit la bouffée d'air glacé d'un climatiseur mal réglé. Bram l'entraîna au fond du magasin où était situé le rayon boucherie. Lucy, en pleine transe sensuelle, le suivit comme un zombie.

— Bram ? dit-elle en serrant les bras autour d'elle. Tu pensais vraiment à moi ?

— Oui, répliqua-t-il en déchiffrant l'étiquette d'un paquet de steaks. À toi. Toute nue.

La vague de chaleur qui la submergea contrebalança le froid artificiel qui les entourait. Elle jeta un coup d'œil autour d'elle, mais personne ne les avait entendus. En dehors des employés, il n'y avait que deux clients dans le magasin, occupés à choisir des leurres pour la pêche.

— Bram… dit-elle d'un ton de reproche, songeant à la tête qu'il ferait quand il la verrait nue.

Elle avait presque quarante ans. Elle avait eu deux enfants. Et elle n'avait pas le temps d'entretenir sa forme comme il le faisait.

Bram détourna son attention des steaks, découvrit ses joues empourprées et sourit. Sa grande main recouvrit sa nuque et il l'attira à lui.

— J'ai hâte de te voir toute nue, ma belle, murmura-t-il contre ses lèvres. J'ai l'intention de profiter pleinement du spectacle que tu me réserves, alors autant t'y habituer tout de suite.

Lucy voulut lui dire de se taire, mais il l'embrassa. Pas aussi ardemment que la première fois. Non. Il se contenta de l'embrasser gentiment en exerçant une tendre pression des lèvres sur les siennes. Lucy se laissa aller contre lui et répondit à son baiser.

Bram lui caressa la joue en souriant.

— J'aurais mieux fait de m'abstenir de t'embrasser ici.

— Oui, approuva-t-elle d'un ton qui manquait cruellement de conviction.

— Le froid a fait durcir tes pointes de seins, l'informa-t-il dans un murmure, avant d'effleurer audacieusement son mamelon durci du dos de la main.

Ce contact l'électrisa et lui coupa le souffle. Elle sentit le désir enflammer son corps, et plus particulièrement le creux de ses cuisses. Elle voulut s'éloigner, mais Bram la saisit par les épaules.

— Non, ne m'abandonne pas. Je ne suis pas présentable.

Elle baissa les yeux, et les ferma aussitôt. Il n'était *absolument* pas présentable.

— Je resterai derrière toi, déclara-t-il avec un grand sourire.

Lucy hocha la tête. Il n'y avait pas d'autre solution, mais il trouva le moyen de la troubler davantage :

— C'est ma position préférée, de toute façon, lui susurra-t-il à l'oreille.

Elle lui tourna le dos et s'éloigna, le laissant libre de la suivre ou non. Si elle était restée près de lui une seconde de plus, elle se serait jetée à son cou.

Lorsqu'elle atteignit le comptoir, l'haleine tiède de Bram effleura sa nuque. Il l'avait suivie. Quand ils seraient de retour à la maison…

Elle chassa cette pensée, préférant éviter de réfléchir à la manière dont les événements se dérouleraient. Bram avait-il un plan précis en tête ?

Il passa le bras devant elle pour déposer les steaks sur le comptoir, ainsi que deux grosses pommes de terre et deux épis de maïs. Elle ne savait pas comment il avait trouvé le moyen de les attraper, mais préféra s'abstenir de le lui demander, craignant que sa voix ne la trahisse.

Lorsque Bram plaqua ses hanches contre elle et qu'elle sentit la rigidité de son sexe entre ses fesses, elle fut cependant incapable de réprimer un glapissement de surprise. Il pointa le doigt vers un T-shirt accroché derrière la caisse.

— Un extra-large, s'il vous plaît, demanda-t-il.

Au-dessus du logo d'une marque de jet-skis, on pouvait lire *mouillé et sauvage* sur le T-shirt qui était assez long pour dissimuler sa braguette. Lucy poussa un soupir de soulagement. Elle ne cesserait pas de penser à son érection pour autant, mais cela lui permettrait au moins d'éviter de la voir.

Les deux filles qu'ils avaient croisées avant d'entrer dans le magasin étaient assises au bord du quai quand ils ressortirent. Lucy comprit qu'elles avaient attendu Bram. Jetant un coup d'œil à celui-ci, elle se dit qu'elle en aurait fait autant à leur place.

— Il y a quelques années, chuchota-t-il à son oreille en la serrant contre lui du bras dont il entourait ses épaules, j'ai connu une fille qui aurait pu être le sosie de celle de droite.

— Tu crois que c'est elle ? s'étonna Lucy.

— Non, mais la ressemblance est frappante.

— Elle devait être exceptionnelle pour que tu t'en souviennes encore, fit-elle remarquer d'un ton pincé.

— En effet, admit Bram. Elle fréquentait le gymnase depuis près d'un mois avant que je lui adresse la parole. Et il a suffi que je le fasse pour qu'elle m'annonce qu'elle venait de rompre avec son copain et qu'elle m'invitait chez elle.

— J'imagine que tu t'es empressé d'accepter.

— Tu étais partie en vacances avec les enfants et je n'avais rien de mieux à faire, répondit-il avec un haussement d'épaules. Alors oui, j'ai accepté.

Ils étaient arrivés à hauteur des deux filles, qui se retournèrent pour lui sourire. Lucy constata que sa présence ne semblait pas les déranger, et l'idée de les pousser dans l'eau pour se venger de leur mépris lui passa par la tête.

— Salut, lança-t-elle à la place en souriant.

Elles l'ignorèrent.

Leurs mines déconfites quand elles constatèrent que Bram n'avait d'yeux que pour elle la consolèrent un peu. Il l'aida à monter à bord avec les gestes d'un parfait gentleman, avant de lui passer le sac d'épicerie pour dégager l'amarre.

— Tu veux qu'on te pousse ? proposa une des deux filles.

Bram lui jeta un coup d'œil distrait tandis qu'il s'installait à la barre.

— Non, merci. J'ai le coup de main.

Il écarta le bateau du quai d'une puissante flexion du bras, puis lança le moteur et passa la marche arrière.

Lucy attendit qu'ils se soient éloignés du quai pour poser la question qui lui brûlait les lèvres.

— Qu'avait-elle de si exceptionnel, cette autre fille ?

— Je te le dirai quand on sera arrivés, répondit-il en lui adressant un rapide regard.

— Non, dis-le-moi maintenant.

— Je ne peux pas, répliqua-t-il en agitant la main vers l'avant du bateau qui fit un bond dans un rugissement de moteur. C'est trop compliqué avec le bruit.

Lucy détourna le regard et se dit qu'au fond, elle préférait ne pas le savoir. Imaginer Bram en train de faire l'amour avec une femme au corps parfait n'aurait servi qu'à la perturber. Elle préférait l'imaginer en train de faire l'amour avec elle.

Incapable de résister plus longtemps, elle tourna la tête vers lui et le regarda barrer efficacement, le bateau filant sur la crête des vagues pratiquement sans à-coups. Ce soir, songea-t-elle, elle découvrirait quelle sorte de partenaire il était.

Pourvu qu'elle ne le déçoive pas trop de son côté !

— Tu as faim ? demanda Bram tandis qu'ils traversaient la salle à manger et la cuisine en forme de L pour ranger les courses.

Il la vit raidir légèrement les épaules.

— On mangera quand tu voudras, répondit-elle.

— Mais tu ne meurs pas encore de faim ?

Tout en rangeant les steaks et le maïs dans le frigo, Bram continuait à l'étudier du coin de l'œil. Elle ne pensait absolument pas à la nourriture. Elle pensait à la même chose que lui, mais rechignait à prendre l'initiative. Bientôt, il la libérerait de sa timidité.

Lucy s'employait à défroisser les sacs d'épicerie pour les plier soigneusement avant de les ranger dans un tiroir. Elle lui tournait le dos, mais il n'avait pas besoin de voir son visage pour savoir ce qu'elle ressentait. Il ressentait la même chose.

— Non, dit-elle. Je n'ai pas très faim.

— Tant mieux.

Bram referma la porte du frigo et s'approcha d'elle avant qu'elle ait eu le temps de se retourner. Il l'emprisonna entre ses bras en plaçant les mains sur la table de part et d'autre de ses hanches, se plaqua contre elle et enfouit le nez dans son cou.

— Cette fille dont j'ai dit qu'elle était exceptionnelle... amorça-t-il.

— Pourquoi me parles-tu encore d'elle ?

Ce reproche le fit sourire.

— Elle voulait que je lui donne une fessée, murmura-t-il.

Lucy redressa vivement la tête.

— *Quoi ?*

Elle avait eu l'intonation d'une vraie maîtresse d'école, tout à la fois horrifiée et dévorée de curiosité. Bram n'en continua pas moins de lui caresser le cou du bout du nez.

— Oui, elle était un peu perverse. Sur le moment, ça m'a pris de court qu'elle me demande ça. C'était quand même la première soirée qu'on passait ensemble.

— Et alors, tu... enfin... balbutia-t-elle en agitant nerveusement les doigts sur le comptoir.

— Est-ce que je lui ai donné satisfaction ?

Lucy hocha la tête.

— Je donne toujours satisfaction, assura-t-il dans un murmure. Quand je suis avec une femme, je veux qu'elle soit heureuse. Je tiens par-dessus tout à ce qu'elle reparte comblée. Et si son bonheur consiste à avoir les fesses rouges, ça ne me pose pas de problème.

Il avait eu bien du mal à garder son sérieux. Lucy s'était complètement raidie d'indignation.

Avec une infinie douceur, il lui mordilla le cou, à l'endroit précis où son pouls s'était soudain mis à palpiter.

— Et toi, Lucy ? Tu as des fantasmes coquins ?

— Je n'ai pas envie de recevoir de fessée, si c'est ce que tu suggères !

Bram rit.

— Je ne suis pas vraiment porté là-dessus, moi non plus.

Il ne pouvait pas s'arrêter de l'embrasser, de la toucher.

— Et je ne te demanderai jamais de faire quelque chose qui ne te plairait pas. Tu n'as donc aucun souci à te faire. Mais la plupart des gens ont un truc sur lequel ils aiment particulièrement fantasmer, un truc un peu coquin et excitant.

— C'est ton cas ?

— Absolument.

La plupart de ses fantasmes tournaient autour d'elle.

— Je veux que tu saches que tu peux me demander tout ce que tu veux, d'accord ? conclut-il.

Elle remua encore avec cette nervosité qui en disait long sur son état d'excitation, et il eut envie de la serrer contre son cœur, mais il se retint.

— Et cette fille… tu l'as revue souvent ?

— Oui. J'ai dû coucher avec elle pendant environ un mois.

Bram fit courir le bout de ses doigts depuis son poignet jusqu'à son épaule et vit la chair de poule recouvrir sa peau.

— Le sexe pour le sexe est assez décevant. Quand on est jeune et bête, on trouve ça génial, mais plus je vieillis, plus j'ai envie… d'autre chose.

Lucy inclina la tête sur le côté pour frotter doucement sa joue contre sa main, puis la laissa reposer sur son épaule. Ce geste tendre lui serra le cœur.

— Entre David et moi, murmura-t-elle, ça a fini par perdre tout intérêt, au bout d'un moment. Je crois qu'on se connaissait depuis trop longtemps, qu'on était trop à l'aise ensemble. Donner du piment à notre vie sexuelle en essayant quelque chose de différent paraissait absurde. Chaque fois que j'ai fait des tentatives dans cette voie, je me suis sentie ridicule.

— C'est David qui était ridicule, répondit-il après avoir réprimé un juron.

Elle secoua la tête.

— Je ne sais pas. Ce serait malhonnête de dire que tout était de sa faute. J'ai aussi des torts dans l'histoire. Je crois qu'on se connaissait trop pour passer du mode banal au mode érotique.

Elle eut un petit rire gêné.

— Les dernières années, avant que je demande le divorce, ça ne l'intéressait plus du tout. Il ne couchait avec moi que pour chasser son ennui, mais il n'y avait plus ni amour ni désir. Il ne me faisait jamais de câlins, il ne me serrait pas dans ses bras, il ne m'embrassait même plus. Il disait : « Alors, c'est ce soir qu'on baise ? » Et moi, je... je ne pouvais pas.

Entendre Lucy parler de ses rapports avec David était atrocement douloureux pour Bram. Il avait horreur de penser à elle dans les bras d'un autre homme, fût-il son mari, et découvrir qu'elle avait été frustrée émotionnellement et physiquement le hérissait. Alors qu'elle incarnait la quintessence de la féminité, ses tentatives de séduction avaient été brutalement écrasées.

Lucy était la sensualité même, que ce soit dans sa façon de parler ou de bouger. Elle méritait d'être sexuellement comblée de toutes les façons possibles et imaginables. Bram voulait raviver sa nature première, enflammer ses sens. Il voulait obtenir d'elle tout ce qu'elle avait à offrir à un homme.

— Je crois qu'on devrait commencer par la phase un, lui souffla-t-il à l'oreille.

— La phase un ? répéta-t-elle d'un ton inquiet.

— Oui, c'est la première étape. Celle où je t'enlève ton bustier pour embrasser tes seins jusqu'à ce que tu deviennes complètement folle.

— Euh... là, maintenant, tout de suite ?

— Bon sang, oui, Lucy ! Je crois que je ne pourrai pas attendre plus longtemps.

Il fit glisser le bout de ses doigts le long de son bras et posa la main sur son ventre. Elle était douce et accueillante, et il avait envie de la taquiner, de la faire rire. Il fit lentement remonter ses doigts et effleura très légèrement le dessous de son sein gauche.

— Je crois qu'il vaut mieux qu'on procède par étapes, toi et moi. J'ai envie de toi depuis si longtemps que je ne serai pas capable de te faire tout ce que je veux si je te déshabille entièrement. Et puis, j'ai l'impression que tu as encore quelques réticences, non ?

— C'est un peu bizarre d'être avec toi. Je veux dire, on se connaît pratiquement depuis toujours, s'empressa-t-elle d'ajouter.

Bram recouvrit son sein de sa main et sentit les battements de son cœur s'accélérer. Son mamelon durci témoignait de son excitation.

— Tu trouves ça incestueux ? s'enquit-il, avant que la volupté de l'instant ne lui tire un léger grognement. Bon sang, Lucy, si tu savais depuis combien de temps j'ai envie de toucher tes seins.

— Bram…

Elle laissa aller sa tête contre son épaule en frissonnant.

Il enserra son mamelon et tira légèrement dessus en le faisant rouler entre ses doigts.

— Oh, mon Dieu… chuchota-t-elle.

Ses reins se creusèrent et ses jambes se raidirent. Elle haletait, et l'intensité de sa réaction lui plut énormément.

— Tu en as autant envie que moi, pas vrai, Lucy ? murmura-t-il rêveusement.

Sa main gauche descendit sur son ventre, un peu plus bas que ne l'avait fait sa main droite. La chaleur de son corps le bouleversa. Le denim souple et léger de son short moulait son sexe comme une deuxième peau, et Bram déglutit lorsqu'il sentit sous ses doigts ses lèvres pleines et fermes.

Il ralentit ses caresses pour explorer son entrejambe avec une lenteur délibérée, en continuant de tourmenter savamment son mamelon.

— Je veux toucher ta peau nue, gronda-t-il, mais je suis dans un tel état que j'exploserais au premier contact.

Bram assista alors, partagé entre fascination et fierté, à la transformation du corps de Lucy sous l'effet du plaisir. Elle écarta les jambes et il accepta aussitôt cette invitation, bouleversé par les halètements qui soulevaient sa poitrine.

— Bouge en même temps que mes doigts, ma belle, lui conseilla-t-il. Voilà, souffla-t-il quand ses hanches se soulevèrent au rythme de ses caresses. Comme ça, c'est bien.

Elle tendit les mains en arrière et il sentit ses ongles s'enfoncer dans la chair nue de ses cuisses. Bram inspira entre ses dents serrées. Elle était déjà au bord de l'extase, et tout s'était déroulé avec une incroyable facilité. Il libéra son mamelon, plongea la main dans son bustier et le fit glisser dans le même mouvement. Il approcha la tête au-dessus de son épaule et contempla, émerveillé, les aréoles sombres de ses seins et ses adorables mamelons, plus sombres encore.

Une onde de chaleur brouilla sa vue et il sentit son sexe palpiter sous l'effet de cette vision de rêve. Il dut se mordre la lèvre pour résister à l'envie de la faire asseoir sur le comptoir et de lui retirer son short. Il voulait sentir la moiteur de son sexe sous ses doigts, la savourer avec sa langue, découvrir les moindres recoins de son corps.

Il étouffa un rugissement affamé en refermant la bouche sur sa gorge et captura entre ses doigts la pointe sensible de son sein. Il passait de l'une à l'autre, les agaçait en les pinçant juste ce qu'il fallait pour l'amener au bord de la jouissance, avant de les faire doucement rouler entre ses doigts. La main qui recouvrait son entrejambe accompagna les savantes caresses qu'il infligeait à ses seins de frottements réguliers, qui s'intensifièrent jusqu'à ce que Lucy laisse échapper un cri. Bram se dit que c'était le plus beau son qu'il avait jamais entendu de sa vie.

Ses testicules se contractèrent en réponse aux palpitations de son sexe et il dut faire un violent effort pour se retenir de jouir en même temps qu'elle. Cela ne lui était pas arrivé depuis l'adolescence, mais contenir la vague d'émotions et de sensations qu'avait déclenchée son orgasme lui parut presque impossible.

Lucy se mordit les lèvres et s'appliqua à rester aussi immobile que possible lorsque la vague de volupté parcourut son corps. Bram le comprit et ne chercha pas à l'en empêcher. Après tout, ils étaient dans la cuisine et c'était leur toute première expérience.

Plus tard, quand ils seraient au lit et qu'elle serait entièrement nue, il l'inciterait à se lâcher complètement. La timidité ne serait plus de mise à ce stade.

Lucy s'efforça de retrouver son souffle et se laissa aller contre lui. Lorsqu'elle écarta les mains de ses cuisses, ses ongles y avaient incrusté des empreintes en forme de demi-lune. Bram la caressait toujours, avec une délicatesse extrême car il savait qu'elle était devenue ultrasensible et qu'elle n'aurait pas toléré la moindre caresse trop appuyée. Mais ne plus la toucher aurait été pour lui tout aussi insoutenable.

— Tu es trempée, murmura-t-il d'une voix qui tremblait autant que ses mains. Je le sens même à travers ton short.

— *Bram.*

— Hmm ?

Elle semblait à la fois mortifiée et émerveillée, ce qui l'amusa beaucoup. Il embrassa sa gorge et goûta la saveur de sa peau du bout de la langue. Il se serait volontiers noyé en elle.

Elle déglutit bruyamment, trahissant sa nervosité.

— Je… Je crois que je suis un peu gênée.

— Tu es merveilleuse, souffla-t-il en déposant un baiser près de son oreille. Très sexy aussi, précisa-t-il en la serrant dans ses bras pour se balancer doucement avec elle. Je veux recommencer encore et encore. Maintenant, dis-moi : pourquoi es-tu gênée ?

Lentement, elle se redressa. Elle avait les jambes flageolantes, mais il ne chercha pas à la retenir, se contentant de rester derrière elle au cas où elle aurait besoin de s'appuyer contre lui.

De ses mains tremblantes, elle remit son bustier en place. Bram voulut protester : il aimait contempler ses seins et il aurait voulu qu'elle se retourne pour lui permettre de les admirer tout son saoul. Il avait envie de les embrasser, de les sucer. Il avait envie de la lécher jusqu'à ce qu'ils n'en puissent plus ni l'un ni l'autre.

Lucy secoua la tête.

— Non mais, regarde-nous ! Tu es tout habillé et moi, je suis à moitié nue au beau milieu de la cuisine ! Franchement !

— Je peux enlever mon short, si tu veux, répondit Bram en souriant.

Elle l'inspecta du regard et s'attarda sur son entrejambe. Bram sentit son sexe tressauter sous l'intensité de ses yeux. La caresse de son regard était si charnelle que c'était comme si elle l'avait touché.

— Tu le ferais vraiment ? s'enquit-elle d'un ton hésitant. Je veux dire, ça ne te gênerait pas ?

Il approcha les mains du bouton de sa braguette, et Lucy posa ses mains sur les siennes.

— Je crois qu'il vaut mieux que je m'asseye, déclara-t-elle avec un petit rire incrédule.

Une décharge de plaisir parcourut le corps de Bram. Il arrivait tout juste à respirer, mais il trouva la force de la prendre par la main pour l'entraîner hors de la cuisine.

— Bram ? Tu ne préfères pas qu'on aille dans la chambre ? demanda-t-elle quand il prit la direction du salon.

— Pas encore, souffla-t-il d'une voix que le désir rendait basse et rauque. On va d'abord aborder la phase deux. Si on en sort vivants tous les deux, on atteindra peut-être la chambre avant la fin de la journée.

— La phase deux ? répéta Lucy.

Bram la fit asseoir près de lui sur le grand canapé de cuir crème tourné vers la terrasse. Il l'embrassa fougueusement et, à son vif plaisir, Lucy lui rendit son baiser. Au prix d'un suprême effort, il parvint à écarter sa bouche de la sienne.

— La phase deux, gronda-t-il, est celle où tu me fais jouir. Et Dieu sait que j'en ai besoin !

Il en avait tellement besoin que son corps palpitait d'impatience à l'idée du soulagement, comme si la vague annonciatrice du plaisir l'avait déjà saisi.

Lucy baissa les yeux sur son entrejambe. Ses grands yeux bleus s'emplirent d'une expression rêveuse et ses lèvres s'entrouvrirent. Alors, avec une cruauté typiquement féminine, elle se passa la langue sur les lèvres.

Bram grogna. Il défit la braguette de son short, à présent sec et raidi de son plongeon dans le lac. Il fit lentement glisser la fermeture et guida sa petite main à l'intérieur. Son souffle se bloqua dans sa poitrine et il ressentit un début de vertige.

— *Oh, mon Dieu,* souffla-t-elle.

Ces mots reflétaient un tel plaisir émerveillé et sa main s'était refermée dans un geste si tendrement sensuel, que Bram se dit qu'il ne tiendrait jamais plus de quelques secondes.

4

Lorsqu'elle referma la main sur lui, Lucy fut stupéfaite par ses proportions. Elle l'avait entendu dire, évidemment, mais elle avait mis cela sur le compte d'une exagération typiquement masculine. Et même si elle l'avait senti à travers son short un peu plus tôt, elle ne s'était pas attendue à cela.

Sa main ne parvenait pas à l'encercler complètement, ses doigts ne se rejoignaient pas tout à fait. Cette révélation déclencha une onde de chaleur dans son ventre, qui s'épanouit lentement jusqu'à ce qu'elle ne soit plus tout à fait certaine de pouvoir respirer. Lucy n'était plus une gamine, et elle savait que la taille ne compte pas. Mais mûrir n'a jamais empêché les fantasmes de perdurer. Son sexe en érection palpitait, brûlant, comme animé d'une vie propre.

Du bout du pouce, elle testa la texture soyeuse de la toison qui couvrait ses testicules, puis remonta lentement et l'entendit jurer tout bas.

— Bram ?

Sa tête reposait contre le dossier du canapé. Il avait les yeux fermés et la mâchoire serrée. Il donnait l'impression d'avoir très mal ou d'être submergé par un plaisir indicible. Les muscles de ses bras jouaient sous sa peau tandis qu'il crispait les poings.

— Serre, éructa-t-il entre ses dents. Serre-moi *fort*.

Fascinée, Lucy obéit à cette injonction désespérée. Jamais David n'avait eu l'air aussi excité, aussi affolé. Bram ne semblait pas se soucier de s'exhiber ainsi devant elle, affalé sur ce canapé, entièrement livré à sa merci. Il se tortillait pratiquement d'impatience à l'idée d'être enfin l'objet de ses attentions.

Quand ses doigts l'enserrèrent plus fort, il laissa échapper un grognement ponctué d'un rire rauque.

— Sentir ta main sur moi est un vrai rêve. Je croyais que ça n'arriverait jamais.

Un soupir hoquetant franchit ses lèvres lorsqu'elle fit lentement aller et venir sa main le long de son sexe. Il saisit son poignet, rouvrit les yeux et planta son regard brûlant et halluciné au fond de ses yeux.

— Comme ça, dit-il en guidant sa main.

Il la fit descendre jusqu'à la base de son sexe, puis remonter jusqu'à ce que son pouce recouvre l'extrémité et s'immobilisa, submergé d'extase.

Lucy le contempla, aussi subjuguée par l'expression de son visage que par ses instructions. Avec David, elle avait passé des années à tâtonner, cherchant à découvrir ce qui lui plaisait, gênée de ne pas y parvenir. Bram, lui, paraissait apprécier ce qu'elle lui faisait et plus que disposé à lui enseigner tout ce qu'il savait. Son absence totale d'inhibitions était contagieuse. Elle le dévisagea.

— Qu'est-ce qui t'arrive ? demanda-t-il, le regard lascif et les joues rougies d'excitation. Dis-moi, Lucy. Tu peux tout me dire.

Elle se passa la langue sur les lèvres pour trouver le courage de parler. Mais si elle était venue ici, c'était justement pour assouvir ses fantasmes, loin du regard des gens qu'elle voyait tous les jours, et elle n'allait pas reculer. Elle s'éclaircit la gorge.

— Tu veux bien... Tu veux bien enlever ton T-shirt pour que je puisse voir ton torse ?

Sans un mot, il attrapa le bas de son T-shirt et le fit passer par-dessus sa tête. Il le lança à l'autre bout de la pièce, puis étendit les bras sur le dossier du canapé, dans une décontraction affectée. Ses petits tétons bruns et durcis étaient visibles sous la toison emperlée de sueur de son torse. Ses bras musclés paraissaient plus longs dans cette position, et des touffes de poils plus clairs et plus fins tapissaient ses aisselles. Les paupières baissées, il s'offrait entièrement à elle.

Lucy se déplaça légèrement de façon à pouvoir caresser son torse de la main gauche sans lâcher son sexe. Sentir le regard de Bram posé sur elle, lire le plaisir dans ses prunelles, ajoutait une dimension érotique à l'expérience.

— J'ai envie de t'embrasser.

— Je suis à ton entière disposition, répliqua-t-il en souriant.

Lucy passa le bras gauche autour de son cou et s'empara de sa bouche. Il ne prit pas le contrôle de ce baiser, mais se contenta de la guider en inclinant légèrement la tête de façon que leurs bouches se confondent, et incita la langue de Lucy à l'envahir en l'agaçant savamment de la sienne. Il mordilla sa lèvre inférieure jusqu'à ce qu'elle se décide à en faire autant, puis laissa échapper un son rauque qui évoquait le ronronnement d'un chat sauvage.

Lucy sentit son sexe durcir et s'allonger entre ses doigts.

Disposer ainsi du corps de Bram était un véritable festin sensuel. Sa peau était comme de la soie tiède tendue sur ses muscles. Elle plaqua la bouche sur sa gorge, écarta les lèvres et savoura le goût salé de sa peau. Elle plongea un peu plus bas, embrassa son torse, en effleura du bout du nez la pâle toison et s'immergea dans son odeur. Quand sa bouche rencontra un de ses tétons durcis, elle lui donna un coup de langue et sentit sa réaction à la flexion de son corps.

— Tu aimes ça ? demanda-t-elle en redressant la tête.

— Lucy, dit-il avec un sourire en caressant tendrement ses cheveux, tu tiens mon sexe dans ta main et ta bouche est sur moi. Évidemment que j'aime ça.

Elle choisit délibérément d'ignorer la chaleur qui gagnait ses joues.

— Je voulais dire ça, expliqua-t-elle en gratifiant son téton d'un nouveau coup de langue. Spécifiquement.

Ses narines palpitèrent.

— Quel que soit l'endroit où tu choisis de poser ton adorable petite langue, cela me convient, mais oui, j'imagine que la sensation doit être comparable à ce que tu ressens quand je te fais la même chose. Tu pourrais enlever ton bustier, toi aussi, ajouta-t-il, le regard sombre de désir. Ça me permettrait de te rendre la pareille.

Lucy se figea. Elle ne voulait pas qu'il regarde son corps de femme de trente-neuf ans, déformé par les grossesses et l'allaitement. Il la comparerait aux filles avec qui il avait été, et cette idée lui était insupportable.

— Certainement pas, rétorqua-t-elle d'un ton malicieux pour ne pas briser la magie de l'instant. Quand tu m'as décrit la phase deux, il n'a jamais été question que je me mette torse nu.

— Tu devrais toujours montrer tes seins, répondit-il en posant la main sur la sienne pour l'inciter à reprendre ses caresses. Quand tu fais la cuisine, quand tu laves le linge… quand tu me fais l'amour, enchaîna-t-il d'une voix qui avait chuté d'une octave. Tout deviendrait magique si je pouvais voir tes seins.

Lucy rit.

— Pas tout de suite. Laisse-moi me concentrer sur ce que je fais.

— Tu veux me voir jouir ? demanda-t-il sans la quitter des yeux.

Lucy baissa les yeux et aperçut la goutte translucide qui perlait au bout de son sexe.

— Oui, souffla-t-elle en sentant son propre corps devenir moite d'excitation. Je n'ai jamais… tu sais… vu ça.

— Mais ça te plairait ?

Il remua les jambes et enfonça les talons dans le sol lorsqu'elle étala du bout du doigt la goutte de fluide séminal sur son gland.

Lucy baissa la tête, embrassa son torse puis déposa une série de petits baisers sur son ventre.

— Oui, je suis très curieuse de voir ça.

L'incroyable senteur épicée de son corps était plus forte près de son sexe et l'attirait irrésistiblement. Le torse de Bram se soulevait et son dos se cambra légèrement.

— Cette semaine, j'avais l'intention de faire des choses que je n'ai jamais faites, avoua-t-elle. De me lâcher complètement et d'être aussi audacieuse que n'importe quelle femme libérée.

— Excellent programme, répondit-il machinalement.

Lucy aurait pu sourire, mais elle ne le fit pas parce qu'elle aussi était absorbée par cet instant intensément charnel.

Ses cheveux d'un noir d'encre étaient répandus sur son ventre, le sexe en érection de Bram palpitait doucement. Elle affermit sa prise comme pour le prévenir et l'embrassa juste au-dessus de ses doigts, profondément émue par la texture soyeuse de son sexe, par la douce pulsation de l'afflux sanguin contre ses lèvres. Elle traça une ligne de petits baisers humides tout autour du gland et ses cheveux retombèrent en pluie sur ses cuisses. Il sentait bon, le contact de son sexe était délicieux, et elle lui donna un coup de langue appuyé pour mieux le goûter.

Bram faillit décoller du canapé.

Il enfouit les doigts dans ses cheveux pour la guider en murmurant des paroles suppliantes. Lucy passa la langue sur son gland, encore et encore, jusqu'à ce que Bram émette des sons incohérents et que son corps se mette à vibrer de plaisir. Elle ouvrit alors la bouche et l'aspira.

Savoir qu'il était au bord de l'explosion excitait prodigieusement Lucy, mais son sexe était si gros qu'elle ne pouvait prendre que son gland. Elle s'appliqua donc à satisfaire avec sa langue ce qu'elle avait en bouche, ses mains prenant soin du reste.

Les doigts de Bram s'immobilisèrent soudain dans ses cheveux.

— *Lucy*… émit-il dans un râle.

Sa langue s'enroulait, doucement, tendrement, et elle se mit à le sucer.

— Arrête, Lucy. C'est trop bon, mon bébé, arrête…

Mais elle résista et fit glisser ses lèvres un peu plus loin. Bram lui caressa la nuque, ses doigts épousant la courbure de sa tête, puis il éjacula dans un grand cri qui se répercuta dans la maison vide.

Ses hanches se soulevaient encore et encore, son corps agité de frissons et de soubresauts, et quand il se calma enfin, son souffle haletant retentit dans la pièce. Lucy le léchait voluptueusement, ravie de sa performance, et observait ravie les ultimes frissons de plaisir qui le parcouraient.

Bram la fit asseoir sur ses genoux et blottit son visage au creux de son épaule. Ses bras, son corps tout entier, tremblaient toujours.

Phase deux accomplie avec succès ! pensa Lucy en souriant.

Bram regardait Lucy couper son steak. Ils avaient presque fini de manger sur la terrasse et bien que la nourriture fût excellente, regarder Lucy était bien plus agréable que regarder le contenu de son assiette. Ils avaient observé un silence dépourvu d'embarras depuis l'épisode du canapé, mais un petit sourire secret flottait sur ses lèvres adorables. Elle appréciait d'avoir réussi à lui faire perdre le contrôle.

Bram, quant à lui, n'aurait pas eu l'idée de s'en plaindre.

Mais il en voulait plus. Il voulait la posséder entièrement. Il voulait qu'elle s'offre avec le même abandon que lui.

Il n'en revenait toujours pas de ce qu'elle venait de lui faire. Ce n'était certes pas la première fellation de sa vie, mais c'était la première fois, et de loin, qu'une fellation avait sur lui un tel effet dévastateur. Être pris en bouche par Lucy figurerait à jamais en tête de ses satisfactions érotiques.

— Tu avais faim, on dirait.

Lucy leva les yeux vers lui et s'étrangla en voulant avaler trop vite ce qu'elle avait dans la bouche. Bram lui tapa dans le dos jusqu'à ce que sa toux cède la place au rire.

Le soleil que laissait filtrer le feuillage des arbres rehaussait le rose de ses joues et créait l'illusion d'un maquillage sophistiqué. En début de soirée, l'orientation de la maison permettait de dîner confortablement sur la terrasse. Quelques rares bateaux passaient de temps à autre, et l'écho des rires de vacanciers se répandait de façon diffuse en bas de la colline où il se mêlait au chant des oiseaux et au bourdonnement des insectes.

Dans un premier temps, Bram n'avait pas voulu se lever du canapé. Il avait les jambes en coton, son cœur battait à tout rompre et il n'était pas certain d'en être capable. Il faut dire aussi qu'il aurait aimé passer à la phase trois – une fois qu'il aurait retrouvé des forces.

Mais Lucy s'était souplement dégagée de son étreinte et il n'avait eu d'autre choix que de la suivre.

La pelouse était à présent entièrement tondue, et il avait sorti ses valises du coffre de sa voiture pour ranger ses affaires dans la même armoire que Lucy. Bram ne savait pas vraiment si elle avait compris la signification de ce geste. Comme elle n'avait pas émis de commentaire, il s'était lui aussi abstenu d'en faire.

Il était retourné se baigner pendant qu'elle faisait le lit, et il se sentait à présent parfaitement détendu.

Le désir était toujours là, à fleur de peau, n'attendant qu'un regard ou un sourire pour ressurgir. Mais, même si Lucy ne lui en adressait aucun, le soleil se coucherait bientôt et Bram lui avait fait part de ses intentions.

Ils avaient toute la nuit devant eux.

Avant le dîner, ils avaient pris une douche à tour de rôle, et Lucy portait à présent une jolie robe d'été en coton vert pâle. Ses cheveux retombaient en cascade soyeuse sur ses épaules, et Bram se fichait complètement qu'ils soient teints.

Quand elle lui avait avoué qu'elle mourait de faim, il avait proposé de faire griller les steaks pendant qu'elle s'occuperait des pommes de terre. Il avait dû lutter pour résister à l'envie de la toucher, pour éviter de se montrer trop familier alors qu'il ne s'était jamais senti aussi proche d'elle. Mais, même si un doux sourire flottait sur les lèvres, Bram avait perçu les signaux évidents qu'elle émettait, comme si la mention *Ne pas toucher* était tatouée sur son corps. Elle désirait prendre son temps, et Bram respecterait toujours le moindre de ses désirs.

Elle leva les yeux vers lui et secoua la tête.

— Arrête de faire ça.

Il sourit. Il ne cessait pas de sourire depuis qu'elle avait joui dans la cuisine. Il ne s'était jamais senti aussi heureux.

— De faire quoi ?

— De me regarder comme ça. Ça me donne l'impression d'être… une bête curieuse, lâcha-t-elle après s'être humecté les lèvres.

— Je parie que tu allais dire *toute nue,* au lieu de bête curieuse, répondit-il, amusé. Tu as l'impression d'être toute nue quand je te regarde ?

— Je ne veux pas t'inspirer de mauvaises pensées, répliqua-t-elle d'un ton sage.

Un oiseau voleta au-dessus de la terrasse, puis se posa sur la balustrade. Lucy lui lança délicatement une miette de pain, que le geai s'empressa de picorer avant de reprendre son vol.

— Trop tard, ma belle ! s'esclaffa Bram. Tu m'inspires de mauvaises pensées depuis très, très, très longtemps.

— Ne dis pas de bêtises.

— C'est pourtant la vérité. Tu es tellement belle que je ne peux pas m'en empêcher.

Lentement, Lucy reposa sa fourchette près de son assiette avec une précision affectée.

— Tu penses vraiment ce que tu dis, Bram ?

— Promis, juré. Tu as alimenté tous les fantasmes de mon adolescence et je te prie de croire qu'ils étaient vivaces.

— Et quand j'étais mariée ?

Réalisant à quel point elle était sérieuse, Bram repoussa son assiette. Il était plus que disposé à lui faire les compliments qu'une femme aime recevoir.

— Tu es merveilleuse, Lucy. Sexy. Intelligente. Affectueuse. Tu m'as toujours attiré. Je ne suis qu'un homme, et c'est dans ma nature d'avoir de mauvaises pensées. Contrairement à d'autres, cependant, je me suis toujours appliqué à les dissimuler en ce qui te concernait.

Elle réfléchit un instant.

— J'ai quarante ans, déclara-t-elle subitement.

Il haussa les épaules.

— Moi, j'en ai quarante et un. Et alors ?

— Je ne suis pas une belle femme de quarante ans. Je déborde de partout.

Bram lorgna ouvertement ses seins en remuant les sourcils.

— J'adore tes débordements.

— Ce n'est pas ce que je voulais dire, Bram.

— L'usure normale, Lucy, soupira-t-il. Crois-moi, j'aime ton corps. Je l'adore, même. Tu me rends fou de désir. Tous les hommes ont envie de toi quand ils te voient.

— C'était vrai dans le temps, corrigea-t-elle en secouant la tête. À l'époque où je plaisais à David. Mais maintenant… j'ai des cernes, j'ai grossi et… je suis potable, quoi, sans plus.

Bram se leva pour aller s'asseoir près d'elle. Il lui prit la main.

— Tu sais ce que je ressens quand je te regarde ?

Ses yeux bleus d'une limpidité de cristal s'agrandirent de curiosité et elle secoua la tête.

Il déposa un rapide baiser sur ses lèvres.

— Quand tu es près de moi, j'ai mal au ventre comme lorsque j'avais quinze ans et que coucher avec une fille m'apparaissait comme la chose la plus importante du monde. Il suffisait qu'une fille me regarde avec insistance pour que je devienne fébrile à l'idée de ce qu'elle attendait de moi. Tu as exactement cet effet-là sur moi.

Il posa une paume sur sa tête et savoura le contact de ses cheveux fins et tiédis par le soleil.

— Quand tu rejettes les cheveux en arrière, j'ai l'impression de recevoir un coup de poing dans le ventre. Il suffit que tu ries pour que je bande. Quand il fait froid et que tes pointes de seins durcissent, je tremble comme une vierge effarouchée.

Elle laissa échapper un petit rire.

— Et puis, Lucy, ce n'est pas de ta faute, mais tu as toujours eu des fesses sublimes. Quand tu marches dans la rue, peu importe que tu sois en jupe, en jean ou en pantalon informe, tous les mecs se retournent sur toi.

Sa bouche lutta contre un sourire qu'elle ne parvint pas à réprimer.

— Bram, dit-elle sur un ton de réprimande amusée.

— Lucy, répliqua-t-il sur le même mode. Tu ne te trouves peut-être pas belle, mais mes gonades sont en total désaccord avec toi.

Elle préféra baisser les yeux sur leurs mains jointes plutôt que croiser son regard.

— Je n'ai pas du tout la même apparence lorsque je suis toute nue ou habillée. Les vêtements cachent bien des défauts, tu sais.

— Quand tu seras nue devant moi, je peux t'assurer que ce ne sera pas les défauts que je regarderai.

Cette fois, Lucy éclata de rire.

— Peut-être ! Mais ça ne t'empêchera pas de les voir.

— Aucun homme sain d'esprit ne s'attend à ce qu'une femme soit parfaite, pour la simple et bonne raison que les hommes ne sont pas plus parfaits que les femmes.

— Toi, tu l'es, rétorqua-t-elle.

Bram réprima difficilement un sourire.

— Tu veux que je me déshabille pour que tu puisses vérifier ? la taquina-t-il. Je suis certain qu'après un examen attentif, tu décèleras de menues imperfections.

— Je ne dis pas non.

— Lucy, mais tu t'encanailles sérieusement, dis-moi ! Je te préviens que si j'ai le gourdin à cause de toi, tu seras obligée de t'en occuper !

Elle fit glisser son index le long de sa mâchoire.

— Ça ne me dérange pas, assura-t-elle d'une voix langoureuse qui lui tira un grognement.

— Arrête ça tout de suite, Lucy. Quand tu décideras de passer à la phase trois – et si tu as une once de pitié, tu prendras cette décision très prochainement – on ira jusqu'au bout et on sera nus tous les deux.

Lucy contempla le lac, troublée par la façon dont le soleil couchant changeait la couleur de l'eau.

— Je me suis dit que j'allais me faire refaire les seins, déclara-t-elle à brûle-pourpoint.

Bram la dévisagea, surpris.

— Ah bon ? Mais pourquoi ?

— La grossesse et l'allaitement n'embellissent pas vraiment la poitrine, répondit-elle en baissant les yeux.

Bram recouvrit ses seins de ses mains et se pencha vers elle pour croiser son regard, lui interdisant de se défiler.

— Tes seins sont doux et sexy comme doivent l'être les seins d'une femme. Tu n'as absolument pas besoin de faire injecter du plastique dedans !

— Ils ne sont plus aussi fermes qu'avant.

Bram lui décocha un coup d'œil malicieux, passa derrière elle et fit glisser les bretelles de sa robe sur ses épaules. Lentement, de façon à lui permettre de protester si elle le souhaitait, il découvrit sa poitrine jusqu'à la taille.

Des taches de soleil dansaient sur sa peau au gré de la brise qui soufflait sur le feuillage des arbres. Assise ainsi, raide et hésitante, le dos bien droit, Lucy offrait le plus beau portrait de femme qu'il eût jamais vu. Bram ne pouvait en détacher les yeux.

— Oh, Lucy, fit-il, émerveillé. Ne change rien, tu es absolument parfaite, je te le jure.

Ses seins reposaient doucement sur son buste, galbés, même si, comme elle l'avait dit, ils n'étaient plus aussi fermes qu'avant. Quelques fins sillons nacrés cernaient ses mamelons, témoins de l'époque où elle avait allaité ses enfants. Bram suivit du bout de son petit doigt une des vergetures jusqu'à son mamelon, et ce simple contact fit instantanément durcir ses pointes de seins.

Submergé d'émotion, Bram avala sa salive et se pencha en avant pour refermer la bouche sur son mamelon. Il était doux sous sa langue. Il le lécha et le pinça tendrement de ses lèvres.

Lucy retint son souffle. Ses mains se posèrent sur son crâne, caressant ses cheveux, et l'attirèrent plus près tandis qu'elle laissait aller sa tête en arrière.

— C'est tellement bon, Bram, dit-elle avant d'émettre un long gémissement.

— Je crois que ça me plaît autant qu'à toi.

Lucy secoua la tête, haletante, échauffée par ce baiser intime.

— Impossible, assura-t-elle.

Bram contempla son mamelon humide, puis souffla dessus et la regarda frissonner. Elle répondait à la moindre de ses caresses, et l'émouvoir sensuellement lui procurait un plaisir infini.

— Quand tu m'as embrassé sur le canapé tout à l'heure, ça t'a plu ? demanda-t-il.

Ses seins se soulevaient au rythme inégal de sa respiration.

— Oh, oui.

— Parce que ça te donnait du plaisir à toi aussi ?

— Rien que de te voir comme ça... reconnut-elle en rougissant un peu, je sentais mon corps s'enflammer. C'était fantastique.

— Voilà, répliqua-t-il d'une voix brûlante. T'exciter m'excite aussi. Tu es excitée, Lucy ?

Elle hocha la tête.

— Mouillée ?

Elle se tortilla sur sa chaise, puis haussa les épaules.

— Ne me mens pas, Lucy. Je sais que tu es toute mouillée, dit-il en pinçant son mamelon entre le pouce et l'index. Reconnais-le.

Ses lèvres s'entrouvrirent.

— *Oui.*

— Tu as envie de sentir mes mains sur toi ? Tu veux que je te caresse à l'intérieur, cette fois ?

Elle acquiesça.

— Assieds-toi à califourchon sur le banc, ordonna-t-il d'un timbre exigeant pour juguler le tremblement d'excitation qui l'avait saisi.

Il la prit par la main, l'aida à faire passer la jambe droite de l'autre côté du banc et fit remonter ses mains sur ses cuisses, effleurant sa chair depuis ses genoux jusqu'au pli de l'aine. Lentement, très lentement, Bram approcha les doigts de son entrejambe et savoura le délicieux contact des lèvres moites et enflées de son sexe à travers sa culotte.

Elle sursauta et ses yeux se fermèrent à demi.

Bram embrassa sa bouche entrouverte.

— Ta petite culotte est trempée, murmura-t-il.

Elle tendit les bras vers lui, mais il les attrapa et les ramena derrière son dos.

— Serre tes mains dans ton dos, ma belle. Fais-moi confiance.

Elle marqua une seconde d'hésitation, mais lui obéit. La posture faisait ressortir ses seins et l'avait incitée à écarter davantage les cuisses. Une envie furieuse de lui arracher sa robe saisit Bram, mais son expression à la fois impatiente et hésitante le retint.

Ses doigts glissèrent sous l'élastique de sa culotte au niveau de sa cuisse et entrèrent en contact direct avec sa chair douce et moite.

— Je veux sentir à quel point tu es étroite, déclara-t-il d'une voix rauque.

Il la pénétra de son majeur sur toute la longueur, sans forcer, jusqu'à ce qu'il ne puisse aller plus loin.

Il sentit ses muscles palpiter autour de son doigt et les hanches de Lucy se soulevèrent, l'incitant à poursuivre.

— Chuuut. Du calme, ma belle.

Elle enserrait étroitement son doigt et un flot de sueur inonda Bram à l'idée de ce qu'il ressentirait lorsque son sexe remplacerait son doigt et qu'elle l'enserrerait de la même façon.

— Lucy, dit-il en écartant la main et en rabattant sa robe sur ses cuisses.

Elle rouvrit aussitôt les yeux, visiblement alarmée.

Bram se leva et la souleva dans ses bras.

— Je ne peux plus attendre. Je te veux maintenant. Dis-moi, insista-t-il en la serrant contre lui. *Dis-moi que tu es prête.*

— Oui.

Bram était tellement pressé de l'emmener dans la chambre qu'il faillit passer à travers la porte-fenêtre.

Quand ils atteignirent enfin la chambre, il se laissa tomber sur le lit avec elle, et les mains de Lucy commencèrent à explorer son corps. Bram se dit que tout allait bien se passer.

Il fallait impérativement que tout se passe bien parce que, à l'avenir, il ne pourrait plus jamais la quitter.

Lucy se retrouva sur le dos avec Bram au-dessus d'elle. Il embrassa ses seins nus et son ventre en la mordillant tendrement.

— Laisse-moi te regarder, Lucy, gronda-t-il. Laisse-moi te voir tout entière.

La pudeur n'avait rien à faire dans un moment pareil. Elle ne ressentit qu'un léger picotement d'appréhension lorsqu'il souleva sa robe pour lui retirer sa culotte. Bram s'agenouilla, se plaça entre ses jambes et approcha le minuscule morceau de tissu humide de son visage pour s'en caresser la joue et humer son parfum, le regard rivé sur ses cuisses écartées.

— Je n'arrive pas à y croire, dit-il d'une voix si basse et grave qu'elle était à peine reconnaissable. Tu es là, devant moi, allongée sur un lit, et c'est la réalité. Je ne suis pas en train de rêver.

— Bram.

Lucy n'avait jamais ressenti un tel désir, pas même aux premiers temps de sa relation avec David.

— Soulève les hanches.

Elle lui obéit et il fit encore remonter sa robe. Ils s'appliquèrent ensemble à l'en débarrasser, et elle atterrit par terre en même temps que ses sous-vêtements.

Bram s'immobilisa, dévorant son corps d'un regard ardent, les mains reposant sur ses cuisses. Elle vit palpiter ses narines et sa pomme d'Adam fit un aller-retour dans sa gorge.

Lentement, d'un geste plein de déférence, il lui écarta les jambes. Jamais encore Lucy ne s'était retrouvée exposée ainsi, littéralement offerte, mais c'était merveilleux et elle ne se souciait pas de ce que ses cuisses soient devenues aussi charnues, ni de ce que son ventre ne soit plus concave. Le regard que Bram posait sur elle faisait bien plus que la rassurer.

Ses doigts escaladèrent son bassin, puis s'étalèrent et fouillèrent délicatement sa toison. Ses lèvres s'entrouvrirent sur un soupir. Il écarta les replis de son sexe de ses pouces et elle gémit, puis laissa échapper un cri quand sa bouche la recouvrit.

Vorace, insatiable, il savourait sa chair, la torturait des habiles caresses de sa langue, l'agaçait de subtils mordillements. Lucy hurla lorsque ses lèvres encerclèrent son clitoris pour l'aspirer. Elle ne parvenait pas à rester immobile, et l'orgasme qui montait en elle était tout aussi irrépressible.

Son plaisir fut si intense, si surprenant, qu'elle manqua défaillir sous la vague des sensations.

Quand elle rouvrit enfin les paupières – lourdes, tellement lourdes – Bram se tenait debout près du lit, entièrement nu, et enfilait un préservatif. Son corps était une véritable sculpture de muscles. Il avait les jambes légèrement écartées et ses épaules luisaient de transpiration. La lueur orageuse qui faisait briller ses yeux apprit à Lucy que sa belle maîtrise appartenait désormais au passé.

Ses doigts déroulèrent le préservatif le long de son sexe en érection. Il était vraiment énorme, et elle sentit quelque chose se tendre au creux de son ventre, mais fut incapable de déterminer s'il s'agissait d'impatience ou de peur.

— Je ne sais pas trop, Bram... dit-elle d'une voix hésitante.

Sans lui laisser le temps de formuler ses remords, Bram la souleva et l'étendit sur le lit, disposant ses membres comme si elle était une poupée. À l'instant précis où son dos entra en contact avec le matelas, il introduisit deux doigts en elle et se mit à la caresser. Sa chair sensible réagit immédiatement à cette intrusion, et des sursauts incontrôlés parcoururent son corps.

— Ne me résiste pas, Lucy. Détends-toi. Tu peux me recevoir, dit-il à travers ses dents serrées, le front et les tempes emperlés de sueur. Tu es tellement étroite que je vais probablement mourir, mais je te promets que tu ne risques rien.

Même si elle avait eu une réponse à cela, Lucy n'aurait pas été en mesure de la formuler, car la bouche de Bram s'était emparée de la sienne. Elle sentit alors son sexe presser au creux de ses cuisses et une coulée de lave enflamma son entrejambe.

Elle se tortilla, cherchant à s'ajuster à lui. Bram attrapa ses jambes et les plaça sur ses épaules. Elle ressentit une telle impression d'écartèlement qu'elle se raidit.

— Non, Lucy. Détends-toi, ma belle. Ne te contracte pas, haleta-t-il, les muscles de son corps bandés au maximum.

Il pressa à nouveau contre elle, la pénétrant avec une lenteur désespérante, poussant de plus en plus profondément. Lucy constata qu'il n'avait pas menti. Elle ne ressentait aucune douleur. Uniquement le plaisir de se sentir à nouveau comblée par un homme.

Mais c'était une sensation entièrement nouvelle, car Bram n'était pas n'importe quel homme. C'était un homme unique en son genre, merveilleusement viril et bouleversant à plus d'un titre.

Il s'immobilisa, les yeux clos. Lucy caressa timidement son torse et son cou, ses tétons, y fit courir la pointe de sa langue. Bram creusa les reins et la pénétra un peu plus. Lucy ouvrit la bouche.

— Ça suffit, Bram.

S'il l'avait entendue, il ne le manifesta pas. Il n'avança pas davantage, mais ne recula pas non plus.

Lucy n'arrivait plus à aspirer assez d'air. Il est vraiment trop gros, songea-t-elle, paniquée.

— Bram...

— Encore un petit peu, dit-il en rouvrant les yeux, rivant son regard ardent au sien. Un tout petit peu.

Inexorablement, son sexe reprit sa progression. Leurs respirations haletantes emplissaient la chambre silencieuse. Le torse de Bram se soulevait, ses bras tremblaient. Ses pommettes étaient empourprées, et sa bouche avait un pli dur et sensuel.

— Prends-moi, Lucy, gronda-t-il d'un ton urgent. Dis que tu me veux tout entier.

Elle avait envie de dire oui, mais ne savait pas si elle en serait capable. Faire l'amour avec un homme plus que comblé par la nature demeurait pour elle de l'ordre du fantasme. Elle essaya de se détendre, de l'accepter, mais elle avait l'impression qu'il l'empalait et qu'elle allait se briser.

Bram ajusta la position de ses jambes sur ses épaules et se pencha en avant afin de prendre appui sur un coude. Il l'embrassa tout en faisant glisser sa main sur sa poitrine pour pincer son mamelon. Les muscles de Lucy se contractèrent aussitôt et ils gémirent ensemble.

Lucy ne pensait pas qu'elle pourrait l'accueillir davantage en elle, mais il lui prouva le contraire. Son corps était en feu, ses seins palpitaient. Tout en l'embrassant tendrement, Bram glissa la main entre leurs corps et caressa son clitoris. Lucy retint son souffle.

— Voilà, murmura-t-il en continuant d'agacer son clitoris.

Lucy sursauta.

— Non, Bram, gémit-elle d'un ton suppliant.

Sa chair était trop sensible, le plaisir insupportable. Mais les caresses de Bram se firent insistantes.

— *Si*.

Lucy n'avait aucun moyen de l'arrêter. Elle pouvait seulement l'accepter. Les sensations qu'il éveillait en elle étaient trop intenses, trop fortes, mais ses contractions involontaires facilitaient son avancée. Son corps tout entier réagissait à son intrusion, ses pointes de seins frottaient contre la toison de son torse, sa bouche était prisonnière de la sienne, le sexe de Bram faisait plus que la combler, les caresses de son pouce la rendaient folle. Alors, à sa grande surprise, Lucy sentit un nouvel orgasme la submerger. Un orgasme tel qu'elle n'en avait jamais ressenti. Les pulsations de la volupté enflammèrent son corps et ses muscles se contractèrent avec une telle puissance que la douleur la submergea en même temps que le plaisir.

Profitant de son avantage, Bram s'immergea entièrement en elle, lui tirant un cri d'extase pure. Il se mit à aller et venir rythmiquement, la pénétrant jusqu'à la garde à chacune de ses poussées. Puis il renversa la tête en arrière et se cambra, lâchant un long rugissement sous le regard ébloui de Lucy.

C'était beau. C'était merveilleux.

C'était Bram.

La semaine s'écoula dans une sorte de brouillard. Ils firent l'amour dans le lac, à la nuit tombée, aussi torturés l'un que l'autre par l'obligation d'observer le silence. Bram ne lui facilita pas la tâche, prenant visiblement plaisir à lui donner envie de hurler en l'amenant au-delà de l'extase.

Ils firent l'amour sur la terrasse, sous un soleil accablant, à toute vitesse, à cause du risque de se faire surprendre qui accrut leur excitation.

Bram comblait ses moindres désirs, semblait deviner intuitivement ses fantasmes sans lui poser de questions et n'hésitait pas à lui faire partager les siens.

Il réussit à la convaincre de passer toute une journée entièrement nus, sans quitter la maison. Ils ne sortirent d'ailleurs pratiquement pas du lit.

Au terme de cette semaine de pure luxure, lorsque vint le dernier jour, des doutes assaillirent Lucy.

Nonchalamment étendu au soleil sur la terrasse, Bram se reposait après lui avoir fait l'amour. Seulement vêtu d'un caleçon noir, il était si beau qu'elle en eut les larmes aux yeux. Elle s'empressa de regagner le salon sous prétexte d'aller chercher des rafraîchissements.

Quand elle revint, elle plaça un verre au-dessus de son torse, de façon que les gouttes glacées de condensation tombent sur lui. Bram sursauta en proférant un juron, l'aperçut et éclata de rire avant de lui prendre le verre des mains.

— La vengeance est un plat qui se mange froid, Lucy, la prévint-il, une lueur malicieuse dans le regard. Tu n'imagines pas ce que je pourrais te faire avec un simple glaçon.

En effet, songea-t-elle, mais elle avait bien envie de le découvrir.

— C'est notre dernier jour de vacances, répliqua-t-elle. Quand as-tu l'intention de m'infliger ce supplice ?

Bram ne répondit pas tout de suite, et Lucy eut l'impression que son cœur cessait de battre. Finalement, il haussa les épaules avec une nonchalance que venait contredire l'intensité de son regard.

— Si je te le disais, ce ne serait plus une surprise, déclara-t-il tranquillement.

Lucy tira une chaise de la terrasse pour s'asseoir près de lui.

— J'ai décidé que je ne vendrai pas la maison, finalement, annonça-t-elle en regardant son verre.

Bram l'étudia un instant.

— Ah bon ?

Elle aurait apprécié qu'il étoffe un peu plus sa réponse, qu'il l'aide, ne serait-ce qu'en lui confiant ses pensées. Bram était pourtant si ouvert sur tous les autres sujets.

— Je... Je me suis dit que puisqu'on s'était tellement bien entendus ici...

— Entendus comment ? l'interrompit-il.

Elle ne parvint pas à déchiffrer son expression, ce qui la rendit plus nerveuse encore.

— Je ne savais même pas qu'on pouvait faire l'amour comme ça, déclara-t-elle en relevant le menton.

— Et tu voudrais continuer ?

— Oui, avoua-t-elle, le cœur battant.

— Ce qui nous fait au moins un point commun.

— Je suis sérieuse, Bram ! J'ai décidé de garder la maison pour qu'on puisse s'y réfugier tous les deux. Personne ne saura ce qu'on y fait.

Bram bondit si brusquement de sa chaise longue qu'il faillit trébucher. Cette fois, Lucy n'eut aucun mal à déchiffrer son émotion. Il était furieux.

— Tu me proposes de devenir ton amant secret, c'est ça ?

— Bram… dit-elle en se levant lentement. Tu sais que les ragots vont déjà bon train sur mon compte. Tous nos amis…

— Les amis de David. S'il s'agissait de tes amis, ils auraient compris.

C'était la stricte vérité. Ses vrais amis, comme Marcy, l'avaient toujours soutenue contre vents et marées.

— Les enfants en ont énormément souffert.

Les muscles de Bram se contractèrent depuis ses épaules jusqu'à ses poings serrés.

— Je n'ai jamais rien eu à voir avec ça, Lucy.

— Je sais, s'empressa-t-elle d'assurer. Mais je n'ose pas imaginer ce que diraient les voisins s'ils nous voyaient ensemble.

— Qu'est-ce que tu en as à foutre, des voisins ?

Lucy se tut, horrifiée par sa colère.

— Ce que je veux ne compte pas, c'est ça ? ajouta-t-il. C'est ce que tu es train de me dire ?

— Qu'est-ce que tu veux, Bram ? demanda-t-elle d'un ton hésitant.

— Toi. Les enfants. Pour toujours. *La totale,* affirma-t-il en prenant son visage entre ses mains pour l'empêcher de détourner les yeux. Je veux me marier avec toi. Je veux qu'on forme une famille. Je veux avoir le droit de t'aimer jour et nuit, pas juste en cachette.

— Bram.

Son cœur ne battait plus de frayeur, mais d'émotion.

— Je… Je ne peux pas, lâcha-t-elle. Essaye de me comprendre.

Bram s'écarta d'elle si brusquement qu'elle vacilla. Il passa la main sur son visage et se tourna vers le lac.

— Tu peux, Lucy, dit-il d'une voix si froide qu'elle lui parut lointaine. La vérité, c'est que tu ne *veux* pas.

Lucy eut envie de le toucher, mais n'osa pas. Elle avait trop peur qu'il la repousse.

— Bram, pourquoi refuses-tu de te contenter de ce que nous avons ? Pourquoi refuses-tu de…

— Parce que, coupa-t-il sans la regarder, je ne veux pas d'une liaison secrète. C'est tout ou rien, Lucy. C'est à toi de décider.

— Qu'est-ce que tu veux dire ? s'enquit-elle, horrifiée, les yeux embués de larmes.

— Que je ne me contenterai pas d'être ton copain. Cette époque est révolue. Je ne peux pas faire semblant de ne pas t'aimer.

Il attendit, mais Lucy n'avait aucune idée de ce qu'elle devait répondre à cela. Bram *l'aimait* ?

— Depuis quand ? s'entendit-elle crier avec colère.

Bram la regarda par-dessus son épaule. Le soleil faisait briller ses cheveux et son dos semblait fait de bronze poli.

— Je t'aime depuis toujours, Lucy, murmura-t-il posément, l'emprisonnant de son regard de braise.

— Mais…

— Mais tu étais mariée à un autre, je sais, enchaîna-t-il en pivotant pour s'adosser à la balustrade. C'est un fait auquel je me suis heurté chaque jour pendant des années. J'ai vécu tes deux grossesses comme un véritable calvaire. Te savoir enceinte de David me rendait malade de jalousie.

— Mais tu étais son meilleur ami.

— Jusqu'à sa mort, oui. Je n'aurais jamais rien fait qui puisse vous nuire. Mais mes sentiments pour toi n'ont pas varié.

Lucy se laissa lourdement retomber sur sa chaise.

— Mais... tu n'arrêtes pas de coucher avec des filles sublimes, tu es... un vrai don juan, Bram.

— La belle affaire ! Je suis surtout un homme de quarante et un ans, qui en a ras le bol de sortir avec des gamines qui se cherchent un père ! Toutes ces filles n'arrêtent pas de s'extasier sur mon côté rassurant et ma maturité, mais j'ai de plus en plus souvent envie de leur répondre que ce n'est vraiment pas leur cas. La vie ne se limite pas à une partie de jambes en l'air, Lucy...

— Je ne sais pas.

Lucy eut subitement l'impression de ne plus rien savoir du tout. Tout avait changé si subitement qu'elle ne savait plus où elle en était.

— Eh bien, si tu ne le sais pas, moi je peux te le garantir pour en avoir fait la triste expérience !

Lucy battit des cils, et Bram prit une inspiration pour retrouver son calme.

— Une vie digne de ce nom, c'est une vie avec toi, en ce qui me concerne, Lucy, ajouta-t-il plus doucement en s'agenouillant devant elle pour lui prendre la main. Cette semaine a été la plus merveilleuse de toute ma vie. Pas seulement parce qu'on a fait l'amour – quoique cet aspect ait aussi son importance. C'était merveilleux parce que j'étais avec toi, j'ai pu bavarder avec toi, rire avec toi. T'aimer, tout simplement.

L'entendre redire qu'il l'aimait déclencha le flot de ses larmes. Elle renifla, puis esquissa un sourire. Bram l'aimait et à l'entendre, ce sentiment n'était pas nouveau.

Du bout des doigts, il essuya ses larmes.

— Tu n'imagines pas combien de fois j'ai rêvé de vivre cet instant, de pouvoir enfin t'avouer mes sentiments. Tu es toute ma vie, Lucy. C'est toi que je veux, pas une gamine qui ne pense qu'à s'éclater.

Lucy effleura les lèvres de Bram, riant presque. Il avait dit « gamine qui ne pense qu'à s'éclater » d'un ton de profond mépris, alors que la plupart des hommes auraient donné cher pour être à sa place. Il embrassa le bout de ses doigts.

— Je veux une femme aussi mûre que moi. Une femme intelligente, installée, honnête – et pourtant tellement sexy que quand elle est assise devant moi comme ça, en larmes, et qu'elle me dit qu'elle va peut-être sortir de ma vie pour toujours, j'ai follement envie d'elle.

Bram la fit se lever et passa ses grandes mains dans son dos. Ses caresses étaient si tendres et hésitantes que Lucy en eut le cœur brisé.

— Tu m'aimes, Lucy ? s'enquit-il si bas qu'elle l'entendit à peine.

— Je t'ai toujours aimé.

— Non, pas comme un ami, dit-il en s'écartant d'elle pour plonger son regard au fond de ses yeux, au fond de son âme. Est-ce qu'il t'est arrivé de fantasmer sur moi quand tu étais mariée ?

De tels fantasmes constituaient un péché. Un péché inavouable.

— Lucy ? insista-t-il. Avoue-le : tu rêvais de moi, non ? Je ne peux pas m'être trompé à ce point-là.

— Je... J'étais mariée avec David, se défila-t-elle, gagnée par un puissant sentiment de culpabilité. Et même si ce n'était pas toujours rose, on...

— Bon sang, Lucy ! s'écria-t-il en la secouant. Dis-moi la vérité ! Dis que tu rêvais de moi !

— Bram...

— *Dis que tu avais envie de moi, même quand tu étais mariée !*

— Oui !

Lucy sentit sa peur s'envoler comme par enchantement et, dévorée d'amour, prit son visage dans ses mains.

— Oui, Bram. Au début de notre mariage, je trouvais simplement que tu étais très beau. Je me posais tout un tas de questions à ton sujet, mais les filles avec qui tu sortais manquaient tellement de discrétion qu'elles m'apprenaient tout ce que je voulais savoir sans que j'aie besoin de leur poser la moindre question. Toutes disaient que tu étais un amant merveilleux, et ça me laissait rêveuse.

Bram tourna la tête sur le côté et embrassa la paume de sa main, les paupières baissées.

— Quand les choses ont commencé à se dégrader entre David et moi, poursuivit-elle, je... je m'imaginais parfois que c'était avec toi que je faisais l'amour lorsque j'étais dans ses bras.

Bram recula un peu pour la dévisager. Lucy l'embrassa.

— Je l'aimais toujours parce que c'était le père de mes enfants et que je le connaissais depuis longtemps, mais il ne m'inspirait plus de désir. Et je savais, intuitivement, que faire l'amour avec toi serait incroyable.

Elle émit un long soupir, et sa culpabilité fondit sous la chaleur du regard de Bram.

— Alors oui, conclut-elle avec un petit sourire, quand j'étais toute seule dans mon lit le soir, je pensais à toi.

Elle rit, puis s'essuya les yeux.

— Mais tu es encore mieux en réalité que dans mes rêves.

Bram la souleva dans ses bras.

— Je t'aime, dit-il avant de l'embrasser fougueusement. J'aime tes enfants. Je veux que nous formions une famille, Lucy.

— Je t'aime aussi. Je crois que je t'aime depuis longtemps, mais je n'aurais jamais imaginé...

— Parce que tu n'avais pas une très haute estime de toi, expliqua-t-il tendrement en la berçant dans ses bras. Tu as vécu votre séparation comme un échec et comme un déchirement. Mais Marcy a deviné depuis longtemps les sentiments que j'ai pour toi, précisa-t-il en souriant. Quand je lui ai dit que j'avais quelque chose à faire cette semaine, j'ai lu dans son regard qu'elle savait que j'allais te rejoindre. Comme elle n'a vu aucune objection à veiller sur les enfants, j'imagine qu'elle approuvait.

— Tout le monde ne sera pas aussi généreux que Marcy, le prévint Lucy. Les gens diront qu'on couchait déjà ensemble quand j'étais mariée. Que c'est à cause de toi que je voulais divorcer et que...

Bram la reposa par terre et lui tourna le dos.

— Et tu ne veux pas prendre le risque d'un tel scandale, c'est ça ?

Lucy le rejoignit avant qu'il ait eu le temps de faire un pas et le serra dans ses bras.

— Non, je voulais simplement te prévenir.

— Ça veut dire que tu acceptes de te marier avec moi ? questionna-t-il en la dévisageant intensément.

— À une condition, répondit-elle en souriant.

— Laquelle ?

— Jure-moi qu'on reviendra ici au moins une fois par an, rien que tous les deux.

Bram cueillit son visage dans ses mains et l'embrassa voracement. Lucy interpréta ce baiser comme une promesse venant du fond du cœur. Quelques secondes après, il la souleva sur son épaule et se dirigea vers la maison.

— Bram ! glapit Lucy, la tête en bas. Mais qu'est-ce que tu fais ?

— Je vais chercher des glaçons.

— Des glaçons ? gloussa-t-elle.

Il la fit taire d'une petite tape sur les fesses.

— Oui madame, des glaçons. Je t'avais prévenue que je me vengerais, dit-il en la faisant glisser au creux de ses bras comme une jeune mariée. Je tiens toujours parole.

Lucy était si heureuse qu'elle sentit des larmes lui picoter à nouveau les yeux.

Bram ouvrit le freezer et en sortit le bac à glaçons. Lucy se tortilla dans ses bras pour lui échapper et s'enfuit en courant avec un hurlement de frayeur feinte, d'excitation ravie et de joie pure, bien décidée à profiter enfin de la vie.

CHEYENNE MCCRAY

Le fruit défendu

Un millier de remerciements à l'officier de police T.J. Leonard du département de la police des transports de Boston. Ma reconnaissance va également à l'officier de police du Texas Jerry Patterson Jr.

Comme dirait Willow : « Je suis une grande fille et toutes les erreurs sont uniquement de mon fait. »

1

Sa vie était basée sur des mensonges.

Zane Steele se passa la main sur le menton, et son ventre se contracta quand il reposa les yeux sur la blonde qui était assise sur le banc du parc.

Le soleil qui jouait à cache-cache avec le feuillage des arbres caressait la peau bronzée de ses jambes et de ses bras, et une légère brise d'été faisait voleter ses cheveux aux reflets dorés, striés de mèches plus claires.

Il y avait de l'humidité dans l'air à Boston ce matin-là, mais sa gorge devint complètement sèche lorsqu'il vit une petite langue rose darder entre les lèvres de la fille pour lécher délicatement sa boule de crème glacée, et il se sentit durcir en imaginant l'endroit précis où il aurait aimé voir cette langue se poser.

Zane laissa aller son épaule contre un arbre, incapable de détourner les yeux. Il ne pouvait même pas l'aborder pour se présenter.

Ce n'était pas le genre de fille avec qui on pouvait avoir une aventure sans lendemain. C'était le genre de fille qu'on a envie de retrouver quand on rentre chez soi après une journée de travail, et qui réchauffe votre lit nuit après nuit. Dans le cas de Zane, envisager une relation suivie alors qu'il était en permanence tenu au secret le plus absolu était de la folie pure. Mais cela ne l'empêcha pas de continuer à l'observer.

Pour autant qu'il sache, la plupart des employés du RED – Recovery Enforcement Division, une agence de police parallèle – qui vivaient en couple avec des civils, n'avaient pas les mêmes scrupules que lui à garder leur véritable occupation secrète vis-à-vis de l'être cher.

Zane n'était pas comme eux. Il n'aurait pas pu entretenir une relation qui ne soit pas basée sur la confiance mutuelle.

Il écarta ces considérations au sujet d'une chose qu'il ne connaîtrait jamais et concentra son attention sur la femme qui dégustait sa glace. Elle portait une jupe qui lui arrivait au-dessus des genoux lorsqu'elle se tenait debout. En s'asseyant, la jupe était remontée sur sa cuisse, juste ce qu'il fallait pour exciter son imagination. Son cœur faillit cesser de battre quand elle croisa les jambes et que sa jupe remonta encore.

Sentir ces longues jambes s'enrouler autour de ses hanches pendant qu'il plongerait en elle jusqu'à la garde… Des gémissements s'échapperaient de cette adorable petite bouche, qui le supplierait de la prendre plus fort tandis qu'ils bascul eraient ensemble dans le plaisir. Ses seins s'adapteraient parfaitement à la forme de sa main, il mordillerait et sucerait ses délicieux mamelons…

Il était prêt à parier que c'était le genre de fille à faire beaucoup de bruit au lit. Elle crierait son nom. Elle le supplierait d'arrêter.

Mais il continuerait. Il la posséderait. Encore et encore.

Un bruit de pas dans l'allée l'incita à regarder par-dessus son épaule. Machinalement, sa main se rapprocha du Glock niché dans son holster.

Un joggeur. Il passa devant la fille, qui lui sourit. Le joggeur la salua d'un hochement de tête ponctué d'un clin d'œil.

L'élan de jalousie qui transperça Zane faillit le faire tomber à la renverse.

Qu'est-ce qui me prend ?

Cette fille l'excitait comme aucune autre n'avait réussi à le faire avant elle. Il avait envie de la posséder de toutes les façons possibles et imaginables. Pas seulement pour une nuit. Il avait envie de la retrouver le soir en rentrant chez lui, de la serrer contre lui dans son sommeil et de la retrouver près de lui le lendemain matin. Elle faisait naître en lui toutes ces envies alors qu'il ne l'avait même pas touchée !

Jusqu'ici, il s'était refusé toute relation risquant de l'entraîner au-delà d'un accord mutuel impliquant qu'il ne s'agirait que de sexe et d'amitié – plus ou moins dans cet ordre. Sa partenaire ne devait lui poser aucune question personnelle. S'il l'accueillait dans son lit, c'était uniquement pour le plaisir. Un plaisir dénué de tabou, animal et intense.

Zane sentit sa pomme d'Adam faire un aller-retour dans sa gorge quand la langue de la fille glissa le long du cornet pour cueillir un filet de glace fondue qui menaçait de tomber.

Avec cette fille-là, il avait définitivement envie d'autre chose.

Mais il ne voulait pas laisser entrer dans sa vie quelqu'un à qui il serait obligé de mentir, jour après jour, pour Dieu seul savait combien de temps. Pour toujours, peut-être.

Le seul membre de sa famille qui savait la vérité était sa petite sœur, Lexi, qui travaillait elle aussi pour le RED, une excroissance de l'Agence nationale de sécurité qui n'avait pas d'existence officielle. Les autres membres de leur grande famille irlandaise ignoraient quel était réellement le métier de Zane et Lexi.

Les seuls à le savoir étaient le directeur du RED, le directeur adjoint, un juge fédéral, un procureur fédéral, le directoire de l'Agence nationale de sécurité, la sénatrice Jeannette Shelton et le président des États-Unis. Le vice-président et les membres du cabinet du président eux-mêmes ne connaissaient pas l'existence du RED.

Celui-ci était composé de quatre divisions. Zane était affecté au trafic d'armes et de stupéfiants.

Au moins, à l'époque où il travaillait pour les services secrets, peu importait que les gens l'apprennent ou non. Il suffisait qu'ils comprennent qu'il ne pouvait pas parler de son travail. Lexi avait connu la même situation quand elle travaillait dans les services spéciaux de l'armée.

Zane changea de position contre le tronc d'arbre, dont l'écorce rugueuse commençait à le mordre à travers le gilet qui dissimulait son Glock. Il n'aurait pas dû regarder cette femme comme ça. Il n'aurait pas dû avoir envie d'elle à ce point.

Mais il ne parvenait pas à repousser les images qui assaillaient son esprit. Il écartait le rideau de ses cheveux pour dégager son visage en forme de cœur et goûter à la merveilleuse plénitude de ses lèvres pulpeuses… Ou bien il recouvrait ses seins de ses mains et suçait ses mamelons. Ou bien encore il humait l'essence suave de son sexe entre ses cuisses, et sentait ensuite la caresse de ses longs cheveux d'or sur sa peau tandis que ces lèvres sublimes glissaient le long du sien.

Mon Dieu.

Il se frotta le menton. Son informateur n'allait plus tarder et il devait se concentrer sur son affaire, au lieu de dévorer des yeux une parfaite inconnue.

Willow Randolph s'efforça du mieux qu'elle put de ne pas regarder l'homme qui la dévorait des yeux.

Il travaillait dans les forces de sécurité. C'était évident. Même à une vingtaine de mètres de distance, il irradiait d'une autorité presque palpable.

À travers le rideau de ses cils, elle vit sa pomme d'Adam faire un aller-retour dans sa gorge quand elle lécha sa glace et en aspira un peu entre ses lèvres. Une expression de souffrance se peignit sur ses traits, et le renflement subit de sa braguette faillit la faire sourire.

Dangereux, voilà ce qu'il était avant tout. Le genre d'homme dont une femme doit se garder de tomber amoureuse. Un vrai Bad Boy.

Elle était prête à parier un mois de son salaire chez Macy's – disons une semaine – qu'il n'était pas un simple officier de police. Une chose était sûre, il ne travaillait pas derrière un bureau.

Il aurait pu étrangler un homme avec les battoirs qui lui tenaient lieu de mains, mais quelque chose lui disait que ces grandes mains seraient douces sur la peau d'une femme.

Willow pouvait presque sentir ses doigts glisser partout sur elle. Cette simple pensée fit durcir ses pointes de seins sous son chemisier rose, et une onde de désir brûlant s'éleva au creux de ses cuisses.

C'était un parfait inconnu, mais l'envie irrésistible d'enfouir les doigts dans cette chevelure sombre s'empara d'elle. Il l'étreindrait de ses bras puissants et s'insinuerait au plus profond d'elle-même.

Elle faillit laisser échapper un gémissement en léchant sa glace. Elle se voyait déjà passant les bras autour de son cou pour attirer son visage vers le sien, l'embrassant à pleine bouche en se plaquant contre lui. Avec son impressionnante carrure et ses hanches étroites, il était taillé comme un quaterback, et son torse serait merveilleusement ferme contre sa poitrine.

Willow fit glisser la pointe de sa langue sur son cornet de glace en imaginant qu'elle la faisait courir le long de son sexe en érection. Dur comme l'acier, mais doux et soyeux dans sa bouche.

Cela faisait peut-être trop longtemps qu'elle n'avait pas couché avec un homme, car l'effet qu'il avait sur elle et les fantasmes qu'il lui inspirait étaient ahurissants.

Elle croqua le cornet de glace sous son regard intense, puis, délibérément, lécha lentement ses doigts, l'un après l'autre.

Ce type allait rentrer chez lui en regrettant de ne pas l'avoir abordée. Il se demanderait comment les choses se seraient passées et se maudirait de ne pas avoir eu le cran de lui parler.

Trouillard.

Non, il n'avait vraiment rien d'un trouillard. C'était plutôt le genre de type à soupeser longuement le pour et le contre avant de prendre une décision.

Il s'écarta du tronc d'arbre auquel il s'appuyait.

Ce fut plus fort qu'elle. Willow leva les yeux et croisa son regard. Verts. Ses yeux étaient d'une merveilleuse nuance de vert.

Les battements de son cœur retentirent jusque dans sa gorge. Mais elle ne pouvait pas se permettre de déglutir dans un moment pareil.

Une onde de chaleur la traversa lorsque son regard se fit plus insistant. Il le fit remonter depuis ses chevilles jusqu'à ses cuisses nues, puis son ventre, et s'attarda sur sa poitrine. Ses pointes de seins durcirent.

Ils jouaient à un jeu qui ne se joue qu'à deux.

Une brise légère souleva ses cheveux et elle entrouvrit les lèvres. Du bout de la langue, elle humecta sa lèvre inférieure et sentit la saveur sucrée de la glace. Mais ce n'était pas cette saveur-là qu'elle recherchait. L'image d'elle-même, à genoux devant lui et le prenant en bouche, était clairement imprimée dans son esprit.

Quel goût pouvait-il bien avoir ?

Elle détailla sa silhouette. Ses cuisses musclées étaient particulièrement impressionnantes. Histoire de l'exciter un peu plus, elle attarda son regard sur son entrejambe avant de le faire remonter jusqu'à ses yeux.

Willow lui décocha un sourire mutin et posa les mains sur le banc de part et d'autre de ses hanches.

Chiche ? le défia-t-elle du regard.

Chiche, répondit-il tout aussi silencieusement.

2

Même s'il avait essayé, Zane n'aurait pas pu se maîtriser. Le petit sourire de défi de cette femme avait suffi à le piéger.

Zane relevait toujours un défi.

Elle eut l'air surpris, puis amusé, de le voir se diriger vers elle. Quand il arriva à sa hauteur, elle leva les yeux vers lui et renouvela son sourire.

— Vous me faites perdre la tête, furent les premiers mots qui franchirent ses lèvres.

Le sourire de la fille s'élargit.

— Je sais.

Zane aurait voulu lui rendre son sourire, au lieu de quoi il s'assit sur le banc, à cinquante centimètres d'elle. Il plaça les avant-bras sur ses cuisses et se pencha en avant pour l'étudier.

Bon sang. Vu de près, elle était encore plus jolie. La brise porta son parfum à ses narines, un parfum qui évoquait une journée ensoleillée au bord de la mer, et la courbe de ses lèvres était parfaite. Lorsqu'il croisa ses yeux bleu océan, il eut l'impression d'être à bord d'un bateau, perdu depuis des jours dans la mer des Caraïbes.

— Zane Steele, dit-il en tendant la main vers elle.

Il n'utilisait son vrai nom que dans le cadre de sa vie personnelle.

Tout, chez cette femme, avait un caractère personnel.

— Willow Randolph, répondit-elle en acceptant sa poignée de main.

Le contact tiède de sa petite main dans la sienne fit se contracter autre chose que son estomac. Son jean allait finir par craquer si ce phénomène perdurait.

Ils étaient visiblement aussi peu désireux l'un que l'autre de rompre ce contact, et leurs mains se séparèrent dans un lent glissement. Quand les doigts de Willow chatouillèrent la paume de sa main, Zane eut l'impression de les sentir partout sur son corps.

— Randolph...

En dépit de la délicieuse sensation déclenchée par le frôlement de ses doigts, le souvenir d'une autre femme nommée Randolph lui revint dans un mélange de colère et de chagrin.

— Ma sœur Lexi vient de perdre une amie qui s'appelait Stacy Randolph.

Dans le cadre d'une opération secrète du RED, ajouta-t-il pour lui-même. Personne, en dehors du RED, ne savait que Stacy était morte héroïquement parce que personne ne savait qu'elle faisait partie du RED. Ses proches croyaient qu'elle avait été victime d'une agression.

Le sourire de Willow s'estompa légèrement.

— C'était ma cousine, et une de mes meilleures amies.

Elle soupira et la tristesse envahit ses traits.

— Je vis en ce moment chez mon oncle et ma tante, pour qu'ils ne se sentent pas trop seuls maintenant que Stacy n'est plus là. Ils n'avaient pas d'autre enfant qu'elle.

Ils demeurèrent un instant silencieux, sans briser le contact de leurs regards. Zane se serait volontiers perdu dans la profondeur de ces yeux bleus.

— Vous n'avez pas l'accent de La Nouvelle-Angleterre, dit-il finalement. Upper New York, peut-être ?

— Vous êtes doué, répliqua-t-elle avec un sourire amusé. Mais j'imagine qu'on apprend à faire attention à ce genre de détails quand on est de la police.

Un léger choc l'électrisa. Il s'efforça de dissimuler sa stupéfaction qu'elle l'ait pratiquement percé à jour.

— Qu'est-ce qui vous fait penser que je suis de la police ?

— Pas forcément officier de police, répondit-elle en scrutant intensément son visage. Mais quelque chose d'approchant…

Merde. S'il était aussi facilement repérable, comment avait-il fait pour mener à bien autant d'opérations ?

— Services secrets, déclara-t-il.

Il avait effectivement travaillé pour les services secrets, et tout le monde pensait que c'était encore le cas.

— Vous m'avez coincé, ajouta-t-il. J'exige de savoir comment.

— Services secrets, hein ? fit-elle en croisant les jambes à hauteur des chevilles. En congé ?

— Quelque chose comme ça.

Il jeta un coup d'œil à sa montre. Son informateur allait bientôt arriver et il n'aurait pas dû être en train de bavarder avec elle sur ce banc.

— Vous avez l'intention de m'inviter à dîner ?

L'expression de son visage était surprenante. Ce n'était pas celle d'une femme qui s'attend à ce qu'on l'invite, mais celle d'une femme qui est suffisamment intelligente pour savoir qu'elle plaît à un homme.

Zane posa les mains sur ses genoux et se redressa.

— Je ne suis pas certain que vous aimeriez sortir avec moi.

— Pourquoi ? répliqua-t-elle, visiblement intriguée.

Il soupira, baissa les yeux vers l'herbe qui poussait à ses pieds, puis les releva vers elle.

— Je ne m'engage jamais dans une relation.

— Qui a dit que c'était mon cas ? rétorqua-t-elle avec un haussement d'épaules.

— C'est écrit sur votre front, ma belle, déclara-t-il en étendant le bras sur le dossier du banc. Vous n'êtes pas une aventurière. Vous sortez plusieurs fois avec un homme avant de décider si vous avez envie que la relation évolue.

— Vous êtes très observateur, Zane.

La façon dont elle prononça son nom lui fit penser à celle dont elle le répéterait, encore et encore, lorsqu'il la posséderait.

— Mais il est clair que je vous fais peur, ajouta-t-elle.

— Je n'ai jamais eu peur de rien, Willow.

Il se leva. Il était grand temps de se sauver.

Elle inclina la tête sur le côté.

— Peut-être. Mais là, vous avez peur.

Elle le défiait à nouveau. Aïe. Il ne reculait jamais devant un défi, mais c'était peut-être la seule chose sensée à faire, cette fois-ci.

Zane jeta un autre coup d'œil à sa montre. Henry allait apparaître dans l'allée d'un instant à l'autre.

— Il est bientôt midi, reprit-il en levant les yeux vers elle. Qu'est-ce que vous diriez de se retrouver au pub irlandais de Province Avenue à treize heures ?

Qu'est-ce qui lui avait pris de proposer cela ?

Willow le gratifia d'un adorable sourire à fossettes, qui fit de drôles de choses à son estomac.

— Je viens de déjeuner et je dois aller travailler. Dînons plutôt dans ce resto branché sur Stanhope & Clarendon. Je vous retrouverai là-bas.

Il la contempla un long moment, subjugué par sa beauté sans prétention et par ce maintien d'une femme aussi sûre d'elle-même que de ses choix. Willow était dangereuse. Et de plus d'une façon.

— Sept heures ? s'entendit-il acquiescer.

— Parfait.

Willow se leva et sa jupe effleura ses genoux. Dommage. Ses cuisses valaient vraiment le coup d'œil.

— Je vous retrouverai à l'accueil.

Il riva une fois de plus son regard au sien.

— Je serai là, promit-il.

— Je sais.

Elle tourna les talons et se dirigea vers le centre-ville.

Zane secoua la tête.

Tu viens de plonger dans les ennuis jusqu'au cou, Steele...

Tout en montrant à sa cliente comment appliquer les tout nouveaux produits qu'elle venait de recevoir, Willow fredonnait doucement. La marque qu'elle représentait au rayon des cosmétiques de Macy's figurait parmi les plus prestigieuses.

— Tout est dans la brosse, expliqua-t-elle en déchirant l'emballage stérile d'un applicateur de mascara, qu'elle trempa dans le flacon avant de le tendre à Mme James. Ce côté-ci allonge les cils, et ce côté-là les sépare et les épaissit.

— Quel ingénieux concept...

Willow s'évada en pensées du rayon des cosmétiques, et les paroles de Mme James ne formèrent plus qu'un bruit de fond tandis qu'elle évoquait mentalement la silhouette de Zane Steele.

Près de lui, elle s'était sentie à la fois sous pression et pleine de désirs. Il sentait tellement bon qu'elle avait eu l'impression de goûter la saveur de sa peau. Un parfum naturel, très viril. Un long frisson avait parcouru sa colonne vertébrale quand il avait prononcé son nom de sa belle voix grave.

— Toi, tu mijotes quelque chose, je le vois dans tes yeux, déclara Linda en passant devant son stand dans un sillage du parfum de la marque qu'elles représentaient – freesia et magnolia en fleurs.

Dans tes yeux… Oh ! Mme James.

— Je te raconterai tout à l'heure, articula-t-elle silencieusement à l'intention de sa collègue, avant de délester Mme James de l'applicateur pour le jeter à la poubelle. Le secret de l'éclat de votre regard, précisa-t-elle à l'intention de celle-ci, c'est la touche finale.

Willow lui montra ensuite comment appliquer le blush et le rouge à lèvres.

Elle ne pouvait pas s'empêcher de repenser à Zane, à son corps puissant et à l'effet qu'il avait eu sur elle rien qu'en s'asseyant à son côté.

Cet homme était bel et bien dangereux.

— Willow ?

La voix de Mme James la tira de sa rêverie. C'était au moins la dixième fois qu'elle s'y laissait aller depuis qu'elle avait repris son travail.

Mme James battait des cils en inspectant son reflet dans l'immense miroir garni d'ampoules.

— J'adore ! décréta-t-elle avec un grand sourire qui l'embellit encore et la rajeunit de dix ans. Je n'en reviens pas. Quelle transformation !

— Vous êtes superbe, assura Willow avec la plus parfaite sincérité. Quels produits seraient susceptibles de vous intéresser ?

— Tous ! répondit Mme James sans hésiter.

Génial.

— Je vais les chercher et je vous appellerai à la caisse quand ce sera prêt, dit-elle avant de s'éloigner, abandonnant la cliente à la contemplation ravie de son reflet dans le miroir.

Elle avisa la corbeille à papier près de la porte de la réserve, et ne put résister à l'envie d'y lancer une boulette de papier chiffonné qui se trouvait dans sa poche.

— Elle vise, elle tire, elle *marque* ! scanda-t-elle à mi-voix en regardant la boulette atterrir en plein milieu de la corbeille.

— Mazette ! Un vrai tir à trois points ou je ne m'y connais pas, déclara la très élégante Linda avant de franchir la porte de la réserve devant elle.

— Droit au but, telle est ma devise, répliqua Willow d'un ton enthousiaste.

— Et félicitations pour ta vente, ajouta Linda en attrapant une boîte de tubes de fond de teint pendant que Willow préparait la commande de Mme James. Alors, qu'est-ce qui te faisait sourire comme ça, tout à l'heure ?

— J'ai rencontré un homme, répondit Willow avec un clin d'œil. Un vrai.

— Hmm… émit Linda avec gourmandise. Il a des frères ? s'enquit-elle en baissant la tête au-dessus d'une boîte de blushs, la pointe de ses cheveux impeccablement coupés au carré dissimulant son menton.

— Je me renseignerai, s'amusa Willow en attrapant le dernier article dont elle avait besoin. Ce soir…

Linda repéra la teinte de blush qu'elle cherchait, prit la boîte dans sa main et se retourna vers Willow en haussant la ligne épilée de ses sourcils.

— Je croyais que tu n'acceptais jamais de rendez-vous avec un homme ?

— Je n'avais pas encore rencontré celui-là, répondit-elle en sortant de la réserve à reculons, après s'être assurée d'un coup d'œil par-dessus son épaule que personne ne se trouvait dans le passage. Il faut bien que je me lance un jour.

Le petit sourire méprisant de Linda ne parvint pas à l'enlaidir.

— Dis plutôt que tu as envie de coucher avec ce type.

Même si elle avait essayé, Willow n'aurait pu réprimer le sourire radieux qui illumina son visage.

— Si tu l'avais vu, je te garantis que ce n'est pas le mot *type* qui te viendrait à l'esprit pour parler de lui.

— Et cet *homme*, que fait-il dans la vie ?

— Si je te disais qu'il est agent secret, tu me croirais ?

— Sûrement pas.

— Eh bien si, ma petite ! répliqua-t-elle en jonglant avec les achats de Mme James pour lui faire un pied de nez. Dès que j'ai vu Zane, j'ai su qu'il était de la police.

— Zane l'agent secret, hmm ? Tu es sûre que ce n'est pas un gros...

— Sûre et certaine.

— Tu me feras ton rapport demain après-midi, décréta Linda. Un rapport détaillé, évidemment. En conséquence de quoi, je te souhaite de bien t'amuser, car je compte bien m'amuser, moi aussi, par procuration et à tes dépens.

Comme si Linda avait été à court de soupirants.

Aucun d'eux n'était aussi viril que Zane, cependant.

— Joue-lui le grand jeu, Willow, lança la voix de Linda derrière elle tandis qu'elle se dirigeait vers la caisse.

Willow sourit.

C'était exactement son intention.

Lui jouer le grand jeu.

À moins de poursuivre ce petit jeu qui ne se joue qu'à deux... jusque dans son lit.

3

— Zane ?

Lexi pianota des doigts sur l'encadrement de la porte de son bureau du RED, et il leva les yeux du rapport qu'il regardait sans vraiment le voir.

— Tu es où, là ? demanda-t-elle en croisant les bras et en s'appuyant au chambranle. J'ai frappé deux fois. Ça ne te ressemble pas de rêvasser comme ça.

— Je bosse, répondit-il laconiquement.

Comme s'il allait parler à sa petite sœur de la fille qui ne lui sortait plus de la tête.

— Qu'est-ce qui t'a poussée à descendre me voir ?

Lexi travaillait à la section des crimes sexuels et trafic de vies humaines au quatrième et dernier étage de l'immeuble de Portland Street qui abritait les locaux du RED de Boston. La section du crime organisé et des activités terroristes était située au troisième, l'escroquerie technologique au deuxième, et celle du trafic d'armes et de stupéfiants au premier. Le rez-de-chaussée abritait les services administratifs et leur servait de couverture, faisant passer les locaux pour une société d'interprétariat.

— J'ai besoin de voir Georgina, expliqua Lexi. Elle n'était pas chez elle quand je suis passée la voir ces deux derniers jours, et je n'arrive pas à la joindre sur son portable.

— J'ai envoyé Rizzo en mission, répliqua Zane en refermant le dossier qu'il était censé étudier. On a entendu parler d'un trafic d'armes pour lequel elle avait le profil idéal.

— Si tu as de ses nouvelles, dis-lui que j'ai besoin de lui parler. C'est *très* important, ajouta-t-elle avec un sourire malicieux.

— J'imagine que c'est pour lui parler de ton coéquipier, répondit-il d'un air entendu. Il paraît que vous *travaillez* souvent ensemble, Donovan et toi.

L'ancien agent des services spéciaux de l'armée qui lui tenait lieu de petite sœur piqua un fard de première.

— Nick Donovan est mon binôme pour la supervision des équipes, c'est tout, rétorqua-t-elle.

Zane posa ses avant-bras sur son bureau et se pencha en avant.

— J'ai rencontré la cousine de Stacy Randolph aujourd'hui, murmura-t-il d'un ton de confidence.

Les traits de Lexi se durcirent et toute trace d'amusement déserta son visage. L'agent Randolph avait été violée et tuée seulement quelques mois plus tôt. Elle avait du mal à encaisser cette tragédie, car c'était elle qui avait assigné à Randolph la mission qui s'était soldée par son assassinat.

— Sa cousine Willow, acquiesça-t-elle lentement. Georgina m'a parlé d'elle. C'est sympa de sa part d'être venue vivre avec ses parents.

Zane préféra s'abstenir de tout commentaire. S'il avait ouvert la bouche, il aurait été capable de dire : « Elle est tellement belle et fascinante que je n'arrête pas de penser à elle. »

— N'oublie pas que maman fait des *bangers and mash* dimanche midi. Tu peux inviter Willow, si l'idée de manger d'authentiques saucisses purée en famille ne l'effraye pas, conclut-elle avec un clin d'œil malicieux.

— Qu'est-ce que tu sous-entends par là ? demanda Zane qui avait cru que sa mâchoire allait se décrocher de stupeur.

— Je suis ta sœur, lui rappela gentiment Lexi. L'effet qu'elle a sur toi est visible comme le nez au milieu de la figure.

Bon. Eh bien, ma foi, si deux femmes pouvaient le percer à jour aussi aisément dans le courant d'une même journée, il était peut-être temps qu'il démissionne.

Pour la centième fois au moins, Zane se demanda ce qu'il faisait au bar de ce restaurant.

Et pour la centième fois, il repensa à l'impact que Willow avait eu sur lui et à toutes les questions qu'il se posait à son sujet depuis qu'il l'avait rencontrée.

Il but une gorgée de Guinness. Accoudé au bar, son regard ne quittait pas la porte d'entrée. Il était arrivé avec une demi-heure d'avance parce qu'il savait qu'il aurait besoin de boire une bière avant de la revoir.

Quelque chose en elle l'attirait irrépressiblement. Quand il la reverrait, il ne la trouverait peut-être pas aussi intelligente et perspicace qu'elle lui était apparue au parc. Il la trouverait peut-être moins jolie…

Il faillit s'étrangler sur son fond de bière.

Un top model venait de franchir les portes du restaurant.

Willow.

Presque sans s'en rendre compte, il laissa tomber un billet de vingt dollars dans sa chope vide et se dirigea lentement vers elle. Il savait déjà qu'elle était belle, mais il comprenait désormais la signification du mot *époustouflante*.

Elle arborait toujours ce petit sourire dénué de prétention et cette assurance nonchalante qui l'avaient séduit dès la première seconde, mais elle était à présent si élégante qu'elle aurait pu figurer en couverture d'un magazine féminin. Bon sang, elle était tellement sexy qu'elle aurait pu aussi bien figurer en couverture du supplément spécial maillots de bain d'un quotidien sportif !

Willow portait une petite robe noire à laquelle Zane fit nettement moins attention qu'au décolleté et à la longueur de cuisse qu'elle révélait. Elle n'avait pas changé. Elle avait toujours cette même peau bronzée, ces cheveux dorés striés d'or clair et ces jambes interminables. Non, le choc tenait plus à l'ondulation magnétique de ses cheveux, à la façon dont ses yeux bleus semblaient subitement plus grands et à la plénitude plus affirmée de ses lèvres.

Il lui en voulut presque d'être aussi belle.

Avant son arrivée, il était convaincu qu'il s'apprêtait à plonger dans les ennuis, mais son apparition lui faisait réaliser qu'il avait déjà perdu pied.

Zane heurta l'épaule de quelqu'un, mais ne prit même pas la peine de marmonner une excuse, trop absorbé par la vision de Willow.

Lorsqu'il la rejoignit, elle inclina la tête sans que son sourire se modifie. Zane mesurait un mètre quatre-vingt-dix-huit et il ne la dépassait pas de plus de huit centimètres, mais il est vrai qu'elle portait de très hauts talons. Lui qui était entraîné à faire attention à tout, il ne s'était pas rendu compte qu'elle était aussi grande.

Il perdait décidément tous ses repères dès qu'il était près d'elle.

— J'ai demandé qu'on nous réserve une table, parvint-il à articuler en la dévorant du regard, heureux de retrouver son parfum qui lui fit à nouveau penser à une journée ensoleillée au bord de l'océan.

— Tant mieux, répondit-elle en le prenant spontanément par la main, ses doigts se nouant souplement aux siens. Je meurs de faim.

Zane s'efforça d'ignorer les picotements qui le parcoururent.

— Je croyais que les top models ne mangeaient jamais.

Willow rit, et ce rire franc et chaleureux déclencha d'étranges palpitations dans son ventre.

— Je m'honore d'être une étudiante diplômée qui n'a pas encore fait valider sa thèse, doublée d'une vendeuse de produits de beauté à mi-temps, répliqua-t-elle tandis qu'ils se dirigeaient vers l'hôtesse qui les attendait, menus à la main. Mais je ne suis absolument pas top model.

— Je m'y serais aisément laissé prendre, répondit-il en suivant l'hôtesse qui les conduisit à leur table dans un coin de la salle.

Dès que Zane avait posé les yeux sur elle, un délicieux frisson avait glissé le long de sa colonne vertébrale. Willow pouvait lire tant de choses dans son regard. Du désir, évidemment, mais également un authentique intérêt qui se situait au-delà des apparences.

Question apparence, Zane était aussi splendide que dans son souvenir, depuis son impressionnante carrure d'épaules et son torse ferme jusqu'à ses biceps saillants et ses avant-bras puissants. Des bras conçus pour l'étreinte amoureuse.

L'hôtesse les guida à travers la salle du restaurant aux murs en briques rouges dont la décoration alliait subtilement élégance et modernité.

Willow serra un peu plus fort la main de Zane, qui la récompensa d'un sourire. Les délicieuses odeurs de homard et de steak grillé qui flottaient dans l'air ne parvenaient pas à lui inspirer autant d'appétit que cet homme.

Il portait une chemise vert foncé et un gilet sans manches, sans doute destiné à dissimuler son arme.

Mais il possédait une autre arme, que son jean ne parvenait pas à masquer. Une arme qui semblait disposée à lui offrir séance tenante la petite mort qu'elle désirait si ardemment trouver ce soir.

Ses cheveux bruns et courts avaient un joli mouvement naturel qui lui donnait envie d'y enfouir les doigts. Elle ne manquerait certainement pas de le faire.

L'hôtesse désigna une table, idéalement située devant une grande fenêtre rectangulaire. L'atmosphère romantique de ce coin de salle attisa le feu qui la dévorait.

Zane paraissait aussi peu désireux qu'elle de lâcher sa main, mais il s'y résolut et tira pour elle une chaise capitonnée à haut dossier.

— Un vrai gentleman, par-dessus le marché, commenta-t-elle en s'asseyant.

L'hôtesse déposa les menus sur la table et dit quelque chose à propos du vin, mais ni l'un ni l'autre ne lui prêtèrent attention.

Zane concentra son regard sur elle.

— Si vous saviez à quoi je pense en ce moment, ma chère, il ne vous viendrait pas à l'esprit de me traiter de gentleman.

Willow ramassa son menu et le gratifia de son sourire le plus coquin.

— Dans ce cas, nous devons penser tous les deux à la même chose.

Zane parut un instant pris de court, mais la surprise qui troubla fugitivement son regard céda la place à une lueur malicieuse.

— Vous pensez donc vous aussi que j'ai le plus somptueux décolleté et les jambes les plus splendides que vous ayez jamais vus ?

Elle rit.

— Ne faites pas l'innocent. Je sais très bien à quoi vous pensez, déclara-t-elle en se penchant vers lui.

Vous vous dites que vous préféreriez être au lit plutôt que dans ce restaurant. Au lit avec moi, cela va sans dire.

— J'avoue que cette perspective est extrêmement séduisante, admit-il après s'être éclairci la gorge.

Willow jeta un coup d'œil au menu, puis l'abaissa légèrement pour lui décocher un regard faussement sévère.

— Je me demande si nous arriverons à tenir jusqu'au dessert.

Zane s'empara de son menu et s'éclaircit à nouveau la gorge.

— Je ne suis pas certain de survivre aussi longtemps.

— Vous savez quoi ? demanda-t-elle à voix basse en posant une main sur son genou pour faire lentement remonter ses doigts le long de sa cuisse. Les toilettes de ce restaurant sont d'une propreté irréprochable, très bien décorées et incroyablement spacieuses et confortables. Mais le plus appréciable de tout, c'est que leurs portes sont équipées d'un verrou.

Zane leva les yeux de son menu et une expression affamée, presque primitive, se peignit sur ses traits lorsque Willow fit remonter sa main de quelques centimètres pour toucher le véritable objet de sa convoitise.

— Quand le serveur viendra, vous commanderez les entrées et le vin pendant que je me lèverai pour aller aux toilettes, dit-elle en effleurant son sexe en érection sur toute sa longueur. Vous me rejoindrez dès que vous aurez passé la commande.

Zane regarda autour de lui, puis reposa les yeux sur elle.

— Euh… Willow, je…

Son sourire diabolique l'empêcha d'aller plus loin.

— Chiche ?

4

Moins d'une seconde après que Willow lui eut décoché ce sourire diabolique, le serveur se matérialisa à leurs côtés. Zane ne lui accorda aucune attention, trop occupé à regarder Willow se lever et se diriger d'un pas nonchalant vers les toilettes.

Sa robe minuscule couvrait à peine ses fesses, et l'eau lui vint à la bouche à l'idée de ces longues jambes de rêve ceignant ses hanches tandis qu'il la…

— Monsieur ?

La voix du serveur parvint tout juste à l'extraire de ses fantasmes. Il avait fait cela toute la journée, et le phénomène ne cesserait probablement qu'une fois qu'il les aurait concrétisés.

— Désirez-vous du vin ? Une entrée ? demanda le serveur.

— Euh… oui.

Un sentiment d'urgence s'empara de lui alors qu'un flot d'images érotiques se mettait à défiler dans sa tête. Au prix d'un violent effort, il s'arracha à la contemplation de l'endroit où Willow avait disparu, fit mine de consulter le menu et commanda le premier plat sur lequel se posèrent ses yeux.

— Des huîtres. Je vous laisse le soin de choisir le vin.

— Bien monsieur, répondit le serveur en s'inclinant légèrement. Je vous apporte le vin tout de suite.

— Nous ne sommes pas pressés.

Zane se leva et fila en direction des toilettes dès que le serveur eut tourné le dos.

Son sexe palpitait d'un désir enragé. Il avait à demi conscience qu'il était sur le point de commettre une folie, mais l'autre moitié de lui-même disait à la première d'aller se faire voir ailleurs.

Son cœur battait à toute allure, son corps était en feu. S'il ne la possédait pas rapidement, il en mourrait, se dit-il en souhaitant de toutes ses forces qu'elle ne se soit pas moquée de lui.

Il eut l'impression que les toilettes des femmes étaient perdues au milieu de nulle part et quand il atteignit enfin la porte, il l'ouvrit à la volée. Il eut à peine le temps de la franchir que Willow lui sautait dessus. Elle avait passé les bras autour de son cou et plaquait fougueusement sa bouche sur ses lèvres.

Il pensa *in extremis* à refermer la porte derrière eux et à tirer le verrou, avant de s'emparer de ses fesses pour la soulever contre lui tandis qu'elle calait ses longues jambes sur ses hanches.

Elle ne portait pas de culotte.

Un grognement s'éleva dans sa gorge lorsqu'il pivota pour plaquer le dos de Willow contre la porte, et elle gémit dans sa bouche. Il s'écarta légèrement pour baisser l'encolure de sa robe, libérant ses seins.

Zane lécha et suça avidement ses mamelons, et la façon dont elle se tortilla lui fit comprendre qu'elle luttait désespérément pour réprimer ses cris.

— Il faut que je te prenne, souffla-t-il contre ses lèvres après l'avoir embrassée. Il faut que je te prenne tout de suite. Je ne peux plus attendre.

Les ongles de Willow s'enfoncèrent dans ses épaules.

— J'ai eu envie de toi toute la journée, haleta-t-elle.

De l'autre côté de la porte, quelqu'un actionna la poignée, mais Zane ne l'entendit pas.

D'une seule main, il défit prestement sa braguette alors qu'elle s'agrippait fermement à lui, mais son soulagement fut de courte durée. Sitôt libéré, son sexe en profita pour s'allonger et durcir davantage. Il extirpa un préservatif de sa poche et l'enfila en un temps record.

D'une poussée ferme, il s'immergea dans le soyeux paradis de son entrecuisse, plaquant sa bouche sur la sienne pour étouffer ses plaintes.

C'était de la folie, mais elle n'était plus qu'impulsion et instinct en présence de Zane.

Son sexe l'empala, et elle remercia le Ciel qu'il soit en train de l'embrasser, car elle eût été incapable de retenir le hurlement de plaisir mêlé de souffrance que déclencha cette invasion.

Zane était un homme, un vrai.

Sans se retirer, il écarta sa bouche de la sienne et l'approcha de son oreille.

— J'avais l'intention de procéder en douceur avec toi, la première fois. Mais là, je crois que je ne vais pas pouvoir me maîtriser.

— Ne me demande pas de penser, rétorqua-t-elle dans un halètement. La seule chose qui compte, c'est que j'adore te sentir en moi. Oh, Zane ! gémit-elle. J'y suis déjà presque…

La poignée de la porte tourna à nouveau. Le fait de savoir qu'il y avait quelqu'un derrière le battant pendant que Zane la possédait sauvagement, suffit à la faire basculer dans l'extase.

Ce fut elle, cette fois, qui s'empara de sa bouche pour y déverser ses cris de jouissance lorsque l'orgasme le plus incroyable de toute sa vie la transperça de part en part. Elle se contractait autour de son sexe qui allait et venait furieusement en elle. Chaque pulsation déclenchait un nouveau soubresaut qui lui engourdissait l'esprit.

Quand il éjacula, une onde de chaleur inonda son ventre, et elle le vit se mordre les lèvres pour ne pas crier. Il renversa la tête en arrière, contracta la mâchoire et son visage s'assombrit sous les efforts qu'il déployait pour garder le contrôle.

Son sexe était tellement gros qu'elle perçut nettement la moindre pulsation de son orgasme.

Willow s'affaissa contre lui, les bras autour de son cou. Elle se sentait aussi légère qu'une plume, et la tête lui tournait tellement qu'elle se demanda si elle serait en état de tenir sur ses jambes.

Le cliquetis de la poignée de la porte retentit à nouveau.

— Il y a quelqu'un ? s'enquit une voix féminine.

— Un instant, répondit Willow. Je... suis désolée, j'ai mangé quelque chose qui ne devait pas être très frais...

— Oh, souffla la femme, qui dut reconsidérer la liste de ses priorités car le bruit de ses pas signala bientôt qu'elle s'éloignait.

Willow plissa le bout de son nez et enfouit son visage contre le torse de Zane.

— En fait, je n'ai même pas eu le temps d'avaler ce qui me faisait tellement envie.

Zane émit un grognement, et elle sentit son sexe retrouver une nouvelle vigueur.

— Si on ne sort pas d'ici immédiatement, je vais être obligé de recommencer.

Willow inclina légèrement la tête en arrière pour lui décocher un sourire malicieux.

Zane plaqua une main sur sa bouche, le regard dangereusement brillant.

— Et je t'interdis de dire *chiche*.

Elle réprima à grand-peine un éclat de rire.

Il se retira et la remit sur ses pieds. Ses genoux étaient si faibles et ses talons si hauts qu'elle faillit tomber, mais Zane la retint. Il se rajusta tandis qu'elle mettait de l'ordre dans sa toilette.

— Si ça se trouve, il y a toute une file d'attente derrière cette porte, dit Zane quand ils s'estimèrent suffisamment présentables.

Willow planta un rapide baiser sur ses lèvres.

— Ne t'inquiète pas. Je m'occupe de tout.

Zane rit dans sa barbe une fois que Willow eut refermé la porte derrière elle et qu'il l'entendit proférer des mises en garde destinées à disperser les quelques personnes qui patientaient.

— Mon Dieu, cette odeur... une véritable infection... certainement bouché... impraticable...

Il secoua la tête et laissa passer quelques secondes avant d'ouvrir la porte. Le couloir était entièrement désert. Le stratagème de Willow avait parfaitement fonctionné.

Il regagna leur table, le corps encore vibrant de plaisir. Posséder Willow contre la porte des toilettes l'avait bouleversé. Il n'avait jamais rien fait d'aussi audacieux depuis les folles années de sa jeunesse. Et encore. À côté de ce qu'il venait de faire avec Willow, ses exploits de jeune homme lui parurent soudain bien ternes.

Il l'observa tandis qu'elle parlait avec le serveur, approuvant le choix du vin avant qu'il ne remplisse leurs verres. Lorsque Zane s'assit, le serveur reposa la bouteille sur la table et s'éloigna.

Willow était encore plus belle que tout à l'heure. Ses cheveux légèrement ébouriffés et cette expression de femme comblée la rendaient plus désirable que jamais. Les flammes vacillantes du chandelier qui occupait le centre de la table nimbaient ses traits d'un halo romantique.

— Excellent choix, déclara-t-elle en faisant glisser un doigt sur le rebord de son verre.

Le serveur avait dû en profiter pour apporter ce qu'il y avait de plus cher, mais Zane s'en moquait. La seule chose qui l'intéressait, c'était cette jeune femme dont il n'arrivait pas à détacher les yeux.

Il l'imita quand elle leva son verre, mais elle fut plus prompte que lui à porter un toast.

— Au confort des toilettes d'un des restaurants les plus chic de Boston !

Cette femme avait sur lui un effet extraordinaire. Non seulement elle le rendait fou de désir, mais elle lui donnait envie de rire et de sourire comme un bienheureux – choses qu'il ignorait habituellement.

Ils prirent une gorgée de vin et Zane leva son verre.

— À mon tour, dit-il. À la femme la plus authentique et la plus merveilleuse du monde, que j'ai eu le bonheur de croiser dans un parc.

Willow eut ce sourire qui lui creusait des fossettes, et Zane sentit qu'il était en train de s'attacher à elle de plus en plus sérieusement. Il avait déjà atteint le stade où l'idée de ne plus la revoir lui était intolérable.

Il reposa son verre et se massa les tempes.

Lui qui s'était juré de ne jamais entamer la moindre relation. *Qu'est-ce qui lui prenait ?*

— Tu as encore peur de moi, Zane, constata tranquillement Willow.

Il leva les yeux. Les bras croisés sur la table, elle se pencha vers lui.

— Tu te demandes si tu n'es pas en train de t'attacher à moi, c'est ça ?

5

Le serveur apparut avec un plateau d'huîtres qu'il déposa au centre de la table, évitant à Zane de répondre. Willow était beaucoup trop observatrice.

Lorsqu'elle tendit son menu au serveur, il contempla son profil. Elle était aussi beaucoup trop belle. Mais ce qui lui plaisait le plus, c'était son total manque de prétention et cette façon directe de lui poser des questions embarrassantes.

— Je prendrai le saumon avec des épinards à la crème et des champignons sautés, l'entendit-il commander.

Zane jeta un rapide coup d'œil au menu.

— Le *surf and turf*. Le filet à point, dit-il en rendant le menu au serveur. Avec une purée de pommes de terre et des asperges.

Quand l'homme s'éloigna, Zane se replongea dans l'étude attentive de la jeune femme. Il était incapable de s'empêcher de la regarder, c'était plus fort que lui. Mais, même s'il avait à nouveau la sensation que son jean avait rétréci d'au moins deux tailles, il ne pouvait la dévisager comme ça sans dire un mot.

— Tu connais mon métier…

Menteur.

— … mais tu ne m'as pas dit ce que tu faisais.

— Si, je t'ai dit que j'étais étudiante diplômée. J'ai une maîtrise en sciences de l'éducation et j'espère décrocher bientôt mon doctorat. Je suis inscrite en cinquième année à l'université de New York. Il ne me reste plus qu'à présenter ma thèse à laquelle je travaille pendant que je suis ici. J'affronterai le jury quand je retournerai à New York.

— Docteur Randolph, fit-il en lui présentant les huîtres. Ça sonne plutôt bien.

— Agent Steele, ce n'est pas mal non plus, répondit-elle en se servant.

— Tu m'as dit que tu allais travailler, ce midi au parc.

Et moi, songea-t-il, j'étais là-bas pour recueillir des informations sur un trafic d'armes.

— En ce moment, je suis vendeuse à mi-temps chez Macy's. Au rayon des cosmétiques. Quand j'aurai mon doctorat, je chercherai du travail sur la côte Est.

— Tu as déjà une idée de la ville que tu choisiras ? questionna-t-il, peu désireux de s'aventurer sur le terrain des cosmétiques.

— J'adore Boston. Avant que mon père s'en aille, on venait ici depuis Buffalo pour rendre visite à son frère, l'oncle chez qui je vis en ce moment.

Pour la première fois depuis qu'il l'avait rencontrée, Zane vit une ombre passer sur son visage.

— Mon père... Il y a deux ans, il est parti avec une fille qui n'a même pas mon âge.

L'ombre céda instantanément la place à un rayon de soleil lorsqu'elle changea de sujet.

— J'ai deux sœurs qui n'arrêtent pas de se chamailler. Elles sont beaucoup plus jeunes que moi et vivent encore à Buffalo avec ma mère.

— Elles sont à la fac ?

— Non, elles sont toutes les deux en terminale. Ce sont des jumelles. Wendy et Sarah. Elles ont dix ans de moins que moi.

Elle posa ses coudes sur la table et scruta intensément son visage.

— Toi… quelle que soit la taille de ta famille, je suis prête à parier que tu es l'aîné.

— Comment fais-tu pour deviner aussi facilement ce genre de choses ? demanda-t-il en soutenant son beau regard bleu.

— Je le lis dans tes yeux. Tu t'inquiètes pour eux. Tu te fais du souci pour tous ceux que tu aimes, ça se voit.

Il s'éclaircit la gorge. Il n'aimait pas tellement le tour que prenait cette conversation.

— Je viens d'une famille nombreuse de catholiques irlandais.

— Ah ! J'en étais sûre ! déclara-t-elle avec un grand sourire. Combien de frères et sœurs ?

— Quatre frères, deux sœurs, répondit-il en lui renvoyant son sourire. Mes parents fêteront bientôt leur quarantième anniversaire de mariage.

Deux serveurs apparurent, chargés de grands plateaux, et déposèrent sur la table tous les plats qu'ils avaient choisis.

— Hmm… s'extasia Willow en goûtant les épinards à la crème qui accompagnaient le saumon. Je parie que tous les membres de ta famille vivent près d'ici et que vous vous réunissez régulièrement.

— Tous les dimanches, on se retrouve chez mes parents. Sauf Ryan qui sert dans les marines.

Et Lexi et moi quand on est en mission, ajouta-t-il mentalement en découpant son filet.

— Ça te plairait de venir déjeuner dans ma famille, dimanche midi ? s'entendit-il ajouter à voix haute.

Tu es un crétin fini, Steele. Tu vas beaucoup trop vite !

Les sourires étincelants de Willow déclenchaient d'étranges réactions dans son ventre, comme si tous ses espoirs ne tenaient qu'à eux.

— C'est faisable. Je ne travaille pas dimanche prochain.

— Ma mère va t'adorer.

— J'ai hâte de faire sa connaissance. Je parie qu'elle prépare des plats typiquement irlandais ?

— C'est la reine du *shepherd's pie,* le hachis Parmentier à l'agneau. Mais tu sais, Willow, je ne veux plus faire aucun pari avec toi à partir de maintenant.

Willow glissa sa main dans celle de Zane et se tourna vers lui en souriant alors qu'ils sortaient du restaurant.

Il la regardait d'une façon étrange. Comme si le fait de la contempler suffisait à le mettre en transe. Mais une petite lueur d'inquiétude persistait malgré tout au fond de son regard.

Willow aurait volontiers parié que cette inquiétude était liée à son travail. Zane ne lui donnait pas l'impression d'avoir déjà connu de relation sentimentale malheureuse. De toute façon c'était impossible, puisqu'il fuyait toute relation comme la peste.

Il était peut-être temps de l'amener à envisager les choses différemment.

— Où es-tu garée ?

Sa belle voix grave l'enveloppa d'un délicieux frisson.

— Je suis venue en taxi.

— De West Roxbury ?

— J'ai horreur de conduire à Boston.

Elle fit lentement glisser sa main depuis le dessous de sa poitrine jusqu'à sa hanche, et le regard de Zane suivit le mouvement de sa main.

— Et je n'avais pas envie de prendre le métro habillée comme ça, ajouta-t-elle.

— Je t'interdis de prendre le métro quand tu es habillée comme ça, répliqua-t-il en levant vers elle ce regard affamé qui lui plaisait tant.

Willow se laissa aller contre son épaule lorsqu'ils se mirent à marcher.

— Vraiment ?

— Je te l'interdis formellement, insista-t-il d'un ton à la fois soucieux et protecteur.

Willow se demanda s'il s'en rendait compte.

— Je vais te raccompagner chez ton oncle et ta tante.

— J'ai une meilleure idée, déclara-t-elle en levant la tête vers lui. Tu pourrais m'inviter chez toi, histoire de terminer ce qu'on a commencé…

Il serrait sa main si fort qu'elle dut retenir son souffle en attendant sa réponse.

— C'est dans un désordre épouvantable.

Willow l'obligea à s'arrêter au coin de la rue. Ils étaient tout près du parking. Mais ce fut lui qui la surprit en lâchant sa main pour saisir son visage et l'embrasser.

Ce baiser ne fut pas aussi sauvage que ceux qu'ils avaient échangés dans les toilettes du restaurant, mais au contraire très tendre. Exigeant aussi. Le gémissement qui remonta dans sa gorge franchit ses lèvres sous la forme d'un léger ronronnement, et les mains qu'elle avait spontanément posées sur son torse glissèrent sur ses pectoraux, ses épaules et ses biceps, tandis que leurs langues s'enlaçaient suavement.

La saveur de sa bouche était délicieusement masculine – une impression rehaussée par le goût du vin qu'ils venaient de boire. Et son odeur était envoûtante. Très virile, avec une touche d'après-rasage au musc.

Zane mordilla légèrement sa lèvre inférieure avant de l'embrasser plus fort, puis il la prit par la taille et l'attira fermement contre lui. Willow laissa échapper un soupir en sentant son sexe en érection se plaquer contre son ventre. Elle passa les bras autour de son cou, enfouit les doigts dans ses cheveux et les ébouriffa comme elle avait eu envie de le faire toute la soirée.

Son torse effleurait sa poitrine et ses pointes de seins se contractaient douloureusement. Zane l'embrassait si fougueusement qu'elle se sentit prise de vertige.

— D'accord, déclara-t-il d'une voix haletante en s'écartant et en reprenant sa main dans la sienne. On va chez moi. Si on ne se dépêche pas, je serais capable de te prendre en pleine rue.

— En pleine rue, hmm ?

Elle fit courir sa main sur sa poitrine et sentit les battements précipités de son cœur. Ses doigts glissèrent plus bas, et Zane retint son souffle dans un sifflement quand ils se refermèrent sur son sexe.

— Ce n'est pas une mauvaise idée, ajouta-t-elle d'un ton plus malicieux que jamais.

Il plaqua une main sur sa bouche.

— Je te déconseille de me mettre au défi, parce que je pourrais te prendre au mot.

6

La présence de Willow sur le siège du passager enflammait le corps de Zane. Assis au volant de sa Chevy Silverado, il se dirigeait vers Quincy où il avait élu domicile. Le film de tout ce qu'il ferait avec elle dès qu'ils seraient arrivés défilait en continu dans sa tête, et il serra les dents pour se concentrer sur la route.

— Au premier abord, je ne me serais jamais douté que tu étais le genre de fille à coucher avec un inconnu croisé dans un parc dès le premier rendez-vous, dit-il en guettant sa réaction du coin de l'œil.

L'éclairage du tableau de bord révéla sa fossette.

— Ma copine Linda était même étonnée que j'accepte un rendez-vous. Je refuse toujours, d'habitude.

— Pourquoi ce changement ? demanda-t-il.

— Quand j'ai senti que tu m'observais, j'ai eu l'impression qu'une sorte de connexion s'établissait entre nous.

Willow leva ses longs bras souples et rabattit la masse de ses cheveux blonds sur son épaule.

— Je n'avais encore jamais ressenti ça, précisa-t-elle.

Zane reporta les yeux sur la route et chercha sans succès à déglutir. Sa bouche était subitement devenue sèche.

— Je t'ai dit que je ne m'engage jamais dans une relation.

— Pourquoi ? s'enquit-elle sans chercher à dissimuler sa curiosité. De quoi as-tu peur ?

Zane n'en revenait pas d'avoir cette conversation avec une femme qu'il ne connaissait pas la veille, mais répondre avec sincérité lui apparut comme une évidence.

— Je fais un travail dangereux, et les gens auxquels je tiens seraient autant en danger que moi s'ils savaient la vérité.

— Tu ne fais pas vraiment partie des services secrets, déclara-t-elle sobrement. Tu travailles pour la même agence que Stacy.

Zane fut si choqué qu'il faillit freiner brutalement.

— Stacy t'a dit quelque chose ? gronda-t-il en scrutant son visage.

Elle haussa les épaules.

— Non, mais je savais très bien qu'elle n'était pas interprète, même si elle parlait couramment cinq langues. J'ai toujours su qu'elle travaillait pour une quelconque agence de police parallèle.

Zane concentra son attention sur la route, le temps de digérer le choc.

Willow croisa les mains autour de son genou relevé.

— Quand on allait manger quelque part, elle s'asseyait toujours face à la porte, et elle avait cette façon très particulière de tout inspecter du regard sans en avoir l'air. Elle était toujours sous pression, sauf chez elle. Elle n'aimait pas tellement sortir lorsqu'elle ne travaillait pas.

Zane ne dit rien.

Willow avait tourné la tête vers sa fenêtre et regardait le paysage défiler.

— Un jour, je lui ai carrément demandé pourquoi elle se cachait et elle a failli s'étrangler sur son gâteau au chocolat. Elle a nié, évidemment, mais j'ai eu le temps de lire la frayeur dans son regard. Ce n'était pas pour elle qu'elle avait peur, mais pour moi, parce que j'avais deviné.

Quand Zane détacha son regard de la route, il s'aperçut qu'elle l'étudiait et pour la première fois, il discerna une profonde souffrance dans son regard.

— Dis-moi que Stacy n'est pas morte par hasard. Parce qu'elle était au mauvais endroit au mauvais moment. Je ne te poserai aucune autre question et je n'en parlerai à personne. J'ai besoin de savoir.

Que pouvait-il répondre ? Il ne pouvait que lui mentir au sujet de Stacy Randolph. Il s'agrippa au volant et laissa passer quelques secondes. Finalement, il tourna la tête vers elle.

— L'agent spécial Stacy Randolph est morte héroïquement, énonça-t-il en la regardant droit dans les yeux.

— Merci, souffla Willow en baissant la tête.

Zane s'éclaircit la gorge.

— Ma... Un de nos agents a retrouvé le meurtrier et le lui a fait chèrement payer.

— Tant mieux.

Zane sentit son cœur se fissurer en la voyant essuyer furtivement une larme.

— Je savais que l'agence s'occuperait de son assassin.

— Si tout le monde était aussi observateur que toi, déclara-t-il, l'agence n'aurait plus qu'à mettre la clé sous la porte.

Le sourire de Willow était encore imprégné de tristesse quand elle leva les yeux vers lui.

— Malheureusement, ses parents ne sauront jamais la vérité. Ils demeureront éternellement persuadés qu'elle est morte en victime.

Tous les muscles de Zane se contractèrent.

— J'espère que tu réalises que ce que tu as deviné est extrêmement dangereux.

— Personne ne se doutera jamais de ce que je sais, assura-t-elle en s'essuyant les yeux avec un petit rire nerveux. J'en sais si peu, de toute façon, qu'on ne tirerait rien de moi, même sous la torture.

— Ne plaisante pas avec ça, lui conseilla-t-il d'un ton grave en tendant le bras pour serrer sa main.

Willow entremêla ses doigts aux siens.

— Je comprends, Zane. Avec moi, tu n'as rien à craindre.

— Je pense au contraire que j'ai tout à craindre, répliqua-t-il posément.

Ils ne prononcèrent pas un mot de plus pendant le reste du trajet, leurs mains jointes reposant sur la butée gainée de cuir qui séparait leurs sièges. Après s'être garé devant une maison de style colonial, Zane descendit de voiture, la contourna et ouvrit sa portière. Une fois debout, Willow sentit son regard peser sur elle. Il la prit par la taille et soutint son regard un long moment, avant de se décider à l'embrasser. Il semblait hésiter, comme s'il craignait de la briser, mais elle l'attira contre elle et sentit enfin la puissance de son désir l'envelopper.

Il avait besoin d'elle.

Elle avait besoin de lui.

Il ne s'agissait pas seulement d'une connexion sexuelle entre eux. Ils communiquaient depuis le plus profond de leur âme.

L'attirance physique, évidemment, prédominait.

Zane s'écarta. L'expression de son visage était aussi sombre que la nuit elle-même, et aussi difficile à déchiffrer. Il actionna la télécommande de sa voiture et les portes se verrouillèrent.

— Ton quartier a l'air sympa, dit Willow.

— Je ne suis pas souvent chez moi, mais j'ai pu constater qu'il y avait beaucoup de solidarité entre les habitants de la rue, répondit-il en la prenant par la main pour grimper les marches du perron.

Quand ils pénétrèrent dans sa maison, Zane ne lui permit pas de s'attarder dans la contemplation du living et de la cuisine. Elle eut à peine le temps d'apercevoir le plancher de bois ciré, les sièges en cuir et le comptoir en granit, qu'il l'entraînait déjà dans l'escalier.

Trois portes étaient ouvertes sur le palier. Zane la conduisit vers celle du fond. En passant devant les deux autres, elle aperçut une petite chambre plongée dans l'obscurité et une salle de bains carrelée. Il appuya sur l'interrupteur. Des lampes disposées aux quatre coins de la pièce projetèrent une lumière tamisée sur ce qui constituait à l'évidence la chambre principale. La décoration était très masculine. Les meubles massifs en pin naturel, la cheminée de pierre surmontée d'une tablette de bois, le plancher ciré et les volets de bois donnaient un côté rustique à l'ensemble. Le vert sapin du couvre-lit et des tapis s'accordait également à sa personnalité.

— Je ne vois aucun désordre, fit-elle remarquer en levant les yeux vers lui.

— Une société d'entretien s'occupe du ménage une fois par semaine, alors ça dépend des fois, répondit-il en haussant les épaules.

Willow sentit son cœur se mettre à battre plus vite lorsqu'il l'entraîna vers le lit. Il la fit asseoir au bord, s'agenouilla devant elle et lui ôta ses chaussures.

Elle crut qu'il allait lui retirer sa robe, mais il la fit s'allonger sur le côté, le visage tourné vers lui.

— Tu es vraiment très belle, Willow, souffla-t-il. Et je ne parle pas seulement de ton apparence.

— Que tu le croies ou non, Zane Steele, répliqua-t-elle à voix basse, tu n'es pas mal non plus.

Elle ne le quitta pas des yeux alors qu'il retirait ses bottes et son gilet. Il rangea son holster et son arme dans le tiroir de la table de chevet, puis s'allongea près d'elle, tout habillé. Ils s'observèrent longuement, sans un mot, savourant la caresse de leurs regards mutuels.

Willow contemplait son corps puissant, ses biceps nettement définis, ses mains immenses. Ses cheveux d'un noir d'encre faisaient merveilleusement ressortir le vert de ses yeux qui brûlaient d'un feu ardent, dangereux et excitant, mais qui reflétaient également une frayeur latente.

Cette frayeur broyait le cœur de Willow.

Les muscles de ses épaules jouèrent sous sa peau quand il approcha la main de son visage pour suivre le contour de sa mâchoire du bout de l'index.

— Je suis mort de trouille, Willow.

Elle prit sa main dans la sienne, et l'autre main de Zane épousa l'arrondi de sa joue. Elle tourna la tête pour déposer un baiser au creux de sa paume.

— Tu n'as aucune raison d'avoir peur, murmura-t-elle.

Zane saisit ses mains, les plaça sur son torse, et elle perçut les battements précipités de son cœur.

— Tu sens ? demanda-t-il d'une voix enrouée. Mon cœur se briserait si je tombais amoureux de toi et s'il t'arrivait quelque chose de grave.

7

Cette déclaration bouleversa Willow, et sa crainte perpétuelle de perdre ceux qu'il aimait l'atteignit de plein fouet – en même temps que la solitude épouvantable dans laquelle il vivait.

Une sensation inattendue lui tordit le ventre, et elle réalisa qu'elle partageait cette peur. Il pouvait arriver à Zane la même chose qu'à sa cousine. Elle s'empressa de chasser cette pensée morbide et se concentra sur l'homme bien vivant qui lui faisait face. Celui qu'elle voulait apaiser et aimer.

Willow plaça la main sur son épaule pour l'inciter à s'allonger sur le dos, et sentit les muscles jouer sous sa paume quand il se laissa faire. Elle se redressa et s'assit sur lui, enfourchant ses hanches fermes, sa robe remontant jusqu'en haut des cuisses. Elle ne portait pas de culotte, et la toile rugueuse de son jean mordit sa chair tendre. Son sexe en érection pressait au creux de son entrejambe.

Ils s'observèrent un long moment avant qu'elle n'approche ses lèvres des siennes. Ils échangèrent un baiser langoureux, bien plus sensuel que les baisers dévorants qu'ils avaient partagés jusqu'ici. Leur premier baiser d'amants complices. Un baiser qui n'exigeait rien, né de la tendresse d'un homme et d'une femme qui apprennent à se connaître.

Zane fit courir ses doigts le long de ses bras nus, éveillant ses terminaisons nerveuses jusqu'à les enflammer, et Willow eut envie de sentir le pouvoir extraordinaire de ces mains sur tout son corps. L'essence virile de son parfum l'enivrait, la saveur fraîche et suave de sa bouche lui montait à la tête.

Willow se redressa en souriant et tendit les mains derrière son dos pour faire glisser la fermeture de sa robe. La lente caresse de la soie sur sa peau lorsqu'elle la fit passer par-dessus sa tête la fit délicieusement frissonner. La robe glissa sur les draps comme une coulée d'eau sombre et luisante avant de se répandre sur le sol.

Zane la contemplait avec une expression qui pouvait s'apparenter à de l'émerveillement.

— Combien de fois m'autoriseras-tu à te dire à quel point tu es belle ? souffla-t-il en recouvrant ses seins de ses mains. Tout, en toi, est…

— Chuuut.

Willow s'attaqua à son jean. Le bouton se laissa docilement déloger de sa boutonnière et la fermeture suivit le mouvement dans un léger crépitement métallique. Parfait. Il ne portait ni slip ni caleçon. Elle n'y avait pas prêté attention dans les toilettes du restaurant, car elle avait été seulement capable de se concentrer sur les affolantes sensations qu'éveillait l'intrusion de son sexe entre les replis de sa chair.

Quand elle le libéra, elle eut l'impression de l'entendre pousser un soupir, mais quand elle fit courir ses doigts le long de son sexe, elle fut tout à fait certaine de l'entendre gémir. Et quand elle pressa tendrement ses testicules, il émit un grognement sonore.

Willow recula légèrement les hanches. Zane lâcha un nouveau grondement et retint son souffle lorsqu'elle fit glisser sa langue sur son sexe en érection comme elle l'avait passée sur sa glace au parc.

Zane enfouit les mains dans la chevelure dorée de Willow et retint son souffle alors qu'elle le prenait en bouche.

Il la contemplait, agenouillée entre ses cuisses, et un râle d'extase lui échappa quand ses lèvres glissèrent le long de son sexe puis remontèrent lentement. La regarder faire était si puissamment érotique qu'il avait du mal à respirer, et plus de mal encore à réprimer un orgasme fulgurant.

— Je ne veux pas que tu t'arrêtes, dit-il d'une voix rauque. Mais je veux me déshabiller pour sentir ta peau contre moi.

Les lèvres de Willow s'écartèrent sur un sourire. Elle se redressa et passa voluptueusement sa langue sur ses lèvres.

— C'est très cruel de ta part de me demander d'arrêter, déclara-t-elle, les yeux brillants de malice.

Zane la saisit par les bras avec un rugissement sourd et l'attira à lui en se relevant. Il fallait qu'il se débarrasse de son jean au plus vite.

Il la fit asseoir au bord du lit et se débarrassa prestement de ses chaussettes, de son jean et de son T-shirt. Tout aussi prestement, Willow s'agenouilla sur le tapis et enroula les doigts autour de son sexe.

— Voyons voir... où en étions-nous ? s'amusa-t-elle en levant les yeux vers lui. Ah, oui ! fit-elle mine de se rappeler avant de le reprendre en bouche.

Zane sentit ses genoux faiblir tandis qu'elle léchait et suçait son sexe. Il n'avait jamais ressenti une telle sensation. Ce n'était pas seulement sexuel.

Qu'est-ce que ça pouvait bien être ?

Willow enserrait d'une main la base de son sexe en l'avalant aussi loin que sa bouche le lui permettait.

Sentir sa langue autour de son sexe était l'expérience la plus incroyable qu'il ait jamais vécue. Bien des femmes lui avaient offert leur bouche, d'où venait donc la différence ?

De Willow elle-même. Aucune de ces femmes n'avait éveillé ces sensations en lui, parce qu'aucune d'elles n'était Willow.

Zane plongea les doigts dans ses cheveux dorés et regarda son sexe entrer et sortir de sa bouche. Ses seins se balançaient au rythme du va-et-vient, les aréoles et les pointes d'une jolie teinte rose sombre. Il avait envie de les sucer, mais en même temps, il ne voulait surtout pas qu'elle arrête ce qu'elle était en train de faire.

Willow émettait de petits gémissements de plaisir, alors que c'était elle qui lui en donnait. Elle avait fermé les yeux et alors que les premiers frissons de l'extase s'emparaient de ses reins, il put constater qu'elle aimait vraiment le sucer.

— Je vais jouir dans ta bouche si tu n'arrêtes pas.

Cet avertissement l'incita seulement à accélérer le va-et-vient de sa bouche et de sa main.

— Ouvre les yeux, exigea-t-il d'une voix rauque. Regarde-moi.

Willow lui obéit et son regard d'un bleu océan rencontra le sien.

Ce regard suffit à le faire basculer dans l'extase.

La sensation de plaisir qui s'empara de lui fut si intense, si proche de la douleur, qu'il laissa échapper un long cri. Willow continua de le sucer jusqu'à la dernière goutte en gémissant de volupté.

Un flot de chaleur s'empara de Willow quand elle croisa le regard de Zane et qu'elle lut sur les traits de son visage l'intensité du plaisir qu'elle venait de lui donner.

— Viens, dit-il en saisissant ses bras pour l'aider à se relever.

Il l'enserra de façon que leurs peaux se touchent, et elle laissa aller sa tête sur son épaule.

— Merci, dit-il d'une voix rauque d'émotion. Maintenant, je vais te rendre la faveur que tu viens de me faire.

Willow vit une lueur dangereuse briller dans ses yeux. Un flot d'excitation tourbillonna dans son ventre comme une véritable tornade. Avec un grognement, Zane la souleva dans ses bras et se déplaça à une telle vitesse qu'elle en fut étourdie. Lorsqu'elle retrouva ses esprits, elle était allongée sur le dos, la tête de Zane entre ses cuisses.

Son souffle se bloqua dans sa gorge quand il fit courir la pointe de sa langue entre les replis de son sexe jusqu'à son clitoris. Il lui souleva les jambes et les plaça en appui sur ses épaules. Elle sentit les muscles puissants de son dos et de ses épaules jouer entre ses cuisses, et le contact de ses mains rugueuses sensibilisa davantage sa peau.

Mais c'était ce qu'il faisait avec sa langue et ses lèvres qui retenait toute son attention. La façon dont il léchait ses nymphes et dont la pointe de sa langue encerclait son clitoris était tout simplement affolante.

Willow réalisa à peine qu'elle s'agrippait si fort aux draps du lit que les jointures de ses doigts lui faisaient mal. Plus sa langue agaçait son clitoris, plus ses cris s'intensifiaient. Elle faillit hurler lorsqu'il inséra deux doigts en elle, et hurla bel et bien quand il en glissa un troisième.

Le plaisir qui irradiait dans son corps la faisait se tordre dans tous les sens, et elle comprit juste avant de jouir qu'elle s'aventurait en territoire inconnu. Jamais encore une sensation aussi intense ne l'avait traversée. Elle eut l'impression qu'elle allait exploser.

Ses cuisses se mirent à trembler et les premiers spasmes de la jouissance se déclenchèrent.

— J'y suis presque, Zane, dit-elle d'un ton suppliant, persuadée qu'il s'ingéniait à retarder son orgasme.

Je t'en supplie ! s'écria-t-elle, frémissante de désir et de fureur mêlés.

Zane intensifia le va-et-vient de ses doigts et suça avidement son clitoris.

Willow perdit pied.

Le hurlement qui avait voulu franchir ses lèvres quand il l'avait prise au restaurant explosa en toute liberté. Son corps vibrait tandis qu'un flot d'étincelles inondait son esprit. Elle n'arrivait plus à former une seule pensée cohérente. Elle n'était plus que pures sensations.

Willow redescendit progressivement sur terre et regarda Zane, qui l'observait en souriant, la tête toujours nichée au creux de ses jambes.

— Tu cries vraiment fort quand on te laisse faire.

Il jeta un regard autour de lui, puis reporta les yeux sur elle.

— Attends seulement que les voisins t'entendent lorsque je te posséderai sauvagement.

8

— J'aime la façon dont tu dis ça.

Le frisson d'impatience que suscita cette promesse supplanta les ultimes frémissements de son orgasme. Zane ôta ses jambes de ses épaules.

— Ça t'excite que je dise que je vais te posséder sauvagement ?

Il remonta le long de son corps et plaqua les mains, bras tendus, de part et d'autre de son visage.

— Oui.

Elle passa les bras autour de son cou et plongea son regard au fond de ses yeux verts. Ses cheveux noirs et épais étaient tout ébouriffés, et ses muscles frémirent sous sa peau dorée depuis ses épaules jusqu'au milieu de son torse.

— Le simple fait d'entendre ta voix me fait de drôles de choses, avoua-t-elle.

Il releva un de ses sourcils noirs.

— Je ne suis pas certain d'apprécier le qualificatif de « drôle » quand il s'agit de commenter mon potentiel de séduction, dit-il d'un ton faussement mondain.

— Tu sais très bien de quoi je parle, rétorqua-t-elle avec un grand sourire.

En guise de réponse, Zane captura ses lèvres. Depuis leur premier baiser, le parfum suave de sa bouche ne manquait jamais de s'insinuer en elle et de l'enivrer. Sa propre senteur musquée se mêlait à présent à la saveur de Zane. Il lui coupait le souffle, au propre comme au figuré.

— Tu es une véritable addiction, dit-elle en abaissant les cils pour suivre du regard la main qu'elle faisait courir sur le renflement de son biceps. Je crois que je ne me lasserai jamais de toi, ajouta-t-elle en effleurant son épaule et en reportant les yeux sur lui.

Elle se demanda si cette déclaration allait l'effrayer, comme si elle exigeait une sorte d'engagement.

— Tu dis toujours ce que tu penses, hein ? répliqua-t-il en agaçant ses lèvres des siennes, sa barbe naissante taquinant son menton. J'aime qu'une femme dise ce qu'elle pense, enchaîna-t-il comme elle ne répondait pas. Qu'elle ait des opinions fermes et bien arrêtées – sans jamais oublier de rester prudente.

Son expression demeura sombre et prédatrice quand il l'embrassa à nouveau. Willow savoura son baiser, puis s'écarta juste assez pour souffler :

— Je suis très prudente. D'habitude.

Zane la gratifia d'un regard dubitatif, et elle lui donna une petite tape sur le bras.

— Je *suis* prudente.

— C'est ton cœur qui commande, pas ta tête. Ce n'est pas une mauvaise chose, crois-moi. C'est même excitant au possible. Mais la fréquentation d'un type dans mon genre mettrait ta vie en danger.

Il avait adopté un ton si grave qu'elle frissonna.

Elle fit glisser un doigt sur son abdomen et l'immobilisa juste à côté de son sexe.

— Non, soupira-t-elle. Je ne me lasserai jamais de toi.

Et voilà. Elle l'avait redit. Qu'allait-il répondre cette fois-ci ?

Son expression demeura mi-soucieuse, mi-affamée, mais il darda sur elle le feu ardent de son regard, comme s'il cherchait à deviner le secret de son cœur.

— Je sais exactement ce que tu veux dire.

— J'aime te sentir au-dessus de moi, comme ça.

Elle explora la puissance noueuse de ses épaules et de ses bras tendus sans lâcher son regard, désireuse de lire dans ses pensées aussi aisément qu'il semblait lire dans les siennes.

— Je crois que je n'ai jamais rien ressenti de comparable quand tu étais en moi.

Elle vit dans son regard qu'il revivait le moment de folie qu'ils avaient partagé au restaurant.

— C'était encore mieux que tout ce que j'avais imaginé, acquiesça-t-il. Et c'était vraiment excitant de te prendre dans un endroit aussi incongru.

Elle fit lentement glisser un doigt depuis le centre de ses pectoraux jusqu'au relief de ses abdominaux. Le corps de Zane se contracta lorsque ses doigts caressèrent subtilement son sexe sur toute sa longueur. Elle le vit serrer les dents, et le feu qui brûlait dans son regard s'intensifia.

— Willow, souffla-t-il avant de fermer les yeux quand elle fit courir ses ongles le long de son érection. Je voudrais procéder en douceur avec toi, mais tu me donnes envie de te posséder aussi sauvagement et brutalement qu'au restaurant.

Il grogna en la voyant passer la langue sur sa lèvre inférieure avant d'effleurer sa bouche de ses lèvres humides.

— Qu'est-ce qui te retient ?

— Tu mérites mieux que ça, laissa-t-il échapper d'une voix rauque. Je voudrais te faire l'amour pendant des heures. Goûter toutes les parties de ton corps, lécher ta peau partout. Mais ce que tu fais me donne envie de te prendre sans ménagement.

— On pourra s'amuser à faire l'amour très lentement une autre fois, répondit-elle en passant les bras autour de son cou pour l'attirer tout près d'elle. On a toute la nuit devant nous.

— On risque de ne pas beaucoup dormir, toi et moi, si tu me laisses te faire ce que je veux.

Elle sourit.

— Tu peux me faire tout ce que tu veux.

Zane émit un grondement primitif et Willow sentit l'extrémité de son sexe frotter contre son clitoris. Si elle avait essayé de réprimer le doux gémissement qui remonta dans sa gorge, elle n'y serait pas arrivée.

— J'aime que tu sois grande, dit-il avant de lui tirer un délicieux frisson en léchant une de ses pointes de seins. Tu as la taille idéale et tes jambes sont tellement longues… Enroule-les autour de moi.

Elle croisa les chevilles dans son dos, émerveillée par la douceur de sa peau. Les hanches de Zane se calèrent entre ses cuisses.

— Voilà, souffla-t-il en faisant aller et venir son sexe entre ses lèvres. Quand je t'ai vue, c'est la première chose que j'ai eu envie de faire avec toi.

— Je l'ai lu dans tes yeux, répliqua-t-elle en soulevant les hanches pour qu'il se frotte plus étroitement contre elle. Et ça m'a donné envie de faire l'amour avec toi de toutes les façons possibles et imaginables.

— Tu étais sacrément excitante lorsque tu léchais ta glace.

Elle lui décocha un sourire ravi.

— Mais tu sais ce qu'on dit: la vengeance est un plat qui se mange froid, enchaîna-t-il avant de gratifier l'un après l'autre ses mamelons d'un coup de langue diabolique.

Willow gémit et cambra le dos pour l'inciter à recommencer. Elle avait envie de lui à en crier.

— Je n'en peux plus… gémit-elle.

Zane s'écarta légèrement, positionna son sexe entre ses cuisses et s'immobilisa. Elle retint son souffle. Quand il l'empala d'une vigoureuse poussée, elle lâcha un grand cri.

— Tu aimes ça ? demanda-t-il en entamant un lent va-et-vient.

Elle hocha la tête. Chacune de ces caresses lui faisait sentir à quel point son sexe était gros, et le rythme de ses hanches s'accorda spontanément au sien.

— Aucun vibromasseur au monde ne supporterait la comparaison avec ta queue.

Malgré la sueur qui perlait à ses tempes et la sensation presque douloureuse qu'il éprouvait à se retenir de la besogner brutalement, Zane faillit éclater de rire.

— C'est mieux qu'un vibromasseur, dis-tu ?

Le corps de Willow se tordait délicieusement sous le sien.

— Oui. C'est même mieux qu'avec celui qui a des petites oreilles.

Cette fois, Zane ne put réprimer un éclat de rire et dut appuyer son front contre sa clavicule.

— Tu es délirante, Willow.

— Disons que j'ai surtout monstrueusement envie de toi. Je crois que je vais m'évanouir si tu ne te décides pas à me… à me…

— À te baiser ? s'enquit-il en relevant la tête pour la dévisager avec un grand sourire. Je n'ai pas le droit de dire ça, j'imagine ?

— Contente-toi de le faire !

Zane décida d'avoir pitié d'elle – et de lui-même – et intensifia ses coups de reins.

— Oui ! Oh, c'est bon !

Willow renversa la tête en arrière. Son buste se souleva au rythme de ses halètements.

— C'est ça que je veux. Ne t'avise surtout pas d'arrêter, ou je te prouverai que je peux me montrer violente.

Zane réprima un nouvel éclat de rire. Il n'aurait jamais cru qu'une partie de jambes en l'air aussi exquise puisse en même temps être drôle. L'amusement ne l'empêcha pas de poursuivre son ouvrage, et il se laissa submerger par un plaisir sans nom. Il la pénétrait jusqu'à la garde et sa petite fente moite enserrait étroitement son sexe au bord de l'explosion.

Willow avait cru qu'elle ne connaîtrait jamais rien d'aussi intense et fabuleux que l'instant magique qu'ils avaient partagé au restaurant, mais ce que Zane lui faisait à présent dépassait tout ce qu'elle avait jusqu'alors cru possible.

Des ondes de chaleur déferlaient en elle dans un mouvement de flux et de reflux. Son sexe était si gros que les parois de son vagin s'écartaient sous ses poussées et qu'elle sentait le moindre de ses mouvements.

Mais il avait beau la pilonner comme un démon en rut, Willow trouvait encore que ce n'était pas assez. Elle souleva les hanches pour accompagner ses coups de reins et se tortilla comme une diablesse pour mieux accueillir les caresses brûlantes de son sexe.

Lorsque leurs regards se croisèrent, son corps se mit à vibrer. Il dardait sur elle le feu de ses yeux verts avec autant d'intensité que si elle avait été la seule chose au monde qui comptât pour lui.

Ce regard, la passion qu'elle lut dans ses yeux, précipita son orgasme. Il déferla sous la forme d'une vague plus brûlante encore que les précédentes, qui lécha ses entrailles quand elle atteignit le point culminant.

Willow lança un cri qui dut s'entendre à des kilomètres, un cri digne d'inciter les voisins à appeler la police, persuadés qu'une femme venait de se faire assassiner.

Elle crut défaillir et lorsqu'un voile noir troubla sa vision, elle comprit pourquoi les Français surnomment l'orgasme *la petite mort*.

Elle lutta malgré tout pour conserver sa lucidité. Les vagues de chaleur déferlaient l'une après l'autre dans son corps tremblant. Zane n'avait pas cessé un instant d'aller et venir sauvagement en elle.

— Merde ! s'écria-t-il subitement en se retirant.

L'esprit encore embrumé par la jouissance, Willow ne comprit ce qui lui arrivait que lorsqu'elle vit son poing enserrer son sexe dans un furieux mouvement de va-et-vient. Il se répandit sur son ventre en longues giclées de sperme tiède, jusqu'à ce que la source se tarisse.

— Dis-moi que tu prends la pilule, souffla-t-il en se laissant tomber auprès d'elle.

Il essuya son ventre avec un coin du drap, et Willow sourit devant l'inquiétude que trahissait son regard.

— Oui, je la prends.

— J'ai fait un test et j'ai toujours utilisé un préservatif… jusqu'à aujourd'hui. Tu n'as donc pas de souci à te faire.

— Quant à moi, j'ai fait un don de sang il y a deux mois. Mais je n'avais pas eu de relations depuis très longtemps, précisa-t-elle avec un sourire. Je crois qu'on a peu de chances d'attraper une maladie sexuellement transmissible en deux ans d'abstinence.

— Tu n'as pas eu de relations sexuelles pendant deux ans ? s'étonna Zane en immobilisant sa main sur son ventre.

— Au moins, oui, répondit-elle en haussant les épaules. Je n'ai rencontré personne qui m'ait suffisamment intéressée.

— Et subitement, tu couches avec un parfait inconnu le jour même où tu le rencontres ? Tu vis dangereusement, Willow. Comme je le disais tout à l'heure, c'est ton cœur qui commande.

— Je sais, je sais, tu as raison, admit-elle en caressant du bout des doigts la barbe naissante de son menton. Mais je sais aussi que mon intuition était fiable en ce qui te concernait. J'ai tout de suite senti que tu étais quelqu'un de bien, et que ce serait merveilleux de faire l'amour avec toi.

— Merci, fit Zane en posant la main derrière sa tête pour attirer son visage à lui et l'embrasser tendrement. Mais à partir d'aujourd'hui, tu ne sortiras plus avec des inconnus.

Willow haussa les sourcils.

— Tiens donc ! Et qui m'en empêchera ?

— Moi, rétorqua-t-il en la faisant rouler sur le dos pour lui faire à nouveau l'amour.

9

— Je t'assure que je ne risquais rien, tante Becky…

Zane avait raccompagné Willow cinq heures auparavant, sur le coup de trois heures du matin, mais elle était déjà parfaitement réveillée et tenait une forme olympique. Elle froissa sa serviette en papier et la lança dans la poubelle de la cuisine. Deux points, facile.

— … Zane est un homme charmant et…

— Tu ne le connaissais pas.

Becky déposa l'assiette de son petit déjeuner sur le comptoir. Les œufs brouillés, les saucisses et les toasts sentaient tellement bon que Willow en saliva. Elle grimpa sur un tabouret de bar et se tortilla dessus. Le regard sévère dont la couvait sa tante entamait un peu sa belle énergie.

Becky posa la main sur une de ses hanches généreuses.

— Rester dehors jusqu'à trois heures du matin avec un homme que tu as rencontré le jour même, ce n'est vraiment pas prudent, Willow.

Si sa tante apprenait ce qu'elle avait fait avec Zane jusqu'à trois heures du matin… Willow n'était pas certaine d'avoir envie de savoir comment sa tante réagirait. En fait, elle ne tenait *absolument pas* à le savoir.

— J'ai accepté de dîner avec lui. On a bavardé et on a pris le temps de faire connaissance.

C'était vrai. Même si ce n'était pas toute la vérité. Willow croisa les bras sur le comptoir.

— Et je sais que c'est quelqu'un de bien.

Becky soupira et rajusta la barrette qui retenait ses cheveux blond cendré.

— Il est agent secret, c'est bien ce que tu m'as dit ?

Willow ravala l'envie de révéler à sa tante qu'elle avait découvert que Stacy était morte pour son pays. C'était tellement injuste qu'en dehors de l'agence pour laquelle elle travaillait, personne ne sache la vérité.

Becky se redressa.

— Tu as vraiment été adorable de venir passer ces quelques mois avec nous et tu nous as bien aidés, déclara-t-elle en posant la main sur le bras de sa nièce. Mais je pense qu'il est temps que tu reprennes ta vie.

— Je suis bien avec vous, assura Willow, sincère.

Becky serra sa main.

— Pour l'amour du Ciel, ma petite fille, tu ne t'es toujours pas occupée de ta thèse. Tu remets ça à plus tard pour rester avec nous. Tu dois retourner à l'université de New York, boucler ton cursus et te mettre en quête d'un emploi dans un domaine où tu ne pourras qu'exceller. Tu es née pour aider les autres, Willow, mais tu nous as assez aidés.

Becky écarta sa main avec un sourire triste.

— Imagine toutes les vies que tu influenceras. L'impact positif que tu auras sur l'avenir de tant d'enfants.

— Pour l'instant, je préfère rester avec vous.

Depuis le comptoir de la cuisine, Willow promena son regard sur le vaste living-room. Les enfants que Stacy et son fiancé auraient pu avoir un jour ne courraient jamais ici. Stacy et Barry avaient prévu de se marier pour fonder une famille – Stacy avait même décidé d'abandonner son travail d'« interprète » pour démarrer une nouvelle vie avec son futur mari.

Mais ces projets étaient morts avec elle, et aucun enfant ne terroriserait jamais le caniche grincheux de ses grands-parents.

Willow reporta son regard sur sa tante.

— Tu préfères que je m'en aille ?

— Le Ciel m'est témoin que ta présence ici est une bénédiction, ma petite fille, répliqua Becky en baissant la tête vers le comptoir de la cuisine, qu'elle essuya inutilement pour dissimuler son regard embué de larmes. Mais tu mets ta vie entre parenthèses à cause de nous, et c'est à ton âge qu'on construit son avenir.

— Pour l'instant, je suis là où j'ai besoin d'être, répondit Willow en ramassant sa fourchette d'une main qui s'était mise à trembler pour une raison qu'elle ignorait. De toute façon, j'ai encore besoin de temps pour terminer de préparer ma thèse. Je peux très bien m'en occuper le matin, puisque je ne travaille chez Macy's que l'après-midi.

— Dans ce cas, tu dois me promettre une chose, déclara Becky en repliant soigneusement le torchon avec lequel elle venait d'essuyer le comptoir pour le poser sur le rebord de l'évier en inox. Après ton jogging du matin, tu iras vraiment à la bibliothèque tous les jours de la semaine pour terminer ta thèse. Et tu décideras de la date à laquelle tu retourneras à New York pour la défendre. Tu n'as plus besoin de me tenir compagnie le matin avant d'aller travailler, ajouta-t-elle d'un ton ferme. Je vais bien.

— On pourra quand même passer les samedis ensemble ? s'enquit Willow.

— Jusqu'à ton départ, acquiesça sa tante avec ce sourire qui la rajeunissait de vingt ans. Sans aucun problème.

— Tant mieux, soupira Willow en baissant les yeux vers son assiette. Et au petit déjeuner ? On pourra toujours bavarder ensemble autour de tes délicieux petits déjeuners ?

— Bien sûr, répliqua Becky en lui caressant les cheveux. Mais tu dois me promettre encore une chose.

— Quoi donc ?

Becky darda sur Willow un regard qui signifiait qu'elle ne plaisantait pas. Un regard qui les avait plus d'une fois épouvantées, Stacy et elle, quand elles étaient petites. Willow dut faire un effort pour ne pas céder à l'envie de se tortiller sur son tabouret.

— Tu n'accepteras plus jamais d'invitation à dîner d'un inconnu, décréta Becky fermement.

Willow sourit en pensant à Zane.

J'ai déjà entendu ça quelque part… songea-t-elle.

Zane n'avait pas beaucoup dormi après avoir raccompagné Willow, et il ne s'était pas rasé. Un seul regard au panneau vitré de son bureau suffit à lui confirmer qu'il avait vraiment mauvaise mine.

Il n'arrivait pas à chasser les images qui défilaient dans son esprit : Willow, fraîche et pimpante, assise sur le banc du parc en train de manger une glace ; Willow, aussi époustouflante qu'un top model, faisant son apparition au restaurant ; Willow, les yeux chavirés après qu'il l'eut fait jouir. Cette dernière image était celle qui revenait le plus souvent. Ses joues empourprées, ses lèvres entrouvertes, meurtries par ses baisers, ses yeux bleu océan plongeant au fond des siens, reflétant le plaisir et la confiance.

La confiance. Zane regarda ses collègues s'agiter autour du pôle central à travers la vitre de son bureau. Le mur d'écrans projetait une lumière bleue sur le sol. Bon sang. Willow accordait trop facilement sa confiance à des inconnus, et cela risquait de lui attirer des ennuis.

Qu'est-ce que tu comptes faire, Steele ?

Zane se massa les tempes du bout des doigts. La réponse à cette question avait beau l'obséder, il ne se sentait pas prêt à la formuler, même silencieusement.

Pourquoi avait-il accepté de déjeuner avec elle aujourd'hui ?

Parce qu'elle mérite mieux qu'une aventure sans lendemain, gros malin.

Et parce qu'il avait envie de la revoir. Son sourire, la franchise de son regard, sa façon de dire tout haut ce qu'elle pensait, sa beauté dépourvue de prétention...

La veille, avant de la raccompagner, ils avaient décidé d'un commun accord de ne pas précipiter les choses. Une décision qu'il regrettait déjà amèrement.

— Toc, toc.

Zane leva les yeux et découvrit Georgina Rizzo sur le pas de la porte. Les traits racés de son visage révélaient son ascendance italienne au premier coup d'œil. Une apparence qui lui avait valu de nombreuses missions couronnées de succès au sein de la Mafia. Non seulement Rizzo était très belle, mais elle était aussi extrêmement douée.

— Tout va bien, Steele ?

Rizzo portait une luxueuse tunique de soie rouge par-dessus une jupe noire qui lui arrivait à mi-cuisses. Ses cheveux bruns cascadaient en boucles épaisses sur ses épaules, et les grands anneaux qui ornaient ses oreilles étaient visiblement en or massif. Bref, l'incarnation vivante d'un fantasme de mafioso.

Elle rejeta ses cheveux en arrière, d'un geste qui ne pouvait manquer d'attirer l'attention d'un homme.

— Je passe te faire mon rapport avant de retourner dans la jungle.

— Tout se passe bien ? demanda Zane en lui faisant signe de s'asseoir face à lui.

Rizzo s'assit gracieusement, croisa les jambes et plaça ses bras sur les accoudoirs du fauteuil.

— J'ai de la chance dans mon malheur. Albano Petrelli est beau comme un dieu... dans le genre mafioso.

— Et il est fou amoureux de toi ? s'enquit-il en se laissant aller contre le dossier de son fauteuil.

— Évidemment, répondit Rizzo en levant la main pour inspecter son vernis à ongles écarlate, avant de porter un regard amusé sur Zane. Albano a oublié jusqu'à son nom dès qu'il a posé les yeux sur moi.

— Parfait. Où en est le deal ?

— C'est du sérieux. Barrett 82A1 calibre 50 à balles perforantes.

Des fusils semi-automatiques hautement performants. Merde. Zane se massa à nouveau les tempes.

— OK. On a obtenu des infos sur le mode de transport, mais je ne connais ni le lieu, ni la date. Et je ne sais toujours pas à qui ils sont destinés.

— Moi je le sais, répliqua Rizzo avec un sourire malicieux. Mardi, une heure du matin à l'entrepôt Klein, dit-elle en se levant. Albano est tellement fou amoureux qu'il ne peut pas se passer de moi une seconde et traite toutes ses affaires devant moi. Mais tiens-toi bien, ajouta-t-elle en fronçant les sourcils, ces armes sont destinées à la faction terroriste d'Hisham Nasri.

— Depuis quand la Mafia italienne fait-elle du trafic d'armes avec des terroristes ? marmonna Zane.

— Depuis que les terroristes offrent plus de cash aux Petrelli qu'ils n'en tirent du trafic de drogue.

— Je doute que les autres familles de la Mafia apprécieront ça quand elles l'apprendront.

— C'est aussi ce que je me suis dit, approuva Rizzo. Il n'y a plus qu'à organiser la fuite.

Zane l'étudia un instant en se demandant ce qu'elle avait été amenée à faire pour mener sa mission à bien.

— Tu te sens d'attaque pour continuer sur ce dossier ?

Rizzo lui décocha un clin d'œil.

— Comme je te l'ai dit, Albano est beau comme un dieu. Coucher avec lui ne me pose aucun problème, assura-t-elle avec un haussement d'épaules. Jusqu'ici, il ne m'a pas forcée à sniffer de la coke, ni à prendre cette drogue qui fait fureur en ce moment pour m'entraîner dans des partouzes.

— Toujours positive, à ce que je vois, Rizzo. Excellent travail. Mais n'oublie pas de surveiller tes arrières.

Georgina lui jeta un coup d'œil langoureux entre ses longs cils et posa une main sur sa hanche.

— Tu sais que je n'aime que toi, bébé ? susurra-t-elle d'une voix suave avant d'éclater de rire. Albano marche à tous les coups quand je fais ça. Je lui ai dit que j'allais faire du shopping, précisa-t-elle en désignant un petit sac à main rouge assorti à sa tunique qui devait coûter encore plus cher que ses vêtements. Wickstrom va faire un bond de quinze mètres lorsqu'il tombera sur ma note de frais. Regarde-moi un peu ça, ajouta-t-elle en ouvrant son sac à main et en le plaçant sous son nez.

Zane secoua la tête quand il découvrit l'énorme rouleau de billets de mille dollars qu'il contenait.

— Tu sais que j'adore le shopping, bébé. Il n'y a rien de mal à ça.

Dick Wickstrom était le responsable de leur département, et il était particulièrement regardant sur les dépenses des agents.

— Va faire ton shopping, ma belle, lui dit Zane, souriant. Mais fais bien attention.

— Je passerai te voir dès que j'aurai du nouveau, conclut-elle en lui tournant le dos.

Elle lui avait déjà fourni tout ce qu'il avait besoin de savoir, songea Zane. Il ne lui restait plus qu'à organiser les équipes qui effectueraient la descente à l'entrepôt.

Bon sang, les agents du RED menaient vraiment des vies de dingues, se dit-il une fois qu'elle eut disparu. Lui comme les autres. Un sombre pressentiment l'assaillit et il ouvrit son portable. Il allait annuler ce déjeuner avec Willow.

Le seul problème, se souvint-il subitement, c'est que Willow n'avait pas de portable. Elle avait prétendu qu'elle trouvait cela parfaitement inutile. Bon, il s'occuperait de cela. Il fallait qu'elle en ait un. C'était très utile en cas d'urgence.

Zane se pinça l'arête du nez entre le pouce et l'index. Il devenait de plus en plus possessif chaque fois qu'il pensait à elle.

Tu es sur la pente savonneuse, Steele !

10

Le vendredi suivant, trois jours après leur rencontre au parc, Zane était assis face à Willow chez un petit traiteur de School Street. Il lui avait découvert un point commun évident avec sa sœur : Willow n'avait aucun complexe à manger devant un homme. Ce n'était pas le genre de fille à chipoter avec la nourriture pour donner l'impression qu'elle mangeait très peu. Willow montrait un appétit et un plaisir évidents.

Elle était si jolie avec ses cheveux dorés et son doux visage en forme de cœur. Le moindre de ses gestes était aussi gracieux que ceux d'une danseuse. Chaque fois qu'il la voyait, Zane avait aussitôt envie de l'entraîner dans son lit. Et même quand il ne la voyait pas, il fantasmait sur ses longues jambes bronzées enroulées autour de ses hanches, ses bras souples autour de son cou.

Non, dire qu'elle était jolie ne lui rendait pas justice. « Belle » ne convenait pas non plus. Elle était tant de choses qu'il était extrêmement difficile de la définir d'un seul mot.

Quoi qu'elle fasse, il adorait l'observer.

— Quoi ? demanda-t-elle en levant les yeux de son énorme sandwich au porc sauce barbecue.

— Tu as un peu de sauce au coin de la bouche, répondit-il en tendant la main par-dessus la table pour l'essuyer avec son pouce, et surtout pour le plaisir de caresser son visage de ses doigts repliés.

Elle souriait toujours quand il la touchait, et chaque fois qu'elle souriait, une sensation étrange s'emparait de ses entrailles. Une douloureuse sensation de manque qui lui rappelait qu'il n'aurait pas dû continuer à la voir.

Elle tendit les lèvres pour attraper le doigt de Zane dans sa bouche et le suça sensuellement. Il faillit laisser échapper un râle sonore. Willow libéra son doigt humide de l'étreinte de ses lèvres.

— Je ne voulais pas en laisser perdre, expliqua-t-elle, une lueur coquine illuminant ses iris bleu océan.

Zane eut envie de la posséder, là, tout de suite. Mais ils avaient décidé de prendre leur temps et s'étaient contentés de déjeuner ensemble tous les jours depuis leur folle soirée et la nuit qui avait suivi. Demain, Willow passerait la journée avec sa tante, mais dimanche, Zane la présenterait à ses parents et après cela, il l'aurait pour lui tout seul.

Il ne vivait plus que pour ce moment.

— Comment avance ta thèse ? s'enquit-il en s'adossant au dossier de sa chaise.

Elle grimaça.

— J'ai l'impression d'entendre ma tante. Tous les jours, elle me met la pression pour s'assurer que j'étudie au lieu de donner libre cours à mes impulsions, comme elle dit.

— Impulsions ? C'est le surnom qu'elle me donne ?

— Oui. Elle n'était pas vraiment ravie que je rentre à trois heures du matin après avoir passé la soirée avec un inconnu. Je lui ai dit que tu étais agent secret, mais ça n'a rien changé.

— À sa place, je désapprouverais complètement un tel comportement. Je te rappelle que tu m'as promis de ne jamais recommencer, ajouta-t-il en plissant les yeux.

— Oui chef, rétorqua-t-elle avec un petit salut militaire.

— Tu ne m'as pas répondu, à propos de ta thèse.

— Je vais à la bibliothèque tous les matins et je fais les dernières révisions sur mon ordinateur portable, répliqua-t-elle en désignant la sacoche qui se trouvait à ses pieds, avant de mordre à belles dents dans son sandwich. J'ai hâte de faire connaissance avec ta famille, déclara-t-elle lorsqu'elle eut fini de mâcher.

— Je te garantis que c'est une expérience que tu n'oublieras pas. Mis à part Ryan qui se trouve en mission Dieu sait où, tout le monde sera là.

Willow jeta un coup d'œil à sa montre.

— Houlà ! Je ferais bien de me dépêcher, ou je vais arriver en retard au travail.

Zane se leva en même temps qu'elle et la prit par les épaules pour l'embrasser longuement. Willow répondit à son baiser, et Zane regretta une fois de plus leur décision de ne pas précipiter les choses.

Elle ramassa sa sacoche et le sourire qu'elle lui lança avant de s'éloigner lui fit le même effet que d'habitude. Aussi douloureux qu'un coup de poing dans le ventre. Un coup de poing invisible qui le mettait K.-O. et l'incitait à se demander s'il n'était pas en train de commettre la plus grosse erreur de sa vie.

— Alors là, je me retrouve plus que jamais au pays des Géants !

Lexi Steele, un mètre soixante-deux, contemplait, les mains sur les hanches, Willow, un mètre quatre-vingts, entourée de ses trois frères, Zane, Troy et James qui faisaient tous plus d'un mètre quatre-vingt-cinq. Un rayon de soleil fit scintiller le diamant qui ornait son ventre, et Willow se demanda ce que signifiait le symbole chinois tatoué autour de son nombril.

La lueur qui faisait briller les yeux verts de Lexi lui fit cependant comprendre qu'elle était parfaitement à l'aise avec sa taille, et qu'elle plaisantait.

Willow ne manquerait pas d'informer Linda, sa collègue de travail, que Zane avait des frères aussi sexy que lui.

— Au corps à corps, je suis sûre que je vous prends tous, déclara Lexi en retrouvant son sérieux.

— Qu'est-ce que tu dirais d'un match à trois contre trois ? proposa Troy.

Willow s'efforça de conserver une expression neutre et essuya ses mains moites sur son short en jean. L'après-midi était tellement chaud et humide qu'elle se serait volontiers débarrassée de son bustier rose, si elle l'avait pu.

— D'accord, répliqua Lexi en regardant ses trois frères aînés et son petit frère de douze ans qui était déjà aussi grand qu'elle. Je prends Willow et Zane.

Willow tapa dans la main levée de Lexi.

— On ne va en faire qu'une bouchée ! s'enthousiasma-t-elle.

Elle ne plaisantait pas. Willow jouait au basket depuis le collège et, arrivée en fac, elle avait même été sollicitée par plusieurs équipes du Women's National Basket-ball Association pour faire des essais comme meneuse. Mais pour elle, le basket n'était qu'un jeu, et elle n'avait jamais ambitionné de passer professionnelle.

Après quinze minutes de dribbles, passes, feintes et tirs à trois points, les frères Steele regardaient Willow comme si elle débarquait d'une autre planète.

— C'est dégueulasse, vous avez une tueuse dans votre équipe, dit Troy en secouant la tête, son regard passant alternativement de Lexi à Willow.

— Moi, je veux jouer dans son équipe, déclara Sean, le benjamin, en désignant Willow. Je change de place avec toi, Zane.

— Même pas en rêve, rétorqua Zane en observant Willow comme si son petit frère lui avait proposé de procéder à cet échange en dehors d'un terrain de basket.

Willow devint écarlate et se mit à dribbler pour masquer son trouble. Lorsqu'elle leva les yeux vers Lexi, elle découvrit que celle-ci la contemplait avec un sourire jusqu'aux oreilles.

— Allez, les mecs, vous pouvez faire vos prières ! lança-t-elle avec un rire mauvais.

Du haut de son mètre soixante-deux, Lexi se mouvait avec une aisance surprenante parmi ses frères, et marqua elle aussi plusieurs paniers. Zane était aussi doué que sa sœur.

L'équipe adverse n'était pas mauvaise, mais contre eux trois, ils n'avaient vraiment aucune chance.

Après une défaite écrasante par cinq manches à zéro, tout le monde suait à grosses gouttes, à l'exception de Willow qui n'était même pas fatiguée et qui transpirait seulement à cause de la chaleur. Zane passa un bras autour de ses épaules, et elle remarqua que ce geste surprit énormément ses frères et sœur.

— Tu me réserves d'autres surprises dans ce genre-là ? murmura-t-il à son oreille.

— Limonade et tarte au whisky ! annonça Mme Steele depuis le pas de la porte.

Tout le monde se rua vers la maison.

— La plus grosse part est pour moi ! hurla Sean en dépassant ses frères sur les marches du perron.

Willow se serait volontiers appuyée contre Zane, mais elle craignait la réaction de sa famille. C'était apparemment la première fois qu'il présentait une fille à ses parents – ce qui ne la surprenait absolument pas. Elle leva les yeux vers lui.

— Tarte au whisky ? s'enquit-elle d'un ton intrigué.

— Un dessert typiquement irlandais, comme tu t'en doutes. Ma mère ne fait que de la cuisine traditionnelle… et personne ne s'en plaint.

Quand ils pénétrèrent dans la salle à manger, la famille Steele était déjà installée autour d'une longue table. Willow s'assit entre Zane et Lexi.

Au vu des plats qui avaient défilé les deux fois qu'ils étaient déjà passés à table, Mme Steele avait dû travailler plusieurs journées en cuisine. Et la quantité de desserts qui la recouvraient à présent était impressionnante.

— Génial, dit Lexi en tendant la main vers un plat surchargé de choses marron et plates qui avaient dû séjourner longuement dans la friture. Il y a aussi des beignets aux pommes.

Quand elle vit avec quelle rapidité les Steele garnissaient leurs assiettes, Willow songea qu'elle ferait bien de se dépêcher si elle voulait avoir une chance de goûter à la tarte au whisky et aux beignets. Zane lui glissa alors une assiette garnie avec un clin d'œil et sourit lorsqu'elle leva les yeux vers lui.

Willow se sentit fondre.

Il était tellement beau quand il lui souriait comme ça. Il lui donnait l'impression de se transformer en chocolat tiède, et elle eut envie de l'enrober entièrement.

Ce soir.

Oh, oui. Ce soir, sinon elle en mourrait.

11

— J'aime beaucoup ta famille, dit Willow en entrelaçant ses doigts aux siens alors qu'ils entraient chez lui.

— Tu dis ça parce que tu leur as mis la pâtée, répliqua Zane en l'attirant contre lui. Tu m'avais caché que tu jouais aussi bien au basket. Tu as joué en équipe nationale ou quoi ?

— Presque, répondit-elle en souriant, écartant sa main de la sienne pour passer les bras autour de son cou.

Elle se pressa fort contre lui. Elle adorait sentir la chaleur et la puissance de son corps contre elle, s'enivrer de son envoûtant parfum.

— Plusieurs équipes de la WNBA ont cherché à me recruter à la fin de mes quatre premières années d'études, mais j'ai préféré me concentrer sur ma thèse.

Il déposa un baiser au coin de ses lèvres.

— Tu as encore beaucoup de secrets comme ça ?

— À toi de le découvrir, rétorqua Willow avant de l'embrasser.

Son ventre se contracta d'excitation sous la bouche exigeante de Zane et les caresses tout aussi affolantes de ses mains.

— J'ai follement envie de toi.

Zane dégrafa le bouton de son short en lui embrassant l'oreille, le menton, la gorge… Il le fit glisser sur ses cuisses, entraînant sa culotte dans le même mouvement, puis plaça les mains sur ses épaules et la fit pivoter vers la cheminée de pierre du living.

— À quatre pattes sur le tapis, ma belle.

L'excitation enflamma ses sens lorsqu'elle lui obéit.

Elle sentit le jean de Zane l'effleurer quand il s'agenouilla derrière elle, entendit le crissement métallique de sa braguette…

Et sentit subitement la poussée de son sexe en elle.

Willow poussa un cri tandis qu'il la pénétrait brutalement.

— Tu m'as excité toute la semaine, dit-il en se penchant au-dessus d'elle pour glisser les mains sous son bustier et baisser son soutien-gorge. Je ne fais que prendre ma revanche, ajouta-t-il en pinçant ses pointes de seins sans cesser d'aller et venir en elle.

— J'aime beaucoup ta façon de prendre ta revanche, articula péniblement Willow.

Un match de basket ne parvenait pas à l'épuiser, mais Zane trouvait le moyen de lui couper le souffle chaque fois qu'ils se retrouvaient ensemble.

— Oh, mais ça ne fait que commencer, ma belle, annonça-t-il en faisait courir sa main sur son ventre pour agacer son clitoris.

Willow ouvrit grand la bouche sous l'effet de l'orgasme qui menaça de la submerger. Elle était à quatre pattes, son short à demi baissé entravant l'écartement de ses cuisses, et c'était tout simplement délicieux. Zane la possédait tout habillé, et le contact rugueux de son jean sur ses cuisses nues ne faisait que l'exciter davantage.

Dans cette position, la caresse de son sexe en érection était plus troublante que jamais, et la torture qu'il infligeait à son clitoris associée aux pincements dont il agaçait son mamelon déclenchaient un plaisir à peine supportable.

— J'ai eu envie de te prendre comme ça tous les jours de la semaine, souffla-t-il d'une voix rauque, et maintenant je vais le faire jusqu'à ce que tu ne puisses plus tenir sur tes jambes.

— Je crois que c'est déjà le cas, gémit Willow sous ses coups de reins puissants. Tu vas me tuer.

Il pinça violemment son mamelon, lui tirant un long gémissement de plaisir et de douleur mêlés.

— Tu ne transpirais même pas après cinq matchs intensifs, tout à l'heure. Je suis sûr que tu peux supporter de te faire prendre cinq fois de suite.

Willow se mit à trembler. La jouissance se rapprochait de plus en plus.

— J'adore faire glisser mon sexe dans ta petite chatte bien serrée sans qu'aucun préservatif nous sépare.

— Oui. C'est bon, souffla-t-elle.

Willow haletait si fort et les sensations qui parcouraient son corps étaient si intenses qu'elle sentit sa tête se mettre à tourner. Prononcer une seule phrase cohérente était au-dessus de ses forces.

— C'est bien, ma belle, dit Zane en intensifiant les caresses qu'il infligeait à son clitoris quand elle se mit à trembler davantage, fermant les yeux sous la puissance des contractions précédant l'orgasme. Jouis pour moi.

Ses cris ressemblèrent à des sanglots lorsqu'elle atteignit le point culminant de l'extase, et elle eut l'impression que son corps volait en éclats dans un miroitement de verre brisé qui se répandait autour d'elle et retombait sur le sol avec un scintillement d'étincelles.

Ses bras l'abandonnèrent tandis qu'il la besognait encore, et son visage rencontra la douceur du tapis. Elle étendit les bras devant elle. Par quel miracle son corps ne s'était-il pas converti en une flaque de métal en fusion ? se demanda-t-elle fugitivement.

Son corps palpitait encore, traversé par les sursauts irrépressibles que déclenchaient les spasmes de l'orgasme.

Zane se retira.

— Tourne-toi.

Elle dut lutter pour faire obéir ses membres. Dès qu'elle fut sur le dos, il lui retira son short, lui laissant ses chaussettes et ses baskets.

Sans lui laisser le temps de reprendre son souffle ni de comprendre ce qu'il faisait, Zane souleva ses jambes pour placer le creux de ses genoux sur ses épaules. Ses reins ne touchaient plus le sol quand il la pénétra.

Willow laissait échapper des sons étranglés. Après l'orgasme incroyable qui venait de la submerger, sa chair était si sensible qu'elle n'en pouvait plus.

— Mais si, tu peux, dit Zane, l'amenant à se demander si elle avait formulé ces mots à voix haute. Tu as bien eu de l'énergie pour m'exciter la fois où je t'ai prise dans mon lit.

— *Les* fois, tu veux dire.

Un râle franchit ses lèvres et Willow sentit son corps trembler contre elle.

— Tu vas encore jouir.

— Comment tu as deviné ? se moqua-t-elle entre deux halètements.

Zane lui répondit d'un sourire diabolique et plaça son pouce sur son clitoris.

Willow émit un long cri de jouissance et son corps se tordit en tout sens, irrépressiblement.

— Voilà, comme ça, fit Zane avant de pousser un rugissement sonore.

Willow sentit son sexe enfler et devenir brûlant en elle lorsqu'il jouit.

Il écarta ses jambes de ses épaules et s'allongea sans faire reposer le poids de son corps sur elle, son sexe toujours niché au creux de sa chair. Un parfum de sexe imprégnait lourdement l'atmosphère.

Tandis qu'elle gisait là, épuisée et languide, Willow sentit son sexe durcir en elle.

— On va essayer la table, maintenant, décida-t-il.

Willow sourit et sentit venir son second souffle.

Si les informations de Georgina s'avéraient fiables, ils s'apprêtaient à opérer un énorme coup de filet.

Depuis plus d'une heure, les équipes formées par Zane étaient en place autour de l'entrepôt faiblement éclairé. Arriver avant que les Petrelli remettent les armes à la faction terroriste d'Hisham Nasri était essentiel.

Il consulta sa montre en appuyant sur un bouton qui éclairait si faiblement l'écran que lui seul pouvait en percevoir la lueur.

Les techniciens du RED s'étaient chargés d'équiper l'intérieur et l'extérieur de l'entrepôt de caméras et de micros ultrasophistiqués et indécelables. Le moindre chuchotement leur parviendrait. Les techniciens du RED étaient les meilleurs au monde.

Sur le plan légal, leurs interventions bénéficiaient de la protection du juge chargé de traiter tous les dossiers concernant l'agence.

Plus que dix minutes. Les Petrelli et les représentants de la faction terroriste n'allaient plus tarder.

Deux grosses Cadillac sombres apparurent bientôt, suivies de ce qui ressemblait à un camion frigorifique.

Quelques minutes plus tard, trois Mercedes noires arrivèrent.

Qui a dit que les terroristes manquent d'élégance ? songea Zane.

Au bout d'un moment, plusieurs hommes descendirent de chacune des voitures et formèrent instantanément deux files qui se rapprochèrent l'une de l'autre. C'était presque comique. Ils avaient adopté des postures évoquant irrésistiblement celles des flingueurs de westerns.

Un homme se détacha de chacune des files sous la lumière pâle d'un des lampadaires de l'entrepôt. Zane rapprocha ses jumelles de ses yeux pour les observer. Il reconnut immédiatement Enzo Petrelli. Quant à l'autre, il ne l'avait jamais vu qu'en photo, mais il l'identifia sans aucun risque d'erreur. C'était Hisham Nasri en personne.

Un flot d'adrénaline le saisit. Ils allaient coffrer ces ordures. Ils allaient procéder à l'arrestation du chef de la faction terroriste. Zane n'avait pas osé espérer qu'il se montrerait.

La voix d'Enzo retentit dans son oreillette aussi clairement que s'il s'était trouvé à côté de lui.

Zane n'était pas certain d'être soulagé que ce ne soit pas Albano Petrelli, car Rizzo aurait perdu son contact avec la famille Petrelli si c'était lui qui s'était chargé de la transaction. D'un autre côté, cela aurait permis à Zane de lui retirer sa mission.

— On a ce qu'il vous faut si vous avez ce qu'il nous faut, dit Enzo. Vérifiez la marchandise pendant qu'on vérifie le cash.

Le chef terroriste avait un visage dur et anguleux. Son expression était froide, calculatrice. Il lui répondit avec un accent prononcé, déclarant que la somme convenue se trouvait dans la mallette qu'ils avaient apportée.

D'un signe de tête, Nasri donna l'ordre à un de ses hommes de vérifier le contenu du camion. Le hayon s'éleva avec un crissement qui se répercuta dans le silence de la nuit, révélant une pile de caisses en bois.

Zane et son équipe avaient seulement besoin de s'assurer du contenu de ces caisses…

Enzo avait fait signe à un de ses hommes de vérifier le contenu de la mallette. Nasri et lui se mesuraient du regard, sans un mot.

Un bruit à grincer des dents troua le silence, ponctué par la chute sourde du couvercle sur le sol. L'homme de Nasri cria quelque chose à son intention et leva un fusil en l'air.

Nasri et Enzo échangèrent une poignée de main.

— Go ! lança Zane dans son micro.

Les agents du RED investirent les lieux en criant « Police ! » – un mot dont la signification a une portée universelle.

Il fut aussitôt évident que ni les hommes de Nasri ni ceux d'Enzo n'étaient disposés à se rendre sans opposer de résistance.

Zane rejoignit ses équipes et la fureur s'empara de lui quand un sbire d'Enzo tira sur un agent du RED. Il riposta pendant de longues secondes.

Enzo, Nasri et une poignée d'hommes levèrent bientôt les mains en l'air tandis que les autres gisaient sur le sol, morts ou blessés.

En l'espace de quelques instants, ils se retrouvèrent menottés, les armes et l'argent confisqués.

Deux agents du RED étaient à terre.

Zane lança des ordres à ses équipes tandis qu'il courait avec trois autres agents vers ceux qui avaient été touchés. Les deux ambulances de l'agence garées à proximité de l'entrepôt arrivèrent à l'instant précis où Zane s'agenouillait près de l'un d'eux.

Il souleva précautionneusement son casque.

Ses yeux grands ouverts, sa peau livide et la rigidité de son corps lui apprirent que l'agent Peters était mort. La balle qui lui avait traversé la gorge avait probablement touché la moelle épinière.

— Merde ! cracha-t-il.

Les infirmiers du RED étaient déjà auprès de lui et Zane n'avait pas besoin de le leur dire, mais il le fit quand même.

— Peters est mort.

— Jacobs est salement amoché, mais il s'en sortira, lui apprit Yanov. Il a reçu une balle dans le torse. Une balle ordinaire, heureusement.

D'une main qui tremblait, Zane ferma les yeux de Peters avant de laisser les infirmiers l'emporter.

Il se releva et regarda ses équipes débarrasser efficacement le périmètre de toute trace de ce qui venait de se produire, y compris les branchements de surveillance. Le RED, qui opérait en solo par le biais de réseaux incroyablement solides et de personnes très haut placées, se tenait soigneusement à distance de la police officielle.

Bientôt, tous les corps furent enlevés, toute trace de sang fut effacée. Le périmètre d'intervention avait retrouvé l'apparence qu'il avait deux heures auparavant.

Des pneus crissèrent sur le gravier quand le camion de réfrigération prit la direction du quartier général, suivi des ambulances, et les agents du RED ne tardèrent pas à vider les lieux.

En tant que chef de l'équipe de supervision, Zane fut un des derniers à partir. Il se dirigea vers l'endroit où il avait laissé sa Chevrolet Trailblazer de fonction.

12

— Le double caramel Venti Frappuccino pour Willow est prêt ! lança la barmaid.

Miam. Willow s'approcha du comptoir du Starbucks pour prendre livraison de sa boisson, et le gobelet en plastique réfrigéra instantanément sa main. Elle remonta la bandoulière de la sacoche de son ordinateur sur son épaule. Dès qu'elle aurait fini de déguster sa boisson, elle se rendrait à la bibliothèque pour plancher sur sa thèse.

Dans un coin du café bondé, deux femmes quittèrent une petite table ronde et Willow se laissa tomber sur une des chaises dès qu'elle fut libre. Et elle *maaarque* ! pensa-t-elle en riant avant de remonter les manches de son strict chemisier blanc. Elle déballa sa paille et la plongea dans son frappuccino.

— Je peux m'asseoir ? s'enquit un homme avant qu'elle ait eu le temps d'en approcher les lèvres.

Willow hocha aussitôt la tête sans prendre la peine de lever les yeux. La salle était noire de monde, elle avait eu la chance de trouver une place assise et ne voyait aucune objection à partager sa table.

L'homme lui sourit quand elle croisa son regard. Elle s'apprêtait à lui rendre son sourire, lorsqu'une sensation désagréable lui donna la chair de poule. La façon dont ses petits yeux sombres la scrutaient tandis qu'il s'asseyait avait quelque chose de dérangeant.

Il avait des traits fermes et réguliers, et ses cheveux étaient d'un noir de jais. Il tendit la main vers elle.

— Filippo, dit-il avec un fort accent italien.

Willow n'avait pas envie de lui serrer la main, mais elle se força à sourire et se laissa faire. La main de l'homme était chaude et sèche. Un frisson parcourut le bras de Willow. Il ne la quittait pas des yeux et elle dut tirer sur sa main pour la récupérer.

— Comment vous appelez-vous ? demanda-t-il de sa voix douce et chantante.

Willow remarqua brusquement qu'il n'avait même pas une tasse de café.

Les mises en garde de Zane et de tante Becky se superposèrent dans sa tête, lui rappelant de ne pas faire confiance aux inconnus. Willow avait toujours écouté son instinct, et celui-ci lui soufflait de se sauver en vitesse.

— Oh, mon Dieu !

Willow plaqua un sourire sur ses lèvres, attrapa son gobelet et recula sa chaise.

— J'ai oublié que j'avais rendez-vous avec mon entraîneur. C'est un ancien joueur de football américain, et je vais avoir droit à une série de pompes supplémentaires si j'arrive en retard.

Elle se leva et joua des coudes en direction de la sortie avant que l'homme ait eu le temps de répondre.

Elle se servit de ses fesses pour ouvrir la porte vitrée du café, ce qui lui permit de faire face à la salle. L'homme se dirigeait vers elle.

Willow sentit son cœur se bloquer dans sa gorge. Elle jeta le frappuccino qu'elle n'avait même pas eu le temps de goûter dans la grande poubelle située près de la porte, et s'éloigna aussi vite que possible, se retenant à grand-peine de courir.

Tu te fais un film, Willow. Personne ne te suit.

Elle regarda par-dessus son épaule. L'homme se rapprochait d'elle à grandes enjambées.

Mon Dieu. Il la suivait bel et bien. Willow regarda anxieusement autour d'elle. Elle aperçut un groupe de touristes sur le chemin de la Liberté, cette ligne rouge qui permet de découvrir les principaux monuments de Boston, et courut vers eux.

Une fois qu'elle se fut mêlée au groupe, elle réalisa qu'elle avait un autre problème. Avec son mètre quatre-vingts, elle dominait les touristes d'une bonne tête et, loin de se fondre dans la masse, offrait désormais une cible repérable.

L'Italien la rejoignit et la retint par le coude.

— Où cours-tu si vite, Willow ? demanda-t-il de sa voix douce et mélodieuse.

Ses doigts se refermèrent sur son bras, l'obligeant à s'arrêter. Le groupe de touristes forma deux files pour les contourner, les laissant derrière eux.

En entendant l'Italien prononcer son nom, Willow avait senti son sang se figer dans ses veines.

Montre-lui qu'il ne te fait pas peur.

Ouais, facile à dire…

Elle secoua son bras, se retourna et le fusilla du regard.

— Lâchez-moi, ou vous le regretterez.

Il sourit, affermit sa prise et se colla contre elle.

— Tu vas venir avec moi.

Willow n'avait pas joué au basket pendant onze ans sans apprendre à feinter. Elle projeta son coude en arrière de toutes ses forces et atteignit l'Italien au ventre. Dans le même temps, elle passa sa cheville derrière la sienne de façon à lui faire perdre l'équilibre.

L'Italien émit un cri de surprise et elle sentit qu'il lâchait son bras. Elle fit un tour sur elle-même, comme si elle cherchait un coéquipier à qui faire une passe, mais se contenta de laisser glisser la bandoulière de sa sacoche le long de son bras pour l'empoigner fermement. Elle tendit alors le bras en arrière et lui envoya sa sacoche en pleine figure de toutes ses forces.

Panier!

— Putain ! lâcha l'Italien lorsque le coin de l'ordinateur l'atteignit de toute la force de son swing.

Un flot de sang jaillit de son nez, qui présentait désormais un angle étrange.

Au moment où il s'affaissa sur le trottoir, un objet métallique tomba de sa main et glissa sur le bitume.

Willow se mit à courir.

Ses pas retentissaient sur l'asphalte au rythme des pensées martelant son esprit. L'Italien avait tenu un revolver dans sa main, il aurait pu la tuer. Pourquoi un inconnu voulait-il la tuer ?

Son cœur battait follement et l'adrénaline pulsait dans ses veines. Elle tourna au coin d'une rue, hors d'haleine. Un crissement de pneus retentit dans la rue qu'elle venait de quitter.

Elle entra en baissant la tête dans un magasin de vêtements rempli de portants métalliques circulaires surchargés de robes. La vendeuse était occupée et Willow n'avait plus qu'une idée en tête : se cacher, vite.

Elle s'agenouilla, rampa sous un portant, et découvrit avec soulagement que le centre était ouvert. Le buste d'un mannequin trônait au milieu d'une surface plane. Elle ramena ses jambes contre sa poitrine – heureusement qu'elle avait mis un jean ! – serrant son ordinateur contre elle et se mordant la lèvre pour éviter de respirer trop bruyamment.

— Je peux vous aider ? s'enquit la vendeuse.

La voix suave et mélodieuse de l'Italien s'éleva alors, quoique déformée, comme s'il avait du mal à parler.

— Vous n'auriez pas vu une femme entrer ici ? Blonde. Très grande.

— Quand ça ? fit la vendeuse d'un ton hésitant.

— À l'instant, répondit l'Italien qui semblait contenir difficilement son impatience. Il n'y a même pas deux minutes.

— Alors non. Je suis sûre que non.

Les pas de l'homme s'éloignèrent, mais elle l'entendit bientôt parler plus bas sans que personne lui réponde et comprit qu'il utilisait son portable.

— Elle a disparu… disait-il d'une voix de plus en plus lointaine. Non, je ne sais pas où elle est allée… Le flic… sa copine, saisit-elle ensuite.

Et puis, plus rien.

Willow se laissa aller contre le support métallique au centre du portant. Il était parti.

Elle faillit hurler quand les vêtements s'écartèrent devant elle, et fut submergée de soulagement en voyant apparaître la vendeuse.

— Ça va ? demanda-t-elle, la main tendue vers elle. Ne vous inquiétez pas, il est parti. Voulez-vous que j'appelle la police ?

— Merci, souffla Willow. Merci de ne lui avoir rien dit, ajouta-t-elle en laissant la femme l'aider à se relever.

Un léger vertige la saisit lorsqu'elle se retrouva debout.

— Mon petit ami est dans la police. Je vais l'appeler, dit-elle. Est-ce que je peux utiliser votre téléphone ?

Il fallait absolument qu'elle contacte Zane. Lui seul pourrait l'aider.

La vendeuse lui rappelait sa tante Becky. Elle la conduisit vers le fond du magasin.

— Vous devriez avoir un portable. C'est pratique en cas d'urgence, déclara-t-elle en la regardant pardessus son épaule. Ce ne sont pas mes affaires, mais ce type avait l'air dangereux. Son visage et sa chemise étaient pleins de sang.

— Vous pouvez être sûre que je vais en acheter un dans le premier magasin de téléphones que je croiserai sur ma route, répliqua Willow.

— Qu'est-ce qu'il vous voulait ? demanda la femme en plaçant devant elle un gros téléphone fixe. C'est vous qui l'avez frappé comme ça ?

— Je ne sais même pas qui c'est. Il m'a suivie depuis le Starbucks.

Les mains de Willow tremblaient quand elle composa le numéro de portable de Zane.

— Il m'a attrapée par le bras et je l'ai frappé avec ma sacoche.

Elle baissa les yeux et se mit à trembler encore plus fort en découvrant le sang qui maculait un des coins de la sacoche.

— Bien fait, décréta la femme avant de s'éloigner pour la laisser téléphoner tranquillement.

Willow faillit pousser un cri de soulagement lorsque Zane répondit.

— Steele.

— C'est Willow, dit-elle en s'efforçant de maîtriser sa voix. Il vient de m'arriver quelque chose. J'ai très peur. Il faut que je te parle. J'ai besoin de te voir.

— Où es-tu ? s'enquit-il aussitôt, l'inquiétude perçant sous sa belle voix grave.

— Je suis… près de King's Chapel.

— En sécurité ?

Willow regarda la vendeuse.

— Quelle est l'adresse du magasin ? lui demanda-t-elle, avant de la répéter à Zane.

— J'arrive. Ne bouge pas.

— Je t'attends. Merci beaucoup, enchaîna-t-elle à l'intention de la vendeuse en raccrochant. Mon copain va venir me chercher.

— Ne vous inquiétez pas. Ici, vous ne risquez rien, lui assura la femme.

Willow attendit au fond du magasin et quand Zane entra, elle courut vers lui, passa les bras autour de sa taille et se mit à trembler comme une feuille.

— Qu'est-ce qui s'est passé ? demanda Zane, la gorge serrée, en glissant un bras autour des épaules de Willow pour l'entraîner dans la rue baignée d'un clair soleil matinal.

Zane s'était garé sur un emplacement interdit devant le cimetière de King's Chapel, mais le macaron qui ornait le pare-brise de sa voiture de fonction l'y autorisait. Les épaules de Willow tremblaient si fort qu'il en fut effrayé.

— Un type. Il a… Je crois bien qu'il voulait me kidnapper.

— Quoi ? rugit Zane.

Il s'immobilisa devant les grilles du cimetière, son esprit analysant à toute allure ce que Willow venait de dire. Il posa les mains sur ses épaules et plongea son regard au fond de ses yeux. Elle ne semblait pas avoir pleuré, mais la frayeur se lisait clairement dans son regard.

— Raconte-moi exactement ce qui s'est passé.

Un coup de feu retentit, transperçant le silence de cette matinée paisible.

Willow laissa échapper un cri de surprise et de douleur, et Zane eut tout juste le temps de la retenir avant qu'elle ne s'écroule.

Une tache de sang rouge vif s'étalait sur son chemisier blanc.

13

Zane souleva Willow par la taille et, d'un bond, franchit avec elle le portail du cimetière.

Elle émit un cri faible lorsqu'il se mit à courir. Il ne savait pas si elle était grièvement blessée, mais il devait en priorité lui faire quitter la ligne de tir.

Tenant son Glock d'une main et soutenant fermement Willow de l'autre, il s'engagea, tête baissée, dans le dédale des sépultures historiques. De la main qui tenait son arme, il appuya sur le bouton d'urgence de son holster.

À l'instant précis où Zane déclencha le signal, une équipe d'intervention du RED reçut un ordre de départ, accompagné de sa localisation exacte via un satellite encore plus précis qu'un GPS.

Des balles ricochèrent sur les grilles du cimetière, et des hurlements d'effroi retentirent. Une pierre tombale vola en éclats tout près d'eux quand une autre balle faillit les atteindre.

Le corps de Zane vibrait. Le sang qui s'étalait sur la poitrine de Willow indiquait qu'elle avait peut-être été touchée dans une région voisine du cœur. Il baissa les yeux et vit le sang qui avait recouvert ses doigts lorsqu'elle avait approché la main de son épaule.

Son épaule. Pas son cœur.

Il l'étendit doucement sur le sol.

— Ne t'occupe pas de moi, dit-elle entre ses dents serrées. Attrape-le.

De nouveaux coups de feu retentirent.

Des hurlements leur succédèrent une fois de plus.

Merde.

Zane pointa son Glock entre deux pierres tombales. Il repéra le tireur, un homme au nez ensanglanté, au coin de la chapelle.

L'homme tira en direction des tombes derrière lesquelles ils se cachaient. Une autre pierre tombale vola en éclats et des gravats retombèrent en pluie sur Zane et Willow.

Zane saisit son Glock à deux mains et visa. La fureur qui bouillonnait en lui l'incitait à tuer, mais il ne savait pas pourquoi l'homme leur tirait dessus et tenait à ce qu'il reste vivant afin de le questionner. Le RED n'allait plus tarder à intervenir.

Zane tira deux coups successifs. Le premier atteignit la main droite du tireur, le second sa main gauche. Les hurlements qui suivirent ne lui procurèrent aucune satisfaction. L'homme tomba à genoux et son revolver glissa sur le trottoir à plus de trois mètres de lui.

Histoire de faire bonne mesure, Zane logea une balle dans chacune de ses cuisses. L'homme bascula face contre terre dans un autre hurlement.

Zane espérait qu'il était vraiment seul – les balles avaient toutes été tirées depuis le même angle et les coups de feu avaient cessé dès qu'il l'avait désarmé.

Il sortit son portable RED et enclencha le bouton d'appel rapide à l'instant précis où des crissements de pneus s'élevaient de l'autre côté de la grille.

— Un tireur à terre, rapporta-t-il. Il a peut-être d'autres armes sur lui. Interpellez-le vivant pour interrogatoire. D'autres tireurs sont peut-être encore dans le secteur.

Il baissa les yeux vers Willow, et son cœur faillit cesser de battre.

— J'ai un civil blessé avec moi, ajouta-t-il avant d'interrompre la communication.

Elle avait fermé les yeux et sa main avait glissé de son épaule, qui saignait si fort que son chemisier était entièrement imprégné de sang. À quelle distance de la région cardiaque la balle s'était-elle logée ?

Au bruit des agents du RED qui investissaient les lieux, Zane rengaina son Glock.

— Willow ! s'écria-t-il en posant une main sur son visage, pressant sur sa blessure de l'autre.

La peur s'insinua en lui, fulgurante. Tout ce sang, mon Dieu, tout ce sang… Il ne fallait surtout pas qu'elle perde conscience.

— Réveille-toi, Willow. Reste avec moi.

Ses paupières palpitèrent et les coins de ses lèvres se soulevèrent subtilement.

— Il faut que j'appelle le magasin pour dire que je suis malade, souffla-t-elle.

Les tempes de Zane le faisaient effroyablement souffrir, et la sensation de malaise qui contractait son ventre s'accrut quand il se mit en devoir de faire les cent pas dans la salle d'attente. Willow avait été transférée à l'infirmerie du RED, parce qu'il ne savait pas si les tirs étaient ou non liés à l'agence et que celle-ci était obligée de prendre des précautions.

Pourquoi mettaient-ils si longtemps ? La vie de Willow était-elle en danger ? Elle avait perdu tellement de sang… Il admirait son cran, son sens du défi, sa franchise et sa tranquille assurance. Il adorait cette façon qu'elle avait de le surprendre en toute circonstance, son art consommé de lui dissimuler ses talents. Il venait à peine de commencer à faire sa connaissance.

Cette fille était unique, il le savait, et il souffrait autant que si c'était lui qui avait été touché par cette maudite balle.

Pourquoi s'en était-on pris à elle ?

Pour m'atteindre, moi…

— Zane !

Il leva la tête et aperçut Georgina Rizzo et Lexi, s'engouffrant pratiquement au pas de course dans la salle d'attente.

— Comment va-t-elle ? demanda Lexi, ses beaux yeux verts brillant d'inquiétude. Ta fiancée va s'en sortir ?

Zane ne réalisa même pas que sa sœur venait d'appeler Willow sa fiancée.

— On ne m'a encore rien dit.

— Ça ne fait même pas une heure que tu es arrivé, ça ne veut rien dire.

Rizzo était toujours attifée comme un fantasme ambulant de la Mafia avec son jean moulant. Elle tenait à la main les sandales à hauts talons qu'elle avait été obligée d'enlever pour courir.

— J'étais là quand tu as appelé les renforts, expliqua-t-elle. Je n'ai pas pu me rendre sur les lieux parce que je savais que les Petrelli y étaient.

Le corps tout entier de Zane s'enflamma.

— C'étaient eux ?

Rizzo hocha la tête.

— Tout ce que j'ai pu comprendre, c'est qu'ils avaient décidé d'éliminer les responsables de l'embuscade. Je me suis sauvée sous un faux prétexte et quand je suis arrivée au QG, tout était déjà parti en vrille.

— C'est Henry qui t'a balancé, l'informa Lexi.

Zane se tourna aussitôt vers elle, les oreilles brûlantes. Henry était l'informateur avec qui il avait rendez-vous le jour où il avait rencontré Willow au parc.

— Les spécialistes du service des informations ont soumis Filippo au sérum de vérité du RED dès son arrestation.

— J'étais là quand on a transmis le rapport à Lexi, dit Rizzo. Filippo a craché qu'ils savaient depuis un moment que Henry était une balance. Le lendemain du coup de filet, les Petrelli l'ont torturé en lui cassant les doigts un par un, jusqu'à ce qu'il révèle le nom du flic qui était responsable de l'opération. Après, ils l'ont éliminé.

— Ils voulaient du sang. Plusieurs membres de la famille Petrelli sont morts, expliqua Lexi en posant la main sur le bras de son frère. Cela faisait deux jours que les Petrelli vous suivaient, Willow et toi, depuis que Henry t'avait balancé. Ils attendaient le moment de s'emparer d'elle pour t'atteindre, conclut-elle après avoir jeté un coup d'œil à Rizzo.

Zane serra les dents. C'était précisément pour éviter ce genre de situation qu'il s'était toujours abstenu de se lier à quiconque ! Ceux à qui il s'attachait risquaient de souffrir à cause de lui. Willow venait de payer le prix de sa bêtise.

— Je n'aurais jamais dû la revoir ! s'écria-t-il en s'approchant du mur, repliant son bras en arrière comme s'il s'apprêtait à y donner un coup de poing.

— Ne fais pas ça, dit Lexi en lui saisissant le coude. Tu n'as rien à te reprocher.

— À d'autres !

La porte de l'infirmerie s'ouvrit et le Dr Kelly apparut.

— Elle s'en sortira, annonça-t-il en se dirigeant vers Zane, qui fut si soulagé qu'il se sentit faiblir.

— C'est grave ? s'enquit-il d'une voix lourde de tous les mots qu'il retenait.

— Elle a été touchée à l'épaule. La balle a ébréché l'os et déchiré des ligaments, ce qui fait que la blessure sera assez longue à cicatriser. Elle sera d'abord plâtrée, puis gardera le bras en écharpe pendant un certain temps.

Zane laissa échapper un juron, avant de demander s'il pouvait la voir.

— Nous allons la transférer dans une chambre privée, répondit Kelly en regagnant la porte de l'infirmerie. Vous pourrez la voir d'ici une demi-heure.

Une heure et demie s'écoula entre le moment où Zane était arrivé à l'infirmerie et le moment où le Dr Kelly vint les chercher pour les conduire jusqu'à la chambre de Willow, mais Zane avait l'impression que chacune de ces quatre-vingt-dix minutes avait duré des siècles.

Devant la porte, il s'immobilisa et prit une longue inspiration, redoutant d'entrer.

— Vas-y, dit Lexi.

— On t'attend ici, ajouta Rizzo.

Zane déglutit douloureusement et pénétra dans la chambre. Quand il aperçut son visage blême, les cercles sombres qui entouraient ses yeux clos, le plâtre et l'intraveineuse, il faillit se mettre à genoux pour implorer son pardon.

Ses pieds refusaient d'avancer, mais il réussit à aller jusqu'à son lit et s'y assit, car ses jambes ne le soutenaient plus. Il prit sa main et la serra tendrement.

— Willow ? Tu vas bien ?

Quel idiot ! Évidemment qu'elle n'allait pas bien...

Willow ouvrit les yeux et sourit faiblement, comme si elle était effroyablement fatiguée.

— On m'a donné un somnifère, souffla-t-elle. Je ne sais pas combien de temps je vais rester éveillée.

— Je suis désolé, dit Zane en pressant son front contre sa main. Je n'aurais jamais dû...

— Tais-toi.

Elle avait dit cela sur le ton de la colère, et il releva la tête pour croiser son regard bleu océan.

— Je savais exactement les risques que je prenais. Je t'interdis de dire que tu n'aurais pas dû me revoir.

Elle avait prononcé ces paroles d'un ton si sérieux que Zane en eut la chair de poule.

— Willow…

— J'ai dit *tais-toi,* répéta-t-elle en se raidissant tellement qu'il craignit qu'elle ne s'avise de quitter son lit. Je t'interdis de me laisser tomber à cause de cette histoire. Pour une autre raison, si tu veux, mais pas parce que tu te sens coupable de ce qui s'est passé.

Zane ne savait plus que dire ou penser. S'il avait le malheur d'articuler le moindre mot, elle risquait de se lever pour le lui faire ravaler.

— Je suis une grande fille, Zane, déclara-t-elle, son visage ayant retrouvé quelques couleurs. Je ne fais peut-être pas toujours les bons choix, mais en te choisissant toi, je suis certaine d'avoir bien fait. Et si tu as un jour l'intention de me laisser tomber, tu auras intérêt d'avoir une bonne raison parce que celle-ci ne tient pas la route.

— Mon Dieu…

— Il faut que je te cogne la tête pour que tu comprennes ? s'énerva-t-elle en faisant mine de se dresser. Parce que je te préviens que je n'hésiterai pas, Zane. Comment crois-tu que l'autre clown se soit retrouvé avec le nez cassé ? La violence ne me fait pas peur.

Un sourire aux lèvres, Zane appuya doucement sur son épaule valide pour l'inciter à s'adosser à l'oreiller.

— Je ne peux pas m'empêcher de t'aimer.

Les mots avaient si aisément franchi ses lèvres que Zane ne fut pas certain de les avoir réellement prononcés.

— J'aime tout en toi. Mais ça me terrifie. Et cette histoire me terrifie aussi.

Les traits de Willow se détendirent, et elle sourit.
— Je sais.
— Tu répètes ça sans arrêt depuis qu'on se connaît, répliqua Zane en répondant à son sourire. Tu sais tout, alors ?
— Évidemment. Fais-moi confiance pour te le rappeler.
Il se pencha vers elle et caressa ses cheveux.
— Toujours ?
— Toujours. Et préviens tes frères qu'ils ne gagneront jamais un seul match contre moi.
Le sourire de Zane s'élargit.
— Dois-je considérer cette déclaration de guerre comme une demande en mariage ?
Elle eut un sourire si radieux que le cœur de Zane se mit à battre très fort.
— Dois-je interpréter ton expression comme un oui ? enchaîna-t-il en effleurant tendrement sa joue de la jointure de ses doigts. Parce que si c'est un oui, j'ai une condition à poser.
Willow haussa les sourcils.
— Attention à ce que tu vas dire, Zane…
— Tu ne m'as pas encore dit que tu m'aimais.
— Oh, ce n'est que ça ! fit-elle en tendant son bras valide pour agripper sa chemise et attirer ses lèvres vers les siennes.
Zane retrouva la saveur si suave et féminine de sa bouche avec un bonheur sans nom.
— Je t'aime, Zane, souffla-t-elle en s'écartant à peine. Maintenant, dis que tu vas m'épouser. Je te promets d'acheter une bague de fiançailles et de te faire ma demande dans les règles dès que je sortirai d'ici.
Zane éclata de rire à l'idée de Willow s'agenouillant devant lui, un écrin de velours à la main. Il l'en croyait bien capable.
— D'accord, acquiesça-t-il en l'embrassant. Quand ?

— Avant la soutenance de ma thèse, répondit-elle en souriant. Comme ça, je ne deviendrai pas le Dr Randolph, mais le Dr Steele.

— Dr Steele… Ça sonne plutôt bien, approuva-t-il.

— Je sais.

— Je crois que j'ai trouvé le remède.

— Le remède à quoi ? s'étonna-t-elle en haussant un sourcil.

— Le remède qui t'empêchera de te laisser aborder par de parfaits inconnus dans les parcs.

Willow sourit et l'attira de nouveau vers elle.

— Je crois que tu l'as trouvé, en effet.

Lora Leigh

Protection rapprochée

Aux hommes et femmes qui combattent vaillamment pour nous protéger, et à ceux qui donnent tant d'eux-mêmes pour faire savoir à nos soldats que nous ne les oublions pas.

Une reconnaissance toute particulière à Kelly Granzow du SOS (Support Our Soldiers) et à Diane Smith, qui s'appliquent toutes deux sans relâche à subvenir aux besoins des soldats avec qui elles sont en contact.

À vous tous qui assurez notre sécurité, dans l'armée et sur notre sol, et à tous ceux d'entre vous qui donnez votre cœur, vos mains et votre générosité pour adresser lettres et colis en témoignage de votre amour. Vous êtes pour nous tous une source d'inspiration. Et tous ceux qui jouissent des libertés que garantissent nos soldats vous considèrent comme un don de Dieu.

Un remerciement spécial à Sair, ma merveilleuse amie australienne. J'espère qu'on se reverra bientôt.

1

Éberlué, Ethan Cooper regardait par la fenêtre. Il sentit ses traits se figer pour former le masque de la stupéfaction absolue.

Fascination.

Désir.

Il aurait dû s'écarter de la fenêtre. Il pressa ses poings serrés contre le mur, de part et d'autre de la fenêtre du grenier, et s'intima l'ordre de s'éloigner.

Il allait le faire.

Dans une minute.

Dès que le spectacle qui s'offrait à ses yeux aurait déclenché un délicieux soulagement au niveau de son entrejambe.

Ce n'était pas de sa faute.

Il savait très bien qu'il se cherchait des excuses. Il était simplement… pétrifié. Au sens propre. Trop pétrifié pour se forcer à s'éloigner de la petite fenêtre qui surplombait le jardin privé de sa voisine.

— Pervers, se lança-t-il à lui-même sans bouger pour autant.

Son sexe était en feu. Il salivait tellement en contemplant miss Sarah Fox entièrement nue qu'il n'aurait pas été surpris de découvrir une flaque sur le plancher poussiéreux de son grenier.

Miss Sarah Fox, si prude et réservée… Ses mains souples caressant son corps luisant sous le soleil.

Il ferma les yeux. Déglutit douloureusement. Elle se croyait toute seule, à l'abri des regards. Elle pensait que la clôture qu'elle avait fait construire à prix d'or autour de sa piscine était assez haute pour la protéger et que personne ne pouvait la voir.

Il rouvrit les paupières.

Un filet de sueur coula sur sa tempe quand les mains de miss Sarah caressèrent ses seins et les soupesèrent. Ses doigts pincèrent ses mamelons.

— Nom de Dieu, siffla-t-il entre ses dents.

Il avait aperçu un éclair doré.

Son sexe enfla prodigieusement. Ses testicules se contractèrent. Bon sang, il arrivait tout juste à respirer…

Des piercings ! Sous ses chemisiers sages et ses jupes trop longues, miss Fox avait des piercings aux seins !

Ses poings se serrèrent davantage lorsqu'il les appuya au montant de la fenêtre, et il battit des cils pour chasser la sueur de ses yeux, incapable de s'arracher à cette vision envoûtante.

Ses cheveux d'un brun cuivré s'étalaient en boucles folles autour de son visage. Il n'avait jamais soupçonné que ses cheveux étaient aussi longs. Et ces courbes ! Son corps présentait des courbes merveilleusement féminines.

Et ses doigts…

Il s'efforça d'avaler sa salive. Ses doigts tiraient les petits anneaux dorés qui transperçaient ses pointes de seins, son visage reflétant une satisfaction intense.

Son corps tout entier luisait d'huile solaire. Il força ses yeux à s'écarter de ses seins. À les baisser.

— Dieu tout-puissant ! haleta-t-il.

Très bien. Il n'était qu'un pervers, et il assumait. Il ouvrit la braguette de son jean, libéra son sexe, le prit en main, le pressa et le caressa.

La main de miss Fox glissait sur son ventre jusqu'au triangle nettement dessiné de sa…

Il laissa aller le front contre la petite fenêtre circulaire et observa, luttant pour retrouver son souffle. Il avisa un autre éclair doré. Très brièvement. Juste le temps nécessaire pour lui indiquer que Sarah Fox avait aussi un piercing sur le capuchon de son clitoris.

Un piercing avec lequel elle jouait, tirant dessus pour faire glisser le bout de ses doigts sur sa chair.

Elle ne se tortillait pas. Elle ne cambrait pas le dos. Elle n'était pas en train de se donner en spectacle. C'était une femme qui s'abandonnait à ses fantasmes. Ses dents mordaient sa lèvre inférieure et un voile de sueur emperlait son corps. Elle se caressait. Lentement. Savourait son plaisir. Elle aimait les préliminaires. Appréciait de sentir monter l'excitation.

Ethan calqua le va-et-vient de sa main sur celui des doigts souples qu'elle faisait aller et venir entre ses cuisses, complètement immergé dans cette vision de rêve : la fille la plus bandante de la ville en train de se toucher.

Hmm. C'était vraiment bon. Et qui le saurait ?

Il se caressait en imaginant les doigts de Sarah glisser le long de sa queue, luisants d'huile… Il enserra son gland dans sa main, sentit l'acier de son propre piercing, la fit descendre sur sa verge. Ses poumons se contractèrent en même temps que ses testicules.

Les doigts de Sarah poursuivaient leur lent va-et-vient.

Il plissa le regard pour mieux l'étudier. Elle semblait au bord du désespoir. La caresse de ses doigts s'accéléra, et Ethan lui obéit à distance. Son pouce reposait sur l'anneau d'acier qui ornait son gland et il imaginait le piercing de son clitoris.

C'était vraiment brûlant. Presque insupportable. Il observa les doigts de Sarah, son visage, la sueur qui coulait dans ses cheveux, et explosa. Un rugissement déchira sa gorge, et il laissa échapper un juron quand sa semence jaillit sur ses doigts à l'instant précis où les hanches de Sarah se soulevaient et où son visage se tordait.

De déception.

Elle frappa le sol de ciment du plat de la main, visiblement frustrée. Elle se redressa, écarta les cheveux de son visage, puis se leva et regagna sa petite maison d'un pas décidé, sous le regard ébahi de Cooper.

Sarah n'avait pas joui ?

Le regard rivé sur la piscine, il ramassa machinalement un T-shirt pour essuyer ses doigts et son sexe encore dur, puis reboutonna son jean, tout en regardant par la fenêtre à travers la fente de ses yeux.

La plupart des maisons du quartier étaient construites de plain-pied, cernées de clôtures basses. Par chance, celle de Cooper était un peu plus haute que les autres et surmontée de combles aménageables. Par chance également, la fenêtre du grenier avait été percée juste au-dessus de la piscine de la maison voisine.

Pour une raison qu'il ignorait, peu de maisons étaient bâties sur ce modèle dans cette petite ville du sud du Texas, et il sourit à l'idée de la succession de hasards qui avait permis de faire son bonheur.

Il se dirigea vers la porte du grenier et descendit l'escalier à vis métallique qui donnait dans la cuisine. Ouf ! Sans le savoir, miss Fox venait de le gratifier du plus glorieux soulagement de l'année – si tant est qu'une telle palme existât.

Il repensa à elle. Déçue. Trempée. Avec ses piercings.

Bon sang. Des piercings. Sarah Fox. Une jeune femme qu'il croyait encore vierge. C'était ce qu'on disait d'elle en ville, en tout cas. Vierge, elle ? Avec tous ces piercings ? Impossible !

Comblée, c'était une autre affaire. Et bien qu'il eût été ravi de lui apporter son concours, aider miss Sarah à jouir ne risquait pas de devenir l'objectif de sa vie.

Ethan Cooper avait tout du mauvais garçon, et il le savait. Il était propriétaire d'un bar malfamé, haut lieu de rendez-vous des motards de la région, et il adorait ça.

Il avait toujours eu mauvaise réputation. Le voyou qu'il était autrefois s'était converti en tenancier de bar après avoir servi huit ans sous les drapeaux. La balle qu'il s'était prise dans le genou l'avait exclu des rangers, sans pour autant lui ôter le goût de la vie. Quelques cicatrices et des broches dans un genou reconstitué n'avaient en rien entamé son âme aux facettes parfois très sombres.

L'armée l'avait affinée, les rangers l'avaient aiguisée, la vie elle-même l'avait assombrie un peu plus. Mais son âme était toujours la même, et il était toujours aussi dangereux. Aussi rebelle et indépendant. Et il n'avait pas l'intention de changer.

Sarah jeta la serviette sur son lit avec une petite moue de dépit et se dirigea résolument vers la salle de bains. Elle rinça l'huile solaire sous le jet de la douche, et le désir qui palpitait toujours entre ses cuisses lui tira un soupir d'exaspération.

Vingt-quatre ans. Elle avait vingt-quatre ans et elle était toujours vierge. Et comme si tous les habitants de la petite ville où elle s'était installée l'avaient su, ils s'obstinaient à l'appeler *miss* Sarah. Elle en avait par-dessus la tête.

Elle sortit de la douche, se frotta vigoureusement les cheveux, les démêla et laissa ses boucles retomber librement dans son dos avant de gagner sa chambre en soupirant.

Elle avait fait tout ce qu'elle avait pu pour s'intégrer à cette petite ville du Texas.

Tout, sauf entrer dans un bar pour lever un mec. Ça, elle en aurait été incapable. Aussi incapable que de se résoudre à laisser un étudiant boutonneux et pris de boisson se vautrer sur elle en gémissant.

Le souvenir des soirées auxquelles les filles de sa sororité l'avaient traînée lui tira une grimace. Les quelques rares étudiants qui n'étaient pas saouls flirtaient avec elle, visiblement intéressés. Par l'idée de tirer un coup vite fait.

Elle s'assit sur son lit et contempla le mur. Elle aurait dû s'installer dans une plus grande ville. Son job de webdesigner lui garantissait d'excellents revenus, et la société pour laquelle elle travaillait lui reversait d'importants bénéfices. Elle avait de quoi s'estimer heureuse. Travailler chez elle la préservait du stress des embouteillages et lui garantissait une merveilleuse qualité de vie. Mais elle aurait pu s'installer à Houston ou à Dallas.

À cette idée, elle sentit son souffle se bloquer dans sa gorge. Tellement d'inconnus. Tellement de bruit et d'insécurité. Non, c'était plus tranquille à Simsburg, une petite ville ignorée de tous aux environs de Corpus Christi. Ici, elle pouvait se détendre.

Se cacher.

Elle secoua la tête et se dirigea vers le placard, d'où elle sortit une des robes sans manches qu'elle affectionnait. Elle l'enfila et la boutonna jusqu'en haut.

Elle retourna dans la salle de bains, se planta devant le miroir, déboutonna sa robe pour dégager son buste et contempla son reflet.

Les fines lignes blanches étaient toujours là. Elle n'aurait pas dû s'exposer au soleil, se dit-elle en caressant les cicatrices du bout des doigts. Le bronzage les faisait ressortir davantage. Les rendait plus difficiles à cacher.

Ses doigts les parcoururent une à une. Il y en avait une demi-douzaine, longues, aussi fines qu'un fil. Mais elles étaient là. Elles y étaient depuis qu'elle avait seize ans. Seize ans et de la bêtise à revendre.

Elle reboutonna sa robe et retourna dans la chambre pour enfiler une culotte en dentelle couleur bronze. Elle glissa ses pieds dans des sandales, entortilla ses cheveux et les assujettit d'un geste sûr au-dessus de sa nuque, puis passa dans la cuisine pour prendre son sac.

Quand elle sortit sur le porche un instant plus tard, elle verrouilla rapidement mais efficacement la maison derrière elle. Même ici, dans cette petite ville paisible, au sein de ce quartier résidentiel où ne vivaient que d'honnêtes citoyens, elle préférait ne pas prendre de risques. Elle fermait ses volets et verrouillait toutes les portes, y compris celles de sa voiture.

Elle baissa la tête pour pêcher ses clés au fond de son sac, et la redressa à l'instant précis où son voisin s'engageait dans l'allée jouxtant la sienne.

Le puissant moteur de son 4×4 vrombissait doucement. Il le coupa, descendit de son véhicule et s'immobilisa lorsqu'il la vit.

Mon Dieu, cet homme incarnait jusque dans les moindres détails l'idée qu'on se fait généralement du mauvais garçon. Un mètre quatre-vingt-quinze, un jean et des bottes, et un T-shirt qui mettait judicieusement en valeur le serpent tatoué qui s'enroulait sur son biceps.

Bras croisés, il la dévisageait ouvertement, ses paupières voilant à demi son regard sombre.

Elle soutint son regard et sentit sa poitrine se comprimer comme chaque fois qu'elle le croisait. Elle sentit aussi ses mamelons durcis tendre le tissu de sa robe. Sa peau devint brûlante absolument partout. Le regard de cet homme la clouait sur place.

Il retroussa légèrement les lèvres. Sa lèvre inférieure était plus charnue que la supérieure. C'était sexy. Sexuel, même. Ce sourire coquin lui donna l'impression qu'il connaissait ses plus secrets fantasmes, et qu'il savait qu'il y tenait le rôle principal.

Sarah était prisonnière de ce sourire. Ses doigts se refermèrent sur ses clés, et quand une légère brise l'effleura, elle fut certaine de sentir sur elle la caresse de son regard. Lécher ses jambes nues. Remonter sous sa robe.

Son souffle se bloqua dans sa gorge.

— Comment allez-vous, miss Sarah ? demanda-t-il d'une voix rocailleuse qui caressa ses sens avec autant d'efficacité que des doigts experts à éveiller le désir.

Il était tout simplement trop beau pour être vrai.

— Très bien, monsieur Cooper. Comment va votre genou ?

Il était revenu de l'armée blessé et, pendant plus d'un an, Sarah avait fait ce que font les voisins en pareil cas. Elle lui avait préparé de la soupe et des biscuits, et lui avait ramené des fruits ou un repas à emporter lorsqu'elle allait faire des courses.

Ses efforts avaient été appréciés. Il l'avait toujours gentiment remerciée. Mais pas une seule fois il ne l'avait invitée à partager son repas.

— Mon genou se porte on ne peut mieux, répondit-il avec ce sourire vaguement moqueur qui faisait battre son cœur.

— Tant mieux.

Il lui mettait les nerfs en pelote. Il la faisait rougir et lui échauffait le sang.

— Bonne journée, dit-il en portant deux doigts à son front en guise de salut, avant de grimper les marches du porche pour rentrer chez lui.

Sarah laissa échapper un soupir hoquetant et dut faire un effort pour trouver l'énergie d'aller jusqu'à sa voiture. Une fois assise au volant, elle la fit démarrer.

Il ne pouvait pas connaître ses fantasmes. Elle les dissimulait aussi soigneusement que ses cauchemars.

Il ne devinerait jamais que c'était à lui qu'elle pensait quand elle se caressait. Qu'elle imaginait que c'étaient ses mains qui la touchaient. Il ne saurait jamais qu'elle s'était installée dans cette ville uniquement à cause de lui. À cause de ce qui s'était passé dans une sombre ruelle de Dallas, et à cause de la fascination que cet homme exerçait sur elle. Cet homme que son oncle avait un jour sauvé.

Ethan Cooper était une des premières personnes qu'elle avait rencontrées lorsque l'agent immobilier lui avait fait visiter la petite maison. Il était dehors, en train de tondre sa pelouse, et s'était interrompu quand ils s'étaient garés dans l'allée.

Il les avait salués de la main avant de reprendre son travail. Torse nu. Sa peau cuivrée brillant au soleil. Des filets de sueur coulant le long de son dos depuis ses épaules. Ses cheveux bruns plaqués sur sa nuque.

Puis il avait subitement tourné la tête vers elle et lui avait décoché un clin d'œil, profitant de ce que l'agent immobilier avait le dos tourné. Sarah avait aussitôt eu l'impression de sentir ses mains sur sa peau.

Son entrecuisse était devenu moite. Brûlant et moite. Haletante, elle avait rejoint l'agent immobilier près de la porte. Ce clin d'œil était un signe. Signe que les rêves et les fantasmes qu'elle avait tissés autour de lui se concrétiseraient un jour…

Il était grand, costaud, large d'épaules, et il avait l'air dangereux. L'agent immobilier lui avait dit que M. Cooper était dans l'armée. Quelques semaines plus tard, il avait disparu et sa maison était restée vide, à l'exception des motards à la mine patibulaire qui passaient de temps en temps jeter un coup d'œil et repartaient aussitôt.

Un an plus tard, Ethan Cooper était revenu en boitant. Elle avait entendu dire qu'il avait été blessé au combat. Elle l'avait regardé s'entraîner à rester en forme dans le jardin clôturé derrière sa maison. Soulever des haltères, faire des pompes et des étirements. Il avait failli la rendre folle tout au long de cette année. Maîtriser la crampe de désir qui lui nouait l'estomac avait été une torture.

Ils avaient lié connaissance et lorsqu'elle lui apportait de la soupe ou des biscuits, il bavardait et riait avec elle. Mais elle rentrait chez elle profondément déçue qu'il ne l'ait même pas touchée.

Elle n'en pouvait plus de la masturbation et de la solitude. Elle n'en pouvait plus de soupirer pour cet homme au sourire moqueur.

Il est peut-être temps de faire quelque chose, se dit-elle. Les tenues couvrantes et les vœux silencieux n'avaient donné aucun résultat, et si elle voulait attirer Ethan Cooper dans son lit, elle allait devoir prendre des initiatives.

2

Il n'arrivait pas à penser à autre chose. Sarah Fox allongée au bord de sa piscine, les boucles de ses longs cheveux répandues autour d'elle, son corps aux courbes appétissantes luisant d'huile solaire, brûlant de désir…

Dès qu'il était rentré chez lui, il s'était masturbé en y repensant. Il n'avait pas pu faire autrement. Chaque fois qu'il revoyait cette scène, il se mettait à bander. Aucune femme ne l'avait jamais excité comme ça.

Qui l'eût cru ? Cette petite souris timide de miss Sarah…

Il secoua la tête une fois de plus, prit une bière et se rendit sur la terrasse. La clôture de Sarah faisait plus de deux mètres de haut et s'étirait sur toute la longueur du terrain. La petite clôture en bois de la maison de Cooper démarrait à l'angle de la sienne et délimitait son terrain qui était deux fois plus grand.

Mais il n'avait pas de piscine. Il plissa les yeux, sourit à cette idée et porta sa bière à ses lèvres. Cela ne lui causerait que des ennuis. Il ne pourrait jamais cacher un truc pareil à ses copains et il avait déjà assez de mal à les tenir à distance.

Il se demanda si miss Sarah le laisserait profiter de sa piscine. Pendant qu'elle prenait un bain de soleil, par exemple. Son corps moite étendu là, à portée de main...

Son sourire se convertit en grimace. Malgré ses piercings et ses formes voluptueuses, miss Sarah n'était pas de son monde.

Il finit sa bière, puis alla prendre une douche avant de se changer. Tenir un bar de motards n'était pas de tout repos, et il préférait s'y rendre avant que la soirée ne soit trop avancée.

Tandis qu'il refermait la porte derrière lui, la petite berline de Sarah s'engagea dans l'allée.

Il sentit sur lui la caresse brûlante de son regard une seconde avant qu'elle coupe le contact et descende de son véhicule en baissant la tête. Cooper la regarda faire le tour de sa voiture pour atteindre le coffre. Elle en sortit un cabas de toile et remonta rapidement l'allée.

En l'ignorant ostensiblement.

— Bonsoir, miss Sarah, lança-t-il quand elle atteignit le porche.

Elle s'immobilisa et releva la tête, les yeux écarquillés.

— B... Bonsoir.

Un petit sourire, l'ombre d'un sourire en fait, effleurait ses lèvres. Des lèvres pleines, un rien boudeuses. Il adorait ça.

Cooper traversa l'allée. Il n'y avait que très peu de distance entre leurs maisons. Elles avaient été construites par deux sœurs qui s'entendaient bien, et le terrain qui s'étendait de part et d'autre les mettait à distance des autres voisins.

Il n'aurait pas su dire pourquoi il insistait comme ça, si ce n'est parce qu'il avait joui deux fois dans la journée à cause d'elle. Il la gratifia du plus charmeur de ses sourires.

Elle l'observait attentivement, sans faire un geste pour ouvrir sa porte, ses clés dans une main et son cabas dans l'autre, comme si c'était la première fois qu'elle le voyait. Méfiante, elle s'était immobilisée. Miss Sarah semblait toujours sur ses gardes.

Cooper plissa les yeux. Elle cherchait à masquer son attitude défensive, mais il aurait pu jurer que s'il s'était avancé trop près, elle l'aurait griffé avec ses clés et lui aurait flanqué un coup avec son cabas. Pourquoi cette petite bonne femme minuscule se méfiait-elle autant de son voisin ?

— Vous avez besoin de quelque chose, monsieur Cooper ? demanda-t-elle d'un ton prudent quand elle le vit s'appuyer au mur de sa maison.

Son sourire s'élargit.

— Absolument, miss Sarah. J'ai besoin de savoir ce qu'un beau brin de fille comme vous fait toute seule chez elle un vendredi soir. Il devrait y avoir une loi pour empêcher ça.

— Je suis bien de votre avis, admit-elle avec une pointe de cynisme.

— Les garçons n'étaient pas aussi empotés dans le temps, ajouta-t-il en secouant la tête. Ils n'auraient jamais laissé une belle fille comme vous se tourner les pouces.

— Ce sont les hommes qui m'intéressent, monsieur Cooper, pas les garçons, répliqua-t-elle froidement. Et cela fait longtemps que je ne suis plus une petite fille. Avez-vous besoin d'autre chose ?

Elle n'avait absolument pas peur. Elle était méfiante et suspicieuse, vivement excitée aussi, c'était palpable, mais elle n'avait rien d'apeuré.

— Non, non, dit-il en s'écartant du mur.

Mieux valait ne pas insister, décida-t-il. Quelque chose chez miss Sarah Fox mettait tous ses instincts mâles en ébullition, mais il n'était pas fait pour cette petite créature délicate. Miss Sarah avait besoin d'un homme qui a envie de s'engager pour la vie dans une histoire d'amour, et ce n'était vraiment pas son profil.

— Bonne soirée, miss Sarah.

— Monsieur Cooper ?

Il pila sur place, avant de pivoter lentement sur lui-même, un sourcil relevé.

— Oui, miss Sarah ?

— Je m'appelle Sarah. Pas *miss* Sarah. Et depuis le temps que nous nous connaissons, nous pourrions peut-être nous tutoyer.

Il n'y avait aucune censure dans le ton de sa voix. Elle se contentait de lui donner poliment un ordre. Un ordre qui faillit le faire pouffer de rire. Elle avait son petit caractère et se décidait enfin à le lui faire savoir. C'était un début.

— Comme vous voudrez, répondit-il. À bientôt.

— Je vous ai demandé de me tutoyer, l'entendit-il marmonner par-dessus le raclement de la moustiquaire qui lui indiqua qu'elle avait déverrouillé sa porte.

Il grimpa dans son 4×4 et s'autorisa enfin à glousser de rire. Cette femme avait un sacré sens de l'humour. Miss Sarah n'était peut-être pas la petite souris timide pour laquelle tout le monde la prenait depuis son arrivée en ville. Une lionne se cachait derrière cette façade, selon lui.

Une vraie lionne. Une lionne si terrible qu'il valait mieux y réfléchir à deux fois avant de s'aventurer dans sa tanière. En ce qui concernait Cooper, dix fois seraient nécessaires. Ce n'était pas une simple lionne, c'était la reine de tous les félins.

Dommage. Il aurait bien voulu partager son lit, sa piscine et tout ce qu'elle aurait bien voulu partager avec lui. Pendant un moment.

Sarah verrouilla la porte derrière elle et se laissa tomber sur son canapé avec un long soupir. Cet homme était vraiment tout feu tout flamme. Elle lança les clés sur le guéridon pour s'éventer le visage de ses mains.

Son jean était vraiment hyper moulant. Ces petites fesses musclées et ces abdominaux en tablette de chocolat... Les femmes devaient s'évanouir sur son passage. Et ces bras... Ses biceps, surtout, étaient fascinants. Et puis ce visage taillé à la serpe, ces traits anguleux et durs... Ethan Cooper n'avait rien d'un minet. C'était un vrai dur, et il la mettait dans tous ses états.

Le simple son de sa voix la faisait mouiller. Et c'était vraiment injuste, parce qu'elle n'arrivait toujours pas à atteindre l'orgasme en se masturbant. Elle parvenait à un certain point d'excitation, le sentait là, tout proche, mais à chaque fois il lui échappait.

Elle avait lu tous les manuels possibles et imaginables sur la question, et s'était longuement entraînée. Il devait y avoir un truc. Un truc qu'elle avait hâte de découvrir, car son voisin la mettait dans un tel état qu'elle était obligée de changer de petite culotte plusieurs fois par jour. Elle allait devenir folle si ça continuait.

Elle saisit la poignée de son cabas, ôta ses sandales et traversa la maison pieds nus jusqu'à la cuisine qui donnait sur l'arrière de la maison. Celle-ci était particulièrement spacieuse, et l'immense baie vitrée qui occupait le mur du fond donnait l'impression que le jardin faisait partie de la maison.

C'était la piscine qui l'avait convaincue d'acheter cette maison. Elle l'adorait. La façon dont le soleil envahissait la cuisine dès l'aube et la sensation de confort qui l'enveloppait alors l'avaient conquise.

Elle rangea le lait et les œufs, le café, le sucre et la crème. Un paquet de biscuits et des roulés à la confiture atterrirent sur le comptoir, un steak soigneusement emballé alla tenir compagnie à une bouteille de vin dans le frigo, et une pomme de terre à cuire au four se retrouva elle aussi sur le comptoir.

Son dîner.

Steak, pomme de terre au four et un verre de vin. Probablement sur la terrasse.

Elle porta son regard vers la terrasse, les mains en appui sur le comptoir, et s'absorba dans la contemplation de l'eau de la piscine tout en réfléchissant à son voisin. Ethan Cooper était venu se présenter dès qu'elle avait emménagé. Il lui avait dit qu'elle pouvait compter sur lui si elle avait le moindre problème. Et que si un de ses amis l'importunait ou lui manquait de respect, elle devrait impérativement le lui faire savoir. Il avait dit cela d'un ton extrêmement sérieux.

Ses amis n'étaient pas si méchants que ça. Ils avaient mauvais genre, mais ils étaient amusants et plaisantaient avec elle quand ils la croisaient. Ils avaient échangé plus de mots avec elle qu'Ethan. Mais ils n'avaient jamais flirté avec elle et n'avaient jamais eu une parole déplacée. Ils s'adressaient à elle comme à une petite sœur.

De toute façon, ce n'étaient pas ses amis qui l'intéressaient. C'était Ethan. Et Ethan s'intéressait si peu à elle qu'elle en venait à se demander s'il la trouvait moche.

Elle s'écarta du comptoir, posa les yeux sur la pomme de terre et poussa un long soupir. Elle allait une fois de plus dîner seule. Un vendredi soir. Cela faisait deux ans qu'elle vivait là, et elle réalisa subitement qu'elle ne connaissait pratiquement personne.

Pourtant, elle sortait tous les jours. Elle se forçait à le faire, ne serait-ce que pour acheter à manger, et se montrait aimable avec tout le monde.

Elle se sentit tout à coup terriblement seule. Elle fit courir ses doigts le long de la table, déambula d'une pièce à l'autre et fronça les sourcils. C'était la première fois depuis bien longtemps que la solitude lui pesait. Elle avait été trop occupée à se soucier de sa survie pour en souffrir.

Elle s'immobilisa subitement, baissa les yeux et porta la main à sa poitrine pour caresser ses cicatrices, comme si elle revivait l'épouvantable frayeur et la douleur qu'elle avait ressenties quand on les lui avait infligées.

Elle secoua la tête. Non, elle ne devait pas penser à cela. Elle avait rangé ces souvenirs dans un coin de sa tête, et ils y resteraient. Elle avait surmonté tout cela. Elle avait survécu. C'était la seule chose qui comptait. N'est-ce pas ?

Mais y avait-elle vraiment survécu ? Elle en était toujours réduite à se cacher et s'enfermait dans son travail comme si sa vie en dépendait, alors que ce n'était plus vrai. Plus maintenant.

Elle avait réussi à se construire une nouvelle existence. En deux ans, elle avait décroché d'excellents contrats. Elle ne craignait plus d'avoir faim ou de perdre sa maison – son oncle Martin y avait veillé. Elle n'aurait plus jamais à se soucier de ça.

Alors pourquoi restait-elle là, comme un chiot perdu ?

Parce qu'elle ne savait pas s'amuser.

Elle était déjà allée au bar d'Ethan, mais personne ne l'avait invitée à danser. Elle avait adhéré au business-club de la ville, mais ses membres ne se réunissaient qu'une fois par mois et les conversations tournaient toujours autour des mêmes sujets : les impôts de cette petite communauté étaient trop élevés, et les seuls emplois intéressants se trouvaient à Corpus Christi.

Elle avait peut-être eu tort de s'établir dans une aussi petite ville. Elle avait pensé qu'elle s'intégrerait plus facilement, mais elle s'était trompée.

On était vendredi soir. Un steak et une pomme de terre l'attendaient. Heureusement qu'elle avait quelques bons livres en réserve…

Une semaine plus tard, Cooper fit le tour du bar en plissant les yeux à cause de la fumée et de l'éclairage au néon. Il tenait à s'assurer que personne ne faisait circuler de la drogue. Il y avait peu de règles dans son établissement, mais elles étaient strictes. Si les clients avaient envie de se battre, ils sortaient régler leurs comptes sur le parking. Personne ne devait lever la main sur une femme, quel que soit le comportement de celle-ci. Et personne, *absolument* personne, ne vendait de drogue.

Son barman, lui aussi un ancien ranger, s'occupait du comptoir avec l'aide d'un étudiant du coin. Il était motivé et travaillait dur. Les videurs étaient également des ex-rangers, aussi durs et coriaces que tous ceux que Cooper connaissait, même s'ils n'en faisaient plus partie pour raisons médicales. Tous étaient des « mutilés de guerre », selon l'appellation officielle, mais ils étaient efficaces.

Le Broken Bar était populaire dans la région, et c'était le seul bar de la ville. Très fréquenté en semaine, il menaçait de se transformer en asile de fous le week-end. Heureusement, Cooper veillait au grain.

À l'autre bout de la salle voûtée, un groupe de musiciens jouait un air de country languissant, et quelques couples dansaient. La clientèle se composait essentiellement de motards, d'étudiants et de piliers de bar.

Cooper fit signe à un videur de s'accorder une pause pendant que son collègue le remplaçait, et s'apprêta à retourner derrière le comptoir. Mais ce qu'il aperçut le fit piler sur place.

Non. Il n'avait vraiment pas besoin de ça. Pas après l'avoir vue entièrement nue. Pas après l'avoir vue se caresser et rester sur sa faim.

Là, sur le pas de la porte, il venait de découvrir son intrépide voisine. Elle semblait hésiter à entrer. Elle ne portait ni robe ni jupe, mais un jean qui lui donnait l'allure d'un fantasme masculin ambulant. Taille basse, avec un ceinturon et un chemisier sans manches boutonné jusqu'au cou.

Elle avait aussi lâché ses cheveux.

Déjà, plusieurs hommes l'avaient repérée. Leurs regards caressant avidement sa silhouette déclenchèrent en lui une pointe de jalousie.

Comment allait-il faire pour la tirer de là, cette fois-ci ? Miss Sarah n'avait rien à faire ici.

Irrité, il se passa la main dans les cheveux et traversa la salle vers elle à l'instant précis où elle se décidait à entrer.

Ne savait-elle donc pas que son bar était fréquenté par tous les rebuts de l'humanité ? Qu'est-ce qui l'avait poussée à venir ici ?

Bouger comme elle le faisait aurait dû être interdit. Son jean était tellement moulant qu'on avait l'impression qu'il adorait chacun de ses pas et caressait ses petites fesses rebondies de ses mains possessives.

— Salut, dit-elle en souriant au barman.

Jake faillit lâcher la bouteille qu'il tenait à la main.

— Un whisky. Sec, commanda-t-elle.

Jake la contempla, surpris. Elle n'avait pas l'allure d'une buveuse de whisky.

— J'ai des prémix, si vous voulez, proposa Jake. Bien fruités.

— Non, répondit-elle en secouant la tête.

Cooper aperçut son expression déterminée dans le miroir qui se trouvait derrière le comptoir.

— Je veux juste un whisky, poursuivit-elle avant de donner le nom de la marque qu'elle désirait.

C'était le plus cher.

Cooper s'approcha et s'arrêta près du tabouret qu'elle avait tiré. Il y appuya son bras et la regarda sans rien dire, jusqu'à ce qu'elle tourne la tête vers lui. Elle écarquilla légèrement les yeux.

— Monsieur Cooper.

Ce petit sourire. Cette petite fossette.

— Cooper, c'est mieux, répliqua-t-il en lui rendant son sourire.

Le regard de Sarah glissa vers le tatouage de son biceps, et elle fit glisser ses dents sur sa lèvre inférieure avant de relever les yeux vers lui. Jake choisit ce moment pour poser le verre de whisky devant elle.

Cooper haussa les sourcils lorsqu'elle le porta à ses lèvres pour en siroter une gorgée aussi délicatement qu'une femme du monde dégustant un grand cru, avant de reposer le verre sur le comptoir sans grimacer.

— Il y a du monde, dit-elle en regardant autour d'elle. C'est comme ça chaque fois que je viens. Même en semaine.

Quand elle se retourna vers lui, sa petite fossette réapparut. Elle souriait avec prudence, comme si elle ne savait pas quoi faire de sa jolie bouche.

Cooper leva la main et y cala son menton, se contentant de l'observer.

Elle fit tourner le verre de whisky entre ses doigts pendant un moment, puis le surprit en le portant à sa bouche pour le vider d'un trait sans broncher. Elle pressa ses lèvres l'une contre l'autre, et il imagina les effets de la morsure de l'alcool dans son corps. Son visage revêtit une expression détendue.

Il ne lui avait jamais vu cette expression, et il se sentit durcir. En fait, il se sentit durcir davantage car cela faisait une semaine qu'il ne débandait plus.

— Un autre ? proposa-t-il en désignant son verre vide.

— Non, merci, répondit-elle.

Une lueur de timidité, de vulnérabilité même, passa dans ses prunelles quand elle balaya la salle du regard, puis elle observa d'un air vaguement nostalgique les musiciens et les danseurs.

— Je suis déjà venue plusieurs fois, précisa-t-elle en se tournant vers lui.

Son regard bleu pâle lui fit l'effet d'une caresse.

— Je vous ai vue, oui, acquiesça-t-il.

Elle baissa les yeux sur son verre vide, joua avec un moment, puis reporta son attention sur les danseurs lorsque les musiciens entamèrent une chanson entraînante.

Cooper devina qu'elle les enviait. Qu'est-ce qui la retenait, sapristi ? Chaque fois qu'elle était venue, elle s'était assise à une table au fond de la salle, toute seule. Elle avait observé les clients, bu un soda ou un prémix. Parfois deux. Puis elle était repartie.

C'était la première fois qu'elle s'installait au comptoir. La première fois aussi qu'elle commandait le meilleur whisky et que son visage revêtait cette expression satisfaite.

— Miss Sarah…

— Sarah, rectifia-t-elle en tournant si vivement la tête vers lui que ses cheveux bouclés retombèrent sur ses épaules. Je ne suis pas si vieille que ça, monsieur Cooper, ajouta-t-elle avec un sourire qui creusa sa fossette.

— Cooper, murmura-t-il sans la quitter des yeux, le menton toujours calé au creux de sa main.

— Cooper, répéta-t-elle d'un air ravi. J'apprécierais qu'on se tutoie.

— D'accord, miss Sarah, répliqua-t-il pour le plaisir de voir passer un éclair d'agacement dans ses prunelles.

Elle baissa les yeux, recommença à jouer avec son verre, puis les leva vers Jake et lui demanda silencieusement un autre verre.

Cooper faillit éclater de rire. Jake lui décocha un regard désapprobateur comme s'il pensait qu'il pouvait l'empêcher de boire.

Sarah surprit ce regard, et Cooper vit cette fois un éclair de mortification passer dans ses yeux tandis qu'un petit sourire crispé plissait ses lèvres.

— Laissez tomber, dit-elle en sortant quelques billets de la poche de son jean qu'elle posa sur le bar. Je n'aurais pas dû venir.

Cooper se raidit en la regardant s'éloigner, courant presque pour regagner la porte. Qu'est-ce qui lui prenait ?

Il la suivit et sentit une étrange émotion enserrer son ventre. Un mélange d'amusement attendri et d'incompréhension. Il avait eu l'impression qu'elle allait fondre en larmes quand Jake avait hésité à la resservir. Comme si elle s'était sentie rejetée.

— Eh, Sarah ! Attends ! lança-t-il.

Il la rattrapa sur le parking, referma la main sur son bras, si doux qu'il avait la texture de la soie. D'une soie tiède.

Elle dégagea son bras d'une secousse et pivota vers lui, les joues rouges et les yeux brillants. Brillants de larmes. Elle cligna rageusement des yeux pour les refouler.

— J'ai compris le message, monsieur Cooper, cracha-t-elle. Ne vous inquiétez pas, je ne remettrai plus les pieds dans votre bar.

— Qu'est-ce que tu as compris, au juste ? questionna-t-il.

— C'est la cinquième fois que je viens ici, répondit-elle en désignant le bar. C'est le seul bar de la ville, figurez-vous. À chaque fois je commande du whisky, et à chaque fois on me sert une boisson pour enfants. La dernière fois, on m'a refilé un Coca ! Il faut avoir votre permission pour boire de l'alcool chez vous, c'est ça ? Quand avez-vous décidé de m'ostraciser ?

— De te *quoi* ? demanda-t-il, abasourdi.

Cooper se dit qu'elle était sous le choc. Il n'avait jamais voulu l'ostraciser, simplement la protéger. Rien de plus.

— Personne ne m'invite jamais à danser, poursuivit-elle d'un ton glacial. Si quelqu'un fait mine de s'approcher de moi, vos videurs s'arrangent pour l'en empêcher, et plus personne ne m'adresse la parole. J'ai bien vu que votre barman ne voulait pas me resservir, renifla-t-elle.

Elle n'allait quand même pas se mettre à pleurer ?

Cooper se frotta la nuque et contempla son visage plissé de fureur. Il devait reconnaître qu'elle avait du cran.

— Ce n'est pas ça… dit-il en grimaçant.

Elle avait croisé les bras sur sa poitrine et fait basculer ses hanches en avant. Il allait la renverser sur le capot d'une voiture, si elle persistait dans cette attitude de défi.

— C'est quoi votre problème, monsieur Cooper ? Je suis majeure, je ne suis pas une vieille sorcière, et de toute façon, même les mochetés ont le droit de boire de l'alcool, que je sache !

— Ce n'est pas ça, répéta-t-il d'un ton plus ferme.

Il n'avait vraiment pas envie d'avoir cette explication avec elle sur le parking.

— J'avais juste envie de danser, souffla-t-elle.

Le clair de lune qui se reflétait dans ses yeux les faisait paraître plus sombres et plus profonds.

— J'avais envie de boire un verre. D'être une vraie femme. Désolée que ça vous dérange, monsieur Cooper.

Elle prit ses clés dans la poche de son jean et se dirigea vers sa voiture, comme si elle estimait que la conversation était terminée. Il aurait dû laisser tomber, mais il la rattrapa et plaqua les mains sur le toit de la voiture quand elle atteignit la portière, l'emprisonnant entre ses bras. Elle retint son souffle lorsqu'il se pencha vers elle.

— Ce n'est pas un endroit paisible, expliqua-t-il. C'est un bar. Les types qui viennent ici cherchent des filles faciles pour tirer un coup, Sarah. Ils sont vicieux, et une fois qu'ils ont bu un verre et dansé avec une fille, ils ne se contentent pas de rentrer tranquillement chez eux.

Il décelait son parfum à présent. À la fois suave et épicé. Peu importait le nom qu'il portait, ce parfum aurait désormais un pouvoir mortel sur lui.

— Mes videurs ont des ordres. Les hommes qui viennent dans ce bar me connaissent. Si je leur dis de garder leurs distances avec toi, ils savent que je ne plaisante pas.

— Pourquoi leur avez-vous donné des ordres ?

Elle avait le souffle court. L'excitation, peut-être ? En tout cas, elle n'avait toujours pas peur et c'était bien dommage. Elle aurait dû se méfier de lui plus que de quiconque dans ce bar.

Il se rapprocha et enfouit son nez dans le parfum de ses cheveux.

— Parce que j'ai envie de toi, miss Sarah, grogna-t-il. J'ai envie de toi comme un fou. Je voudrais te baiser tellement fort qu'on ne pourrait plus bouger pendant des heures après ça, toi et moi. Mais je ne peux pas, parce que tu vaux mieux que ça. Et je ne laisserai aucun de ces salopards goûter à un truc qu'ils n'apprécieraient même pas. Rentre chez toi. Trouve un mec bien. Un mec qui rêve de se marier et d'avoir des enfants. Et estime-toi heureuse que le diable soit de bonne humeur, ce soir.

De bonne humeur ? Il avait tellement envie d'elle que son sexe était en titane, et il pressait si fort contre les reins de Sarah qu'il n'y avait que leurs vêtements qui le séparaient de sa chair.

Des vêtements qu'il avait furieusement envie d'arracher.

— De bonne humeur, vraiment ?

Quelque chose dans le ton de sa voix le fit reculer.

— Je ne crois pas, enchaîna-t-elle en ouvrant la portière de sa voiture. Faites-moi confiance, monsieur Cooper, il n'est jamais question de bonne humeur quand il s'agit du diable.

Il la regarda démarrer et quitter le parking.

Il restait hanté par ce regard perdu, vaguement déboussolé sur son doux visage. Comme si elle s'était retrouvée en face d'un démon et avait découvert qu'il était plus fort qu'elle ne l'avait imaginé.

— Merde !

Les mains sur les hanches, il comprit. Il le sentit dans ses entrailles. Miss Sarah allait bel et bien chambouler sa vie.

Mais avant qu'elle y parvienne, il avait besoin de réponses. Elle était trop méfiante, trop cachottière. En retournant vers le bar, il se dit qu'il demanderait à Jake de se renseigner sur le passé de Sarah Fox.

3

Depuis très longtemps, Sarah savait que pleurer ne sert à rien. Quand on pleure, on se sent encore plus malheureux, et cela n'émeut personne.

Ethan Cooper avait interdit aux clients de son bar de l'approcher ! Cette interdiction s'étendait-elle à tous les habitants de la ville ? Était-ce pour cette raison que tout le monde se montrait aussi distant avec elle ?

Le lendemain après-midi, elle se rendit à l'épicerie comme chaque jour, pour acheter ce qui composerait son menu du soir. Elle se promena dans les rayons, choisit quelques légumes et une tomate bien mûre sans trop savoir ce qu'elle en ferait. Elle prit une pomme, la glissa dans un sachet en plastique et le mit dans son panier.

En errant dans le magasin, elle se sentait déconnectée. Elle n'avait pas envie d'un steak ni d'une côte de porc. Pas de blanc de poulet non plus. Et elle s'était juré des années auparavant qu'elle ne mangerait plus jamais de sa vie de plateau-repas.

De quoi avait-elle envie ?

De danser. Que quelqu'un la serre dans ses bras. Que quelqu'un la touche. Mais pas n'importe qui.

C'était Ethan Cooper qu'elle voulait.

Elle s'arrêta devant le rayon boucherie pour la deuxième fois et fronça les sourcils devant le choix qui s'offrait à elle. Il y avait vraiment de tout. Le problème, c'est qu'elle n'avait pas faim de nourriture. Sa faim relevait d'un tout autre instinct.

— Le filet de bœuf est bon.

Elle se raidit en entendant la voix de Cooper derrière elle.

Elle rabattit les boucles qui s'étaient échappées de son chignon derrière ses oreilles et baissa les yeux vers le poulet.

Elle prit une portion de poulet pour une personne, la déposa dans son panier et s'éloigna. Bon, une pomme, une petite branche de céleri, un poivron vert. Il y avait un reste de laitue au frigo. Hmmf! Elle n'avait vraiment pas envie de poulet.

— Tu veux bien me pardonner, Sarah?

Il était tout près d'elle. Si près qu'elle perçut la chaleur de son corps dans son dos. Si près que ses pointes de seins durcirent et que le désir lui noua le ventre.

— Je croyais que je valais mieux que ça, répondit-elle.

Pourquoi lui adressait-il la parole?

— Je te promets qu'on ne te servira plus jamais de soda dans mon bar, reprit-il d'une voix rauque, vaguement amusée, qui comportait quelque chose de plus profond aussi, de plus sombre. Et si j'ai dit que tu valais mieux que ça, j'ai dit aussi que j'avais envie de toi.

Elle haussa les épaules.

— Je n'ai pas l'intention de remettre les pieds dans votre bar, monsieur Cooper.

Elle s'engagea dans le rayon des produits laitiers. Il lui fallait un pack de lait. Elle le posa dans son panier, puis choisit un fromage qu'elle aimait bien manger avec les crackers qu'elle avait toujours en réserve dans ses placards.

— Tu ne veux pas me pardonner ? Allez, Sarah, on est voisins. Tu ne vas pas m'en vouloir toute la vie.

Le petit rire qui retentit au-dessus de sa tête lui fit chaud au cœur.

Sarah se retourna, et le bout de son nez faillit toucher son torse. Il était vraiment tout près. Elle leva la tête, plongea son regard dans ses yeux noisette pailletés d'ambre et sentit le sang lui monter à la tête. Une chaleur moite s'empara de son entrejambe, comme si son corps se préparait déjà à l'accueillir.

— Je vous dérange ? lança-t-elle finalement.

— Ma foi, oui, murmura-t-il en haussant les sourcils. À cause de toi, je suis tout dur. Et ça m'énerve que tu me fasses la tête.

— Bon, grommela-t-elle en se dirigeant vers la caisse. Dans ce cas, je ne suis plus en colère.

Elle n'avait jamais été en colère. Elle s'était sentie blessée. Elle avait désespérément tenté de se faire des amis dans cette ville, et savoir qu'Ethan Cooper avait interdit qu'on l'approche l'avait fait se sentir plus seule que jamais.

Elle avait vécu dans l'isolement pratiquement toute sa vie, et elle n'en pouvait plus.

Elle l'entendit respirer derrière elle et eut tellement envie de se retourner pour le regarder que cela lui fit mal. Elle adorait le regarder. Elle aurait pu ne faire que ça pendant des heures et des heures.

Mais il valait mieux ne pas poser les yeux sur lui. Cela n'aurait servi qu'à attiser son désir.

Cooper soupira tandis que Sarah s'éloignait. Sa silhouette mince et déliée se mouvait avec une grâce inconsciente qui faisait palpiter son sexe. S'il continuait à la dévorer des yeux comme ça, il allait faire craquer sa braguette.

Il sortit un pack de bière du frigo et la rejoignit près de la caisse. Elle s'efforçait d'engager la conversation avec quelques mères de famille qui lui répondaient du bout des lèvres.

C'était une petite ville. Sarah était perçue comme une étrangère, et elle mettrait des années à se faire accepter si personne n'intervenait.

Mais Ethan avait enrayé le processus d'intégration. Sa simple mise en garde s'était muée en interdiction de l'approcher. Il n'avait pas voulu cela, mais il avait parfois tendance à oublier la mentalité des gens de sa ville natale.

— Il pousse comme un champignon, ce bébé, Maggie, dit-il en regardant le bambin par-dessus l'épaule de Sarah.

Le regard sombre de Maggie se durcit quand il posa son menton sur l'épaule de Sarah. Celle-ci ne réagit pas, se contentant de regarder devant elle.

— J'espère que tu ne fais pas de bêtises, Cooper, rétorqua Maggie.

Ils avaient fréquenté la même école. Elle avait quelques années de plus que lui et avait déjà plusieurs fils. Elle avait aussi des frères et un mari. Maggie Fallon était une femme redoutable.

— Je fais toujours des bêtises, Maggie, répondit-il en lui souriant, avant de poser la main sur la hanche de Sarah sous prétexte de se pencher pour faire une grimace au bébé.

Maggie rit, et le jeune Kyle Fallon lui offrit un grand sourire. Il était adorable. Et Sarah était raide comme un piquet.

— Quelqu'un a prévenu miss Fox que tu étais un mauvais sujet ? s'enquit Maggie en tournant un regard un peu plus chaleureux vers Sarah. Méfiez-vous du bon à rien qui est derrière vous. C'est un tombeur.

— Je m'en étais aperçue, répliqua Sarah d'un ton prudent.

Cooper aurait bien aimé voir son visage. Ses yeux. Maggie lui sourit en agitant l'index.

— Ethan Cooper, ne t'avise pas de briser le cœur des nouvelles venues.

Cooper rit, pressa la hanche de Sarah et huma ostensiblement le parfum de ses cheveux.

— Si vous avez besoin de conseils au sujet de cet hurluberlu, miss Fox, n'hésitez pas à m'appeler, dit Maggie en secouant la tête d'un air d'indulgence amusée. Je le connais depuis sa naissance.

— Elle adore raconter qu'elle a changé mes couches, glissa-t-il à l'oreille de Sarah, assez fort pour être entendu de Maggie. C'est la première fille qui a vu mon zizi.

— Ethan Cooper ! s'exclama Maggie, scandalisée mais aussi ravie. Tu ne t'améliores vraiment pas avec l'âge !

Sarah avait rougi. Il ne voyait que son profil, mais constata que le rouge lui montait aux joues.

La caisse enregistreuse tintinnabulait. Mark Dempsey, le propriétaire de l'épicerie, la tenait à tour de rôle avec sa femme et ses deux enfants. Lui aussi s'était détendu : il dévisageait à présent Sarah avec curiosité. Maggie régla ses achats, et Sarah posa ses emplettes sur le tapis roulant. Mark les scanna rapidement et imprima son ticket.

— Merci, monsieur Dempsey, dit-elle en le payant.

Cooper eut l'impression que ses mains tremblaient légèrement.

— À votre service, miss Fox. Maggie a raison, vous savez. Méfiez-vous du type qui est derrière vous. C'est un baratineur.

— Je me méfierai, promit-elle.

Elle avait dû lui décocher son petit sourire à fossette, car la mine de chien battu de Mark s'adoucit l'espace d'un instant alors qu'il lui rendait la monnaie. Puis elle s'empressa de quitter le magasin.

Sa robe d'été bleu foncé, sans manches et boutonnée jusqu'au cou comme à son habitude, ondula sur ses mollets au rythme de ses hanches quand elle franchit le seuil de l'épicerie.

— Elle a l'air gentille comme tout, fit Mark en le dévisageant d'un air inquisiteur. C'est ta voisine, je crois ?

— C'est une fille bien, lui assura Cooper. Mais je crois qu'elle ne m'aime pas tellement, ajouta-t-il en riant.

Mark secoua la tête en gloussant.

— Il est temps que tu te ranges, Cooper. Les femmes reconnaissent les coureurs dans ton genre au premier coup d'œil. Cette petite n'a pas l'air bête, elle a dû te voir venir de loin.

Cooper haussa un sourcil et sourit.

— De loin, oui. De très loin, même.

Mission accomplie. Il pouvait rentrer chez lui et cesser de se sentir coupable parce qu'il avait fait pleurer miss Sarah. Voilà l'effet qu'elle avait sur lui. À cause d'elle, Cooper s'était découvert une conscience.

Sarah passa ensuite au bureau de poste, où Maggie Fallon l'avait précédée. Elle ne lui avait pratiquement jamais adressé un mot, mais ce jour-là, elle lui tint la jambe plus de vingt minutes. Comme si elle s'était subitement transformée en moulin à paroles.

Sarah sentit quelque chose se détendre en elle. Elle ignorait ce que c'était, et elle avait conscience que Maggie ne s'était lâchée qu'à cause des taquineries de Cooper. Mais lorsque Maggie cessa de parler, d'autres femmes vinrent bavarder avec elle. Puis le responsable du bureau de poste lui demanda comment elle allait pendant qu'il affranchissait ses paquets, et lui parla du festival d'été qui se tiendrait bientôt en ville.

Sarah quitta le bureau de poste sur un petit nuage. Depuis deux ans qu'elle vivait à Simsburg, elle eut pour la première fois le sentiment qu'elle finirait peut-être par s'intégrer.

Une fois chez elle, elle rangea ses courses et passa dans la pièce du devant quand elle entendit la voiture de Cooper se garer dans l'allée parallèle à la sienne. Dissimulée derrière le rideau, elle le vit jeter un coup d'œil vers sa maison, avant de grimper les marches du porche et de disparaître chez lui.

Elle devrait peut-être le remercier, songea-t-elle en se mordillant la lèvre. Son oncle Martin lui-même aurait dit que c'était la moindre des politesses.

Elle essuya ses mains moites sur sa robe, puis sortit de chez elle, serrant ses clés dans sa main, et traversa les deux mètres de pelouse qui séparaient son allée de celle de Cooper.

Elle grimpa les marches du porche et frappa d'un poing décidé à sa porte. En attendant qu'il vienne ouvrir, elle glissa une clé pointue entre ses doigts pour parer à toute éventualité. Elle se recula légèrement lorsqu'il ouvrit la porte, posant sur elle un regard surpris.

— Sarah, modula-t-il en s'appuyant à l'encadrement de la porte. Qu'est-ce que je peux faire pour toi ?

Les paillettes ambrées de ses yeux étincelaient et rendaient son regard luisant de convoitise.

— Je voulais te remercier, dit-elle en faisant un prodigieux effort pour ne pas se tortiller bêtement. Pour ce que tu as fait à l'épicerie.

Son expression changea et il s'écarta de la porte.

— Entre donc, lui proposa-t-il.

— Mais je voulais juste…

Il allongea le bras, saisit son poignet, l'attira à l'intérieur et referma la porte.

Elle ne pensa même pas à se défendre. Plissant le front dans la petite entrée, elle réfléchit. Avait-elle oublié que les événements les plus anodins pouvaient se révéler terriblement dangereux ? Il fallait le croire, car l'homme qui la dominait de plus d'une tête ne l'effrayait même pas.

— Je n'ai rien fait, déclara-t-il en lui tournant le dos. Viens sur la terrasse. Je m'apprêtais à mettre le dîner sur le gril. On peut manger ensemble, si tu veux.

— Oh, je ne veux surtout pas m'imposer…

C'était un énorme mensonge.

— Ramène tes fesses, dit-il d'un ton de commandement qui l'incita à le suivre.

Il s'arrêta devant le frigo de la cuisine et en sortit un steak épais qu'il ajouta au plateau posé sur la table. Il contenait des légumes, des steaks et des crevettes.

— Tu attends de la visite ?

Il y avait de quoi nourrir tout un régiment sur ce plateau.

— Non.

Son T-shirt s'étira sur les muscles puissants de son torse, de ses épaules et de ses biceps. Ce mouvement la fit saliver, et elle eut douloureusement conscience du piercing qui ornait le capuchon de son clitoris.

— Sers-toi une bière et rejoins-moi dehors ; il faut que je fasse chauffer le gril avant de faire cuire ces trucs. Sinon, il y a du whisky dans le placard, précisa-t-il en couvrant le plateau pour le remettre au frigo. C'est comme tu veux.

Elle choisit une bière, bien qu'elle eût préféré le whisky, et le suivit sur la terrasse. C'était la même que la sienne, tout en bois et à moitié couverte. Cooper s'approcha du gril dans le coin de la partie découverte, l'alluma, puis se tourna vers elle.

Elle le regardait, tenant sa bière entre ses mains. Il attrapa sa bouteille sur la table en bois à côté de lui et but une gorgée sans la quitter des yeux, ses longs cils bruns voilant à demi son regard d'ambre.

— Il y a des règles à suivre dans une petite ville ? lui demanda-t-elle, faute de trouver autre chose à dire. Personne ne m'a jamais adressé la parole avant ton intervention.

— Je me suis renseigné, avoua-t-il en faisant la grimace. La mise en garde que j'avais faite aux clients du bar a été mal interprétée. Ce sont des choses qui arrivent. Les gens sont toujours suspicieux vis-à-vis des nouveaux venus, mais en faisant le tour de la ville, ça a fait boule de neige. J'en suis sincèrement désolé.

— Tu as beaucoup de pouvoir sur les habitants de Simsburg, commenta-t-elle en fronçant les sourcils.

Elle n'avait jamais réalisé qu'une petite ville fonctionnait de la même façon que la société tout entière. Si quelqu'un d'important ne vous aime pas, vous vous retrouvez automatiquement rejeté.

— Je n'ai pas tant de pouvoir que ça, lui assura-t-il. Je ne suis pas très recommandable.

— Maggie t'aime bien. Et les enfants sont très malins. Kyle n'arrêtait pas de tendre les bras vers toi. L'épicier aussi t'aime bien.

— Ça ne veut rien dire, répondit-il en s'asseyant sur un banc. C'est ma ville natale et je ne me laisse pas facilement marcher sur les pieds. Ils feraient semblant de m'aimer même s'ils me haïssaient.

Il la regardait droit dans les yeux, franchement. Sarah se passa la langue sur les lèvres et soutint son regard, sans trop savoir quoi dire. Son corps vibrait, comme chaque fois qu'elle était près de lui. De désir. Elle n'y pouvait rien. Ses pointes de seins durcissaient, devenaient extrêmement sensibles.

— Je parie que tu es moite, dit-il d'un ton différent, sensuel et viril.

Si elle ne l'avait pas été, la caresse de sa voix aurait suffi à lui donner raison.

Elle s'éclaircit la gorge.

— J'imagine que tu as cet effet-là sur beaucoup de femmes, non ?

Il ne s'était pas attendu à cette réponse. Elle le vit tordre la bouche et son regard se fit dur.

— Tu cherches les ennuis. J'espère que tu t'en rends compte, Sarah ? s'enquit-il d'une voix grave et aussi dure que son regard. Tu es une petite créature adorable, et je suis un très mauvais garçon. Tu es sûre de vouloir continuer à me regarder avec ces yeux-là et à me tenter avec ce joli petit corps ? Tu devrais sortir avec un gentil garçon, Sarah. Pas avec un type qui a oublié la douceur de vivre.

Sarah se balança sur ses pieds et faillit gémir sous la caresse de son piercing.

— J'ai peut-être envie de devenir une vilaine fille, répliqua-t-elle doucement. Si tu es aussi mauvais que tu le dis, tu pourrais peut-être m'aider.

Cooper sentit un désir sauvage et irrépressible lui déchirer les entrailles. Elle restait là, les joues légèrement rosées, serrant sa bouteille de bière de ses doigts nerveux. Pourtant, elle soutenait son regard sans ciller. Un soupçon d'excitation, d'embarras et de quelque chose qu'il préférait ne pas analyser, brillait dans ses yeux.

Tandis qu'il la dévisageait, une pensée surgit dans sa tête.

— Merde, marmonna-t-il. Tu es vierge, c'est ça ?

Les lèvres de Sarah se retroussèrent sur un petit sourire cynique.

— Tout dépend de la définition que tu donnes à la virginité. Est-ce que j'ai déjà couché avec un homme ? Non. Mais j'ai perdu mon hymen il y a des années, Ethan.

Elle ne l'avait pas appelé Cooper. Bon sang. Elle était vraiment dangereuse. L'entendre prononcer son prénom l'avait troublé, ému même. Attendri. Il aimait sa manière de le prononcer, la façon dont son regard s'adoucissait quand il franchissait ses lèvres.

Il se leva et s'approcha lentement d'elle. Elle ne baissait toujours pas les yeux. Elle le regardait carrément, sans honte. Un peu trop calme. Un peu trop sombre. Il y avait des ombres dans ces prunelles bleu pâle, qui l'incitaient à se demander ce que dissimulait cette petite femme fière.

Car elle était fière. D'une fierté incommensurable.

— Pourquoi ? s'enquit-il en se plaçant derrière elle pour lui effleurer l'oreille du bout du nez. Pourquoi tu n'as jamais couché avec un homme, Sarah ?

Elle déglutit avec difficulté.

— J'ai été très protégée pendant longtemps, et j'ai eu du mal à trouver un équilibre après ça, répondit-elle d'un ton triste. Et puis je travaillais. Je n'avais pas le temps.

C'était un mensonge.

— Ne mens pas, dit-il en lui mordillant l'oreille, ce qui la fit sursauter. Ne me mens jamais, Sarah. J'ai horreur de ça.

Elle demeura silencieuse un moment.

— Je ne veux pas d'une aventure sans lendemain. Je ne veux pas coucher avec un type qui ne sait pas caresser une femme ou qui ne pense qu'à son plaisir, déclara-t-elle en tournant la tête pour le regarder. Je ne cherche pas l'amour, Ethan. Mais je veux un homme qui me serre dans ses bras et qui me fasse jouir. Qui m'apprenne à lui donner du plaisir. Et j'ai envie de toi depuis la première fois que je t'ai vu.

Son sexe allait déchirer son caleçon, faire exploser sa braguette et jaillir à l'air libre, songea-t-il.

Il lui prit la bouteille des mains et la posa sur le rebord de la terrasse. Sous la partie couverte, à l'abri des claies, personne ne pouvait les voir. D'ailleurs, Cooper se fichait complètement d'être vu.

Il la fit pivoter vers lui, plaqua une main sur sa nuque, et observa la façon dont ses lèvres pleines s'écartaient, dont la pointe de sa langue les caressait.

Il allait le faire. Qu'elle ait été sincère ou non, elle avait prononcé la formule magique. Elle avait dit qu'elle ne cherchait pas l'amour et qu'elle avait envie de lui.

— Je vais te donner ce que tu veux, Sarah, murmura-t-il en effleurant ses lèvres des siennes. Je suis ton homme. Tu me fais bander comme un fou, tu sais ?

Ses cils étaient humides. Il était prêt à parier que sa petite culotte l'était aussi. Il avait bien envie de le vérifier tout de suite.

— Touche-moi.

Cet ordre chuchoté contracta ses testicules.

— Touche-moi, Cooper. Touche-moi, sinon je vais mourir.

— D'accord, mais je te préviens que je n'en resterai pas là.

Il passa un bras autour de ses hanches et la souleva contre lui.

Elle écarquilla les yeux. L'innocence illuminait son regard comme des flammes incandescentes et le désir empourprait ses joues. Ses lèvres étaient plus pleines que jamais, avides de sensations nouvelles.

Les mains de Sarah remontèrent le long de ses avant-bras tandis que son sexe palpitait dans son jean et pressait désespérément contre son mont de Vénus. Il allait la lécher. Dès qu'il l'aurait embrassée. Dès qu'il aurait apaisé le feu qui faisait rage en lui, en goûtant cette adorable bouche. Il soulèverait sa robe, baisserait sa culotte et dévorerait sa petite chatte.

— Je ne t'ai pas demandé d'en rester là, souffla-t-elle contre ses lèvres d'une voix brûlante.

Ce qui allait se passer entre eux serait tout sauf calme. Il y avait quelque chose dans ses yeux, dans ce murmure intense... Il se souvint de ses piercings et de la façon dont elle avait bu ce whisky. La délicieuse petite Sarah avait horreur du calme. Et cela tombait à merveille, car Cooper avait oublié ce que ce mot signifiait depuis longtemps.

4

Sarah se sentit submergée par une sensation bouleversante, à laquelle elle s'abandonna totalement. Ses doigts s'enfoncèrent dans ses épaules et ses lèvres s'écartèrent sous son baiser avide.

Il la plaquait contre lui sans effort. Les pieds de Sarah ne touchaient plus le sol, et le sexe en érection de Cooper se pressait entre ses cuisses. Leurs langues se rencontrèrent. Sarah fit remonter ses jambes le long des siennes jusqu'à enserrer ses cuisses au creux de ses genoux et apprécia la puissance de ses muscles. Il posa une main sur ses fesses et la maintint en place.

C'était tout simplement divin, et elle plongea dans un tourbillon. Des flammes léchaient sa chair, lui brûlaient l'entrejambe. Le frottement de son piercing sur son clitoris lui tira un long gémissement.

Pourquoi était-ce tellement différent ? Pourquoi n'obtenait-elle jamais une sensation aussi puissante quand elle se caressait ? Question d'excitation, se dit-elle. L'excitation qui pulsait violemment en elle faisait durcir ses pointes de seins, parce qu'elle savait qu'elle était dans les bras d'un homme extrêmement dangereux. Sans être cruel. Elle savait faire la différence.

La force sombre et attirante d'Ethan s'insinua en elle.

— Tu es une vraie bombe, grommela-t-il.

L'ambre de ses yeux noisette semblait pétiller comme des étincelles à présent. Des étincelles qui enflammèrent les sens de Sarah. Il était excité. Prodigieusement excité. Et c'était elle qui le mettait dans cet état.

— Fais-moi exploser, haleta-t-elle.

Cooper la dévisagea. Ses yeux bleu pâle reflétaient un désir ardent qui enflammait ses joues. Ses genoux enserrèrent plus fermement ses cuisses quand sa main pétrit le galbe de ses fesses.

Il allait la faire jouir encore et encore. Cooper était expert dans l'art de satisfaire les femmes, et il le savait. C'était l'œuvre de sa vie. Il y avait consacré des années de pratique assidue. Il ne comprenait pas leur façon de penser, mais il savait les faire jouir.

Il était prêt à parier qu'il allait faire crépiter cette adorable petite créature comme une procession de pétards un 4 juillet.

Elle était innocente, mais plus brûlante que l'enfer. Le besoin de comprendre pourquoi elle était encore vierge et pourquoi elle l'avait choisi l'envahit soudain.

Mais il s'occuperait de ce problème plus tard. Pour l'instant, la délicieuse Sarah était dans ses bras et il voulait la voir toute nue. Voir son petit corps se tordre de plaisir.

— Voyons ce qui fait jouir la petite Sarah, dit-il avec un large sourire, ravi de constater que son regard s'assombrissait.

— Moi, je veux voir ce qui fait jouir Ethan.

Une fois de plus, elle le surprenait.

Ses mains caressaient ses épaules. Son petit visage reflétait un désir si intense qu'il l'hypnotisait.

— Tu veux savoir ce qui me fait jouir ? demanda-t-il en effleurant ses lèvres des siennes.

— Oui, souffla-t-elle.

— Il suffit parfois d'un truc tout bête, dit-il avant de lui mordiller la lèvre inférieure. J'ai joui très fort l'autre jour. J'étais dans le grenier, je regardais ta piscine et je t'ai vue te caresser.

Elle écarquilla les yeux.

— Tu m'as vue ? s'exclama-t-elle.

La honte ne pointait que très légèrement dans sa question. Ce qui l'embarrassait le plus cruellement, c'était qu'elle n'ait pas réussi à jouir, non qu'il l'ait surprise en train de se masturber.

— J'ai éjaculé en te regardant.

Il pivota vers la table et la fit asseoir dessus.

— Ça t'a plu de me regarder ?

Elle avait demandé cela d'un ton timide, mais le plaisir reprit le dessus lorsqu'il fit remonter sa robe sur ses cuisses.

— J'ai adoré ça. Et je vais recommencer.

Elle secoua la tête.

— C'est toi qui vas me toucher.

Ses mamelons étaient si durs qu'ils devenaient douloureux.

— Ne t'inquiète pas pour ça.

Il allait la toucher juste ce qu'il fallait pour qu'elle s'échauffe un peu plus, juste assez pour la rendre folle.

— Je vais te toucher et après, ce sera ton tour.

Il recula, se débarrassa de son T-shirt et fut obligé de serrer les dents. Sarah avait aussitôt posé les mains sur le fin duvet de son torse et les faisait glisser de plus en plus bas.

Ses lèvres se joignirent tout aussi spontanément à la manœuvre.

Dieu tout-puissant. Cette femme ne s'intéressait pas qu'à son plaisir personnel.

Il approcha la main de ses cheveux, écarta la pince qui les emprisonnait et regarda les boucles folles de sa chevelure se répandre en une cascade soyeuse le long de son dos. Il avait hâte de voir ces mèches recouvrir ses cuisses quand elle l'aimerait avec sa bouche.

— J'ai envie de te toucher, dit-elle en tendant la main vers sa ceinture.

Elle avait prononcé ces mots d'un ton si sincère qu'il crispa la mâchoire. Pas tout de suite, songea-t-il. Il voulait d'abord s'occuper d'elle.

Il n'allait tout de même pas la déflorer sur une table de pique-nique. Même s'il était pourri jusqu'à la moelle, il ne pouvait pas s'abaisser à cela.

— Du calme, ma belle, fit-il en l'obligeant à se redresser, sans prêter attention à la façon dont ses ongles s'incrustèrent dans sa chair.

C'était une folle furieuse. Un de ces chats sauvages qui vous laissent des griffures. Délicieuses.

— Où va-t-on ?

— Dans ma chambre, répondit-il d'une voix aussi tendue que le reste de son corps. J'ai besoin d'espace pour faire ça bien.

Sarah déglutit tandis qu'il la portait jusqu'à une chambre baignée de lumière. Le lit était immense, et le soleil se répandait à flots par la fenêtre aux rideaux ouverts.

— Et voilà.

Il l'étendit sur le dos, s'allongea près d'elle en enfouissant les doigts dans sa chevelure et lui imposa l'immobilité d'un long baiser vorace.

Elle se laissa faire voluptueusement. Le contact de ses lèvres sur sa bouche et les caresses insistantes de sa langue la faisaient vibrer.

Il n'avait pas un instant d'hésitation. Il obéissait seulement à son appétit viril.

Elle cambra le dos pour se plaquer contre lui et devina qu'il soulevait sa robe. Quand sa grande main calleuse caressa sa cuisse, le sang qui parcourait ses veines entra en ébullition. Mais lorsque cette même main s'immobilisa entre ses cuisses, son sang se figea. Elle sentit son bas-ventre se contracter, anticipant le plaisir. C'était terrifiant. Elle n'avait jamais rien ressenti d'aussi puissant. Jamais. Pas même au cours des nuits où le besoin sexuel l'avait cruellement tiraillée.

Il ne bougeait plus, se contentant d'envelopper son mont de Vénus de sa main.

Sarah avait du mal à respirer. Elle soutint son regard, le corps en équilibre au-dessus d'un gouffre qu'elle mourait d'envie de franchir et qui l'effrayait.

— Quand je te ferai jouir, tu crieras mon nom.

Il plissait les yeux, qui tiraient à présent davantage sur l'ambre que sur le brun.

— Non ! s'écria-t-elle en agrippant son poignet quand il fit mine d'écarter sa main.

— Du calme, ma belle. On n'en est pas encore là.

— Si.

Sarah en mourait d'envie. Son corps exigeait l'assouvissement.

Ethan laissa échapper un ricanement.

— On va d'abord te déshabiller. Je ne vais pas te prendre en retroussant ta robe sur tes hanches comme un soudard.

Sarah acquiesça, soudain timide.

— Tu veux bien fermer les volets ? souffla-t-elle.

Le sourire de Cooper était sexy, prometteur.

— Tu es si jolie à la lumière du soleil. Je veux la voir recouvrir ta poitrine.

Ses mains s'approchèrent des boutons de sa robe et Sarah se figea, sachant ce qu'il allait découvrir. Elle scruta son visage alors qu'il les défaisait un à un. Il y en avait toute une ribambelle, depuis le col jusqu'à l'ourlet. Chaque bouton libéré de sa boutonnière augmentait son appréhension.

Cela risquait-il de le dégoûter ? Les cicatrices étaient affreuses. Sinistres. Elle sentit sa respiration se bloquer dans ses poumons et fixa un point derrière son épaule en luttant pour retenir ses larmes. Elle avait seulement voulu savoir ce que ça faisait. Elle avait pensé qu'il la prendrait sur la terrasse. Qu'il la trousserait gaillardement et qu'elle expérimenterait l'orgasme, au lieu d'être confrontée à ce supplice.

Cooper plissa les yeux, et Sarah se raidit. Une fois sa robe déboutonnée jusqu'au ventre, il dénuda sa poitrine.

Sarah était tendue comme un arc.

Cooper comprit pourquoi. Il effleura du bout des doigts les six lignes blanches qui zébraient sa gorge. Elles étaient extrêmement fines, comme si on avait incisé la peau avec une lame de rasoir. Les cicatrices étaient parfaitement droites.

— On parlera de ça plus tard, murmura-t-il.

Pâle comme un linge, Sarah garda le regard braqué derrière son épaule. Cooper savait reconnaître la honte quand elle était visible. La jeune femme craignait d'inspirer son dégoût. Elle se croyait laide.

Il baissa la tête et fit courir la pointe de sa langue le long d'une cicatrice, puis d'une autre.

Sarah sursauta au premier contact. Au deuxième, Cooper devina qu'elle s'efforçait de ne pas réagir. Et lorsqu'il atteignit la sixième ligne pâle, elle avait fermé les yeux et serrait les poings d'excitation.

— Tu crois que ces cicatrices de rien du tout vont te tirer d'affaire, Sarah ? demanda-t-il en attrapant le bas de sa robe pour la faire passer par-dessus sa tête.

Surprise, elle avait machinalement levé les bras. Il la repoussa sur le lit, lui retira ses sandales, mais laissa en place le petit anneau doré qui ornait son orteil. Après quoi, il ôta ses bottes et se débarrassa de son jean à une vitesse stupéfiante.

Cooper sentit cependant ses mains trembler.

Sarah était étendue devant lui comme le plus séduisant des banquets. Deux anneaux d'or transperçaient ses mamelons.

Il se pencha au-dessus d'elle et vit ses pupilles se dilater quand il passa la langue sur une de ses pointes de seins, puis sur l'autre.

Sarah sursauta et laissa échapper un cri. La sensation se répercuta au creux de son ventre, comme si des rubans de plaisir chauffés à blanc la frôlaient.

Jamais encore le contact des petits anneaux d'or ne lui avait semblé aussi délicieux. La légère pression qu'ils exerçaient sur ses mamelons durcis, accentuée par la caresse râpeuse de sa langue, était plus exquise que tout ce qu'elle avait expérimenté.

Il en captura un dans sa bouche et le suça. Cette fois, la sensation lui fouetta le sang. Elle cambra le dos et sentit son ventre se contracter. Ses doigts, comme animés d'une volonté propre, s'élevèrent jusqu'à ce que ses ongles s'enfoncent dans les épaules d'Ethan.

— Voilà, c'est bien, Sarah, murmura-t-il contre son sein. Profite de moi autant que j'ai l'intention de profiter de toi.

Cette voix rauque de désir submergea ses sens et le voile de plaisir qui l'enveloppa chassa toute timidité. Elle oublia ses cicatrices et le passé pour ne plus penser qu'à l'instant présent, à cet homme et à ses caresses, au bonheur qu'il lui prodiguait.

— Oh, oui…

Ces mots s'échappèrent de sa bouche lorsqu'elle sentit sa main revenir se poser entre ses cuisses.

Jamais encore son clitoris n'avait été aussi dur et enflé. La petite bille du piercing pressait dessus et le frottement déclenchait en elle des décharges électriques.

Cooper prenait son temps. Sarah aurait préféré qu'il se dépêche. Elle avait hâte d'atteindre l'extase qui lui échappait perpétuellement.

— S'il te plaît… souffla-t-elle quand les lèvres de Cooper s'emparèrent de l'autre mamelon pour le sucer tendrement.

Ses seins étaient extrêmement sensibles, et chacun de ses coups de langue lui donnait l'impression d'être à l'agonie.

— Ethan, j'ai mal, haleta-t-elle en renversant la tête en arrière. J'ai tellement envie de toi que ça fait mal !

Il se redressa. Les yeux de Sarah étaient sombres et son visage était humide. De sueur ? Il approcha la main et passa le pouce sous ses yeux. Non, de larmes.

— Sarah ? chuchota-t-il.

— J'ai envie de jouir, Ethan, dit-elle en tremblant de tous ses membres. Je n'y arrive jamais. J'ai essayé encore et encore, mais je n'y arrive jamais ! Je t'en supplie, mets fin à ce supplice.

— Pourquoi est-ce que tu n'as pas cherché à coucher avec un homme avant aujourd'hui, Sarah ? demanda-t-il en caressant les replis moites de son sexe.

Elle était brûlante. Incroyablement brûlante. Il comprit à l'intensité de son désir qu'elle se retenait depuis longtemps. Des années. Cette femme mourait d'envie qu'on la touche et pourtant, personne ne l'avait fait. Personne ne l'avait jamais serrée dans ses bras, et il voulait savoir pourquoi.

— J'aurais bien voulu, répondit-elle en levant les yeux vers lui.

— Pourquoi tu ne l'as pas fait ?

— Parce que je t'ai vu, avoua-t-elle d'une voix tremblante.

Cooper n'aurait pas cru cela possible, mais il sentit son sexe enfler davantage. Deux ans. La première fois qu'il l'avait croisée, c'était le jour où elle était venue visiter la maison. Il n'avait pas oublié le regard qu'elle avait posé sur lui. Ce regard d'intérêt timide, cette petite lueur qui disait : « Ça te tente ? »

— Pourquoi moi ?

Il se plaça entre ses cuisses. Sa petite fente brûlante était délicieuse. Aucune femme ne l'avait jamais attendu deux ans.

— Prends-moi, murmura-t-elle. Prends-moi toute, Ethan. Je veux te sentir tout entier en moi.

Son corps se tordait sous lui et elle plantait ses petits ongles dans ses biceps. Elle allait le gifler s'il ne faisait rien.

Il saisit ses poignets et plaqua ses bras sur le matelas. Sarah se cambra en gémissant.

— Ça te plaît, hein ?

Lui aussi, il adorait ça. Jamais encore il n'avait vu une créature aussi délicieusement féminine s'enflammer de cette façon, et la position dans laquelle il la maintenait faisait naître en lui un désir sauvage.

Comment les choses avaient-elles pu aller si vite ?

Il pressa l'extrémité de son sexe contre sa chatte et ressentit aussitôt une sensation paradisiaque. Torride et soyeuse. Son gland palpita douloureusement au contact de sa fente.

Il cligna des yeux pour en chasser la sueur. Il ne s'était jamais retrouvé dans un tel état d'excitation, lui non plus. Comment s'y prenait-elle pour lui faire autant d'effet ?

Il bascula les hanches en avant et serra les dents quand son gland pressa contre l'ouverture étroite de son vagin. Son piercing déclenchait des ondes de plaisir irrépressible, et Sarah était vraiment très étroite. Sans être énorme, le sexe de Cooper présentait d'honorables proportions et il risquait de la déchirer.

Il sentit le piercing de son gland se loger dans la chair tendre, les caressant tous les deux en même temps tandis que ses testicules se contractaient.

Il la vit retenir son souffle. Les mamelons de Sarah durcirent au point de s'assombrir lorsqu'il s'immisça dans sa fente.

Il serra les dents et scruta son regard.

— Encore, Ethan, souffla-t-elle impatiemment.

Il esquissa un sourire.

— Je crois que tu ne vas pas tenir le coup bien longtemps, ma belle.

Sa petite chatte palpitait, enserrant étroitement son gland. Et lui ? Combien de temps tiendrait-il ?

Elle respirait fort, et ses pupilles étaient tellement dilatées que ses iris se réduisaient à un mince cerceau bleu pâle.

Il savait ce qui lui ferait du bien, là, tout de suite. Il le savait parce qu'il n'arrêtait pas d'en rêver depuis qu'il l'avait vue se caresser. Une longue pénétration suivie d'un simulacre de retrait, et il la sentirait jouir sous la caresse de son sexe quand il reviendrait bien à fond.

Le fantasme de tous les hommes. Le sien, en tout cas. Sa chatte était si étroite qu'elle l'enserrait comme un poing qui se serait alternativement refermé et détendu.

— Je ne veux pas te faire mal, Sarah, grogna-t-il.

C'était bien la première fois de sa vie qu'il maudissait son sexe d'être aussi gros.

— Je survivrai.

Elle souleva les hanches et, pour la première fois de sa vie, Cooper perdit son sang-froid. Il ne parvint à maîtriser sa force que par miracle.

Il la pénétra d'un seul coup, jusqu'à ce qu'elle crie son nom et qu'il la sente jouir.

Sa petite chatte palpitait follement.

Il se retira, plongea à nouveau et éjacula. Son sperme gicla en elle à longs traits brûlants qui lui donnèrent l'impression de mourir. Ce fut d'autant plus délicieux qu'il n'avait pas enfilé de préservatif.

Sarah vibrait toujours autour de lui, cambrée à s'en briser les reins. Le corps agité de soubresauts, elle frottait son clitoris contre lui, les yeux révulsés.

La petite Sarah jouissait dans ses bras comme aucune autre femme n'avait jamais osé le faire, et Cooper eut l'intuition qu'il venait de perdre un morceau de son cœur. Sans parler de sa santé mentale. Car non seulement il avait oublié d'enfiler un préservatif, mais le pire de tout, c'était qu'il ne s'en souciait même pas !

5

— Je n'avais pas mis de capote.

Ethan se laissa tomber sur le lit, l'attira contre lui et la fit s'étendre sur son torse.

Il aurait mieux fait de la laisser s'allonger à côté de lui, car l'expression de son visage était dangereuse pour un homme qui avait soigneusement érigé de solides défenses autour de son cœur.

Mais il se rendait compte qu'il était en train de lâcher prise et trouvait cela plutôt agréable.

— Je prends la pilule.

Le front de Cooper se plissa quand elle se pencha vers lui pour l'embrasser, et il posa une main sur sa nuque afin de la retenir.

— Comment peux-tu être sûre que tu ne coures aucun risque avec moi ? lui fit-il remarquer en plissant les yeux.

La fossette réapparut. Timide. Plus séduisante que jamais.

— J'entendais tes copains bavarder quand je passais t'apporter à manger pendant ta convalescence, avoua-t-elle. D'après eux, tu es un maniaque du préservatif.

C'est ce qu'il était, en effet.

Il la laissa l'embrasser. Il aurait été incapable de l'en empêcher.

— Je n'ai même pas eu le temps de te lécher, marmonna-t-il en empoignant sa chevelure d'une main. Je vais devoir te le faire payer.

Il le lui fit payer avec sa bouche. Ses lèvres et sa langue. D'un baiser si intense qu'il retrouva toute sa vigueur.

Bon sang ! Il fallait absolument qu'il s'éloigne d'elle. Sarah était mortellement dangereuse. Elle comblait tous ses désirs, comme si elle lisait en lui à livre ouvert et savait exactement de quoi il avait envie.

Ses lèvres étaient gourmandes, et ses gémissements le rendaient fou.

— J'ai envie de te toucher, chuchota-t-elle.

Il la laissa s'écarter et sa tête s'enfonça dans l'oreiller lorsqu'il sentit sa bouche sur son menton, puis dans son cou. Son audace était exceptionnelle pour une jeune femme vierge, mais Cooper savait qu'elle ne lui avait pas menti. Car il l'avait bel et bien déflorée. Son hymen était mince, mais il était là.

Cette petite vierge audacieuse embrassait à présent son torse. Ses lèvres recouvrirent le cercle plat de ses mamelons, l'un après l'autre, et les sucèrent si bien qu'il eut l'impression de brûler vif.

Sa bouche descendit encore. Plus elle s'approchait de son sexe en érection, plus il sentait croître le besoin désespéré qu'elle avait de le sucer. À moins qu'il ne projette sur elle son propre désir ?

Elle s'immobilisa, et son souffle tiède effleura son sexe quand elle leva les yeux vers lui.

— Aide-moi, murmura-t-elle.

— Oh, Sarah, grogna-t-il en redressant les oreillers derrière sa tête. Aime-moi avec ta bouche. Suce ma queue, lèche-la, fais-lui sentir que tu l'aimes, et tu pourras jouer avec toute la nuit.

La fossette ressurgit sur sa joue.

— Je l'aime, haleta-t-elle en baissant la tête pour donner un petit coup de langue sur son gland. Je l'aime énormément, Ethan.

Dieu lui vienne en aide.

Elle se mit à le sucer. Il suffit de quelques secondes pour qu'elle le fasse gémir de plaisir. C'était une véritable torture. Cooper payait pour ses péchés de la pire façon qui soit ! Ou de la meilleure…

L'adorable créature qu'il venait de déflorer aspirait son âme en suçant sa queue, et c'était tout simplement divin.

— Oh oui, ma belle, suce-la bien, dit-il en enfouissant les mains dans les boucles de sa chevelure. Voilà, tu fais ça très bien, continue comme ça. C'est bon, tu sais…

Elle cala son gland contre son palais et le lécha par en dessous, puis joua du bout de la langue avec la bille de son piercing.

Ses mains couraient partout sur son corps, merveilleuses. Elle ne connaissait que les rudiments de la chose, mais elle était bien décidée à mettre le peu qu'elle savait en pratique. Elle aimait sa queue et la couvrait des caresses de sa langue comme si elle dégustait un esquimau au chocolat. Elle léchait et suçait tout en gémissant de plaisir.

Cooper avait hâte de pouvoir s'amuser avec le piercing de son clitoris comme elle s'amusait avec le sien et de la torturer à son tour.

Un coup de langue remarquablement appliqué lui fit comprendre qu'il était à deux doigts de lâcher prise. Il risquait de se soulager dans sa bouche, alors que ce qu'il voulait, c'était retourner dans sa petite chatte brûlante.

Il l'écarta doucement pour l'inciter à s'allonger près de lui, et la façon qu'elle eut de se débattre l'excita davantage. Elle haletait désespérément, mais quand il lui souleva les hanches et plaqua ses lèvres sur son clitoris, elle s'immobilisa.

La saveur épicée de sa féminité se mêlait à celle de sa virilité. Cooper n'appréciait pas outre mesure de goûter sa semence sur le corps d'une femme, mais avec celle-ci, peu lui importait. Pour connaître le bonheur de poser les lèvres sur son clitoris, il aurait été prêt à tout.

Leurs saveurs mêlées n'auraient cependant pas dû avoir un pouvoir aussi ardent sur lui. Le faire durcir autant. Et lorsqu'il sentit le corps de Sarah répondre aux caresses de sa langue, il s'abandonna à l'ivresse des sens.

Elle plia les genoux et écarta très impudiquement les cuisses pour se livrer tout entière à la bouche avide d'Ethan. Ce qu'il lui faisait risquait d'avoir raison d'elle. Il jouait avec la bille de son piercing en passant la langue dessus et en la faisant rouler sur son clitoris.

Sarah était prise dans un tel tourbillon de plaisir qu'elle ne pouvait rien faire d'autre que se tordre et gémir.

C'était délicieux. Encore meilleur que dans ses rêves les plus fous.

Il suçait son clitoris et le piercing en même temps, avant de lui appliquer des petits coups de langue. Les sensations se succédaient en elle. Son cœur battait follement. Ses gémissements cédèrent la place à des cris d'extase.

— Du calme, ma belle.

Ses mains puissantes saisirent ses hanches et l'immobilisèrent sur le lit.

— Savoure, dit-il en l'embrassant. Voilà, comme ça. Tu es une bonne petite, ajouta-t-il en embrassant son clitoris avant de faire glisser sa langue dessus. Tu es tellement mignonne que je veux encore jouer un peu avec toi. Après tu jouiras dans ma bouche, ma belle. Dans une minute.

Elle ne tiendrait jamais une minute ! Elle hoqueta pour résister au plaisir, enfouit les mains dans ses cheveux et tira dessus afin de l'obliger à se rapprocher.

— Allez, Sarah, murmura-t-il diaboliquement. Dis-moi ce que tu veux.

— Je veux jouir, gronda-t-elle en faisant rouler sa tête sur le lit.

— Dis-moi comment tu veux que je te fasse jouir.

— Ethan, protesta-t-elle dans un halètement désespéré. Mon Dieu, Ethan, je veux que tu suces mon clitoris. Suce-le et fais-moi jouir.

Il suça et lécha, mais cela ne fit qu'accroître son excitation. Le plaisir devint plus vif, plus intense, et le besoin de jouissance parcourut sa chair aussi douloureusement qu'une décharge électrique.

Il l'agaçait. Il la tourmentait. Elle le suppliait, pantelante. Puis, quand il se mit à la sucer avidement tout en faisant aller et venir rapidement sa langue sur son anneau, elle explosa.

Elle se sentit planer, fondre, et elle s'abandonna, ravie, à un arc-en-ciel de chaleur explosive.

La ferme poussée de son sexe et la caresse de son piercing sur sa chair moite la firent trembler de tous ses membres. Elle se mit à pleurer et sentit un nouvel orgasme la submerger.

— Oh, oui !

— Sarah, souffla-t-il en l'attirant contre lui pour la pénétrer plus profondément.

Plaisir et douleur se confondaient. Son sexe la brûlait et l'apaisait à la fois. Elle découvrait enfin l'extase. Pourquoi avait-elle attendu si longtemps alors qu'elle savait instinctivement, au fond de son âme, ce qu'elle ressentirait en couchant avec lui ?

Elle passa les bras autour de son cou et planta ses ongles dans sa chair. Elle se souleva, se redressa, cria son nom. Une nouvelle vague la dévasta.

C'était trop. Le plaisir était insoutenable. Elle avait l'impression de mourir et de renaître aussitôt. Comme s'il avait le pouvoir de la tuer et de lui insuffler la vie.

Elle sentit qu'il se soulageait longuement en elle et retint son souffle en réalisant qu'une fois de plus, il n'avait pas mis de préservatif. Elle avait pourtant entendu ses copains se moquer gentiment de lui, sous prétexte qu'il ne faisait confiance à aucune méthode de contraception et s'enveloppait toujours de latex.

Jusqu'à aujourd'hui. Avec elle.

— Tu m'as tué, Sarah, dit-il en se laissant tomber à côté d'elle. Dors, petit chat sauvage, ajouta-t-il en l'attirant contre son torse. On mangera tout à l'heure. Il faudra reprendre des forces avant de recommencer.

Il caressait affectueusement son dos et la serrait dans ses bras. Sarah sentit ses yeux se fermer. Rien qu'une minute, se dit-elle. Dans une minute, elle se lèverait. Parce qu'elle ne voulait pas se réveiller dans ses bras en hurlant.

Ses cauchemars étaient parfois aussi douloureux que le passé lui-même.

— Alors ? Tu as découvert quelque chose ?

Tenant son portable d'une main et une bouteille de bière de l'autre, Cooper arpentait la terrasse. La nuit était tombée, et Sarah dormait toujours. Mais il avait besoin de réponses.

— Tu ne vas pas en croire tes oreilles, le prévint Jake. Ça n'a pas été de la tarte, mais quand j'ai retrouvé la trace de cette fille, mon scalp a bien failli se détacher de mon crâne.

— Je t'écoute.

Jake soupira.

— Tu te souviens de ce mafioso italien ? Il doit y avoir huit ans de ça, à peu près. Il s'était spontanément rendu aux autorités italiennes, leur avait balancé tout ce qu'il savait et avait fourni tellement de preuves qu'il y avait eu une violente scission entre les différentes familles du crime organisé.

— Oui. Federico, ou un nom de ce genre.

— Eh bien, tiens-toi bien parce que les copains que j'ai contactés à l'ambassade m'ont appris un truc dont les médias n'ont jamais parlé. Figure-toi que la fille de Giovanni Federico, alias Gio le Géant, avait seize ans à l'époque. Elle s'était fait kidnapper alors qu'elle allait secrètement retrouver le fils d'un rival de son père. Les ennemis de Gio la retenaient en otage pour s'assurer qu'il ne bougerait pas d'une oreille pendant qu'ils dégommaient ses plus proches alliés à travers toute l'Italie. Chaque fois que ce brave Gio tentait de récupérer sa fille, ses ravisseurs lui faisaient parvenir une cassette vidéo. Une cassette qui montrait la gamine, nue jusqu'à la taille, en train de se faire lacérer la poitrine avec une lame de rasoir. Gio a fini par perdre la boule. Il est allé trouver les autorités et leur a promis de révéler tout ce qu'il savait s'ils récupéraient sa fille.

Cooper baissa la tête et ferma les yeux. Les cicatrices sur la poitrine de Sarah...

— Merde.

— Attends la suite. D'après mes copains de l'ambassade, les flics ont rapidement récupéré la fille, l'ont rendue à son père et ont procédé à son arrestation quelques jours plus tard. Procès retentissant, condamnation, tu sais tout ça aussi bien que moi. Or, six mois plus tard, la petite Sarah Federico a trouvé la mort dans une voiture piégée, en même temps que trois ennemis jurés de son père. C'est du moins ce que la presse a raconté. Mais en grattant un peu, on constate qu'à la même époque, Sarah Fox immigre d'Italie grâce au concours des autorités australiennes et arrive aux States avec son oncle, Martin Corelli. Martin dégotte un boulot de vigile à Los Angeles, et la petite Sarah Fox s'inscrit à l'université. Un an plus tard, ils partent pour Dallas. Sarah Fox suit des cours de programmation en informatique, et ce bon vieux Martin décroche un nouveau job de vigile. Et puis, il y a deux ans et demi, quelqu'un découvre le cadavre de Martin. J'ai parlé avec le responsable de l'enquête qui se souvient très bien de l'affaire. La mort de Martin n'avait rien de naturel, et les types qui ont trouvé son corps étaient comme par hasard italiens eux aussi. Une petite *mamma* habillée en noir de la tête aux pieds et un grand gaillard à la mine sombre qui baragouinait un sabir tout juste compréhensible. Le coroner m'a juré qu'ils étaient accompagnés de types des services secrets qui ont exhibé leur carte en bonne et due forme. Le grand gaillard voulait savoir si Corelli avait des amis ou de la famille. Le coroner lui a répondu que non et lui a demandé comment il avait su que Corelli était là. Le type a dit qu'un ami l'avait appelé pour le prévenir. Impossible de lui tirer un mot de plus. Fin de l'histoire, tout le monde se disperse et six mois plus tard, tu hérites d'une nouvelle voisine, miss Sarah Fox.

Cooper sentit au ton de sa voix que Jake ne lui avait pas tout révélé.

— Et alors ? le pressa-t-il.

— Et alors, figure-toi qu'on a rencontré Corelli. Toi et moi, il y a quelques années de ça, quand on était en permission à Dallas. Tu te souviens qu'on a fait la tournée des bars pendant une semaine ?

Cooper s'assit. Oui, il s'en souvenait.

— Il nous avait juste dit qu'il s'appelait Martin.

— Exact. On a bu quelques coups et rigolé avec lui, puis il s'est levé et a dit qu'il devait aller chercher sa nièce pour la raccompagner chez elle. Lorsqu'on est sortis, des types nous ont sauté dessus, et Martin nous a sauvé la mise en sortant son cran d'arrêt.

— Et il a dit qu'un jour, il me demanderait un service en échange, soupira Cooper. Quand il est mort, il m'a envoyé la seule chose qui comptait à ses yeux. Et j'étais censé la protéger.

Cooper se souvenait qu'ils étaient pleins comme des barriques, ce soir-là. En rigolant, il avait promis à Martin de protéger l'aîné de ses fils. Martin lui avait alors répondu que ce qu'il aurait à protéger était plus précieux encore qu'un fils aîné.

— Alors, c'est pas de l'info, ça, mon pote ? s'esclaffa Jake. Corelli est venu à Simsburg quelques mois avant sa mort. C'est l'agent immobilier qui a vendu la maison à Sarah qui me l'a dit. Corelli a passé deux nuits ici en compagnie de sa nièce. Quand le type de l'agence leur a demandé quel genre de bien ils recherchaient, Sarah lui a dit qu'ils connaissaient quelqu'un en ville.

— Il y avait une fille cette nuit-là, se rappela soudain Cooper. Après la bagarre, elle est descendue du bus au coin de la rue pendant qu'on s'appuyait au mur du bar pour éviter de tomber, tellement on rigolait.

Il s'en souvenait aussi clairement que si cela s'était passé la veille. Son regard bleu dans la nuit, sa silhouette mince, la capuche de son manteau rabattue sur sa tête et le trousseau de clés qu'elle serrait dans sa main. Il avait vu luire une clé pointue entre ses doigts et, malgré la brume de l'ivresse, avait senti qu'elle se méfiait.

Il se souvenait de la caresse de son regard sur lui. Nom de Dieu.

— Corelli était chargé d'assurer sa protection, et tu crois qu'elle est venue ici à cause de moi ?

— En fait, Martin était mon oncle. Et oui, c'est parce que je n'arrivais pas à t'oublier que je suis venue ici.

La voix de Sarah lui fit tourner la tête. Comment avait-elle fait pour se glisser dans la cuisine sans qu'il s'en aperçoive ?

— Oups ! Grillé, mec, railla Jake. Je te laisse. Bonne chance !

Cooper referma son portable sans quitter Sarah des yeux. Elle avait boutonné sa robe de travers et relevait fièrement le menton, ses sandales à la main.

Elle avait une attitude stoïque, mais il lut la peur dans ses yeux.

Les bras croisés sur la poitrine, il la contempla un moment avant de parler.

— Pourquoi ne m'as-tu rien dit ?

Elle détourna les yeux pendant plusieurs secondes, puis les reporta sur lui.

— Parce que je n'en pouvais plus de vivre sous la responsabilité de quelqu'un. J'avais envie d'être la femme de quelqu'un, pour changer. Merci pour tout, il est temps que je m'en aille.

Cooper cligna des paupières tandis qu'elle s'éloignait. De quoi venait-elle de le remercier ?

Il s'élança derrière elle, la rattrapa avant qu'elle ait eu le temps de faire cinq pas, et la fit pivoter vers lui.

— Tu ne t'en tireras pas comme ça, ma belle, dit-il d'un ton dur.

Il aurait dû être dans une rage folle. Il n'appréciait pas trop les responsabilités. Celles de son bar lui suffisaient amplement. C'est du moins ce qu'il avait cru, jusqu'à ce que Sarah s'impose dans sa vie.

— Pourquoi ne m'as-tu pas dit qui tu étais ? demanda-t-il en l'empêchant de lui échapper.

— Parce que c'était toi qui m'intéressais, pas la promesse que tu avais faite à mon oncle un soir d'ivresse. Je ne voulais pas que tu te sentes coupable de flirter avec moi, alors qu'il y avait de fortes chances pour que tu ne te souviennes même plus de cette soirée. Je voulais l'homme qui m'a bouleversée ce soir-là. Je voulais que tu aies envie de moi, Ethan. Je ne voulais pas que tu te sentes responsable de moi.

D'une secousse, elle libéra son bras tandis qu'il la dévisageait, abasourdi.

— Tu m'as dit que tu ne cherchais pas l'amour, riposta-t-il d'un ton accusateur.

— Oui, j'ai dit que je ne cherchais pas l'amour parce que je l'avais déjà trouvé, répliqua-t-elle sèchement.

Elle secoua la tête et ses boucles folles dansèrent autour de sa tête.

— Tu es libre, Ethan, déclara-t-elle en écartant les bras et en reculant d'un pas. Tu m'as donné bien plus que je ne l'avais rêvé. Et tu me l'as donné de plein gré, pas en souvenir d'une vieille dette.

Une lueur de fierté toute féminine faisait briller ses yeux. Cette lueur lui donna envie de la posséder à nouveau. Ici. Par terre, sur le carrelage de la cuisine.

— Je n'en ai pas terminé avec toi, ma belle, dit-il en défaisant la boucle de son ceinturon et en baissant sa braguette. On est encore très loin du compte, toi et moi…

Elle écarquilla les yeux et ses lèvres s'entrouvrirent.

Au cas où elle aurait eu envie de dire non, il recouvrit de sa bouche ses belles lèvres un peu boudeuses, l'attira dans ses bras et la souleva.

— Passe tes jambes autour de moi, exigea-t-il.

Il fit remonter sa robe sur ses cuisses, l'embrassa lorsqu'elle voulut parler, la plaqua contre le mur et lui arracha sa culotte. Il perçut son excitation dans le gémissement qui lui échappa, à la manière dont elle planta ses ongles dans son cuir chevelu. Dont ses lèvres dévoraient les siennes et dont sa langue luttait contre la sienne.

— Tu aimes ça, hein ? s'enquit-il en pressant son sexe contre son entrejambe. Hein, Sarah ? C'est ma queue que tu aimes.

— C'est toi que j'aime, rétorqua-t-elle en soutenant son regard.

— Demande-moi de te baiser.

Une larme roula sur sa joue.

— Aime-moi, Ethan. Rien que cette fois. Aime-moi.

Cooper sentit ses jambes faiblir.

— Maudite, souffla-t-il en introduisant le bout de son sexe dans sa fente moite. Tu veux ma perte.

Il glissa en elle, plus aisément cette fois. Plus lentement. Elle était si étroite et c'était tellement bon qu'il en fut aveuglé de plaisir, et eut l'impression qu'il ne serait jamais rassasié d'elle.

Il enfouit le visage dans sa chevelure et la sentit nouer les jambes dans son dos tandis qu'il l'empalait doucement. Il était prêt à se battre pour éprouver à nouveau ce plaisir. Il était même prêt à tuer.

Comment s'y était-elle prise pour lui faire baisser complètement sa garde ? Elle s'était glissée derrière sa ligne de défense sans qu'il s'en rende compte. Il avait suffi qu'il pose la main sur elle. Qu'elle lui demande de l'aider à devenir une vilaine fille. Et que pour finir elle s'avise de lui demander de l'aimer.

— Tu es tellement serrée, grogna-t-il dans son cou. Bon Dieu, qu'est-ce que tu m'as fait, Sarah ?

Il affermit encore sa prise et accéléra le rythme de ses poussées. Il avait besoin d'elle. Il avait besoin de sentir sa chatte se contracter autour de lui et de l'entendre crier son nom.

— Ethan !

Toute frémissante, elle blottit son visage dans son cou et il se soulagea en elle. L'emplit de sa semence pour la troisième fois consécutive. Il s'abandonna au plaisir qui le submergeait et se répandit en elle jusqu'à la dernière goutte, en ayant parfaitement conscience de ce qu'il était en train de faire.

Ce n'était pas son corps qu'il lui donnait. C'était lui tout entier. Corps et âme.

6

Trois jours plus tard, Cooper traversa son grenier, regarda par la fenêtre et ne vit rien. Bon sang, il n'en pouvait plus !

Sarah lui avait échappé. Il avait joui en elle à en perdre la tête, et elle s'était enfuie.

Et lui, qu'avait-il fait ? Il était resté planté là, comme l'imbécile qu'il était. Il l'avait regardée partir et avait senti monter la colère aussi violemment que le désir s'était emparé de lui.

Elle vivait ici depuis deux ans. Elle lui avait apporté à manger quand il récupérait de son opération au genou. Elle lui avait fait des biscuits. Elle avait parlé à ses amis et savait sur lui des choses qu'elle n'aurait pas dû savoir. Et elle était parfaitement adaptée à son anatomie.

Aucune femme ne l'avait jamais affecté comme ça. Au point de lui manquer.

Cela ne lui était encore jamais arrivé, car Cooper ne se liait jamais assez intimement avec une femme pour qu'elle vienne à lui manquer.

Il consulta sa montre. Il devait se rendre au bar d'ici quelques heures. Il était habillé et prêt à partir. Il ne lui restait plus qu'à demander à Sarah de se préparer.

Il avait entendu dire que des types l'avaient abordée en ville. Tout le monde savait qu'elle se rendait à l'épicerie tous les après-midi, et trois saligauds avaient engagé la conversation avec elle. Jusqu'ici, aucun d'entre eux n'avait mentionné son adorable petite fossette. Encore heureux ! Car cette fossette n'appartenait qu'à lui.

Il se rendait compte qu'il était en train de devenir fou, mais cela ne l'empêcha pas de descendre au rez-de-chaussée, de sortir de chez lui et de se présenter devant la porte de Sarah.

Il frappa.

Il croisa les bras sur son torse lorsqu'elle ouvrit en le dévisageant d'un air méfiant.

— Qu'est-ce que tu veux ? demanda-t-elle d'un ton qui manquait de chaleur.

Il se fraya un passage entre elle et le montant de la porte, puis se retourna et la toisa.

Elle portait une de ces affreuses robes boutonnées jusqu'au col.

— Habille-toi, ordonna-t-il. On sort.

— Ah bon ? répliqua-t-elle en refermant la porte et en croisant les bras sur sa poitrine, calquant son attitude sur la sienne.

Sa réaction déclencha aussitôt une violente érection.

— Et où va-t-on, s'il te plaît ?

— À l'épicerie, pour commencer. Et ensuite au bar, l'informa-t-il.

Il était bel et bien devenu fou.

— Pourquoi veux-tu aller à l'épicerie ? s'enquit-elle en plissant les yeux.

Cooper se pencha vers elle jusqu'à ce qu'ils se retrouvent nez à nez.

— Pour faire savoir aux imbéciles qui te draguent que tu m'appartiens. Une épicerie n'est pas un lieu de rencontres pour célibataires.

— Mais si, justement, rétorqua-t-elle avec un sourire pincé. On rencontre toute sorte de gens dans une épicerie.

— Des hommes, rectifia-t-il d'un ton méprisant.

— Si j'avais voulu en rencontrer un, je n'aurais eu aucun mal à en trouver cette semaine.

Elle haussa les épaules, lui tourna le dos et se dirigea vers la cuisine.

— J'ai du travail, ajouta-t-elle. J'ai fait assez de courses hier pour avoir de quoi manger ce soir, et je n'ai besoin de rien.

Elle jeta un coup d'œil par-dessus son épaule, et ses longs cheveux ondulèrent gracieusement dans son dos.

— Je ne suis pas d'humeur à te supporter, ni à t'accompagner au bar.

Il la dévisagea un instant avant de lui emboîter le pas. Elle le rendait complètement dingue.

— Qu'est-ce qui t'arrive, Ethan ? reprit-elle comme ils entraient dans la cuisine. Tu ne voulais pas d'attaches entre nous et regarde : c'est génial, il n'y en a pas, déclara-t-elle en levant les bras en l'air.

Ses yeux bleu pâle reflétaient la souffrance, mais Cooper aperçut également la lueur de désir qui les fit briller un instant.

Ses testicules formèrent un nœud intensément douloureux à la base de son sexe.

— Tu veux savoir ce qui m'arrive ? modula-t-il d'une voix caressante en marchant sur elle. Pour commencer, je veux faire entrer dans le crâne des abrutis qui te draguent que tu m'appartiens. Et pour renforcer le message, je vais me frotter contre toi sur la piste de danse du bar. Après, je t'emmènerai dans mon bureau, je t'allongerai sur la table et je mangerai ta petite chatte brûlante comme un bonbon jusqu'à ce que tu cries mon nom. Ça répond à ta question ?

La poitrine de Sarah se soulevait et s'abaissait, ses seins étirant sa robe au rythme de sa respiration haletante.

— Tu ne veux pas d'attaches, murmura-t-elle.

— Je t'ai prise sans préservatif, dit-il en la saisissant par les hanches pour l'attirer contre lui. Si ça, ça ne révèle pas des attaches…

Sarah enserra ses avant-bras de ses mains.

— Je prends la pilule. Il n'y a aucun risque.

— Tu ne comprends pas ou tu le fais exprès, Sarah ? grommela-t-il en lui mordillant le lobe de l'oreille. Je suis le maniaque du préservatif, tu te souviens ? Tu crois que ça m'arrive souvent d'oublier ce genre de chose ? Tu crois que j'ai déjà fait confiance à une femme au point de me répandre en elle ?

Il passa la langue sur la morsure qu'il venait de lui infliger.

— Je veux recommencer, Sarah, ajouta-t-il en la regardant. Je veux voir mon sexe entrer dans ta petite chatte. Je veux le voir disparaître en toi. Je… suis très attaché à toi.

Sarah sentit ses genoux se dérober. Elle savait qu'elle aurait dû protester. Crier, le jeter dehors et l'envoyer au diable.

Il ne lui avait pas fait confiance. Il ne lui avait rien demandé et avait préféré envoyer quelqu'un enquêter sur son compte.

— C'est un attachement physique, murmura-t-elle en fermant à demi les yeux quand il plaqua son sexe contre son ventre. Tu n'as pas eu le courage de me demander directement ce que tu voulais savoir, Ethan. Tu as préféré t'adresser à quelqu'un d'autre.

Elle voulut se dégager de son étreinte, mais il l'en empêcha. La façon dont il se frottait contre elle la rendait folle.

Trois jours. Cela faisait trois longs jours qu'elle se tenait à distance. Comment avait-elle pu supporter aussi longtemps son absence ? Elle avait cru qu'elle survivrait. Qu'elle n'en souffrirait pas. Mais elle souffrait le martyre. La nuit, le besoin de sentir ses bras autour d'elle la réveillait, et elle fondait en larmes en découvrant qu'il n'était pas là.

Elle se dit qu'elle n'était pas encore rassasiée de lui. Il suffirait peut-être de quelques jours pour qu'elle y parvienne...

— Tu n'en auras jamais assez, ma belle.

Elle sursauta. Cooper avait parlé comme s'il avait le pouvoir de lire dans ses pensées.

— Je me suis branlé jusqu'à ce que mes couilles deviennent bleues, poursuivit-il, et ça n'a servi à rien.

Il fit remonter les mains le long de son dos, et les glissa sous ses cheveux pour les placer sur sa nuque et attirer son visage vers le sien. Ses lèvres recouvrirent sa bouche.

Aurait-elle dû résister à ce baiser ? Résister au plaisir brûlant qui s'emparait d'elle ? Qui faisait voler sa tête en éclats et l'incitait à plaquer son corps contre le sien ?

Elle était censée être en colère, non ? C'était ce qu'elle s'était dit et répété pendant trois jours. Cooper ne lui avait pas fait confiance.

Elle aurait dû être furieuse au lieu de se coller à lui, d'enfouir les mains dans ses cheveux et désirer qu'il fasse d'elle ce qu'il voudrait. Elle avait besoin de ses baisers et de ses caresses. Lorsque ses doigts délogèrent les boutons de sa robe de leurs boutonnières et qu'il écarta ses lèvres des siennes pour effleurer le galbe de ses seins, son souffle se bloqua dans sa gorge.

Oui. C'était ça qu'elle voulait.

— Tu m'as manqué, Sarah, grogna-t-il en la soulevant dans ses bras pour la déposer sur le comptoir qui occupait le centre de la pièce.

D'un même mouvement, il fit glisser sa robe et les bretelles de son soutien-gorge sur ses épaules.

Ses lèvres descendirent en piqué vers ses mamelons, les recouvrirent et tirèrent sur les petits anneaux qui les transperçaient jusqu'à la faire frissonner de désir. Il exerçait un tel pouvoir sur elle. Il suffisait qu'il la touche pour qu'elle ne soit plus elle-même. Cela ne ressemblait en rien à ce qu'elle avait cru. Il avait suffi qu'elle goûte une seule fois au plaisir pour ne plus pouvoir s'en passer.

— Tu me rends fou, soupira-t-il en s'écartant d'elle et en rajustant sa robe. Va t'habiller, ajouta-t-il en la couvant d'un regard ardent.

— Je suis déjà habillée, répondit-elle, confuse.

— Je veux que tu mettes un jean, dit-il en posant les mains sur ses fesses. Si tu te pointes en robe sur la piste de danse, je risque de te violer devant tout le monde. Va, je t'attends.

— Je te trouve bien autoritaire, Ethan.

— Oui, et j'ai monstrueusement envie de toi. Je me méfierais si j'étais toi. Additionne les deux et je risque de t'infliger une leçon pour laquelle tu n'es pas encore prête.

Ses lèvres s'entrouvrirent sur un sourire. Il appréciait visiblement de la voir sourire, car il plissa les yeux et les paillettes ambrées de son regard scintillèrent.

— J'ai toujours eu des facilités exceptionnelles pour apprendre. Si ça se trouve, c'est toi qui te retrouveras à la traîne.

Oui, c'était elle qui commandait, Cooper en avait parfaitement conscience. Il suffisait qu'il voie apparaître cette adorable fossette, qu'il plonge son regard dans ces yeux bleu pâle et qu'il effleure ces boucles soyeuses, pour qu'elle ait le dessus. Son petit sourire mystérieux l'intriguait, et c'était la première fois qu'une femme lui faisait cet effet.

— On parie ?

Il lui retourna son sourire. Ils ne susurraient pas des mots d'amour, ils parlaient de sexe. Les mots d'amour viendraient plus tard. Quand il saurait précisément ce qu'on est censé dire quand on parle d'amour. Il faisait confiance à son sens de l'improvisation.

— Une discussion s'impose avant de faire quoi que ce soit, Ethan, répondit-elle. Tu t'es méfié de moi, accusa-t-elle.

Ses yeux reflétaient tant de vulnérabilité et de souffrance qu'il sentit sa poitrine se comprimer douloureusement.

— J'ai toujours eu confiance en toi, Sarah, lui assura-t-il en faisant courir ses doigts dans ses cheveux. J'ai fait ça à cause du regard que tu as eu quand j'ai découvert tes cicatrices. Je savais que quelqu'un t'avait fait du mal, et j'avais envie de le tuer. Mais je ne voulais pas que tu voies ma réaction si les ordures qui t'ont fait ça avaient été encore en vie.

Ils étaient tous morts. Tous. Même le jeune homme qui lui avait tendu un traquenard pour lui faire quitter la maison de son père. Les ennemis de son père et son père lui-même étaient morts en prison. Tous ceux qui auraient pu lui nuire avaient disparu de la surface de la Terre. Cooper ne pourrait exercer sa vengeance sur personne.

Elle baissa la tête, s'écarta de lui et regarda sa robe.

— Cela ne change rien au fait que je veux obtenir de toi bien plus que tu n'es disposé à offrir, déclara-t-elle en lui tournant le dos. En couchant avec toi, je nous ai déçus tous les deux.

— Dans ce cas, continue à me décevoir, Sarah. Va enfiler un jean et filons d'ici, dit-il en serrant les poings pour résister à l'envie de la toucher. Pour l'amour du Ciel, Sarah, fais-le ! explosa-t-il, à bout de patience. Fais-le, ne serait-ce que par pitié pour moi. Sortons d'ici.

— Pourquoi ? demanda-t-elle, les mains sur les hanches. Qu'est-ce que ça changera que nous allions à l'épicerie ? Ou au bar ? Qu'est-ce que ça changera, en dehors du fait que tu tamponneras sur mon front que je t'appartiens ?

— Tu as parfaitement compris, ma belle, acquiesça-t-il. J'ai l'intention de le faire savoir. De te marquer, en quelque sorte, admit-il en souriant à cette idée. Et encore, ça, c'est la méthode douce. Je pourrais m'y prendre plus brutalement. En te suivant jusqu'à l'épicerie, par exemple, et en cognant sur tous les imbéciles qui s'aviseraient de venir te renifler d'un peu trop près. Ça m'amuserait énormément, mais je crois que ça ne te plairait pas.

— Tu deviens très dirigiste, lui fit-elle remarquer en plissant des yeux.

— Je suis imbattable à ce jeu-là, ricana-t-il. Allez, file t'habiller. Je te donne cinq secondes pour quitter la pièce, sinon je me déshabille, la prévint-il en la détaillant de la tête aux pieds. Et demain, je commence à frapper tous ceux qui t'approchent.

Il ne plaisantait pas.

Sarah soutint son regard. Elle était éberluée, un peu choquée aussi, mais surtout vivement excitée.

— Il faudra que nous discutions de ta tendance à me donner des ordres, dit-elle en sortant de la cuisine à reculons.

— Cinq, quatre…

Il croisa les bras sur son torse.

— Tu es affreusement arrogant.

— Trois, deux…

Il baissa les bras et cala les mains sur son ceinturon une fois qu'elle eut pivoté sur elle-même, et la regarda s'enfuir à toutes jambes.

Son petit postérieur était décidément adorable.

Il sourit en entendant ses pas s'éloigner. Sourit plus largement à l'idée de la soirée qui s'annonçait. Et se mit à siffloter en pensant à la nuit qui suivrait.

Demain matin, tous les habitants de cette ville sauraient sans risque d'erreur à qui Sarah appartenait.

Ils étaient suivis.

Assis au volant de son pick-up dans une attitude décontractée, Cooper avait passé un bras autour des épaules de Sarah pour traverser la ville. Et la petite coquine se moquait de lui, parce qu'il s'était assuré de faire le tour de la ville pour revenir finalement vers l'épicerie.

— Eh bien quoi ? s'esclaffa-t-il. Moi, je trouve que c'est un spectacle qui vaut le détour.

Il l'aida à descendre de voiture en prenant soin de rester devant elle lorsque la berline noire les dépassa, bien trop lentement à son goût, pour se garer un peu plus loin.

Il la fit entrer dans l'épicerie et lui remit la liste des achats qu'il devait faire pour le bar. Jake et lui s'étaient raclé les méninges pour établir cette liste. Céleri, poivre, sel... Bref, toutes sortes d'articles dont ils n'avaient absolument pas besoin.

— Attends. Je vérifie que Jake n'a rien oublié, dit-il en sortant son portable.

Quand Jake répondit au bout de trois sonneries, il raccrocha. C'était un signal convenu entre eux. Un signal qui signifiait qu'il y avait un problème.

— Il doit être occupé, déclara-t-il en souriant à Sarah.

S'il ne l'était pas jusqu'ici, Jake allait effectivement être très occupé après ce coup de fil. Il allait appeler tous les videurs que le bar avait employés à ce jour, douze au total, et chacun d'eux allait prendre position. Trois d'entre eux seraient à l'épicerie avant que Sarah et Cooper soient sortis du magasin.

Cooper était gravement parano, et les types qui travaillaient pour lui l'étaient autant que lui. Des loups solitaires. Des soldats sans guerre parce que leur corps refusait de faire ce pour quoi ils étaient faits. C'était sa famille. Et celle de Sarah, désormais.

Il circula dans les rayons avec elle, un bras passé autour de ses épaules ou de sa taille, fusillant du regard les hommes qui s'avisaient de la regarder. Ceux qui avaient le malheur de lui adresser la parole se retrouvaient confrontés à un Cooper jaloux et possessif, et ce spectacle inédit lui valut de nombreux sourires en coin.

Pff ! Les imbéciles.

Il lui glissa des histoires cochonnes à l'oreille pour le seul plaisir de la faire rougir, puis s'arrêta près d'un groupe de femmes qui feraient d'excellentes amies pour elle. Des femmes mariées et heureuses en ménage, qui lui chanteraient les louanges de la monogamie.

Cooper avait un plan. Il avait toujours un plan. Mais avant de le mettre à exécution, il allait devoir s'occuper des zozos de la berline noire.

Il entraînait Sarah vers la caisse quand Casey, Iron et Turk entrèrent dans l'épicerie. Trois ex-rangers qui avaient l'air aussi méchants qu'ils l'étaient en réalité.

— Salut, Cooper. Jake m'a chargé de te rappeler de faire de la monnaie, déclara Turk d'une voix rocailleuse en s'approchant de la caisse.

Vêtu en noir de la tête aux pieds, ses cheveux bruns balayant son cou, Turk posa un instant son regard bleu glacier sur Mark, le propriétaire de l'épicerie, avant de le reporter sur Cooper.

— Jake ne t'a pas appelé, s'étonna Sarah.

— Jake a un sens de l'humour très particulier, ma belle, lui assura Cooper d'une voix caressante en sortant une coupure de cent dollars de son portefeuille. Tu peux me faire de la monnaie, Mark ?

— Sans problème, Cooper.

Mark n'était pas né de la dernière pluie. Chaque fois que ces trois types s'étaient pointés en ville, il y avait eu du grabuge.

Comme la fois où un gang de motards avait voulu braquer son magasin, deux ans auparavant. Cooper,

Turk, Iron et Casey leur avaient fait vider les lieux sans qu'une seule fenêtre soit cassée. Il y avait bien eu quelques fractures et des contusions multiples, mais c'étaient ces quatre-là qui les avaient infligées aux motards.

Mark glissa des rouleaux de pièces dans un sachet en plastique et le lui tendit.

— Prends soin de toi, Coop, lui dit-il avant de sourire à Sarah. Et vous aussi, Sarah. Assurez-vous que ce garçon ne dévie pas du droit chemin.

Plus personne ne l'appelait miss Sarah. Elle était devenue Sarah, la compagne de Cooper, et celui-ci se rengorgea de fierté.

— Dis donc, Cooper, tu as remarqué la Harley qui a traversé la ville tout à l'heure ? demanda Casey en se plaçant à côté de Sarah, tandis qu'Iron se plantait devant eux et que Turk assurait leurs arrières. Elle avait des chromes de toute beauté.

Tout en faisant mine de bavarder avec Casey, Cooper surveillait la berline du coin de l'œil. Il la vit quitter lentement le parking et, malgré ses vitres teintées, remarqua qu'elle était occupée par trois hommes. Les deux qui se tenaient à l'avant portaient des lunettes noires.

Le petit groupe sortit de l'épicerie et quand ils atteignirent son pick-up, Cooper jeta un coup d'œil à Iron qui hocha brièvement la tête. Ils avaient inspecté son véhicule : tout était en ordre.

Cooper aida Sarah à grimper dedans avant de se mettre au volant.

— Tu vas au bar ? marmonna Turk.

Son regard sombre était froid et dur, et son visage couturé le faisait ressembler à un chien errant qui est sorti vivant de bien des bagarres, mais qui y a laissé un peu de lui-même à chaque fois.

— Ouais, répliqua Cooper.

— On y va ensemble, alors.

Ils enfourchèrent leurs Harley.

Cooper quitta le parking. Turk et Casey se placèrent devant lui, Iron en queue.

Sarah ne desserra pas les dents du trajet et lorsqu'il se gara devant le bar, Cooper comprit ce qu'elle attendait de lui.

Elle voulait qu'il lui fasse confiance.

— Une berline noire nous a suivis jusqu'à l'épicerie, lâcha-t-il finalement.

— Je sais, répondit-elle en croisant les doigts et en poussant un long soupir. Je vais devoir partir, Ethan, dit-elle avec des larmes dans la voix. Une fois que je partirai, ils partiront aussi.

— Certainement pas ! décréta-t-il en l'attirant vers lui pour plonger son regard dans ses grands yeux. Il n'est pas question que tu te sauves. C'est terminé, cette vie-là. C'est ma ville, mon bar, et tu m'appartiens, nom de Dieu.

Les lèvres de Cooper l'empêchèrent de protester ou de verser une larme.

Pour la première fois de sa vie, Cooper aimait une femme, et celui qui réussirait à la lui prendre n'était pas encore né.

7

Elle s'était crue tirée d'affaire. Son oncle Martin avait gardé l'œil sur les ennemis de son père, et ils étaient tous morts les uns après les autres. Morts et enterrés. Pourtant, quelqu'un l'avait retrouvée.

Quelqu'un qui connaissait Ethan, désormais.

Sarah sentit que ses mains s'étaient mises à trembler quand il l'accompagna à l'intérieur du bar, bondé et bruyant.

Le Broken Bar était le point de ralliement de tous les fêtards et de toutes les petites frappes de la région. Les vrais durs sortaient du lot, et Sarah en repéra une bonne dizaine. Tous avaient des tronches de videurs… ou d'ex-rangers.

Elle n'eut aucun mal à les repérer parce qu'il y en avait déjà trois autour d'eux, et Ethan était bâti sur le même modèle.

Elle s'assit au bar, passa les mains dans ses cheveux, puis balaya d'un regard inquiet la grande salle voûtée en pianotant des doigts sur la surface lisse du comptoir. L'endroit était rempli de corps qui tournoyaient, se contorsionnaient et ingurgitaient de l'alcool.

— Le meilleur de la maison, déclara Jake en plaçant un verre de whisky devant elle.

Sarah descendit le baby d'un trait, et la brûlure de l'alcool lui tira une grimace de plaisir pur.

— Ressers-m'en un, Jake, dit-elle en reposant le petit verre sur le comptoir.

Il remplit son verre et elle fronça les sourcils.

— Je préférerais un double, s'il te plaît.

Jake haussa les sourcils, mais il versa le contenu du baby dans un grand verre, ajouta une dose et le lui tendit. Après quoi, il l'observa comme s'il s'attendait à ce qu'elle le descende de la même façon que le précédent.

Mais Sarah n'avait avalé le premier que pour se donner du courage. Celui-ci, elle avait l'intention de le siroter. Boire trop vite la rendait malade.

Elle pivota sur son tabouret, et son nez rencontra le torse d'Ethan. Le regard inquiet de celui-ci passa de son verre à ses yeux.

— Ne t'inquiète pas, soupira-t-elle. Je ne me saoule que très rarement.

— Ce n'est pas ça qui m'inquiète, répondit-il, une lueur amusée faisant miroiter les paillettes d'ambre de ses prunelles. Tu ne bois jamais que dans mon bar.

— Qu'est-ce que tu en sais ? répliqua-t-elle. Je pourrais boire chez moi, en cachette.

— J'ai une vue imprenable sur ta piscine. Si l'envie te prenait de t'octroyer un verre, tu le boirais sur le patio… persuadée que personne ne peut te voir.

Elle rougit. Parce qu'il l'avait vue faire autre chose, au bord de la piscine.

Elle sirota une gorgée de whisky et apprécia la morsure de l'alcool dans sa gorge et son estomac. Cela apaisait ses nerfs, et lui permettait d'apprécier le plaisir qu'il y a à se retrouver entourée de monde. Chez elle, il lui arrivait de boire un verre avant de s'endormir. Ça l'aidait à trouver le sommeil. Elle appréhendait toujours un peu cet instant.

— Je n'ai pas l'habitude de la foule. C'est pour ça que je ne sors pas souvent, lui confia-t-elle.

— Je m'en doutais. Tu es prête à danser avec moi, maintenant ?

— Tu es sérieux ? s'enquit-elle en regardant la piste de danse. Tu veux vraiment danser avec moi ?

Elle avait pensé qu'il disait peut-être cela pour plaisanter.

— Sarah, je serais même prêt à danser devant toi, si tu me le demandais, soupira-t-il en secouant la tête. Allez, viens, espèce de petite voleuse de cœur. Viens danser avec moi.

Il l'entraîna sur la piste et lui montra quelques pas de country très simples à suivre. Il la fit tournoyer, l'attira vers lui et se frotta contre elle au rythme entraînant de la musique. Sarah était aux anges et riait aux éclats. Il la relâcha ensuite et la laissa se trémousser comme bon lui semblait l'espace d'un instant, puis saisit sa main et la fit encore tourner sur elle-même, ses longs cheveux se déployant autour d'elle avant de retomber sur ses épaules, certaines de ses boucles restant accrochées à son T-shirt.

Cooper adorait cela.

Le rythme de la musique ralentit et l'éclairage s'adoucit, créant une atmosphère intime. Il l'attira contre lui, posa le menton au sommet de sa tête, et elle ferma les yeux pour mieux savourer l'instant.

Les mains de Cooper caressaient son dos à travers son chemisier soyeux. Il en avait déboutonné les premiers boutons jusqu'à laisser apparaître la naissance de ses seins avant qu'ils se mettent en route. Il plaça une main sur sa nuque et effleura de sa bouche son front, son nez, ses lèvres.

Sarah laissa échapper un soupir et entrouvrit la bouche pour accueillir son baiser, qui lui fit l'effet d'une caresse apaisante. Ethan l'émouvait au plus profond d'elle-même. Il avait ce pouvoir sur elle. Imaginer qu'il l'embrassait suffisait à l'apaiser.

— Tu m'appartiens, murmura-t-il lorsque ses cils se soulevèrent. N'oublie jamais que tu es à moi, Sarah.

— Je t'appartiendrai toujours, Ethan.

Elle lui appartiendrait toujours, même si elle était obligée de s'enfuir pour le protéger. Ce qui risquait de se produire bientôt. Tout à l'heure, une fois qu'il serait endormi, peut-être. Elle n'avait pas le droit de le mettre en péril.

Pour l'instant, elle pouvait encore se blottir contre lui, le laisser la serrer dans ses bras. Parce que c'était son rêve et qu'il était toute sa vie.

Cooper plissa les yeux vers l'entrée du bar. L'homme qui venait d'entrer n'était ni un motard, ni un poivrot, ni un fêtard du week-end.

Avec son jean noir et sa veste, il devait crever de chaud en plein été. Trois de ses videurs s'interposèrent discrètement mais efficacement entre eux et le nouveau venu. L'étranger repéra le manège, grimaça et ressortit. Mais Cooper savait désormais à quoi il ressemblait. Il jeta un coup d'œil à Jake, qui croisa son regard et hocha la tête. L'étranger avait été filmé par les caméras de sécurité. Jake abandonna le comptoir à son assistant et se dirigea vers le bureau.

— Qu'est-ce que tu fais, Ethan ? s'étonna Sarah en levant vers lui un regard sombre.

— Je danse avec toi, répondit-il en lui caressant la joue. Je te protège.

Elle secoua la tête avant de presser son front contre son torse, et il sentit qu'elle luttait pour contenir ses larmes. Il les avait vues briller dans ses yeux et avait senti le frisson qui avait parcouru sa colonne vertébrale.

— Viens, dit-il en la prenant par la main comme la chanson se terminait. Je vais te montrer quelque chose.

Sarah le laissa l'entraîner derrière le bar. Ils traversèrent l'étroit réduit que Jake appelait son territoire, au fond duquel se trouvait une porte. Celui qui voudrait entrer là devrait d'abord franchir le rempart des videurs, puis celui de Jake.

La porte qu'il referma derrière eux étouffa complètement la musique et les bruits du bar. Ils se trouvaient dans un petit couloir. Sarah distingua un escalier aux marches de bois usées.

— Où va-t-on ? s'enquit-elle en appréciant le contact de sa main blottie au creux de celle de Cooper, sa chaleur et la complicité qu'elle impliquait.

— Dans ma maison secrète.

En haut des marches, il déverrouilla une porte et actionna l'interrupteur. Une lumière tamisée et intime emplit la pièce.

Un lit trônait, tout au fond. Un grand lit recouvert de coussins.

— Avant que tu me le demandes : non, je n'ai jamais amené aucune femme ici, déclara-t-il en refermant la porte à clé derrière eux, tandis que Sarah se dirigeait vers la rangée d'écrans de surveillance au-dessus du bureau.

Une vitre teintée surplombant la piste de danse occupait un des murs de la pièce, et Sarah réalisa qu'elle avait pris cette fenêtre pour un miroir depuis la salle.

La seule véritable fenêtre se trouvait près du lit, et ses volets étaient clos. Il y avait aussi une table et deux chaises, et d'épais tapis recouvraient le sol. Un aménagement sobre, basique même, qui indiquait qu'Ethan venait ici pour travailler, être au calme.

Elle se retourna lentement vers lui.

Il s'était dépouillé de son T-shirt et retirait ses bottes. L'ambre de son regard s'intensifia quand elle glissa ses pieds hors de ses sandales et que ses doigts entreprirent de déboutonner son chemisier. Une fois qu'elle l'eut retiré, elle dégrafa son soutien-gorge et le fit glisser sur ses épaules.

Elle ôta son jean et sa culotte tandis qu'il en faisait autant face à elle, et ils se rejoignirent.

— Si tu savais comme tu m'as manqué, Sarah.

Il la prit dans ses bras et la souleva en l'embrassant à pleine bouche, pour la déposer sur le lit qu'il n'avait jamais partagé avec aucune femme.

Sarah avait elle aussi enduré un manque épouvantable depuis trois jours, et il était hors de question qu'elle se laisse caresser sans rien faire. Elle brûlait d'envie de toucher le corps d'Ethan.

Elle se redressa et replia les jambes sur le côté lorsqu'il s'agenouilla devant elle. Ses mains se posèrent sur son torse et glissèrent amoureusement sur ses abdominaux parfaitement dessinés, tandis qu'elle pressait ses lèvres contre les siennes.

Elle avait désespérément besoin de l'aimer. Aussi désespérément que si cette nuit devait être la dernière qu'ils passeraient ensemble.

Ses mains se refermèrent sur son sexe, le taquinèrent. Elle regarda la perle de liquide translucide apparaître à l'extrémité.

Instinctivement, elle en approcha la pointe de sa langue pour la cueillir et sentit aussitôt qu'il lui en fallait plus. Sa bouche avala goulûment son gland et quand sa langue retrouva l'anneau du piercing, elle entreprit spontanément de jouer avec en le suçant.

— Oh, oui, souffla-t-il en caressant ses cheveux. Tu fais ça bien, Sarah. C'est bon…

Elle leva les yeux vers lui. Mon Dieu. Il la couvait d'un regard si intense… Comme s'il éprouvait des sentiments pour elle.

Sarah gémit autour de son sexe et l'appétit qu'il lui inspirait se fit dévorant. Il fallait absolument qu'elle le possède. À fond. Qu'elle le touche de toutes les façons possibles. Qu'elle découvre tout de lui. D'une main, ses doigts entreprirent de le flatter habilement sur toute sa longueur, tandis que l'autre, espiègle et audacieuse, se glissait sous ses testicules pour les soupeser amoureusement.

Son angle de vision faisait paraître les épaules d'Ethan plus massives que jamais. Le serpent tatoué sur son biceps ondulait et ses petits yeux rouges transperçaient la pénombre de la pièce.

Loin de l'effrayer, la vision de ce monstre aux yeux rouges la sécurisait.

— Oh, oui ! Continue comme ça, Sarah. Hmm... J'adore ta bouche. Elle est brûlante et tu fais ça tellement bien.

Ces commentaires crus l'excitaient divinement. Elle avait besoin de l'entendre parler comme ça. Elle intensifia ses caresses pour le recevoir jusqu'au fond de sa gorge, gémit et accéléra le mouvement de sa main.

Apparemment, elle s'y prenait comme il fallait.

— J'adore baiser ta bouche, laissa-t-il échapper quand elle sentit son gland palpiter sous sa langue.

Il lui tira doucement les cheveux, et un frisson de plaisir parcourut son cuir chevelu avant de descendre le long de sa colonne vertébrale.

— Vas-y, suce-moi bien. Tu me rends dingue, Sarah. Tu me fais bander comme un fou, grogna-t-il si passionnément qu'il enflamma ses sens.

Il l'excitait tellement lorsqu'il lui parlait ainsi qu'elle avait envie de le sucer bien à fond. Jusqu'au bout.

— Mais tu ne m'auras pas comme ça !

Sarah s'agrippa à ses hanches quand il se retira de sa bouche.

— Ethan, attends !

— Sûrement pas, répondit-il en la repoussant sur le lit.

Il fut sur elle avant qu'elle ait eu le temps de comprendre ses intentions. Sa bouche recouvrit ses lèvres, puis sa langue traça un chemin humide jusqu'à sa poitrine.

Il suça ses mamelons et lapa les petits anneaux avant de les rabattre sur ses pointes de seins durcies, les enserrant d'une pression si brûlante que Sarah crut mourir de plaisir.

— J'adore ton corps. Tu es douce de partout et tes formes me rendent dingue.

Sa bouche descendait sur son ventre, alternant baisers et coups de langue. Sarah sentit toutes ses pensées s'évanouir à ce contact. Toutes, sauf une.

— Oh oui, Ethan ! Lèche-moi !

Elle se cambra, enfouit les doigts dans ses cheveux et immobilisa sa tête lorsque sa langue explora les pourtours de son clitoris. Il la faisait lentement glisser tout autour, sans jamais le toucher. S'en approchant de plus en plus dangereusement, mais l'évitant toujours.

Le désir qui enflammait son corps était si puissant qu'elle écarta les jambes au maximum. Elle sentit l'essence de son plaisir inonder le haut de ses cuisses et cette sensation ne fit qu'accroître son excitation. Elle avait besoin de le sentir. Là. Au plus profond de sa chair.

— Je t'en supplie, Ethan. Oh, c'est bon. C'est trop bon…

— J'adore ta chatte, Sarah. Elle est toute douce, tu sais. Tellement douce.

Il aspira son clitoris entre ses lèvres et lui donna enfin ce qu'elle attendait. L'extase la traversa comme une brûlure et des arcs-en-ciel explosèrent sous ses paupières.

Mais Ethan ne lui laissa pas le temps de redescendre de ce sommet. Il avait déjà rampé sur elle, pris son visage entre ses mains et la pénétrait.

— Regarde-moi, Sarah.

Elle dut faire un effort pour soulever ses paupières tandis que ses jambes encerclaient ses hanches.

Il se frayait un passage en elle, le front appuyé au sien. Et son regard plongeait au plus profond d'elle-même.

— Je t'aime, Sarah.

Elle s'immobilisa et cligna des yeux. Elle avait dû mal entendre.

— Quoi ? demanda-t-elle d'une voix tremblante.

— Je t'aime, Sarah. Mon amour, mon cœur, ma vie. Je t'aime.

Il l'empala de toute la longueur de son sexe, et le souffle de la jeune femme se bloqua dans ses poumons. Elle serra les bras autour de son cou et la sensation de plaisir physique devint subitement plus intense, plus lumineuse.

— Je t'aime, Ethan ! cria-t-elle en cambrant le dos pour mieux l'accueillir. Mon Dieu, comme je t'aime…

Les vigoureuses poussées de ses reins lui accordèrent enfin la récompense qu'elle cherchait. Un plaisir si intense que plus rien n'existait en dehors d'eux. Pas Sarah. Pas Ethan. Mais eux deux, *unis*.

Il la besognait sauvagement, agrippé à elle, en l'embrassant comme si sa vie en dépendait. Ses grognements s'accordaient aux cris de Sarah, qui eut l'impression de se retrouver au cœur d'une bulle de douceur indicible.

Brûlants de sueur et repus, leurs deux corps retombèrent en même temps sur le lit.

— Ma femme, dit-il. Tu m'appartiens pour toujours. Tu m'entends, Sarah ?

Cela faisait si longtemps qu'elle attendait ces mots.

— Tu peux me faire confiance, reprit-il en caressant tendrement ses lèvres de son pouce. Je prends un soin jaloux de tout ce qui m'appartient.

Elle sourit.

— Je t'aime, murmura-t-elle.

— Fais-moi confiance, Sarah.

— J'ai confiance en toi.

Il l'attira contre lui.

— Je crois que je vais pouvoir dormir, maintenant, soupira-t-il. Tu m'as tellement manqué que je n'arrivais même plus à dormir.

— Toi aussi, tu m'as manqué, Ethan, chuchota-t-elle en se laissant aller contre lui.

Elle non plus n'avait pas réussi à dormir.

Mais elle dormirait, cette fois. D'un sommeil profond et sans rêve. Blottie au creux de ses bras, elle savait qu'il la protégeait de tout, même des cauchemars.

8

Les bras croisés sur le torse, un doigt caressant distraitement sa barbe naissante, Cooper observait la rangée d'écrans de surveillance au-dessus de son bureau.

Il avait oublié de se raser ce matin-là, et ne s'en était rendu compte qu'à la vue des marques rouges que son menton avait laissées sur la peau sensible de Sarah. Mais l'heure n'était pas à ces considérations.

Il venait de repérer deux hommes qui se dirigeaient vers le bar, en tournant délibérément la tête de façon à éviter d'être filmés de face par la caméra de surveillance. Il y avait un troisième homme derrière eux. Plus grand, une casquette de base-ball rabattue devant les yeux.

Étrange.

Ils adressèrent la parole à Jake qui servait un verre. Cooper vit Jake secouer la tête avant de s'éloigner pour servir d'autres clients.

Un des deux hommes leva les yeux vers la caméra de surveillance, et Cooper fronça les sourcils. Ce regard lui disait quelque chose. Il ne connaissait pas cet homme, mais son regard déclenchait en lui une sensation familière qu'il ne parvint pas à définir.

Il se retourna et s'approcha du lit.

— Sarah, chuchota-t-il en se penchant au-dessus d'elle.

Il déposa un baiser sur sa joue et sentit ses bras s'enrouler paresseusement autour de son cou.

— Hmm… Reviens te coucher près de moi, ronronna-t-elle en cherchant à l'attirer sous les couvertures.

— Sarah, on a un problème, ma belle.

Elle ouvrit aussitôt les paupières. Ses bras glissèrent de son cou et elle quitta le lit d'un bond. Cette réaction témoignait d'un apprentissage précoce du danger, et Cooper sentit sa poitrine se comprimer à l'idée qu'elle avait été contrainte de s'enfuir plus d'une fois.

Les boucles de ses cheveux tressautaient au rythme de ses mouvements tandis qu'elle ramassait ses vêtements épars.

— Que se passe-t-il ? demanda-t-elle en enfilant culotte et soutien-gorge en un tournemain.

Elle sauta dans son jean. Une lumière rouge s'alluma au-dessus des écrans de surveillance et un vrombissement intermittent s'éleva dans la pièce.

— Qu'est-ce que c'est que ça ? s'enquit-elle en ramassant précipitamment son chemisier.

— Le problème dont je te parlais.

Cooper enfila ses bottes et se dirigea vers un placard, d'où il sortit un fusil automatique de l'armée, dont il ajusta le harnais autour de son corps avec des gestes précis.

La porte située derrière le bar était ouverte, et ni Jake ni aucun de ses videurs ne l'auraient jamais déverrouillée.

— Tu les reconnais ? demanda-t-il à Sarah en désignant les hommes qui s'engageaient dans le couloir menant à l'escalier.

Sarah s'approcha en enfilant ses sandales et regarda les trois hommes, mais ils esquivaient délibérément la caméra. Elle secoua la tête.

— Le grand me dit quelque chose, mais sa casquette cache complètement son visage.

Cooper perçut la peur dans sa voix.

— Comment peut-on sortir d'ici ? chuchota-t-elle.

Cooper observait les trois hommes. Jake était passé devant eux et il avait l'air absolument furieux. Pourtant, il ne lui adressait aucun signal annonçant une attaque imminente. Pas le moindre battement de cils, pas la moindre crispation des lèvres, absolument rien.

— Viens là, dit-il en l'attrapant par le bras pour l'entraîner à l'autre bout de la pièce.

Il fit glisser la paroi du plat de la main et recula quand la porte dérobée qui se trouvait derrière pivota sur ses gonds, révélant un escalier.

Turk, Casey et Iron grimpaient les marches, lourdement armés, et ils pénétrèrent dans la pièce à l'instant précis où un coup retentissait à la porte.

— Jake n'a pas dit un mot, il n'a même pas signalé qu'il y avait un problème, grommela Turk. On n'a rien vu venir jusqu'à ce qu'on s'aperçoive qu'il avait quitté le bar.

— Cooper ? Il faut que je te parle, lança Jake de l'autre côté de la porte.

— Ethan ? souffla Sarah, visiblement terrorisée. On ne peut pas laisser Jake avec eux.

— Entre ! répondit Cooper en entraînant la jeune femme sur le minuscule palier derrière la porte dérobée.

— Non ! s'écria-t-elle en s'agrippant à son bras. Pas sans toi. Je ne te laisserai pas ici.

— Bon sang, Sarah !

— Non. Je refuse de me cacher pendant que tu reçois une balle qui m'est destinée. Jamais !

— *Sarita*.

Sarah se pétrifia au son de la voix qui retentit derrière la porte. Mon Dieu, ce surnom…

— Dis à ton ami de nous ouvrir la porte, Sarita. Je te promets qu'il ne court aucun risque. Allez, ma chérie, montre ta frimousse à papa.

Son regard se riva sur la porte tandis que toutes sortes d'émotions contradictoires tourbillonnaient en elle. Frayeur, surprise, espoir. Elle secoua la tête, les larmes aux yeux.

Ce n'était pas son père. C'était impossible. Il était mort. Oncle Martin avait pleuré en apprenant sa mort.

— Non, fit-elle en tournant un regard de terreur pure vers Ethan. C'est un piège. Il est mort. Oncle Martin m'a dit qu'il était mort. Ce n'est pas lui.

— Tranquille, Cooper, retentit la voix de Jake. Ils ne sont pas armés. Ouvre, qu'on en finisse ! Je n'ai pas que ça à foutre, moi, j'ai du boulot au bar !

— Toi, tiens-toi prête à t'enfuir, dit Cooper en poussant Sarah vers Casey. Et toi... poursuivit-il en agitant l'index.

— Je sais, l'interrompit Casey en entraînant Sarah sur le palier. S'il lui arrive quoi que ce soit, tu me transformeras en chair à saucisse.

Une frayeur mêlée de souffrance envahit la poitrine de Sarah. Ses mains s'agrippèrent désespérément au bras d'Ethan, et la peur panique qui bouillonnait en elle la fit soudain trembler de tous ses membres.

— Sarita, ma chérie. Papa veut voir son petit ange. Tu ne vas pas me refuser ça, quand même ? lança la voix de l'autre côté de la porte.

Sarah sentit les larmes rouler sur ses joues. Cette voix ressemblait à s'y méprendre à celle de son père. Son souffle se bloqua dans sa gorge.

— Non. Il est mort, murmura-t-elle en levant un regard suppliant vers Ethan. Partons, Ethan.

Du bout des doigts, il effleura sa joue.

— Je t'aime. Reste avec Casey et voyons ce qu'il nous veut.

— Non ! s'écria-t-elle en cherchant vainement à échapper à l'étreinte de Casey quand il s'éloigna.

— Laisse-le faire ce qu'il a à faire, lui ordonna tranquillement Casey. Cooper ne se défile pas devant le danger. Ce n'est pas le genre de la maison. Un ranger reste sur place et se bat.

Mais Sarah ne pouvait le laisser faire cela. Elle savait de quoi les ennemis de son père, des monstres cruels et sans pitié, étaient capables. Les cicatrices qui zébraient sa poitrine se rappelèrent à son souvenir, comme si c'était la veille qu'on les lui avait infligées. Ils n'avaient pas hésité à torturer une enfant pour forcer son père à faire ce qu'ils voulaient. Celui-ci n'avait eu d'autre solution que de se rendre aux autorités, quitte à passer un marché qui l'anéantirait en même temps que les autres familles du crime organisé, pour faire cesser son supplice.

Son père lui avait sauvé la vie. Mais elle avait été torturée à cause des crimes qu'il avait commis, et une part d'elle-même le haïssait pour ce qu'il avait été avant de mourir, tandis que l'autre souffrait de ne plus voir le père qu'elle avait connu. Un père aimant, fort et bon.

Du moins avec ceux qu'il aimait. Avec ceux qu'il n'aimait pas, il s'était comporté comme un monstre, à l'image de ceux qui l'avaient kidnappée.

— Ne le distrais pas, souffla Casey à son oreille en la faisant passer derrière lui, alors que Turk et Iron se plaçaient de part et d'autre de la porte.

— Ethan, le bar va se transformer en asile de fous si je ne redescends pas en vitesse ! s'exclama Jake d'un ton impatient.

Ethan fronça les sourcils. Entre les mots qu'il prononçait, Jake lui faisait parvenir un message clair : les visiteurs n'étaient ni armés ni menaçants.

Il s'approcha de son bureau, composa le code électronique qui déverrouillait la porte, cala son arme contre son épaule, posa le doigt sur la gâchette et la pointa vers la porte.

— Jake ?

— Ouais, Coop ?

— Redescends au bar. Si les intentions de ces types sont pacifiques, ils n'ont plus besoin de toi, pas vrai ?

Cooper jeta un coup d'œil à l'écran de contrôle et vit Jake hausser les épaules, sans quitter la place qu'il occupait sur le palier devant les trois visiteurs.

— Allez quoi, merde, Cooper !

Jake était vraiment énervé à présent. Preuve indubitable qu'il croyait ce que ces types lui avaient raconté.

— Fais-les entrer, Jake, ordonna-t-il après s'être assuré d'un coup d'œil que Turk et Iron étaient prêts à intervenir.

La porte s'ouvrit lentement et Jake apparut, suivi des trois autres qui tenaient prudemment les bras le long du corps.

Les deux premiers étaient des agents du gouvernement fédéral, et lorsque Cooper aperçut le troisième, il reconnut immédiatement Giovanni Federico.

— Sarita.

Federico retira sa casquette de base-ball, le regard rivé sur Sarah. Elle ne bougea pas d'un pouce et ne dit pas un mot, se contentant d'observer l'homme qui venait d'entrer depuis le pas de la porte dérobée.

Federico avait une cinquantaine d'années, mais il en paraissait facilement dix de moins. Quelques rares cheveux blancs argentaient les tempes de ses cheveux très bruns, et il avait les mêmes yeux bleu pâle que Sarah. Il contemplait sa fille avec l'expression d'un homme qui se retrouve en présence d'un ange.

Sarah dut lutter pour résister à l'envie de se jeter dans les bras de celui qu'on surnommait Gio le Géant. Son papa. Du moins l'avait-il été jusqu'à ce qu'elle apprenne ce qu'il était. Qui il était. Jusqu'à ce qu'elle découvre qu'il était aussi brutal et cruel que les hommes qui l'avaient kidnappée.

Quand Ethan abaissa lentement son arme, elle s'écarta de Casey avec hésitation et s'approcha de lui. Elle n'aurait pas su expliquer pourquoi elle ressentait le besoin irrépressible de se serrer contre Ethan. Elle avait l'impression que le sol tremblait sous ses pieds, comme si le monde s'était mis à tourner à toute allure.

Lorsqu'il passa un bras autour de ses épaules, elle se sentit mieux. Elle porta le regard sur Gio le Géant et s'efforça de ne pas voir en lui l'homme qui l'avait fait sauter sur ses genoux quand elle était petite, qui lui avait appris des chansons et à jouer à la marelle.

— Sarita.

Son visage se tordit de douleur, et il laissa retomber les bras qu'il tendait vers elle.

— Je te cherche depuis deux ans, depuis que ta tante et ton cousin m'ont appris la mort de Martin. Pour te ramener à la maison.

— Je suis chez moi, ici, répliqua-t-elle en s'accrochant à Ethan comme à une bouée de sauvetage.

Elle eut l'impression que son cœur se brisait en deux. Elle avait tant aimé cet homme grand et fort. Elle l'avait tant aimé qu'en apprenant sa mort, elle avait été dévastée malgré toute sa colère. Et voilà qu'elle découvrait qu'une fois de plus, il lui avait menti…

Il poussa un long soupir et enfouit les mains dans ses poches, comme elle l'avait si souvent vu faire autrefois. Sarah s'aperçut que son visage était plus ridé qu'avant et que son regard s'était assombri.

— Ton frère te cherche en Californie. Il pensait que tu étais peut-être retournée là-bas.

Elle secoua la tête. Elle ne voulait pas non plus entendre parler de son frère. Beauregard, qui avait reçu le nom d'un ami américain de son père, était le digne fils de Gio le Géant.

— Va-t'en, murmura-t-elle.

Elle sentit le bras d'Ethan se resserrer.

— Demande-lui d'abord ce qu'il veut, Sarah, chuchota-t-il à son oreille.

— Il veut le pardon ! s'écria-t-elle avec colère. Pas vrai, Gio ? ajouta-t-elle en essuyant ses larmes. Et c'est ce que Beau veut aussi, hein ?

— Je veux m'assurer que ma petite Sarita, lumière de ma vie, prunelle de mes yeux, est heureuse et en sécurité, répondit Gio d'une voix sourde. Je ne cherche pas le pardon.

— Tu le savais déjà avant de venir, riposta-t-elle en sentant une vive douleur lacérer sa poitrine. Tu t'es renseigné sur mon compte, tu m'as suivie et tu as expédié Beau en Californie. Pourquoi ?

— Sarita, gémit-il.

— Pourquoi, Gio ?

Elle serra les poings et le cloua d'un regard impitoyable. La colère et la douleur qu'elle avait contenues pendant des années déferlèrent comme une avalanche.

— Tu as envoyé Beau en Californie pour l'empêcher de commettre un meurtre, c'est ça ? Pour qu'il ne fasse pas ce qu'il a juré de faire à l'homme qui s'aviserait de me toucher quand j'avais seize ans ? Mais je n'ai plus seize ans ! Et je ne suis plus Sarita !

— Tu seras toujours ma petite fille, lui assura-t-il tendrement. La chair de ma chair, celle qui fait battre mon cœur.

Sarah voulut émettre un ricanement méprisant, mais n'y parvint pas. Cela faisait trop mal.

— Tu es un assassin, jeta-t-elle. Ta vie est jalonnée d'affaires de drogues, de viols et de sang. Mon Dieu, geignit-elle en repensant à tout ce qu'elle avait découvert après l'arrestation de son père. Toi, oncle Martin, Beau, tous ! Vous êtes des criminels. Ce que m'a fait Marco quand il m'a kidnappée était une plaisanterie en comparaison de vos crimes.

— Je n'ai jamais fait de mal à un enfant, protesta Gio en sortant les mains de ses poches pour les lever en l'air. Je n'ai jamais fait de mal à un innocent, et ni Beau ni moi n'avons jamais violé personne. Il y avait des règles. Marco a brisé ces règles en te kidnappant.

— Tu m'as menti ! hurla Sarah. Pourquoi ne m'as-tu jamais dit que tu étais un parrain de la mafia, et que c'était pour ça que je n'avais jamais le droit de franchir les murs de ta propriété ? Si tu me l'avais dit, j'aurais au moins pu comprendre pourquoi Marco et ses hommes m'infligeaient ce supplice !

Un frisson parcourut le grand corps de Gio.

— Beau n'a jamais été mêlé à mes affaires, déclara-t-il d'un ton grave. C'est pour ça qu'il s'absentait si souvent. Il ne supportait pas la voie dans laquelle je m'étais engagé et dont je ne pouvais plus sortir. Quand ils t'ont enlevée, dit-il après avoir secoué lentement la tête, je fus mort à l'intérieur.

— Ils m'ont retenue six semaines, ricana-t-elle méchamment. Six semaines, six coupures, Gio. Tu t'en souviens ?

— Je les revois toutes les nuits dans mes cauchemars, Sarita.

Sarah remarqua à peine qu'Ethan faisait signe aux autres de quitter la pièce, ni même que les gardes du corps de son père leur emboîtaient le pas et refermaient la porte derrière eux, les laissant seuls, Ethan, son père et elle.

— Beau faisait en sorte de rendre légal tout ce que nous possédions, révéla Gio. Pour lui, j'avais accepté de passer le relais à ton oncle Lucian. J'étais en train de négocier avec lui le soir de ton enlèvement. Je ne me cherche pas d'excuses, Sarita. Ni pour ce que j'ai fait, ni pour ce que j'ai été. Mais tu as toujours été la lumière de ma vie. Mon enfant chérie. Plus encore que mon propre fils, tu sais cela.

Oui, Sarah se souvenait qu'elle avait été élevée comme une princesse. Elle était la petite dernière, que son père et son frère avaient chérie comme un trésor après le décès de sa mère.

— Je m'appelle Sarah, murmura-t-elle.

Elle ne savait pas quoi dire ni ce qu'elle était censée ressentir. Tout ce qu'elle savait, c'est que si Ethan l'avait lâchée, elle se serait écroulée par terre. Elle regarda son père prendre place sur une des chaises qui se trouvaient contre le mur.

Il se pencha en avant. Son corps immense semblait disproportionné, par rapport à la petite pièce. Les coudes en appui sur les genoux, il joignit les mains et la scruta de son regard du même bleu que le sien, aussi intense que le sien.

— Je n'ai aucune excuse pour ce que j'ai fait, et si Marco t'a terrorisée, c'était uniquement de ma faute.

Il secoua de nouveau la tête et lorsqu'il releva les yeux vers elle, ils étaient brillants de larmes.

— J'étais prêt à mourir pour toi. Beau te cherchait partout et j'ai craint pour sa vie quand il a tenté de te récupérer. Il était enragé. Alors je me suis livré à la police et je t'ai laissée partir, ajouta-t-il en écartant les mains. Tu étais la seule part d'innocence de ma vie, et je me suis dit qu'il valait mieux te laisser t'épanouir loin de la laideur du monde que j'incarnais. Mais je n'ai pas pu, enchaîna-t-il avec force. Tu es mon enfant. Ma fille. Tu donneras un jour naissance à mes petits-enfants et ce sera mon sang qui coulera dans leurs veines, déclara-t-il en frappant sa poitrine de son poing. Repousse-moi si tu veux. Je m'installerai dans cette ville, s'il le faut. Je te suivrai partout. Je dirai à tout le monde que tu es ma fille, que j'aime et que je chéris. Plus jamais je ne te laisserai vivre loin de moi.

Il adressa un regard noir à Ethan avant de le reporter sur elle.

— Et je ne m'appelle pas Gio, je m'appelle Ronald, précisa-t-il en redressant fièrement la tête. Comme mon arrière-grand-père, qui était pur et n'avait rien à voir avec cette vie que tu détestes, je suis Ronald Caspari. Un immigré. Un père.

Sarah le contemplait, profondément choquée.

— Tu crois vraiment que je vais te pardonner aussi facilement ?

Il secoua la tête, et son regard se posa sur la main dont Ethan enserrait ses épaules.

— Je ne m'attends pas à ce que ce soit facile, admit-il. Mais j'espère qu'avec le temps, tu arriveras à te souvenir de l'homme qui aimait sa petite Sarita. Son petit ange.

Une larme glissa le long de sa joue. Sarah ne l'avait jamais vu pleurer. Son papa ne pleurait jamais. C'était un homme fort et fier.

— Ne fais pas ça, souffla-t-elle en sentant ses propres yeux s'embuer.

— Ronald Caspari n'a commis aucun crime, Sarah, murmura Ethan à son oreille.

— Ne lui cherche pas d'excuses ! s'écria-t-elle.

— Je ne lui cherche pas d'excuses, ma belle, répondit-il en frottant son menton sur sa tête. Tu as le choix. Il ne te pose pas d'ultimatum. Et je te rappelle que je ne suis pas un saint. Tu le sais aussi bien que moi.

— Il a tué.

— J'ai protégé ce qui m'appartenait – plus ou moins légalement, je te l'accorde, répliqua son père. Mais contrairement aux autres, Sarita, je ne m'en suis jamais pris à des innocents. Je n'ai jamais enlevé de femme ou d'enfant pour les torturer. Ce sont des pratiques que je réprouve et que je n'aurais jamais pu commettre. Tu as toujours été mon guide, ma petite fille. Ta naissance a donné un sens à ma vie.

— Giovanni Federico était surnommé Gio le Géant, mais aussi le Bon Géant, lui rappela Ethan.

— Pourquoi prends-tu sa défense ?

— Parce qu'une fille a toujours besoin de son père, Sarah, répliqua-t-il. En le repoussant, c'est aussi à toi-même que tu fais du mal. Mieux vaut laisser tomber les querelles, et t'assurer qu'il suivra le bon chemin à partir de maintenant. Et puis, il faudra bien que quelqu'un te conduise à l'autel, le jour de notre mariage. Mon petit doigt me dit que Turk, Casey ou Iron seraient parfaitement ridicules en smoking.

Sarah leva la tête vers lui et battit des cils.

— Tu ne t'imaginais quand même pas que j'allais te laisser partir ? lança-t-il avec un sourire roublard, plein de mâle assurance.

Il fallait un sacré culot pour lui annoncer cela en présence de son ex-mafioso de père !

— Tu ne m'as même pas demandée en mariage, répondit-elle avec une petite moue boudeuse. Si ça se trouve, j'aurais apprécié que tu me fasses ta demande en bonne et due forme.

— Non, Sarah. Si tu avais voulu cela, tu n'aurais pas pris le risque que le plus vilain chat de gouttière de la ville te piétine le cœur. Je ne pourrai plus jamais me passer de toi, Sarah. Je suis à tes pieds, mais je ne te demande pas en mariage. *J'exige* que tu m'épouses, déclara-t-il en prenant son visage entre ses mains. De même, ton père ne demande pas ton pardon, il te demande seulement de lui permettre de s'amender.

Gio le Géant était mort. Ronald Caspari n'était peut-être pas parfait, mais Sarah se souvenait de l'amour qu'il y avait eu entre eux.

— Papa, murmura-t-elle en frémissant lorsqu'elle réalisa qu'Ethan l'avait lâchée.

Les lèvres de son père tremblaient. Elle fit un pas vers lui, et il bondit de sa chaise. Ses jambes immenses franchirent la distance qui les séparait en un clin d'œil. Il referma les bras autour d'elle et la souleva, et Sarah retrouva d'un seul coup l'odeur de son enfance.

Ce père qu'elle avait adoré. Pourrait-elle lui pardonner ses crimes ? Elle serait incapable d'oublier. Mais elle ne pourrait pas oublier non plus qu'il lui avait sauvé la vie. Qu'il s'était livré à la police et avait perdu tout ce qu'il possédait pour la protéger. Il n'était sans doute pas parfait, mais c'était quand même son papa.

Ethan les observait, bras croisés, et son regard était celui d'un homme déterminé. Si le père de Sarah s'avisait de lui faire du mal, Gio le Géant serait aussi mort dans la réalité que le prétendait son état civil. Gio comprit parfaitement ce regard, et il hocha la tête.

— Je vous confie ma fille, dit-il en prenant Sarah par la main pour la conduire auprès d'Ethan. C'est la lumière de ma vie. Mon seul trésor.

Ethan sourit et passa le bras autour de la taille de Sarah.

— Elle m'a appartenu dès notre premier regard, monsieur Caspari. Je me suis pris les pieds dans le tapis et j'ai perdu mon cœur en tombant.

— C'est vrai, Ethan ? s'exclama Sarah, choquée. Non, tu mens ! Je l'aurais vu tout de suite si je t'avais fait cet effet-là !

— Je sais dissimuler ce que je ressens, lui assura-t-il en souriant. Mais tu peux me croire sur parole, ma belle. Tu es la première femme à m'avoir fait tomber cul par-dessus tête.

Gio Federico contempla le couple qu'ils formaient. Beau ne serait pas content, songea-t-il. Son fils était souvent trop arrogant et croyait tout savoir de la vie. Il avait toujours cherché à protéger sa petite sœur. Quand il verrait que cet homme, visiblement très viril, l'avait remplacé dans ce rôle, sa fierté en souffrirait.

Mais sa petite Sarita était en sécurité. Aimée. Et Gio avait l'impression que celui qui chercherait à prendre ce qui appartenait à Cooper se retrouverait rapidement devant les portes de l'enfer. Ethan Cooper n'était pas un homme commode, mais c'était l'homme qu'il fallait à sa petite Sarita.

Peut-être auraient-ils bientôt des enfants, se dit-il en souriant. Des petits-enfants. Le rêve de sa vie.

Une vie qui réservait finalement bien des plaisirs.

Découvrez les prochaines nouveautés de nos différentes collections J'ai lu pour elle

AVENTURES
& PASSIONS

Le 1er septembre :

Ultime espoir ꝏ **Meredith Duran** INÉDIT

Lydia Boyce est une jeune femme intelligente et cultivée, qui vend les antiquités de son père égyptologue en Angleterre. Lorsqu'elle apprend qu'une pièce vendue au scandaleux vicomte Sanburne est un faux, elle voit rouge et décide d'enquêter.
Contre son gré, le jeune homme lui vient en aide et elle ne peut résister longtemps à ce dilettante trop séduisant.
Mais le charisme de Sanburne cache un esprit plus acéré et un passé plus sombre qu'il n'y paraît…

La légende des quatre soldats –4. Le revenant ꝏ **Elisabeth Hoyt** INÉDIT

Les sept ans que Reynaud St. Aubyn vient de passer en captivité l'ont rendu presque fou. Lorsqu'il revient chez lui, on s'interroge : cet homme peut-il vraiment être l'héritier du comte ?
La nièce de ce dernier, quant à elle, n'en croit pas ses yeux : celui dont le portrait la fait rêver depuis des années est de retour… et tente de l'attirer dans son lit. Elle seule parvient à voir la noblesse derrière la sauvagerie de Reynaud… mais son amour suffira-t-il face à un homme prêt à tout pour regagner son titre ?

Un jour tu me reviendras ꝏ **Lisa Kleypas**

Quelle corvée ! Jessica est censée séduire des mécènes pour le théâtre de son patron, qui lui chuchote à l'oreille :
– N'oubliez pas ce grand homme brun, là. C'est une des plus grosses fortunes du royaume, le marquis de Savage.
En entendant ce nom, Jessica blêmit. Lord Savage est l'homme auquel sa famille l'a mariée lorsqu'elle était enfant, et qu'elle fuit depuis des années… Jamais elle n'avait pensé que son époux puisse être aussi séduisant !

Le 15 septembre :

Les Highlanders du Nouveau Monde –2. Fidèle à son clan ꝏ **Pamela Clare** INÉDIT

Forcé de combattre aux côtés des Anglais qu'il déteste, Morgan MacKinnon n'en est pas moins loyal aux hommes qu'il dirige – même lorsqu'il tombe aux mains des Français. Et seul le regard innocent d'une jeune Française pourrait le faire renoncer à son projet de s'échapper et de retourner en Angleterre. Bientôt, sa passion pour Amalie lui fait maudire cette guerre qui le force à choisir entre son honneur et la femme qu'il aime…

La chronique des Bridgerton —6. Francesca ☙
Julia Quinn

INÉDIT

Après des années d'aventures légères, Michael Stirling est tombé désespérément amoureux de Francesca Bridgerton, la femme de son cousin. Lorsque ce dernier meurt deux ans plus tard, Francesca cherche à se remarier pour fonder une famille, et Michael assiste, impuissant, au défilé des prétendants. Le jeune homme ne peut lui avouer son amour… jusqu'au jour où elle se réfugie dans ses bras et où la passion se révèle plus forte que tout…

La brute apprivoisée ☙ **Jude Deveraux**

– Le duc de Peregrine ? Si tu épouses cet homme, ta vie sera un enfer !
Malgré les avertissements, Liana s'entête. Personne ne fait battre son cœur comme ce colosse aux manières détestables.
Hélas, dès le mariage célébré, Liana découvre que son mari retrouve chaque nuit son harem de servantes-maîtresses !
C'en est trop : il faut mater ce rustre ! Et sous son apparente douceur, Liana dissimule une volonté inflexible…

2 rendez-vous mensuels
aux alentours du 1er et du 15 de chaque mois.

Et toujours la reine du roman sentimental :

Barbara Cartland

Le 15 septembre :
Un amour imprévu
La déesse et la danseuse
Le prince venu du froid ☙ **Inédit**